旅途

一个 80 后的未"成功"奋斗史

张本浩 著

中国商业出版社

图书在版编目(CIP)数据

旅途:一个80后的未"成功"奋斗史／张本浩著.
—北京:中国商业出版社,2019.4
ISBN 978-7-5208-0711-1

Ⅰ.①旅… Ⅱ.①张… Ⅲ.①长篇小说-中国-当代
Ⅳ.①I247.5

中国版本图书馆 CIP 数据核字(2019)第 050583 号

责任编辑:杜 辉

中国商业出版社出版发行

010-63180647　www.c-cbook.com

(100053　北京广安门内报国寺 1 号)

新 华 书 店 经 销

北京明月印务有限责任公司印刷

* * *

710 毫米×1000 毫米　16 开　22 印张　310 千字

2019 年 7 月第 1 版　2019 年 7 月第 1 次印刷

定价:50.00 元

* * * *

(如有印装质量问题可更换)

人生是一场漫长的旅途，
　　你也许不知道终点在哪里，
　　　　但你必须去选择要走的路。

——题记

自 序

又是一个深夜,窗外万籁俱寂,我静静地坐在电脑前,写这篇文字。

其实2011年的时候,我就写完了这本小说,当时还在北京。如今,一晃七年过去了。我不知道人生有几个七年,但我知道,这是一段不算短的时光。

当时,写《旅途》的时候,很艰难。我辞了职,没有收入,靠透支信用卡,写了一年才写完。没想到,出版之路更艰难。那是一个寒冷的冬天,我拿着书稿,坐公交,倒地铁,跑了北京很多出版社和图书公司,但没有一家愿意出版。我能理解,一个新人,没有名气,人家凭什么给你出呢?

我不死心,又在网上找了更多的出版社和图书公司,投了过去,依然杳无音信。最后,无奈之下,我把《旅途》发在了"天涯"——当时中国最火的论坛。没想到,在这里受到了很多读者的欢迎,点击率也挺高。我终于感到,我写的并不是狗屎,还是有价值的。

/ 旅途 /
一个80后的未"成功"奋斗史

连载到快一半的时候，开始有几家图书公司联系我。再后来，又遇到之后惺惺相惜的朋友杜辉，当时他是一名策划编辑。他看到了《旅途》，非常喜欢，还约我一起吃了个饭，相聊甚欢。经过他的推荐，我顺利地和北京一家图书公司签了出版合同。

就在我的文学梦快要实现的时候，没想到命运再次和我开起了玩笑。那家图书公司居然毁约了，理由是之前做的几本书都亏损了，所以不再出版新书。我很愤怒，当时年轻气盛，不能容忍这种背信弃义的行为，还去找他们主编激烈地理论了一通，但是没什么用。

杜辉知道后，也很生气，找他们斡旋，但也无济于事。他后来又帮我把小说推荐到其他公司，我自己也联系了一些有意向的公司，但似乎我从此遭了霉运，总是有了希望，之后希望又破灭。

就这样折腾了快一年，长安米贵，我终于在北京混不下去了，在2012年的冬天，灰溜溜地回到了老家焦作。那年冬天，好冷。

虽然文学梦破灭，但我和杜辉一直都有联系，惺惺相惜。后来，他还约我写书评，我很感激他对我的看重。这几年，我们先后都结了婚，从男孩变成了男人。他也换了几家单位，我也换了工作，后来辞职经商，直到现在。

经商之后，我把自己所有文艺的部分都磨去了。我抛弃了所有不切实际的幻想，成为一个彻彻底底的商人。但是，我骨子里依然有对文字的热爱，于是便开了一个公众号，偶尔写一点东西，只是自娱自乐，并不靠这个吃饭。

不过，让我没想到的是，这几年依然不断有读者加我的QQ，表达对《旅途》的喜爱。有的读者还自发建了群，有的还在贴吧、论坛上转载，有的不断向亲戚朋友推荐这部小说。

我很感动，说明《旅途》并没有白写，还是有价值的。所有读者，都建议我一定要把《旅途》出版，让更多的人看到。很多读者还表示，如果出版了，一定要多买几本，自己收藏一本，其他的送人。在此，我谢谢他们的厚爱了。

经过了这么多年，我越来越明白，凡事都要靠机缘。机缘不到，一味地执着

/旅途/
自 序

是没有用的。所以,在这里,我要向当年那位主编道个歉,当时太年轻,不能理解他们的难处,不应该那么去找他理论的。谁都不容易,多理解,多包容。

往事都已随风,我现在心态越来越平和了。这一回,《旅途》终于出版在望了,我也并没有那么狂喜。当然,我依然高兴,就像自己的孩子终于可以和大家见面了。感谢编辑杜辉,没有他,这本书可能还要晚很多年才能出来。当然,更要感谢中国商业出版社的欣赏和认可。在此,我真诚地表示感谢。

多年之后,再回头看这本小说,我很感慨。在重新修订的时候,为了让小说更紧凑,我删掉了很多东西。当然,肯定还有很多幼稚的地方,还请各位方家指教。

我现在越来越感觉到,一切经历都是财富,都是对人的锻炼。苦从来都没有白吃的,未来一定会以某种方式补偿你。所以,广大的年轻朋友,生活中遇到点挫折,千万不要气馁。梅花香自苦寒来,你们的未来不是梦。

目前中国正在迎来一个最好的时代,唯有努力,勤勤勉勉,方不负此生。

最后,把这本小说献给我的家人,没有他们,就没有现在的我。我爱你们。

2018 年 5 月 27 日　记于山阳故里

/ 旅途 /
一个 80 后的未"成功"奋斗史

1

2005 年,赵君浩大学毕业,来到深圳,很顺利地进了一家湘菜馆刷了盘子。湘菜馆老板姓王,叫王善,确实是个好人,他怕君浩得肥胖症,一天让他工作 16 个小时。

广东这边,好多人"王""黄"不分,于是"王善"就变成了"黄鳝"。黄鳝其实也是广东人,却敢于数典忘祖,开了家湘菜馆。湘菜馆位于深圳布吉区,果然不吉,开了不到半年,已濒临倒闭。

倒闭的症状之一就是员工纷纷辞职,连厨房刷盘子的李阿姨也跳槽到了另一家餐馆。黄鳝急得焦头烂额,满嘴水泡,不择手段地去招人。赵君浩当时初到深圳,心中满是抱负,认为自己总有一天会暴富,可奔波数月,每家公司都把他当成包袱一样甩来甩去。到后来,钱财真如身外物,纷纷离他而去,君浩终于一文不名。偷盗不会,抢劫不敢,就差当街要饭。

就在赵君浩焦头烂额之际,命运让他碰到了同样焦头烂额的黄鳝。黄鳝慧眼识珠,认定君浩是大才,委以重任,于是让他刷了盘子。

赵君浩坦然接受,因为面子对于饥饿而言,就像以卵击石,不堪一击。肚子决定一切,什么理想志向啊,都得吃饱了以后再说。

饭馆管饭,也管住,月薪 8000 角。于是,赵君浩正式走马上任,踏入厨房重地。就像太阳背后是阴影,美女常伴丑男行一样,谁能想到一尘不染的饭馆大厅后面是如此肮脏的厨房。油渍斑斑,污水满地,剩饭烂菜,苍蝇乱飞……不看牌子,还以为到厕所了。你能想象那些美味的"香辣鸡""酸菜鱼""油焖大虾"是从这个"厕所"里生产出来的吗?

但是国人善于自我欺骗,"眼不见不为实",只要他没看见,你说得再恶心,

/ 旅途 /
一个 80 后的未"成功"奋斗史

他吃得照样津津有味。

赵君浩并非黄鳝,自然对厨房环境无权置喙。况且看看厨房里那两个圆滚滚的大师傅和两个瘦巴巴的小工仔,都是一副乐天知命、陶然世外的神情,赵君浩也只好入乡随俗,随波逐流,不停地告诉自己,看到的都是幻觉。

黄鳝不愧为黄鳝,油滑灵活,搞了很多促销的方法,比如吃 200 送 100,再比如当天生日的客人拿身份证就可以免单,还送一个蛋糕,再比如让店里的几个年轻的湘妹子服务员,在饭口儿的时候站在门口热情地拉客。

这个世界其实很公平,有付出就有回报,立竿就能见影。湘菜馆的生意很是兴隆了一番,兴隆的直接后果就是赵君浩差点被累死。刷完一批,又来一批,一波不平,一波又起,绵延不绝,无穷尽也。

刷到最后,已成机械运动,仿佛不是自己在刷碗,而是碗自己在水里晃动。君浩知道,一个有工作经验的刷碗工诞生了。

没来餐厅之前,赵君浩以为在饭店刷碗很复杂,如同妇女孕检,要过很多检测。真正干了以后,才发现如此简单。就是两大盆水,一个盆里是放了洗洁精的水,另一盆是清水。饭店里的洗洁精不同于超市的小瓶,都是塑料大桶的,来自附近一些鬼鬼祟祟的小作坊。

女服务员们把食客用过的碗盘端到厨房,然后赵君浩就把这些残羹冷炙倒进泔水桶。君浩人穷志短,雁过拔毛,在这个环节常会趁人不注意,偷偷把客人吃剩的肉丸子、红烧肉什么的塞进嘴里。马无夜草不肥,君浩靠这些遗留下的精华,吃得红光满面,令黄鳝大惑不解。

接下来,赵君浩就把这些碗盘放进有洗洁精的水盆里,如同男人洗脸,大概用手划拉两下,只要没有明显脏物就可以,然后就直接丢进另一个清水盆里,用水一过,马上捞出,然后叠好,放进外面的消毒柜里就算完事。

放进消毒柜并不意味着消毒,就像去了学校并不意味着就是好好上学。黄鳝先天下之忧而忧,为了给国家省电,消毒柜几乎从未插过电。说是几乎,是因为还确实开了几次,当然是为了应付卫生局的检查。

/ 旅途 /
一个 80 后的未 "成功" 奋斗史

食客哪明就里，看见消毒柜人模狗样地摆在那里，以为肯定物尽其用，哪会知道黄鳝深谙孙子兵法，明修栈道，暗度陈仓。可见，亲眼所见之物，也会有假象。

饭店每天早上十点开门，因为除非脑子贵恙，很少有人大清早会跑到饭店吃饭。黄鳝很勤劳，每天第一个来，看见谁迟到了，就兴高采烈地宣布扣 10 块。人在矮檐下，大家敢怒不敢言，只是心中都暗自问候黄鳝的祖宗。

赵君浩没有迟到过，因为本身工资就菲薄，扣个几次，就得去卖身了。黄鳝这一招确实管用，饭店的这些人不怕打不怕骂的，就怕扣钱，所以迟到现象基本杜绝。

饭店总共有十个人，两个大厨，两个小工，四个女服务员，一个女收银员，再加上赵君浩这个百年一遇的男刷碗工。大家每天早上十点上班，晚上两点下班。中午一般是两点多吃饭，晚上是十点多。伙食很好，十菜一汤。黄鳝一心向佛，饭菜全是高营养的冬瓜土豆一类的健康食品。大家都充分发挥精神胜利法，把土豆丝当肉丝，把冬瓜片当肉片，倒也吃得风卷残云，片瓦不留。赵君浩刚开始时，还经常扮大家闺秀状，不敢太勤快地夹菜，但后来发现其他人都如同饿狼，只管往嘴里塞，往往一盘菜顷刻之间就被洗劫一空。君浩大惊，长此下去，自己会被饿死，于是终于顿悟成佛，筷子动得比谁都快。

在饭店这些女服务员当中，有个叫阿娟的，长得很是清纯可爱。阿娟今年才 18 岁，属于刚过法定成年的年龄。赵君浩觉得阿娟似乎对自己有点意思，因为阿娟经常对着他笑。君浩自己偷偷照了几次镜子，越照越觉得自己眉清目秀，唇红齿白，后来不敢再照下去，怕自己会爱上自己。

饱暖思淫欲，赵君浩暂时有了吃住之地，于是开始男人本 "色"。趁着阿娟往厨房送碗盘的时候搭几句话，甚至开个玩笑，阿娟也并不反感，相反还主动帮赵君浩把洗好的碗盘放到消毒柜里。稍稍空闲的时候，赵君浩常常会盯着阿娟看。

就在赵君浩蠢蠢欲动的时候，忽然晴天一个霹雳，让他痛心疾首。厨房的一个大厨胖罗无意中告诉他，阿娟早就跟黄鳝睡了，而且不止睡了一次。

赵君浩感到心仿佛被针刺了一下，痛得直颤，有种想冲出去揍黄鳝一顿的冲动。好在君浩理智尚在，只有心动，没有行动。赵君浩一反常态，很认真很用力地搓洗那些碗盘，仿佛那些碗盘就是黄鳝，君浩使劲地搓，使劲地搓，搓得那些碗盘一个个光亮照人，大放异彩，这大概是饭店有史以来最干净的一批餐具了。可见，原始动机和实际结果之间，往往都是南辕北辙。

因为有了心理障碍，赵君浩再见到阿娟时，也兴趣大减，就如同吃红烧肉时吃到一只苍蝇，虽然明明知道红烧肉仍然很好吃，但就是会止不住恶心。

后来没过多久，阿娟就离开了饭店，消失在众人的视野之中。赵君浩也结束了短暂的发情期，从此再未见过阿娟了。

2

赵君浩依然每天忙碌地"洗刷刷"，但是饭店的生意开始每况愈下。中国人善于模仿，其他饭店看黄鳝这些招数奏效，也开始纷纷仿效，打折赠送，生日免单，尤其也让自己店里的女服务员们站在门口拉客。

一个和尚有水吃，两个和尚挑水吃，三个和尚没水吃。大家的招数都差不多，于是又都重回到一个起跑线上，竞争惨烈。黄鳝也不例外，眼看着兴隆场面不再，急得头发一把一把地往下掉。本来黄鳝头发就稀疏，再加上这样勇往直前地往下掉，最后终于惨不忍睹，只剩下头顶前面还剩下几根忠贞不渝、傲然挺立。

正在黄鳝发愁之际，有一天饭店门口来了一条白色的流浪狗，身上沾满了尘土，瘦骨嶙峋的，不过体格高大，神态凛然，令人一望即知，它未落难之前，出身豪门。

流浪狗被饭店的香气吸引，在门口逡巡不已，缩头缩脑地往里张望。黄鳝正在为生意惨淡发愁，见一条脏兮兮的狗在门口鬼鬼祟祟，气就不打一处来，开门照着狗就是一脚，流浪狗躲闪不及，"嗷"的一声惨叫，跑得远远的。

当黄鳝正沉浸在打狗英雄的成就感中时，没想到那条流浪狗又一颠一颠地挪过来，声音低鸣，眼神中充满了哀伤。黄鳝大为震撼，终于心生怜悯，转身进厨房，命令正在勤奋刷碗的赵君浩弄些剩饭剩菜，拿到饭店门口给狗吃。流浪狗一见吃的，立马冲将上来，三下两下就啃了个干净。

黄鳝不禁大为感慨："唉，人其实跟狗一样，每天活着，也都是为口吃的。"

赵君浩大为惊奇，没想到一条狗居然让黄鳝上升到哲人的高度。黄鳝又命君浩多弄些剩饭剩菜，全让流浪狗吃了。狗吃完之后，无以为报，以身相许，蹲在饭店门口旁边，充当门神。

说来也怪，今天饭店的生意特别好，虽然不是高朋满座，但也进进出出，食客不断。黄鳝一边抚着残存的几根头发，一边露出久违的笑容。

广东人大都比较迷信，黄鳝思来想去，认定是这条狗带来了财运，于是龙颜大悦，吩咐胖罗给流浪狗扔了几个肉骨头，以示犒劳。流浪狗吃完之后，感激涕零，围着黄鳝撒欢打滚，弄得黄鳝龙颜更悦，黄鳝当即决定，收养此狗，并且马上偷师周星驰，给此狗命名"旺财"。

黄鳝命名完后，马上命令赵君浩弄盆水给旺财洗澡。君浩伺候完这些人爹之后，还要伺候这个狗爹，心中大为不满。

三分长相，七分打扮，沐浴后的旺财仿佛男大十八变，脱胎换骨。刷白的毛发，泛着亮光，体格也高大匀称，堪称狗中美男。黄鳝一看，大为满意，没想到片刻之前灰头土脸的狗，顷刻之间如此光彩照人，这以后牵着上街多有面子。

旺财摇身一变，由"弃儿"变成黄鳝的"狗蜜"，对黄鳝感激莫名，于是更加忠诚地当门神。旺财天资聪慧，每见有食客上门，都会把两个前爪高高举着，合在一起，然后再往下晃动，如同人之作揖。食客都大为惊奇，没想到我文明古国，连狗都被同化得如此有礼貌。一传十，十传百，慕名前来看旺财的人络绎不绝。既来之，则安之，于是，饭店的生意再次兴隆，旺财果然旺财。

/ 旅途 /
一个 80 后的未"成功"奋斗史

　　黄鳝兴奋得脸上直冒油，他饮水思源，对旺财格外爱护，命令赵君浩每天给旺财洗一次澡，命令胖罗每顿给旺财一斤排骨。黄鳝还每天带旺财出去遛弯，黄鳝人模狗样地在前面走，旺财狗模人样地在后面跟，堪称一景。

　　黄鳝还由己推狗，考虑到要解决旺财的性生活问题，于是着手给旺财物色一只情狗。可惜遍寻周遭，要么是黄鳝满意旺财不满意，要么是旺财满意黄鳝不满意，哥俩意见不统一，于是慢慢地就耽搁下来。

　　花无百日红，狗无千日好。在度过最初的新鲜感后，来看旺财的人越来越少，饭店的生意也慢慢地越来越萧条。黄鳝再次急得焦头烂额，头顶的那几根头发也大有全军覆没的倾向。

　　旺财不再旺财，黄鳝再看狗时，就鼻子不是鼻子，眼不是眼的，非打即骂，伙食也由排骨变成了剩饭剩菜。旺财不谙人性之恶，一时没转换好角色，还常常殷勤地往黄鳝身边凑，于是弄得遍体鳞伤。最后，旺财终于像痴情女一样，被负心人榨干青春美貌之后，无情地扫地出门。

　　旺财再次开始流浪，但狗都念旧，只是在饭店的附近晃悠。困了，就在路边睡，饿了，就去刨垃圾堆。赵君浩上下班的时候，经常会看见旺财。君浩做不到黄鳝那么绝情绝意，常常会在刷碗的时候，弄些骨头肥肉之类的，偷偷藏在口袋中的塑料袋里，碰到旺财的时候就给它吃。

　　患难见真情，旺财经此变故，幡然醒悟，发现真正对自己好的是赵君浩。于是，见到君浩时就特别亲昵。君浩也不嫌旺财脏，经常抱着旺财玩。君浩很想领养旺财，但却悲哀地发现，自己不仅养不起老婆，连狗都养不起。

　　赵君浩有心无力，他所能做的，也只是常常弄些东西给旺财吃。这样的日子大概维持了两个多月，旺财却突然不知所终。赵君浩如丧考妣，心中一下子空落落的。下班的时间，他卖命地在四周寻找旺财。但旺财就像水蒸气一般，消失在茫茫的空气当中。从此，赵君浩再也没有见过旺财。

　　多年之后，赵君浩故地重游，想起过去的种种，尤其想起不知所终的旺财，心中伤感不已。

3

旺财走后,饭店的生意一落千丈,但最终导致饭店寿终正寝的是黄鳝的老婆来了。黄鳝的老婆,确切说是第二个妻子,曾经的小三。黄鳝原来没去深圳之前,只是广东郊区的一个种菜的农民,娶了一个同是农民的老婆,老婆长得相当丰满。那个时候,黄鳝每天晚上搂着丰满的老婆,觉得生活是那么美好。

等到黄鳝离开小村来到深圳,见到大街上一个个细腰美腿的性感尤物后,才发觉自己以前过得不堪一提,所以等后来开湘菜馆赚钱之后,便毅然决然与农民老婆离了婚,娶了当时包的小三,就是现任的这个老婆。

这个女人名叫胡丽,念得快了就成了"狐狸"。狐狸上中学那年,未婚先孕。后来事情败露,闹得沸沸扬扬,整个小城的人都兴奋不已。中国人向来热衷于桃色新闻,大家纷纷发挥各自的聪明才智,给这个故事增加了许多当事人都不知道的细节。

狐狸当时正值花季,深受琼瑶之害,认为自己与那个男的之间是纯洁的爱情,孩子更是纯洁爱情的结晶,执意要把这个结晶生下来。狐狸他爹气得一脚踹在狐狸的肚子上,结果脚法出众,一下子就把狐狸踹流产了。狐狸他爹很满意,不仅除掉了孽种,还省了一大笔打胎的钱。但狐狸却不依不饶,寻死觅活,弄得狐狸她娘天天以泪洗面。后来,狐狸终于折腾够了,慢慢平静下来了。

但街坊邻居却不甘平静,一边压着心里的兴奋,一边大骂狐狸伤风败俗。唾沫星子淹死人,狐狸在老家实在待不住了,就拿着父母给的两千块钱南下到了深圳。

深圳是个竞争很激烈的城市,可惜狐狸除了有未婚先孕的事迹外,没有其他拿得出手的工作经历,因此求职之路异常坎坷。两千块钱花完之后,只好进了关

/ 旅途 /
一个 80 后的未"成功"奋斗史

外一家电子厂做了女工。干了不到三个月，狐狸就忍受不了三班倒的流水线生活，毅然弃明投暗，跑到一家福建城做了"小姐"。

黄鳝有一次出来潇洒，恰好碰到狐狸，很满意，于是便把她包养了起来。后来更是一时发昏，与老婆离了婚，娶了狐狸。

转正之后的狐狸得意非凡，恨不得写本书教导一下天下的小三们。苹果好吃，但天天吃，也会觉得腻。黄鳝最初的新鲜感过后，慢慢地对狐狸就有些腻了。其实，男人天生都是吃着碗里的，想着锅里的，只不过有些人是有贼心没贼胆，有些人是有贼心也有贼胆。黄鳝就属于后者，于是便开始与饭店的阿娟狗扯羊皮。

螳螂捕蝉，黄雀在后，狐狸没想到自己这个小三会遇到下一个小三的威胁，心中大为恐慌。韩国有句谚语，"要想婚姻长久，就要做三年聋子，再做三年瞎子，再做三年哑巴"。狐狸却不愿装聋作哑，她选择了主动出击，决定入驻饭店。

黄鳝本不愿狐狸来饭店管事，但架不住狐狸的一哭二闹三上吊，最后狐狸终于如愿以偿。狐狸来的第一件事，就是私下里找到阿娟，给了她一万块钱，让她离开深圳，不要再和黄鳝联系，说如果以后再在深圳见到阿娟，就毁了她的容。阿娟毕竟年龄小，被连软带硬地这么一弄，吓得赶快拿了钱就悄悄回了老家。

狐狸成功搞走情敌，大为得意，对自己都刮目相看。可惜，狐狸的才华都在争夺老公上面，在饭店的经营管理方面却是一窍不通，尤其令食客难以忍受的是她那嚣张冷淡的态度。

黄鳝的饭店位于关外，附近有一家日本人开的服装厂。这个日本人很喜欢中国菜，经常带着自己的手下来黄鳝的湘菜馆吃饭。一个星期最少来四五次，可以说是黄鳝最大的主顾。每次他一来，黄鳝都奉为上宾，端茶倒水，很是殷勤。没想到一次黄鳝出去办事，这时候日本人又带着手下过来吃饭。有一个菜点的是酸菜鱼，结果女服务员记成了水煮鱼。等菜一端上来，日本人一看就有些生气，就让退下去重做。狐狸一看，就蹿起来了，大声地嚷道："不能退，菜都已经做好了，爱吃不吃。"

日本人一听，二话不说，扔下饭钱，转身就走，从此再也不曾登门。黄鳝办事回来，听说此事，与狐狸大吵了一架，结果狐狸拿菜刀架在自己脖子上，假装要自杀。黄鳝拿狐狸没有办法，只好长叹一声，不了了之了。

但是狐狸依然我行我素，唯我独尊，对待食客依然是这副大爷派头。渐渐地，人都得罪光了。饭店都是做回头客，回头客都不回头了，黄鳝的饭店就撑不下去了，到最后终于入不敷出，亏损严重，只好关门大吉。

4

皮之不存，毛将焉附。饭店倒闭了，赵君浩也随之下岗了。赵君浩算了一下，自己的刷碗生涯历时三个半月。本来工资总数应该是2800元，但除了第一个月按时给了800块外，剩下两个半月黄鳝都以生意不好拖欠着。关门之前，黄鳝还给大家说得好好的，欠多少钱就给大家多少钱，绝不少给一分。结果大门一关，黄鳝和狐狸这两个动物就一起消失了。

大家找不到黄鳝，只好砸了一通饭店残留下的破桌烂椅，发泄了一番，然后纷纷作鸟兽散。

赵君浩数了数自己的全部家当，第一个月发的800块，除了买了毛巾牙膏等物外，还剩下736块，有零有整的。集体宿舍也住不成了，黄鳝还欠了两个月的房租没给。房东听说黄鳝夹着尾巴跑了之后，气得跳脚骂娘。城门失火，殃及池鱼。房东把这些无名大火全都撒到了赵君浩这几个原饭店员工身上，勒令他们马上卷铺盖滚蛋。

赵君浩工钱没拿到，还被房东赶了出来。仰头望天，感叹天大地大，没有安身之处。君浩伤感得好像黄河泛滥，自怜了好半天。后来肚子饿了，便背着自己的小破包，信步走到附近的牛记米粉店。

/ 旅途 /
一个80后的未"成功"奋斗史

  米粉店的老板叫牛南东，做的牛腩粉在此处甚为有名。时间久了，大伙干脆就叫他牛腩。牛腩是广西人，十年前在老家与一个有夫之妇有染。那个女人的丈夫扬言要阉了他，吓得牛腩撒丫子就跑到了深圳。

  牛腩慧眼独具，一来就卖起盗版光碟。干了几年，便攒下来一笔钱，挣得了人生的第一桶金。

  有钱之后，牛腩便把自己洗白，在布吉这儿开了一家米粉店。摇身一变，就成了餐厅老板。

  赵君浩认识牛腩，都在一条街上，经常会碰到，但是没说过话。不过，牛腩平常说话中常提到赵君浩。有事没事的，牛腩就会叼着一根牙签，给米粉店的服务员训话："你们看，黄鳝店里的赵君浩，大学本科生，不还是每天刷碗吗？你们想想，现在工作有多么难找。你们一定要珍惜现在的饭碗，好好干活，听到没有？"

  经常被当成反面典型宣讲，赵君浩在这个米粉店可谓名声显赫，深入人心。不过这些，君浩倒无从知晓。

  赵君浩一进店里，那些服务员终于近距离见到"偶像"，脸上纷纷现出诡异的笑容。君浩感到不对，又不好发问，就点了一份牛腩粉，坐在那儿慢慢吃。一边吃一边想着自己的前途渺茫，心中便发堵，粉也吃得毫无味道。最后，索性不吃了，坐在那儿唉声叹气。

  正忧愁着，牛腩却主动踱了过来，坐在赵君浩的对面说："小兄弟，怎么了，是不是黄鳝那老王八蛋跑了？"牛腩一向瞧不起黄鳝，经常这么尊敬地称呼他。

  赵君浩没想到牛腩会主动跟自己说话，稍微有点迟疑，见他谈到黄鳝，如遇知音，点头道："是啊，太没人性了，没给钱就跑了。我只剩下几百块了，以后都不知道该怎么办了。"

  牛腩嘿嘿笑道："我店里还缺个送外卖的，包吃住，一个月900块，你做不做？"

  赵君浩没想到绝路逢生，忙点头："做，做，当然做了。"

牛腩沉浸在当救世主的快感中，继续说道："你放心，我这儿绝对跟那王八蛋不一样，每月按时给钱。不给，我就是王八蛋。"

赵君浩很满意，心中充溢着对牛腩的感激。

牛腩继续说道："今天就上班吧，不过，要交100块钱服装押金。你也应该见过，我们这儿送外卖的都要统一着装。以后你不做了，衣服退了，钱还给你。"

赵君浩确实见过牛腩店里送外卖穿的衣服，黑色皮鞋，黑色裤子，黄色T恤，T恤前后印着两个大牛头，牛头下面写着两个斗大的"牛记"，相当醒目。

赵君浩其实很不喜欢这衣服，觉得傻傻的，但是人在矮檐下，怎能不低头，只好答应。于是，君浩从瘪瘪的钱包里抽出一张一百，递给牛腩，牛腩拿过来用手晃了两下，揣进兜里。

赵君浩福至心灵："牛老板，不需要开个收据吗？"

牛腩撇了撇嘴："不用，不用，我还会贪你这一百块钱吗？放心吧，以后肯定退你。不退，我就是王八蛋。"

赵君浩心想要从牛进化为王八，颇为不易，所以只好相信。

接下来，牛腩把赵君浩领到米粉店后面的一个杂物间，从柜子里抽出一套脏兮兮的衣服，递给君浩："就剩这件了，凑合着穿吧。"

赵君浩接过来，一股汗味扑鼻，明显是旧衣服。君浩大感不解："怎么是旧的？"

牛腩看了一眼赵君浩："送外卖的穿的都是旧的，这个人走了，下个人继续穿。如果每来个人，我都做套新的，我受得了吗？"

赵君浩人穷志短，只好逆来顺受。这件衣服的第一任主人明显是个肥仔，君浩把裤子衣服穿进去，空荡荡的，最少大了两个码。

牛腩在旁边眯着小眼："还不错，大了比小了好啊。"

牛腩又从柜子底下摸了半天，摸出一只干瘪瘪的黑色皮鞋，又摸了半天，终于把这只皮鞋的同胞兄弟找到，凑成一双，递给赵君浩。君浩接过来一看，这双鞋仿佛非洲难民，鞋面与鞋底都已经饿得前胸贴后背了。君浩用手把鞋的肚子撑

/ 旅途 /
一个 80 后的未"成功"奋斗史

起来,然后便开始穿,居然小了。君浩大惑不解,心想这套衣服鞋子的原始主人莫非是个怪胎,身体那么大,脚却如此小。

牛腩看出了赵君浩的迷惑,于是授业解惑道:"最开始那双皮鞋,穿了几个人,就坏了不行了,我后来又买了一双。是不是小了,没事,鞋随脚走。穿几天,鞋子就撑大了。"

赵君浩只好痛苦地把自己 41 号的脚塞进这双 39 号的鞋里,被箍得生疼,只得咬牙忍着。

行头换好之后,牛腩又领着赵君浩来到米粉店后面的员工宿舍。宿舍租的是那种农民房,8 层的,他们住在 7 楼,没有电梯。两人气喘吁吁地爬上来,牛腩打开门,赵君浩也跟着进来,一股臭味袭来,如同进入鬼域,到处都乱放着东西,衣服、鞋子、箱子、报纸、酒瓶、烟盒,等等。房子是两室一厅的,每个卧室里放了两张上下床,客厅里还放了两张上下床,床上面的被子都四仰八叉的,很艺术。

牛腩一边捂着鼻子,一边骂道:"这帮臭小子,平常也不收拾收拾,弄得跟猪圈似的。"说完,一指大厅靠墙那张上下床:"你就睡这张吧,上铺还有个位儿。"

赵君浩一看,好家伙,上铺跟万国展览会似的,破箱子,旧衣服,旧杂志,烟灰缸,刷牙的杯子,还有一把烂吉他,吉他旁边,还有两双看不出颜色的臭袜子。

牛腩被熏得七荤八素:"包就放这儿吧,先跟我去店里。晚上回来,你跟他们说说,谁的东西谁收走。你再整整,就能睡了。出门在外,别挑那么多。"

赵君浩虽有几分不爽,但也只好随遇而安,跟着牛腩又回到米粉店。这时候店里的一个穿"牛记"的胖子,正拎着快餐盒往外走。牛腩叫住了他:"包子,过来。"

那个胖子马上停下了脚步,恭敬地叫道:"老板。"

牛腩指了一下赵君浩:"包子,这是赵君浩,刚来的,让他跟你几天,你带着他熟悉一下地形。"

赵君浩这才仔细打量了一下包子，果然人如其名，肚大腿短，鼻大眼小，留着小平头，还戴着一副小眼镜。外卖制服穿在身上，绷得紧紧实实的。尤其两个胸部，更是勒得轮廓分明。

　　包子对牛腩点点头："好的，老板。"然后又对赵君浩笑了一下："我叫包玉明，大家都叫我包子，这几天你就跟着我。现在正好有一个去禾坑村的，咱们一块走吧。"

　　于是君浩就跟着包子一起出了门，从这一刻起，赵君浩正式开始了他的送外卖生涯。

5

　　赵君浩跟着包子一边走，一边闲聊，也约略知道了包子的情况。正如包子所言，他大名叫包玉明，一个很如花似玉的名字。小时候蛮瘦，可惜青春期一来，身体跟打了鸡血一样，急剧发胖，止都止不住，最后终于名副其实，成了包子。

　　包子今年21岁，湖北黄冈人，就是全国有名的出试卷的地方，升学率相当高。可惜包子天生只爱美人不爱江山，学习学得一塌糊涂，女朋友倒谈了好几个。女人并不仅仅就喜欢帅哥，也喜欢可爱的胖子。如果这个胖子还很幽默，那就更魅力无边了。这就是所谓上帝关门的时候，还会留个窗户的道理。

　　包子比别人都早熟，很多小女孩都喜欢他。可惜情场得意，赌场就失意，包子的学习成绩直线下降。本来就差，最后终于掉到全年级倒数第一，再也掉不下去了，于是稳居此位，无人夺之。

　　不过包子不学而有术，早早地就戴上了近视眼镜，给人一种好学生的假象。不过，假象终归是假象。高考过后，包子众望所归地没考上大学。

　　谈的女朋友也理所当然地分了手。其实，中学时代的恋情就像水蒸气，一到

/ 旅途 /
一个80后的未"成功"奋斗史

毕业那年夏天，就会全都蒸发了。包子装模作样地痛苦了几天，然后就陷入真正的痛苦当中。人生漫漫，这漫漫的人生该怎么办呢？没女人可以，但没饭吃可不行，总不能一辈子让父母养吧。

包子在家痛苦地睡了两个月，终于决定，南下深圳。深圳确实遍地都是黄金，但是包子胖得都弯不下腰，自然无从捡得。包子在宝安的一家电子厂做了一年多保安，后来因为偷女工的内衣被当场抓获。电子厂老板勃然大怒，于是包子被扫地出门。

被扫地出门的包子，时来运转，成功跳槽到牛腩的米粉店，送了外卖。送外卖很辛苦，但是包子却能苦中作乐，或者说，依然不忘本性，送外卖的时候遇到漂亮的女客人，便会偷偷地用手机拍下，夜深人静的时候拿出来看。

包子其实很有理想，他不甘心一辈子做个送外卖的，但时运不济，只好暂时做着，这一暂时就已经暂时了两年。现在又碰到了同样时运不济的赵君浩，作为难兄难弟，就很热心地带着君浩熟悉周边的环境。

米粉店周边环境复杂，既有脏乱差的农民楼，又有绿草如茵的小区。赵君浩跟着包子一直跑到了晚上下班，累得筋疲力尽，尤其是双脚，因为穿的是皮鞋，又不合脚，磨得生疼。好在赵君浩有着当刷碗工的深厚功底，这点苦尚能承受。

跟着包子跑了几天，赵君浩基本对周边的环境都熟悉了，于是就出师单干了。米粉店主要的客户都是附近的，所以送外卖都是走路。赵君浩这辈子都没走过这么长时间的路，脚上起了水泡，后来水泡破了，但是又起，再破，最后终于修成正果，变成老茧，再也不疼了。幸福脱胎于痛苦，此言不虚。

送外卖是无聊的，但是却可以见识各色人等，倒也颇为有趣。不过，外卖生涯只持续了三个月，君浩突然毅然决然地辞了职。

事情的起因是这样的，有一次，嘉园小区C栋303的住户打电话叫外卖，赵君浩去送。嘉园小区是此处的一个高档社区，住在这里的人非富即贵，所以戒备森严，以防不测。

小区门口站着两个保安，穿黑色制服，神情严肃。赵君浩提着快餐盒在门口

/ 旅途 /
一个 80 后的未"成功"奋斗史

等着,保安核查半天,又打电话确认以后才让进去。

小区树木成荫,鸟语花香,真乃人间仙境。赵君浩找到 C 栋,坐电梯上到 303,按了门铃。一会儿门开了,一个大腹便便的中年秃头男出现在赵君浩面前。赵君浩有些发呆,倒不是这男的肚子多大,头顶多亮,而是这男的身后的房间相当豪华。赵君浩活了二十多年,都没见过这么气派的房子。宽敞明亮的客厅,地上铺的都是高级的纯木地板,墙上挂着名贵的油画,天花板上垂着硕大的白色水晶灯,下面放着一个宽大的真皮沙发,沙发正前方的桌子上摆着一台超大的液晶电视。

中年秃头男看出了赵君浩眼中的震撼,于是便露出扬扬得意的神情,颇为不屑地拿钱给君浩,然后"砰"一声把门关上。君浩突然开始愤愤不平,妈的,同样是人,为什么他就能住这么好的房子,过这么优裕的生活,而我凭什么就只能窝屈在又脏又乱的宿舍里面,每天还要辛辛苦苦低三下四地去送外卖。赵君浩忽然想到陈胜吴广的名言"王侯将相,宁有种乎?",他们能过上这样的日子,我为什么不能呢?

赵君浩的内心像大海一样开始翻腾和咆哮,全身的血液急速流动,面色涨红,一股豪情直袭心头。好歹我也是大学生,上了四年的本科,难道就甘心每天这样卑贱地生活吗?不!绝不!我也要有钱!我也要住这样的房子!我也要过这样的生活!

激情澎湃、头脑发热的赵君浩最后终于决定辞职,重新找个能赚大钱的工作。下定决心的那一刻,君浩感到彻头彻尾的轻松,仿佛已看到幸福美好的新生活在向自己招手。

赵君浩一溜烟地回到米粉店,牛腩正坐在店里的靠椅上,悠闲地用牙签剔着牙。君浩把辞职的意思向牛腩一说,牛腩略惊了一下,然后就很从容地说道:"怎么,找到新工作了?"

赵君浩如实作答:"还没有。"

牛腩一副老江湖的姿态:"还没有,你辞什么?你想饿死啊?你也不想想,现

/ 旅途 /
一个80后的未"成功"奋斗史

在工作多难找？年轻人，不要冲动嘛。"

赵君浩被激情烧得发烫："不怕，我一定要找一个能挣大钱的工作。王侯将相，宁有种乎？"君浩一激动，又把这句名人名言抬了出来。

可惜牛腩只认识钞票和美女，被说得一蒙："什么种乎不种乎的，赵君浩，我可是为你好，以后快饿死了，别说我没提醒你。你既然下定决心要走，我也不拦你。这样吧，做到这个月底吧，反正也不差这几天。"

赵君浩急着想奔向新生活，脱胎换骨重做人，但是牛腩把话说到这儿了，也不好拒绝。反正离月底也没几天了，再忍几天吧，于是点头答应。

晚上下班后，赵君浩把辞职的想法给包子说了。包子很震惊，然后手抓头皮做痛苦状："其实，我也早不想干了。几年了，我还是一个送外卖的，太丢人了。但是你也知道，每月我吃吃喝喝，那几百块的工资一下子就没了。现在如果辞了，我就得喝西北风了，所以我想等攒够一点钱了，再离开这个鬼地方。"

赵君浩暗自叹息，再过几年包子肯定还是在送外卖。钱这东西，你越想攒，越攒不下来。尤其对于包子这种人，花钱花惯了，你让他不花，无异于戒毒那么难。

包子拍了拍赵君浩的肩膀："君浩，我佩服你的勇气，虽然我辞不了，但是我支持你。"然后又搬出陈胜吴广的另一句名言："苟富贵，勿相忘啊，以后发达了，别忘了兄弟我啊。"

赵君浩听得笑颜如花，一激动："走，喝酒去，我请客。"包子终于等到了这句话，乐颠颠地跟着君浩就出来了。两人找了一个大排档，要了个鸡煲，弄了几瓶青岛啤酒，于是就激情万丈地喝了起来。慢慢地就都喝得有点高了，说了很多肝胆相照生死与共的话，最后大醉而回。

6

第二天酒醒了，赵君浩也慢慢清醒了。激情归激情，但现实是现实，君浩盘点了一下自己的全部财产。从黄鳝那儿出来的时候，身上是736块钱，后来交给牛腩100块的服装押金。然后在牛腩这干了将近三个月，一个月900块，前两个月的工资1800块已经给了，这个月的900块要等月底辞工才能给，另外牛腩不食言的话，还能退100块的押金，再减去这两个月买烟和买牙膏洗发水卫生纸之类的日用品的花销，还有昨天请客花的100多块钱，现在总共剩余现金1982元，真吉利，正好是自己的出生年份。这点钱，再加上这个月的工资和押金，将来总共会有2982元，差不多3000块钱了吧。

3000块，也许就是有钱人请一次客的钱，但却是赵君浩所有的身家。君浩忽然感到很悲哀，心中满是苍凉。

安居方能乐业，下一步的首要任务就是先租个房子。如同蜗牛，有了壳，走到哪儿都不会心慌。或者诗意地说，在这个陌生的城市，当万家灯火亮起的时候，起码有一个归去的方向。

米粉店附近的房子是不敢租的，租一间就倾家荡产了。赵君浩向牛腩请了一天假，坐车去了梅林关附近找房子。深圳分关内和关外，关内四个区，分别为罗湖、福田、南山和盐田；关外两个区，分别为宝安和龙岗。关内的房价如同青春期的孩子，噌噌地往上长，压都压不住。关外的就便宜多了，不过环境也差很多了。关内到处高楼大厦，绿草如茵。关外其实就是一个大农村，脏乱差，治安也不太好。

但正如沃尔玛的口号，低价就是硬道理。有几个腰缠万贯的人会过来深圳打工的？来打工的大都是口袋比脸干净的。所以，选择在关外租房的人很多，尤其是关口附近租房的更多,因为一方面价格较低,另一方面又离关内很近,交通便利。

这几个关口当中,梅林关更是首当其冲。梅林关处于福田区和宝安区之间,最靠近市区的叫民乐村,人烟密集之地。有地就有房,有房就有钱,于是纷纷起地基建楼房,多盖一层就能多收一层的租金,于是都拼了命地往上盖,恨不得都盖成摩天大楼。但政府下令不允许多盖,所以一般都是七八层,个别有背景的能盖到十层左右。村民们高度增不上去了,就往广度上拓展,于是楼与楼之间几乎挨着,故这些农民楼又被昵称为"握手楼"或者"亲吻楼"。

因为距离实在太近,两楼之间的住户鸡犬相闻,声息相通。站在阳台上,对面衣食起居一览无余。当地的村民,或者说房东,才不管你隐私不隐私的,挣钱就是硬道理。房子建好后,房东们都心满意足,租金多得花不完,于是每天专业打麻将,优哉游哉。

因为房子都是村民乱盖,没有统一规划,所以感觉乱七八糟。同样乱七八糟的,还有这里的住户,什么样的鸟都有。三教九流,五行八作。公司职员、推销员、小商贩、小姐、小偷、混混,反正你能想到的人,这里都有。

赵君浩挤302路到了以后,看见临街的房子外墙上全是贴着牛皮癣一样的小广告,有租房的,有搬家的,有办证的,有卖东西的,林林总总,什么都有。

赵君浩看见一个上面写着,"单房,带厨房阳台卫生间,能上网,租金450元,欲租从速,联系人黄生,电话139××××××××"。君浩感觉不错,价格也不是太离谱,于是拨了电话过去,里面传来"我爱你,爱着你,就像老鼠爱大米……",然后铃音突然断掉,里面传来一个老鼠一样尖细的声音:"喂,你系边个?"

赵君浩一愣,以为拨到火星,后来醒悟是粤语,忙说道:"你好,你是黄生吧,我想租房,还有房吗?"那边终于从火星回到地球,用普通话说道:"有啊,54栋802,单房,你想租的话,就过来看一下,我在202,你一会过来按门铃就行了。"

赵君浩说道:"好。"听见那边一阵搓麻将的声音,然后就断了。

赵君浩找54栋,很好找,就在前面路边第4栋,8层楼,不新不旧的。赵君浩按了门铃,然后熟悉的老鼠声音传来:"谁啊?"君浩马上撅着屁股头靠近门铃答道:"我啊,过来看房的。"

然后就听见"咔"的一声门开了,赵君浩拉开门,走楼梯上到二楼,202已经开了门。君浩看到了一个胖墩墩的男子在门口站着,里面有两男两女正在认真地搓麻将。

后来赵君浩才知道,房东叫黄长城,估计是房东他爹去北京爬过一次长城后,激动得不行,给儿子起了这么个名字。房东也果然没辜负老父厚望,长大后天天筑我长城,辛勤搓麻。后来,连体形都长得越来越像麻将,腰跟肩膀一般宽,只不过肚子和屁股略大,属于胖版的麻将,简称胖麻。胖麻的老婆,就是屋里面靠沙发坐的那个,巾帼不让须眉,长得也跟麻将似的。

胖麻看到赵君浩,一龇黄板牙:"有诚意要租吗?"

赵君浩一愣:"有,要不我也不来啊,不过,总得让我看一下吧。"

胖麻抹了一下脸:"那就好,在8楼,没电梯,要爬楼,你行吗?"

赵君浩点点头,心里说道,我送外卖天天都要爬楼梯,还会怕这个吗?

胖麻转头对他老婆说道:"你先替我打几圈,我一会就下来。"然后就带着赵君浩上楼。终于上到8楼,君浩并不觉得太累,胖麻却是上气不接下气的,几乎暴毙。胖麻喘了半天气,终于还过魂来,哆哆嗦嗦用钥匙开了802的门。

出乎赵君浩的意料,房间居然很干净。大概七八平方米,铺着白色的地板砖。靠近里面,有一道大的玻璃门。打开玻璃门,是一个小阳台。阳台右边是一个小卫生间,阳台左边是一个小厨房。真是麻雀虽小,五脏俱全。君浩非常满意,脸上不自觉地露出笑容。

胖麻久经世故,说道:"怎么样,不错吧,又好又干净,说实话,这种房子我就算要五百,也照样能租出去。"

赵君浩听着话锋不对,不能让胖麻顺着说下去,忙敛起笑容,皱起眉头,装作不满意的神情:"房子是不错,但你看,大白天的,房子也没多少光亮。"

胖麻不慌不忙:"小兄弟,一看你就是刚来这里。这儿的房子基本上都这样,我这儿还算好的,有些家的房子一点光都没有,大白天的都得开灯。你放心,我知道你担心什么,我写着四百五,就是四百五,不会问你多要。"

赵君浩就等着这句话,同时佩服胖麻的X光眼,居然洞悉他的内心。

胖麻一番义薄云天之后,马上话锋一转:"不过,这四百五可不包括水电费,水是5块钱一立方,电是1块钱一度。你就一个人,水电用不了多少,省点的话,顶多一二十块钱。"

赵君浩点点头,这边租房确实是这样,一般水电费都是另算的,这个没办法讨价还价的。

总的来说,赵君浩挺满意这个房子,于是点头答应承租。按照这儿的规矩,是押一交一,君浩给了胖麻900块钱,胖麻下到二楼给君浩开收据。在开收据之前,君浩给胖麻说,今天是7月28日,自己要等到月底工作辞了才能过来,也就是8月1日才来,希望房租能从8月1日开始算。

也就是顺水人情的事,胖麻刚要答应,没想到在旁边认真打麻将的胖麻老婆一回头,眉梢一挑,硬邦邦地丢出几句:"那可不行,是几号就是几号。你要不租,现在肯定别人也租上了,这几天我们也收上钱了。我们只管租房,至于你什么时候过来住,那是你的事。"

赵君浩厌恶地看着这个又老又胖又丑的女人,很有唾她一脸的冲动。

胖麻一看就是久经调教,训练有素,本来到嘴边的"行"字,也马上变成了"不行"。

赵君浩本就是忠厚老实不善争执的人,知道自己也讲不过这个泼妇,也只好暗气暗憋认吃亏。不过好在君浩天生豁达,这件事也就气那么一会儿,过不了多久就烟消云散了。君浩想着已经租好的房子,想着未来的新生活,又不禁暗暗有些高兴起来。

7

时间就像一个发脾气的女人，总是喜欢跟你对着干。赵君浩越是希望这几天过得快些，反而越觉得时间慢若蜗牛，一秒如同一年。好不容易熬到了月底，君浩兴高采烈地去找牛腩结账。

牛腩不慌不忙地抽出870块钱给赵君浩："你请假了一天，扣30块钱，点点，不错吧。"赵君浩接过这薄薄的几张纸，点了一遍，确实不多不少。

牛腩轻轻地拍了一下手："好，咱们两清了，希望你以后常来看看。"

赵君浩略微愣了一下："牛老板，还有一百块钱押金没给啊？"

牛腩翻了一下眼皮："押金？什么押金？有收据吗？"

赵君浩大脑立马短路，心想原来从牛进化为王八这么容易，原来说得好好的，现在就翻脸不认账了。

君浩青筋暴跳："就是工服的押金啊，你当初说得好好的，走的时候退，现在怎么不认账了？"

牛腩一副不明所以的神情："什么工服的押金，就这破衣服，我用得着收押金吗，你问问他们，看收没收？"说着，把旁边的一个瘦巴巴的叫阿军的快递员叫过来："阿军，我问你，我收过你工服押金吗？"

阿军转了转小眼睛，马上答道："老板，没有。"

牛腩很满意："好，走吧。"然后又把旁边的包子叫过来："包子，你说，我收过你押金吗？"

包子看了看牛腩，又看了看赵君浩，额头开始冒汗，脸有点扭曲，迟疑了一下，垂下头，低声地说道："没……没有，老板。"

赵君浩气得大脑一片空白，牛腩更是得意："赵君浩，你也看到了吧，他们都没有收,我怎么会收你的呢。再说了,我差你这一百块钱吗?"

赵君浩目瞪口呆,再一次领教了这个社会的丑陋。不过,君浩确实有点想不通,正像牛腩所说,他也不差这一百块钱,又为什么要赖自己呢?难道就是因为我辞工他心里不爽吗?难道他就不怕自己良心不安吗?

君浩其实不知道,这个世界上有一些人是天生没有良心的,人性本善的话对他们根本不适用。

君浩知道自己不善与人争执,也斗不过牛腩,但仍然气不顺,只好勉强甩出几句狠话:"好,你等着,三十年河东,三十年河西。你以后别犯到我手里,犯到我手里看我怎么对你。"说完转身扬长而去,身后是牛腩得意的奸笑声:"好,赵君浩,我等着你。"

君浩一边往前走,一边在心中对牛腩咒骂不绝,最后拎着行李挤了半天公交,回到在民乐村租的房子。光线有些暗,君浩索性开了灯。明亮的灯光下,照着孤零零的一张破床,一张旧桌,还有一把烂椅。地板倒是很干净,被灯光映照得越发惨白。君浩忽然感到有些恐惧,原来那些对新生活激动向往的心情逃之夭夭,剩下的只是对未知生活的茫然与不安。

交完房租与押金,君浩身上大概只剩下一千九百多块钱了,这薄薄的十几张纸在一切皆贵的深圳,要不了多久就会无影无踪。而一旦身无分文,结果可想而知,所以,当务之急,是必须尽快找到工作。

赵君浩毕业于河南一个众所周不知的大学,学的是市场营销专业。说白了,就是教人怎样推销的专业。其实,赵君浩并没有选这个专业,是调剂过来的,甚至这个大学也是调剂过来的。赵君浩从小就梦想成为每天吊儿郎当还有钱赚的作家,于是高考时报的都是中文系,第一志愿是北大的,第二志愿是南大的,第三志愿是郑大的,完全按照老师叮嘱的拉开档次的原则,可惜人算不如天算,分数下来,离普通本科的录取线还差 6 分。

君浩仰天长叹,痛苦了半天。就在准备复读的时候,河南一所公立大学因为生源没招够,把分数线降了 6 分,正好发现了赵君浩这个漏网之鱼,于是主动打捞,最后君浩就稀里糊涂地上了大学,而且还是本科,学了市场营销专业。

多年之后,当君浩回忆往事的时候,才明白这些所谓的阴差阳错,其实就是命运。

其实,销售不是学出来的,而是练出来的,在大学学四年的空头理论,不如亲自去跑一个月的业务。并不是所有的行当都可以专业化和理论化的,可惜很多学校还是跟风式地开这个专业,结果每年大学都生产出一大批看似满腹经纶实际一无是处的"营销人才"。

赵君浩不喜欢销售,所以大学毕业来深圳找工作的时候,根本就不找业务方面的,只投编辑记者之类的。不过,君浩悲哀地发现,好多公司招所谓的编辑记者,绝大多数还是去跑业务。少数正宗的,也是要中文专业而且有多年工作经验的。君浩没一样符合,又不愿去做销售,最后终于一文不名,快饿死的时候被黄鳝慧眼识珠,去湘菜馆刷了盘子。

吃一堑长一智,赵君浩这次不想再重蹈覆辙,于是决定跑业务。业务跑好了,是可以让自己在短时间内挣钱的,然后过上如那个中年秃头男一般的富贵生活。

赵君浩躺在破床上,胡思乱想了半天,终于打定了主意。心中的茫然与不安也大大减少,感觉应该庆祝一下,于是跑到楼下的小摊上,买了几块钱的凉菜和一瓶啤酒,拎上来,一个人自斟自饮。

最后,凉菜吃完了,啤酒还剩下一个底儿。赵君浩感到头有点发胀,于是点了根中南海,然后站起来,一手拿着烟,一手握着啤酒瓶,走到阳台。外面天已大黑。君浩把剩下的一点啤酒一仰而尽,然后胳膊支在阳台上,看着下面点点清冷的路灯,忽然感到彻骨的孤独。

8

第二天醒来，已经上午十点多了。赵君浩揉了揉眼睛，一时有些恍然，不知身在何处，后来意识慢慢回巢，才明白自己已经辞工，现在在租的房子里面。

赵君浩慢腾腾起来，懒洋洋地刷了牙洗了脸，然后坐在床边，点了根烟，开始发呆。

当务之急是找工作，但赵君浩不愿意再去深圳人才市场挤了。刚来的时候，君浩去过，当时就被震撼了。我的天啊，人山人海，水泄不通，好像全中国的人都挤到这里了。每一个摊位前都是密密麻麻的人头，想挤进去递份简历都势比登天。每一个人脸上都露出那种急于把自己卖出去的神情。

赵君浩不愿去挤"人肉粥"，再加上在这种招聘会上投简历效果很差，所以就不愿再去。君浩又没有多少亲戚朋友可以介绍工作，所以只好选择在网上投。在当时，深圳最有名的招聘网站是中国人才热线，还有前程无忧等。

赵君浩在这儿没有电脑，老家倒是有一台大学时期攒的组装机，不过远水难解近渴，总不能让父母把电脑寄过来吧，运费的钱都快够买台新的了。

赵君浩跑到楼下找网吧，楼下不远处有一家，金碧辉煌，宽敞明亮。君浩过其门而不入，专门找那种黑网吧，便宜啊。其实，黑网吧很好找，一般都是那种防盗门中间破开再加装一个小门的。别小看这些黑网吧，特赚钱。小的弄几台十几台破电脑，大的弄几十台，不用交税，除掉电费外，分分钟都是钱啊。赵君浩有一个同学，在老家开了一家黑网吧，没两年就起了一栋楼。不过，高利润自然伴有高风险，这个世界其实很公平。黑网吧一旦被查，除没收电脑外，还要重罚。不过一般敢开黑网吧的，都是背后有点关系的。

赵君浩才不管这些内幕，只要便宜就行了。君浩很快就找到一家，一进去，好家伙，乌烟瘴气的，如同鬼域。每台电脑面前都坐着人，男的多女的少。男的一般都叼着烟光着膀子在打网游，女的则是面带微笑地在聊 QQ。

没有机器，赵君浩只好等着。黑网吧里一般都没有供人休息的沙发或者座位，君浩只好站着。终于等到有人下机了，赵君浩赶快抢位。

君浩习惯性地双击桌面上那个笨拙的小企鹅，然后登录。从网上下了一个简历模板，开始做简历。前面的都好写，写到工作经历方面了，君浩停了下来，然后点了根烟，思考怎么写。肯定不能如实写，毕业快一年了，总不能在上面写找工作 4 个月，刷盘子 5 个月，送外卖 3 个月吧。既然决定找销售工作，那就必须要编销售方面的经历。简历就是敲门砖，得到面试机会才是关键，所以不得不弄虚作假。

多年之后，当赵君浩开始面试别人的时候，看着那一份份天花乱坠的简历，心中不觉隐隐共鸣，黯然一笑。

9

编哪方面的销售经历呢？赵君浩不由得抓耳挠腮，冥思苦想。君浩毕业论文写的是《论网络营销》，在郑州还听过聪聪网总裁冯普人的一堂演讲。兔子就吃窝边草，君浩决定，就编在聪聪网的吧。

内事不决问百度，赵君浩上网查了很多聪聪网的信息。聪聪网也是做网络商贸的，规模挺大。其年是公元 2006 年，网络商贸方兴未艾，发展迅猛，当然，现在更是如日中天，互联网已经彻彻底底改变了人们的生活。

赵君浩措辞半天，终于在简历上编了一通在聪聪网工作的经历，还用了一些在大学时学的自己都不太明白的术语，什么"4P"理论啊，什么"B2B"啊，以作唬人之用。但令君浩始料未及的是，日后的一天，他还真进了聪聪网，命运的诡

/ 旅途 /
一个 80 后的未"成功"奋斗史

谲让人感叹。

不过，赵君浩有些后悔，早知道这么灵验，忘了编在银行了。

编完简历，赵君浩就开始登录中国人才热线深圳站，先注册了一下，然后把简历复制了上去。网站居然还提示是否有英文版，君浩本想不予理睬，但后来一转念，搞个英文版更能唬人，于是上了一个翻译网站，把简历放上去，然后就出来一个错字连篇驴唇不对马嘴的英文版。君浩知道那些面试的家伙也没有几个真正懂英文的，于是略微改了几处明显的错误，然后就发了上去。

看着形式上整整齐齐的中英文简历，还挺像那么回事，赵君浩忽然觉得自己是个人才，于是信心大增，开始在网上浏览各种公司，海投简历，连华为和中国移动这样的大腕都没放过。君浩的理念是网撒得越大，鱼才能捕得越多，也全然不顾自己的网是什么材质做的，能不能禁得住大鱼的重量。自信来自盲目的乐观，君浩投得不亦乐乎，后来连公司简介都懒得看了，有枣没枣先打两竿子，看着差不多的就直接投。

忙乎了一上午，战果卓著，赵君浩心满意足，下机去找地方吃饭。

肚子饿得"咕咕"叫，赵君浩在街上找吃饭的地儿，看见一家兰州拉面馆，便直奔进去。

赵君浩点了一份小碗的牛肉拉面，五块钱，不敢点大碗的，虽然只贵了一块钱，但是一块钱也能憋倒英雄汉。没找到工作之前，还是尽量省点吧，吃不饱总比饿死强吧。

好在碗大汤多，虽然面不太够吃，但是"呼呼"地把热汤喝完，感觉上也显得很饱了。赵君浩盛馔之后，鼓腹而出，继续去网吧投简历。

赵君浩又紧锣密鼓地投了半天，感到有点累了，便打开网吧里的电影，看了起来。

看了一会，内心深处萦绕不去的生存的压力，悄悄地冒头。赵君浩没了心思，关掉了视频，又开始在网上勤奋地投简历。一直投到快晚上六点钟，君浩下机，然后依然去兰州拉面馆，吃了一碗小碗的面条。

/ 旅途 /
一个 80 后的未"成功"奋斗史

吃过之后,回到空荡荡的小屋,赵君浩感到无比寂寞。无以自遣,下楼买了一瓶青岛啤酒,拎上来,一个人站在阳台上,看着黑黝黝的夜幕,一边想着心事,一边大口地喝酒。喝完之后,往床上一趴,头晕晕然,慢慢地,就什么都不知道了。

10

第二天上午醒来,赵君浩洗过脸后,下楼买煤气炉、煤气灶、锅碗瓢盆等做饭的家什。君浩仔细盘算了一下,如果每天都在外面买着吃,就算省掉早餐每天吃两顿,一顿就按最便宜的 5 块钱算,一天也要 10 块钱,一个月就是 300 块啊。虽然这 300 块可能还不值有钱人的一顿饭钱,但对于身上只有薄薄十几张纸的君浩而言,那就是巨款。

赵君浩从来都不是一个喜欢算计的人,但残酷的生活会改变一个人,直到面目全非。不要试图跟生活死磕,因为你磕不过它。

赵君浩先去前面路边一个卖煤气罐的小店,没敢买大罐的 50 公斤的那种,要一百多,太贵,而且也不方便。君浩要了一个小罐的,5 公斤那种的,一只手就能拎起来。主要是便宜,但其实还有一个隐秘的原因。从小到大,君浩常能从电视或者报端看到有关煤气爆炸的新闻,使得君浩从小就对煤气罐深藏恐惧,仿佛它们就是一个个定时炸弹,不知何时会突然引爆。买个小罐的,一旦爆炸,起码自己还能留个全尸。君浩并不怕死,只是不想这么死。

小罐的要价 50,还要交 50 元罐子的押金。在一个缺乏诚信的社会,处处押金。买了罐之后,接下来就必须再买一个煤气灶,就像买了茶壶就得配茶杯一样。煤气灶,也像所有的商品一样,沾染着人类社会的恶习,被划分为高低贵贱,三六九等。店里最贵的居然要两千多,一个足以让君浩倾家荡产的数字。看

/ 旅途 /
一个 80 后的未"成功"奋斗史

着这个数字，君浩感到一种深深的羞愧，甚至耻辱。在现今社会，贫穷早已不是一种错，而是一种罪。君浩如同犯罪一般感到无地自容，两颊发烫，但又表面上装作很平静，维系着自己那可怜的自尊。

最后，君浩还是选择了店里最便宜的那款，单灶的，15 块钱。它拥有着所有低俗产品，或者说低俗女人的特征，色彩鲜艳，外形粗糙。在店老板鄙夷的眼神中，君浩付了钱，然后拎着煤气罐和煤气灶，匆匆出了店门，回到住处。一番忙碌之后，君浩打着了火。望着那团蓝色的火苗，君浩感到了一丝温暖。

赵君浩把火关掉，重新下楼去买做饭的家什。街上的这种小店很多，君浩进了最近的那家。店老板是个中年妇女，大胸大腿大屁股，跟堵墙似的。女人啊，一过 40 基本就没法看了，老且不说，光这胖就让人美感尽失。

这老板娘失得更厉害，嘴唇上居然还长了一层黑黑的胡子。其实，仔细看，不是胡子，是汗毛。只不过可能更年期内分泌失调，汗毛长得特旺盛。远远一看，安能辨我是雌雄？

赵君浩看得崩溃，真想拔腿就走，但既然已经来了，又不是买媳妇，听之任之吧。店里东西还真全，锅碗瓢盆，刀叉羹勺，应有尽有，看得君浩直感叹，原来小小的厨房方寸之地，居然会有这么多的配套用具。民以食为天，此言不虚。

赵君浩拎起一个炒锅，问价钱，老板娘一开口，君浩立马就感受到一种浓浓的雄性力量。这让君浩很敬佩，真是一个表里如一的人。这样一口锅居然要 30 块，君浩嫌贵，于是又指着旁边一个看起来比较猥琐、价格应该比较低的锅，老板娘仍然粗着嗓音报了价，12 块，比较接近君浩的心理价位。君浩问还能便宜不，老板娘开始大倒苦水，说什么本小利薄，本身就不赚钱，再加上房租、水电、税务等更是负担沉重。君浩感觉自己像个接待上访的官员，郁闷无比。听了半天，君浩终于明白一个道理，要想让老板娘降价，那是不可能的事。

既然不能改变，那就接受。赵君浩赶快插话，问旁边铁铲的价格。老板娘正发泄得痛快，忽然被君浩打断，心中不爽，这就像上厕所大便，正拉得痛快，忽然被人喊着去接电话。但老板娘估计久经此事，忍耐超强，马上转换角色，给君浩报了铁铲的价钱,8块。君浩习惯性地问还能便宜不,问完就后悔了,果然老板娘又开始粗着嗓子上诉。

  买厨房用具,其实是一个连环套。买完煤气罐,就得买煤气灶,买完煤气灶,就得买炒锅,买完炒锅,就得买炒勺,买完炒勺,就得买盘子,买完盘子,就得买碗,买完碗,就得买筷子,接下来,就得买食用油、食盐、酱油、醋等。这还只是炒菜方面的,还得吃饭吧,于是还得买电饭锅,买大米。吃完饭,还得洗吧,于是还得买抹布,洗洁精。这就像多米诺骨牌,一旦推倒一个,其他的便跟着一个个倒下,无法停止,直到最后。

  赵君浩不想再受老板娘的煎熬,好在她报价还比较合理,尚能接受,于是赶快买了锅碗瓢盆等物准备闪人,总共花了将近两百块。君浩往外掏钱的时候只感叹,怎么挣钱那么难,花钱就这么容易呢。

  老板娘给赵君浩弄了两个很大的黑色塑料袋,把所有的东西都装进去,然后君浩一只手拎一个塑料袋,步履蹒跚地回到住处。到了之后,把所有的东西都拿出来,在厨房一一摆好。折腾了老半天,终于搞定。君浩累得坐在床边,点了一根烟,看着被充实一新的厨房,颇感欣慰。

  赵君浩一看手表,已经十一点半了,于是又转身下楼,去买米买菜。

  赵君浩拎着大米和菜,满载而回。先把米放进电饭锅,再加进一碗水,插上电,然后开始炒菜。其实,君浩从小就会做饭。君浩兄妹三个,他上面有个哥哥,下面有个妹妹。君浩的父母虽然文化不高,但天生睿智,深知"溺子如杀子"的道理,所以从来不娇惯他们,从小就让他们学习做饭、洗衣服等家务。

  君浩会做饭不等于做得好吃,因为君浩上有哥下有妹,小的时候一般是哥哥做,大的时候一般就妹妹来做。他身居老二,英雄无用武之地。偶尔做一次,连家里那条叫毛毛的狗都不愿意吃。因为君浩做饭的原则就是熟了就行,不管什么菜,盐啊醋啊酱油啊味精啊等各种调料往里面一扔,然后过上一会儿尝一下熟了就算大功告成。如此做法,结果可想而知。

  不过,赵君浩自己吃自己做的饭,却觉得很香,这就像很多男人一样,对于自己穿过的袜子，别人觉得臭不可闻，自己却偏要凑近嗅上几嗅，如饮甘醴，乐在其中。老婆都是别人的好，孩子皆是自家乖，也是一样的道理。

赵君浩很快就炒好一盘豆腐炒豆芽，闻闻觉得还挺香，很是自鸣得意，可惜无人分享，颇有衣锦夜行之遗憾。然后又拍了一盘黄瓜，倒了很多醋，还放了一点芥末油，又酸又辣，越痛越爽。

米饭也焖熟了，两个菜也弄好了。赵君浩在桌子上摆好，相当有成就感，这是来深圳做的第一次饭啊。第一次啊，君浩觉得应该庆祝一下，于是转身下楼，拎了瓶冰冻的青岛啤酒，一边吃一边喝，不亦乐乎。这顿处女饭吃了将近一个小时，君浩就有点高了，飘飘然了。带着这份畅快，君浩仰面躺在破床上，心满意足地睡了过去。

这一觉睡到了晚上十点多，赵君浩醒了，躺在床上，看着天花板，头还是有点发晕，迷迷瞪瞪的。起来喝了一点水，无事可做，还是继续睡吧。带着那残留的一点醉意，君浩又慢慢地昏睡过去。

11

就这样过了三天，居然一个面试电话都没有，赵君浩有点慌了。这样人吃马喂坐吃山空的，迟早有一天还得去刷盘子。难道弄的简历不行？是写得太夸张被人识穿，还是写得不够夸张不被人注意？君浩百思不得其解，越来越重的茫然与不安占据心头，无法消弭。

生活是个流氓，总喜欢调戏人，在赵君浩被调戏得手足无措几近绝望时，他接到了第一个面试电话。电话是一个声音很柔美的女人打的，那个女的让君浩明天上午十点半去公司面试。公司名称叫"点石成金商务公司"，地点在华强北起航大厦503室，职位是销售代表。君浩兴奋得恨不得从电话线这头穿过去，亲那个女的两口。她的声音,简直是这个世界上最美的声音! 她简直就是天使!

赵君浩忙不迭地说着:"好的,好的",挂上电话之后,还沉浸在那种兴奋的状态中,仿佛看到美好的新生活正在向自己招手。傻呵呵地乐了半天,君浩终于慢慢清醒。因为网撒得太大,君浩已经忘了自己是否投了这家公司。"点石成金"?到底是干什么的,难道是开矿的?将军不打无准备之仗,君浩飞身下楼,奔向网吧。

内事不决问百度,一番搜索,恍然大悟。原来这家是卖软件的,他们自己开发了一款叫"点石成金"的网络营销软件,这种软件的主要功能就是可以在两千多家商贸网站上,帮助企业发布自己的供求信息,类似于"商务快车"等。

赵君浩的毕业论文就是网络营销,所以对这方面并不陌生,觉得这家公司还是很有商业头脑的。其实,这款软件并不复杂,但在网络淘金时代,一个简单但却实用的想法就可以赚钱。

赵君浩仔细看了这家公司的情况,还默记了公司成立的时间,发展的历程等信息,准备在面试的时候适时抛出,惊艳对方。准备得差不多了,君浩下机回去,然后又跑到路边的复印店,把存在 MP3 里的简历打了一份,复印了十份。这个 MP3 是大四时买的,用到现在历经磕碰居然还没坏,堪称奇迹。

一切准备就绪,赵君浩心情愉快,破例在熟食铺买了二斤猪头肉,两个鸡腿,一斤豆腐皮,又买了两瓶青岛啤酒,乐滋滋地拎回去。在破桌上摆好,君浩自斟自饮,心满意足。

第二天早上六点,赵君浩就翻身起来了,穿上刚来深圳找工作时买的 200 多块钱的西服,80 多块钱的黑色皮鞋,还有 30 块钱的领带。穿好之后,对着镜子还往头上喷了一些十来块钱一瓶的啫喱水,然后用梳子梳得整整齐齐,油光发亮,苍蝇都落不上去。皮鞋也用那种两块钱一盒的鞋油,擦得锃亮。人靠衣装马靠鞍,这么上下一捯饬,君浩一下子就人模狗样了。

赵君浩又翻出原来找工作时买的正宗的假牛皮的公文包,把昨天打印好的简历放在里面,然后把包往肩头一拷,一个典型的业务人员的形象就出来了。

/ 旅途 /
一个 80 后的未"成功"奋斗史

赵君浩对着镜子自恋了半天,觉得自己越发的一表人才,甚至产生一种没来由的信念,认为自己只要往面试官前面一站,这气质,这范儿,肯定就会被录取。

带着这种美好的感觉,赵君浩坐上了 302 路公交车奔向华强北。

华强北是亚洲最大的电子产品集散地,经常可以看到裹着白头巾的中东商人也来这里进货。写字楼一栋挨着一栋,商铺云集,热闹非凡。

赵君浩原来刚到深圳的时候,面试的很多公司都是在这里,所以对这儿的地形还比较熟悉。君浩在华强中站下车之后,凭着记忆找起航大厦,因为君浩记得曾经去过一次。挤在人潮中找了半天,君浩终于不再相信自己,于是问了路边的一个百无聊赖的巡防。这个年轻的男巡防不耐烦地举起尊手,往前面一指,惜字如金地说:"前面。"君浩迷惑地看着前面,心里直犯嘀咕。

正在这时,从路那边匆匆走来一个穿着高跟鞋黑丝袜的二十多岁的女孩,也停到这个巡防员面前,询问起航大厦怎么走。这个年轻的男巡防一下子就来了精神,刚才的萎靡一扫而光,满脸笑容地对女孩说:"不远,就在前面,你顺着我手指的方向,就在那个华润超市的旁边,对,就是那个白色的大楼。"

男巡防指手画脚,就差动手动脚,恨不得亲自领这个女孩过去,但碍于工作要求不能擅离职守,眼神压抑不住直露淫光。女孩很满意自己的姿色所起的作用,问清楚之后,连声谢谢都没说转身就走。美女都是高傲的,或者说,都被男人给惯得高傲了,或者说,都被想跟她上床的男人给惯得高傲了。

赵君浩在旁边看得直生闷气,恨不得过来踹这个巡防几脚,但同为男人,他也理解那个巡防。事实上,他的目光也一直没离开过这个性感的女孩。没办法,天下的男人都是一路货色,君浩也不例外。况且那个女孩也是去起航大厦,君浩就更加名正言顺地跟着她往前面走。一边走,君浩还一面默默地祈祷,希望这个女孩也是去同一家公司面试。

那个男巡防良心未泯,给出的地址居然是对的。赵君浩跟在这个女孩后面,大概走了五分钟就到了起航大厦。快走到的时候,君浩的记忆才终于被唤醒,连连感叹"原来就在这里"。

赵君浩跟在女孩后面进了大厦，一起等电梯，不料突然腹中搅动，便意袭来，君浩也顾不得尾随了，赶快往一楼那边找厕所。果然一楼拐角处有一个，君浩连看都没看就冲了进去，进到最靠门那个"包间"，把门一关，脱下裤子，便开始狂轰滥炸，好不畅快。

正在不亦快哉着，赵君浩忽然听到一阵"嗒，嗒，嗒"的脚步声也进了厕所，君浩就感到有点不对，然后就听见隔壁的"包间"里传出了"嘘嘘"之声，君浩一下子就明白了，差点叫出声来。

正在这时，又听到两个女孩一边说笑着，一边也走进厕所，君浩的心一下子就提到了嗓子眼，额头马上就渗出了汗水。虽然深圳很开放，但是男人进女厕所，肯定会被毫无疑问地尊称为流氓。虽然君浩有时候确实很流氓，但本质上还不是个流氓。

君浩感到一种莫大的委屈，自己确实是无意的，但万一被发现了，自己的颜面何存。君浩静静地蹲在那里，屏住呼吸，不敢发出一点声音。

好在那三个女孩都是小便，完事之后都纷纷走了。君浩也早已解决完毕，赶快提上裤子，一摁水，开了门，拔腿就跑。幸好空无一人，终保一世英名。

赵君浩惊魂未定，站在一楼的大厅里喘了半天，心想面试第一天就出这种事，看来凶多吉少啊。君浩的心一下子就有点低落，但既来之，则安之，豁出去了，爱咋地就咋地吧。

12

赵君浩坐电梯上到五楼，找到503。屋子里靠门的椅子上已经坐了七八个人了，有男的，有女的，什么样的都有，但让君浩大喜过望的是，刚才问路的那个性

/ 旅途 /
一个 80 后的未 "成功" 奋斗史

感女孩居然也坐在里面。天啊，看来上帝偶尔也会开开眼。

赵君浩先去前台，准备通报名姓。一般来说，所有公司的前台基本上都是女的，而且都很漂亮，起码得有几分姿色。因为前台就是公司的脸面，谁不希望把自己的脸捯饬得漂漂亮亮啊，尤其是那些骗子公司，更是装足门面，就差雇空姐当前台了。

这家公司明显不是骗子，因为他们的前台不用化妆，都可以直接演妖怪。身材胖硕，脸大如钟，一头披肩散发，晚上走夜路，都能吓死几个。君浩实在没想明白，这个公司的老总把这样一个极品，放在这样一个靠脸蛋吃饭的岗位上是何居心？难道老总是个重口味？

赵君浩鼓足了勇气，使自己能够面对这个妖怪，自报家门后，就听到妖怪莺声燕语地说道："请坐在旁边的椅子上等一下，一会儿集中面试。"

君浩听到这个声音后，当场石化，似乎看到一种美好的情感，正扇动着翅膀向远处飞走。这个女孩居然就是给自己打电话的那个人！天啊，为什么人间的天使都是这么惨不忍睹啊，难道下凡的时候真的都是脸先着地的？

赵君浩故意找了一个靠近那个性感女孩的位置坐下，并且使劲多看了两眼，以弥补刚才的视觉虐待。美女就是美女，看着就赏心悦目。不过，这个女孩仍然一副高傲的样子，面无表情，冷若冰霜，仿佛所有人都欠她两百块钱似的。

过了一会，就看到妖怪走过来，用甜美的声音说道："请大家跟我到会议室。"于是一大帮人呼啦啦地都起来了，跟着妖怪走进旁边的会议室。里面挺大，塞个二三十号人都没问题。

大家都找了位置坐下，一会儿一个 30 多岁的穿着白衬衫的平头眼镜男走了进来。他径直走到中间，然后面对所有人，脸上带着居高临下的笑容，仿佛又看到将有十几个人惨遭自己的蹂躏。面试别人是有快感的，这是多年后赵君浩才深刻体会到的。

眼镜男意淫一番之后，轻启朱唇："现在，请大家按顺序做一下自我介绍，先从这个美女开始吧。"眼镜男一指那个赵君浩垂涎已久的冷美人。看来所有男人的眼睛，都天生带有自动对焦功能，绝对不会放过任何一个美女。或者说，美女就像暗夜里的灯火，总是那么容易被捕捉到。

那个冷美人居然对眼镜男甜甜一笑，脸上的神情就像急于上戏的女演员面对导演的感觉。冷美人站起来，故意顺着高耸的胸部开始，用双手把短衬衫往下捋了捋，似乎是为了捋平衬衫的褶皱。这时，在座所有男士的目光，包括那个眼镜男的，都顺着女孩的手从上看到下，一个个都恨不得替她捋。同时，在座所有女士的目光，也跟着女孩的手从上看到下，一个个都恨不得把她踢出去。一时间，房间里充满了强烈的荷尔蒙和酸葡萄的混合味道。

冷美人很满意地笑了笑，开口道："面试官好，大家好，我叫孙悦。我这次来应聘销售代表。因为我喜欢销售，销售特别能锻炼人。因为你要跟不同的人打交道，尤其是跟那些成功的老板们，我可以从他们身上得到很多宝贵的经验。我渴望成功，渴望过上精彩的人生。我很喜欢点石成金公司，我希望能成为贵公司的一员，谢谢。"

冷美人讲完之后，眼镜男带头鼓掌，下面众男士也拼命应和。

这个跟女歌星同名的冷美人坐下之后，旁边一个身材瘦小五官平平的女孩也站了起来，也东施效颦般捋了捋自己的衬衫，可惜无人观看。女孩子一下子就很自卑，声音也低了下来："大家好，我叫李艳梅，我也是来应聘销售代表的，因为我家里很穷，我想通过销售挣钱，让我的家人过上好日子。我希望公司能录用我，我会好好做的。"说完面色涨红低眉顺眼地坐了下来。

眼镜男仍是第一个鼓掌，不过明显是礼节性的，频率不快，声音也不响，下面其他人也跟着稀稀拉拉地鼓着掌，好像过完正月十五之后零散的鞭炮声。赵君浩却很起劲地鼓着，大家都很奇怪地看着君浩，连那个女孩也怔怔地看着。其实，君浩主要是欣赏女孩的朴实和孝顺，这是现在的女孩身上相当稀少的品质了。

接下来就轮到赵君浩了，君浩略略有些紧张，不过想到自己曾在大学几百人面前演讲过的辉煌事迹，这点紧张马上就慢慢地遁去了。君浩顿了顿嗓子，决定

/ 旅途 /
一个 80 后的未"成功"奋斗史

走幽默路线："Ladies and Gentlemen，大家上午好。本人叫赵君浩，赵本山的赵，君子的君，浩浩荡荡的浩，可不是耗子的耗。男，芳龄 23，籍贯河南，身高一米七三，未婚。如有对我中意者，请迅速与我联系，非诚勿扰。"

赵君浩一说完，底下已笑声一片。幽默是一种强大的力量，无往而不胜。大家都自发地热烈鼓掌，眼镜男用很赞赏的眼光打量了君浩几眼，就连那个冷美人也对君浩微微笑了一下。

赵君浩对自己的表现很满意，恨不得当场高歌一曲。接下来，剩下的几个人也都一一做了自我介绍，但都稀松平常，没有什么亮点。

这个流程走完之后，眼镜男笑着点了点头："刚才大家的发言都很精彩。"言不由衷之后，开始直奔主题："接下来，我们进行第二部分，我提一个问题，然后大家根据自己的理解来发言。这个问题是'你觉得在做业务时，什么是最重要的？'"

问完之后，眼镜男环视了一下四周，很满意自己挖下了一个隐蔽的大坑，仿佛看见大把的人正准备一个接一个地往里面跳。面试官从来都是工于心计的，这是职业给予的馈赠。

赵君浩深知此题的厉害，看似普普通通，毫不起眼，但却埋伏重重，暗藏杀机，就凭这样一个简单的题就可以迅速刷掉一大批人。当然你可以背那些网上所谓的面试宝典里的标准答案，但对于那些江湖老油条的面试官们，这样的回答首先就会被刷掉，一个连独立思考能力都没有的人又怎么可能成功呢？

赵君浩暗暗思考怎样去巧妙地回答这个问题，那边那个冷美人歌星已经站了起来，开始回答："我觉得做业务最重要的是有自信，要相信自己一定能做好，一定能把对方拿下，一定能把这个合同签下来。我相信只要拥有这样的自信，就没有做不好的业务。"说到最后，语气高昂，两腮泛红，很是激动。

大家也被刺激得纷纷鼓掌，赵君浩也鼓了掌，心想这个回答中规中矩，但却很符合这个冷美人的情况。君浩一万个相信，只要这个冷美人愿意解下自己的衣衫，就一定能把对方拿下，就一定能把合同签下来，当然前提对方是男的，而且喜欢女的。其实，美女做业务是有天生的优势的，这个无关乎公平，只关乎人性。

接下来，东施李艳梅开始发言，声音怯怯的："我觉得做业务的时候，最重要的是勤奋。可能我们跑一百个客户，最后只能成交一个。但是我们还是要去勤奋地跑第一百零一个，一百零二个，不能怕失败，也不能怕被拒绝。笨鸟先飞，我就是那个笨鸟，要比别人付出更多的汗水。我相信勤能补拙，一个勤奋的人，最终是会有收获的。"说完之后，仍是怯怯地看了看四周，暗自涨红了脸，静静地坐下了。

她得到的仍是那种稀稀拉拉的掌声，其实，她说得挺好，但丑女的悲哀就在于此。无论你说得再好，做得再好，都比不上美女的回眸一笑。赵君浩却很热烈地鼓掌，他发自内心地欣赏这个女孩的朴实，虽然这朴实在现今的社会是如此不合时宜。

又轮到赵君浩了，君浩略微整理了一下思路，决定走惊世骇俗路线："我觉得现在跑业务最重要的一点，就是别把自己当人看，客户有什么需求，你就满足他什么需求，这样就没有做不成的事。跑业务的人，千万别有自尊的想法。现在早已是买方市场了，我们都要求着客户来买我们的东西，你要还端着一副臭架子，以为自己人五人六的，谁买你的账啊。当然，如果你特有关系，特有背景，那也就罢了，但是绝大多数跑业务的人都是一穷二白的，都是靠自己白手起家，一点一点地打拼。在打拼的日子里，只有把自己放在最低位，你才会永远往高处走。《易经》有言：潜龙勿用，方能飞龙在天。我祝愿在座的每一位以后都能飞龙在天，飞黄腾达。"

赵君浩的"鸡鸭理论"刚抛出来的时候，众人都大跌眼镜。待到君浩讲完之后，现场静了大概有十秒钟，然后爆发出热烈的掌声。眼镜男带头鼓掌，估计他面试这么多年，都没听过如此新奇但又有理的回答。

大家对赵君浩纷纷刮目相看，连君浩自己也对自己刮目相看，而且还刮了好几层，没想到自己居然这么有才，能蹦出这么一套理论，简直如有神助啊。

接下来，其他人的回答跟赵君浩比起来就无趣多了，不外乎是认真、细心、坚持之类的毫无创意的表述。

眼镜男眼睛冒着光，因为这次公司只准备招两个人，他心里已暗暗敲定了人选，所以本来还应该再问几个问题的，他也不问了，直接对大家说："好，今天的面试结束，大家都先回去吧，我们最后要再汇总一下。如果被录用的话，我们会电话通知。好，谢谢各位，大家可以走了。"

于是，大家纷纷离位，一个个地往外面走。赵君浩临走的时候，眼镜男朝他微笑地点了点头，君浩明白自己已经八九不离十了。君浩走在了那个冷美人后面，刚才成功的发挥让他信心大增，于是他主动跟上去，要那个冷美人的电话号码。冷美人看了君浩一眼，略微迟疑了一下，然后就报了一个号码，君浩赶快用手机存上。君浩很真诚地对她说："希望咱们都能够被录用。"冷美人笑了笑："谢谢，希望吧。"

然后两人就在写字楼下面分手告别。

13

赵君浩还没走到车站，手机就响了。君浩掏出来接通，里面传来了眼镜男磁性的声音："你好，是赵君浩吧，恭喜你，你被录用了，明天上午九点钟过来上班吧。"听到这个消息，君浩并没有太多的意外，因为胸有成竹。但君浩还是很高兴，毕竟找到工作了，而且是击败了那么多竞争对手，这种成就感更让人感到幸福。

赵君浩心中美滋滋的，看着街上的每一个行人都觉得那么顺眼。抬头看天，觉得天是那么蓝，云也是那么白。这个世界简直太美好了，以前怎么就没发现呢？

/ 旅途 /
一个80后的未"成功"奋斗史

兴奋了半天，赵君浩忽然想起应该给那个冷美人打个电话，问她被录用没。凭感觉，她录用的可能性也很大，别的不说，光那倾城的美貌就足以征服那个眼镜男了。

当赵君浩满怀喜悦地拨了冷美人给他留的号码时，一个意想不到的声音居然从听筒里传来："对不起，您拨打的号码是空号，请查证后再拨。"君浩当时就呆住了，不可能啊？于是，君浩不死心地又拨了一遍，还是那个冰冷的职业女声。君浩又拨了一遍，依然如此。君浩不拨了，颓然地放下电话，感到一种深深的迷惑和挫败。

只有两种可能，一种是有意的，一种是无意的。有意的就是那个冷美人故意给了君浩一个不存在的号码，无意的就是要么冷美人不小心说错了号码，要么是君浩不小心记错了号码，但不管有意也罢，无意也罢，结局都是一样的。君浩一直在想，到底为什么呢？直到多年之后，君浩想到此事，仍是一肚子的迷惑，这成了君浩此生永远的谜团。

赵君浩从此再也没见过那个冷美人了，一个本该发生的美好的或悲伤的故事，就这样早早地夭折了。人生往往就是这样，一个看似不经意的小细节，就能完全改变命运的走向。

就这样，赵君浩怀着既兴奋又失落的复杂心情回到了住处。第二天一早醒来，仿佛新生一般，昨天失落的部分都基本散去。君浩的性格中，天生有达观的部分，这也是他在未来的人生之途中，虽历尽艰辛但依然勇往直前的关键所在。

赵君浩八点五十到了公司，居然看到了昨天的那个东施李艳梅，而那个西施冷美人却不见踪影。君浩后来才知道真相，原来昨天面试结束后，眼镜男已经敲定他和那个冷美人了。但按照程序，他还要给总经理汇报，终审权还在老总那儿。但很不幸，老总是个女的，而且是个刚刚因为小三插足和丈夫离了婚的女人，一个可怕的怨妇。

女老总浏览了眼镜男递上来的简历，尤其是眼镜男重点推荐的赵君浩和冷美人的简历。对于君浩，她没有什么意见，但一看到冷美人的，尤其是冷美人简历

/ 旅途 /
一个 80 后的未"成功"奋斗史

上的照片时,她的眼睛立刻目露凶光。这是一张多么标准的小三脸啊,以前压抑的所有对小三的愤怒瞬间就转移到冷美人身上,恨不得当场就把这张简历撕成碎片,但碍于下属在场,理智还是占了上风,只是淡淡地说道:"这个女的气质太冷,不适合做销售。"然后又大概翻了翻剩下的简历,指着东施李艳梅的那份说:"就她吧,这个女孩子看起来挺朴实的。"

就这样,女老总轻轻地一点,就决定了两个人的命运。看来貌美并非全是好事,而貌丑也并非全是坏事。上帝终究是公平的,他在用各种方式补偿着每个人。

眼镜男刚开始很是不解,但看到女老总阴沉的脸色,便什么话都没问,马上就去打电话通知了赵君浩和李艳梅。这就是事情的内幕,说出来很简单,但不说就永远不会有人知道。死都不知道怎么死的,这是太多人的悲哀了。

其实,赵君浩对于李艳梅印象挺好的,虽然她长得并不漂亮,但男人并不永远都是下半身动物,偶尔也会用上半身一下。君浩欣赏李艳梅的朴实和谦卑,这是美女身上几乎绝迹的美德。而李艳梅也对君浩颇有好感,因为在昨天面试的时候,自己发言后只有君浩那么热烈地鼓掌。其实很多时候,喜欢一个人,或者恨一个人,都是因为细节。

上班的第一天,眼镜男领着赵君浩和李艳梅走进办公室。办公室总共只有六个人,三男三女,很对称,大家都在各自的格子间里貌似很认真地工作着。眼镜男轻轻地拍了一下手,然后那六个人的头,如同蜗牛一般,从各自的格子间里伸出来,面无表情,定定地看着眼镜男。

眼镜男敲山震牛后,清了一下嗓:"大家稍微停一下,我给大家介绍两位新同事。这个是赵君浩,这个是李艳梅,大家欢迎一下。"于是六个蜗牛纷纷挤出笑容,有气无力地鼓掌。

接下来,眼镜男领着赵君浩和李艳梅,好像领着新娘新郎一般,一个一个地走到各自的桌前介绍那六个蜗牛。这六个蜗牛除了一个是售后安装员,一个是财务外,其他四个都是销售代表。后来君浩才知道,因为公司实在太小,淡季的时候,连售后安装员和财务,连同面试官眼镜男在内,都要去跑业务。所以,这个公司其实是全民皆商,真可谓物尽其用,没有一点浪费。

那个女老总,君浩没见到。事实上,她很少出现在公司。一个女人办起一家公司,是很不容易的,背后要做出很多牺牲。她不在公司的时候,肯定都是在外面牺牲着。

14

介绍完之后,那六个蜗牛又各自把头缩回去,继续貌似很认真地工作着。眼镜男又如同伴郎一般,领着这对新人进了会议室。接下来,眼镜男开始给两个人做培训。刚开始的时候,照例是讲了一通公司的辉煌历史,以及未来的美好蓝图,这蓝图里甚至还有在美国纳斯达克上市的部分。说到最后,眼镜男手舞足蹈,情绪激动,连自己都快相信自己所说的话了。

赵君浩和李艳梅也跟着激动得不行,仿佛也看到了无比光明的未来。要想生活快乐,就必须善于自我欺骗,三个人都沉浸在美好的自我欺骗中。一时间,会议室的上空充满着幸福的滋味。

最后,还是眼镜男第一个梦醒,一边暗暗佩服着自己的口才,一边开始讲授实际的"点石成金"软件的功能。赵君浩和李艳梅也终于从激动的状态中醒来,开始拿起笔在本子上很认真地记着。

软件介绍完之后,眼镜男又开始讲授一些销售方面的技巧。这个部分很有意思,充满了人类发明的阴谋诡计。这种诡计的集大成者就是《三十六计》。人们对此书引以为豪,并且身体力行。要想活得好,就得骗得巧。赵君浩深明此理,于是很认真地听着。眼镜男久混江湖,果然一肚子的"学问",令君浩大开眼界。

比如在怎样打电话与客户见面方面,通常业务员是这么问客户的:"您什么时

/ 旅途 /
一个 80 后的未"成功"奋斗史

候有空,我来拜访一下您?"大多数的客户则会顺势说:"这段时间很忙,过段时间吧。"这一过段时间,就能过到 2012 年世界末日了。所以,遇到这种情况,有经验的业务员则会这么问:"您明天上午有空,还是下午有空呢?"由原来开放式的问题变成了二选一的问题,这样就在无形之中引导了客户的思路,客户会习惯性地从中选出一个。但是无论选择哪个,业务员与客户见面的目的就达到了。当然,如果遇到更加老谋深算的客户,这一招就会暂时失灵,但是对于绝大多数的客户,还是相当奏效的。

再比如跟客户见面之后,在你介绍自己的产品时,有很多客户会问,你们这个产品跟其他公司的同类产品有什么不同。这个时候很多菜鸟业务员就会把竞争对手的产品批得一无是处,这个方面不行,那个方面不行,简直就是狗屎一堆,然后再把自己的产品夸得天花乱坠,前无古人后无来者的,而这样的结果往往会激发起客户强烈的逆反心理,然后对你的看法会大打折扣。这个时候,有经验的业务员则会这么说:"他们的产品也做得非常好,非常优秀,但是在这个功能方面,我们要做得更完善些,比如……"这样既夸了竞争对手,又突出了自己产品的优势,会让客户在心底暗暗钦佩你的人品,又会认可你的产品,达到事半功倍的效果。

其实,这样的技巧也可以延伸到人际关系方面。无论在哪里,要想升得快,混得好,一个很重要的原则就是永远不要在背后说别人的坏话。因为对于听者而言,他会认为你既然能在背后说别人的坏话,也肯定会在背后说自己的坏话。他会对你深深警惕和鄙夷,而一旦别人对你警惕和鄙夷之后,你的升迁之路基本上就走到头了。所以,聪明的做法就是永远只说别人好,从来不论他人非。这就是虚伪的智慧和智慧的虚伪,但是非常实用。

赵君浩听得如痴如醉,茅塞顿开,心中不住地感叹四年大学真是白上了。四年学到的东西还不如眼镜男这一个小时的培训收获大,可见中国应试教育的失败。

赵君浩记了满满的两三页纸,笔走龙蛇的,后来翻看的时候竟然大半都不认识，颇有父不识子的感觉。培训完以后，眼镜男满头大汗，但看着被自己震得呆呆傻傻的二人，心中颇有几分得意。

眼镜男又给君浩、艳梅二人每人发了一个公司产品的详细说明，吩咐他们今天好好看一下，明天就要开始拿着企业黄页一个一个地打电话，美其名曰"电话营销"。

于是，在剩下的时间里，赵君浩和李艳梅就拿着那厚厚的产品说明一点一点地看。君浩看了半天，看得头晕眼花的，最后大脑只记住了这个软件能帮助客户在2000多个网站上，免费发布供应信息。

2000多个网站，君浩知道这里面肯定有水分，而且水分颇丰，就像只有几个人的公司也敢自称某某国际有限公司，又像一个三流的歌手出专辑就敢宣称全球同步发行一样。国人骨子里就崇拜数量大、名头响的词，好像无形之中也能借此抬高自己的身价，满足内心那隐秘的精神需求。

忙碌中，时间就会过得飞快。下班的时间到了，君浩发现那六个蜗牛早已不见身影。眼镜男倒是很敬业，说要留下来整理一些文档，让赵君浩和李艳梅先走。君浩对眼镜男肃然起敬，不过后来才知道，眼镜男是为了下黄色电影。可见，生活中处处充满假象。

赵君浩背上包，走出了办公室，刚走出两步，李艳梅便跟了上来，略带几分羞涩，主动开口道："赵君浩，你去哪儿等车啊？"

君浩略愣了一下："我在华强中。"

李艳梅很高兴："噢，我也是啊，咱们一起走吧。"

君浩没想到李艳梅这么主动。其实，再羞涩内向的女孩子，一旦喜欢一个人，在某些时候都会变得非常主动，这大概就是暧昧的力量吧。

15

一起下电梯的时候,赵君浩借着电梯镜子的反光,认真地打量了一下李艳梅。说实话,李艳梅长得并不难看。该凸的地方也凸了,虽然凸得没那么挑逗。该凹的地方也凹了,虽然凹得也没那么诱惑。其实,美女都是比较的产物,相较于网吧里的那个胖天使和公司前台的妖怪,李艳梅简直就是天仙了。

赵君浩深谙"相对论",于是内心居然也产生一点小激动。有女孩子喜欢终归是一件令人高兴的事,于是,君浩也开始主动和李艳梅说话:"李艳梅,你在哪儿住啊?"

李艳梅没想到君浩也对自己主动起来,越发高兴,赶快应答:"我在岗厦那边,跟我表哥在一起住。你呢?"

"我在梅林关附近住,就是那个民乐村。"君浩答道。

就这样,两个人你一言我一语地攀谈起来,不知不觉便走到华强中车站。这是个大站,众多车辆汇集之处。公交车一辆挨一辆的,如同火车一般。等车的人更如过江之鲫,乌泱泱地塞满了整个站台。站台如同孕妇的肚子,不断地向外鼓胀。很多人都已站到路边,汽车在身边呼啸而过,但每个人都泰山压顶不低头,汽车过来不退守。

赵君浩在旁边看得胆战心惊,倒不是怕死,只不过不想这么死,名声不好。于是,君浩和李艳梅便站在站亭后面,一边眼望着公交车来的方向,一边继续聊天。

聊了半天,李艳梅突然说道:"赵君浩,我先走了,我不能回去太晚,表哥还等着我吃饭呢。"

君浩一愣:"你坐的车来了吗?"

李艳梅忽然很俏皮地一笑："其实，我不坐车更快，岗厦离这儿很近，走路大概十五分钟就到了。明天见。"说完，冲君浩一挥手，转过身往南边的方向走去。

君浩也挥了挥手，他那个时候还没有去过岗厦，并不知道岗厦的方位，但忽然间想到一个问题，他是向北坐车，而李艳梅向南边走，所以就算她等车的话，也应该到路对面的站等车啊。原来这个女孩为了和自己多聊会天，一直没舍得走。想到这里，一股更大的甜蜜感忽地涌上心头。

赵君浩在大学时曾谈过恋爱，只不过一毕业就分了手。班里的其他情侣也都像约好了一般，纷纷各回各家，各寻各妈。在大学，谈恋爱更像一门课程。毕业了，课程修完了，大家就像获得了学分，该干吗就干吗了。当然，也有顽固不化，死活不愿结业，非要攻读到底的，但是修成正果的少之又少。

毕业即失业，毕业即失恋，君浩很圆满，这两样都占了。如今远离学校一年多了，李艳梅的出现似乎预示着君浩又一段感情的来临。

但君浩却隐隐心有不甘，说到底还是因为男人的本性问题。男人天生都是视觉动物，都喜欢追逐美女。那些说着"家有丑妻是个宝"的，其实都是吃不着葡萄就说葡萄酸的。虽说"红颜祸水"，但每个男人都宁愿近"祸水"而远"家宝"。

君浩也不例外，虽说李艳梅与丑女比堪称美女，但与真正的美女一比那就天上地下，不足观矣。与这样的女孩子谈恋爱，君浩有点不甘心。但转念想想，自己又算个什么东西呢？一穷二白，一无所有，能有女孩子喜欢你已经很不错了，你还想怎么样？

一时间，赵君浩的心里就像冷暖两股季风相遇，互相撕缠不清，又如山中两个猛虎相逢，斗得不可开交。后来，302路车来了，君浩顾不得脑中的猛虎，赶快往车上挤。这时节，所有想上车的人，无论男女，都如同真的猛虎一般，一个个争先恐后地往上挤。小小的车门，骤遇如此强大的人流，也兀自哆嗦不已。

弱肉强食，适者生存，君浩凭借着强壮的身体，终于艰难地挤了上来。车厢里已经像沙丁鱼罐头一般，没有多少空隙，但君浩还是尽量往人少的地方挪动，等挪到实在无法再挪了,就只好站住。君浩抓紧扶手,前后左右全都是人。天本来就热,再加上大家都这么亲如一家,君浩马上感到前后心的衣服湿了一大片。

让人惊叹的是,车厢里已经挤得满满登登了,车下面居然还能源源不断地再挤上人来。君浩甚至产生一种幻觉,觉得这个车厢无限大,整个地球的人都能塞进来。

幻觉毕竟是幻觉,饱胀的车厢终于无法再塞进人了,司机很艰难地关了门往前面开去。夹在拥挤的人群中,君浩大脑似乎一下子清醒了。赵君浩啊,赵君浩,你来深圳是干什么的?你是来挣钱的! 你是来出人头地的! 你现在有什么资格去谈情说爱呢!

赵君浩在心底把自己深深地痛骂一番,心里明朗舒畅很多。不过,君浩转念又一想,如果爱情非要死皮赖脸缠着自己不放的话,那接受也无妨。总而言之,一切顺其自然吧。

16

第二天上午过来上班,眼镜男给赵君浩和李艳梅一人发了一本企业黄页。这种企业黄页很厚,像砖头一般,砸死个把人不成问题。黄页里面分门别类地登着各种各样的公司,有电话有联系人,挺全面的,是做业务时一个很好的工具。

眼镜男吩咐君浩从第201页开始打电话,李艳梅从第400页开始打电话。君浩照办,翻开那一页,上面密密麻麻的公司,第一个叫"大家好玩具有限公司"。大家好?不就是你好我也好吗?怎么也卖玩具了?

赵君浩在心里戏谑一番,然后看着上面的电话,下一步就应该打过去推销了,但忽然有一种巨大的紧张和恐惧,如毒蛇一般攫住了他。虽然在大学里纸上谈兵地学了四年市场营销,也耳濡目染地知道一些专业理论,但真正实打实地开

/ 旅途 /
一个80后的未"成功"奋斗史

始推销,君浩却毫无经验。陌生产生恐惧,君浩感到心跳加速,皮肤发紧,额头上已开始渗出点点汗珠。

理智告诉君浩,必须要拿起电话了,但那电话此刻似乎变成了杠铃,沉重得无力举起。挣扎了好半天,君浩终于慢慢地伸向电话,缓缓地拿起,再缓缓地搁在耳边,又逼着自己右手缓缓地按着那8个数字。每按一个,君浩的心就跳一下,几乎要从胸膛中跳出。当按到第8个数字时,君浩的食指却怎么也不敢按下去了,于是僵在空中。

最后,君浩无力地放下话筒,极力平稳自己的情绪,放缓自己的呼吸。君浩听到旁边的李艳梅早已拿着电话在滔滔地说着,难道自己还不如一个女人?君浩忽然感到一种巨大的耻辱,陡地产生一股力量,于是迅速按着那8个数字。终于按完,只听电话那头传来单调的"嘟嘟"声。一时间,君浩无比希望电话没人接。

但生活往往事与愿违,当想到第三声"嘟嘟"的时候,电话那头响起一个低沉的声音:"你好,哪位?"君浩的恐惧一下子到达顶峰,大脑一片空白,张大了口发不出声音,直到那边"喂"了半天,君浩才终于惊醒,赶快应答:"你,你,你,你好……"君浩本身说话就有点磕巴,如今更是磕巴得厉害,终于"你"完了,君浩昨天想的词和产品的说明全部忘记,那边的低沉男终于没了耐心,嘟囔了一声就把电话撂了。

听着电话那头重又响起的"嘟嘟"声,君浩感到一种巨大的挫败,眼眶中已有些潮潮的东西,君浩终于意识到理想与现实的差距是多么巨大。

赵君浩正暗自低头痛苦着,眼镜男走过来轻轻地拍了一下君浩的肩膀。君浩抬起头,眼镜男柔和地说道:"我刚才都看到了,别灰心,第一次做业务都这样的。我原来还不如你呢,第一个电话我足足挣扎了40多分钟才敢打。做业务,讲的就是熟能生巧。打得多了,做得多了,就不怕了。现在就是练胆子的时候,必须要慢慢克服内心的恐惧。别怕,这次打得不好,下次再打,下次不行,就再打下下一次,总会有迈过那个坎儿的时候。"

/ 旅途 /
一个 80 后的未"成功"奋斗史

  君浩感激地看着眼镜男，突然发现眼镜男是如此高大完美，君浩恨不得站起来热烈拥抱一下。

  眼镜男看着君浩感激的模样，心中很是受用。弗洛伊德曾说过，人都有希望自己崇高的本能，眼镜男于是继续崇高下去："另外，打电话也要讲究一些话术，要能引导对方听下去，我现在做个示范给你看。"

  眼镜男现身说法，拿起电话，从容不迫地拨了刚才的那个电话。接通之后，镇定地说道："您好，是张总吧，我是'点石成金'商务公司的，您现在说话方便吗？嗯，好的。现在我只打扰您两分钟的时间，给您介绍一款能帮助您的产品迅速打开销路的软件，您有兴趣了解一下吗？嗯，好的。现在市场竞争越来越激烈，跟您公司同类的玩具也越来越多，如何在竞争对手中脱颖而出，抢占先机，就必须要借助多种方法，您说对吗？嗯，好的。我们公司的这款产品是……"

  眼镜男滔滔不绝地讲了下去，君浩在旁边看着，惊为天人，心中佩服不已。三百六十行，行行出状元。状元样如何，当为眼镜男。

  打了大概有十几分钟，眼镜男从容地挂断了电话，犹如武林高手一般，气不长出，面不改色。眼镜男压抑着隐隐的得意，对君浩说道："刚才看到了吧，打电话就像这样打。当然，也不是说其他打法就不行。文无定法，不管什么样的方法，只要能达到目的就行。好吧，你现在再重新开始打，在实践中慢慢地学习领悟。"

  君浩像个吃食的小鸡一样，频频地点头。看看第二家公司，然后拿起电话，用右手食指按着键。这次显然比上次好多了，紧张和恐惧大大地降低，仿佛刚才的眼镜男如同孙悟空，把取经路上的妖怪已扫荡一空。但积习往往深重，君浩虽然有了很大的信心，但是心底深处还是没来由地会冒出一些恐惧。

  君浩清楚战胜这余下的恐惧需要时间，要有打持久战的准备。积极地自我暗示了一番，君浩终于拨通了电话，学着眼镜男的样子开始交谈。这次显然比刚才好多了，不过仍有磕巴的地方，仍有词不达意的时候，虽然对方只听了两分钟就挂了电话，但是比刚才进步了。进步就是好事，再小的进步积累多了，就会产生飞跃。

量变引起质变，这是中学政治书中学过的理论。斯言不虚。

17

接下来，赵君浩打了第三个电话，第四个电话，第五个电话，一个一个地打下来，君浩感觉到语言越来越流畅，通话的时间也越来越长。当然，仍然会碰到很多一接就挂断的客户，但君浩已慢慢地不以为意，脸皮的厚度也开始逐步增长。

相形之下，李艳梅表现得更好。女人都是善变的，她从一开始就迅速地进入了业务员的状态，表现出与面试时卑弱形象完全不同的气质。又因为是电话营销，双方只闻其声，不见其人，这样又很好地掩盖了她普通的外表，突出了她较为柔美的声音。扬长避短，事半功倍。

眼镜男对李艳梅很满意，止不住地频频点头，心中暗自佩服女老总先知般的眼光。其实，这世界往往阴差阳错，真相总是南辕北辙。

刚开始，赵君浩发现李艳梅比自己表现好的时候，心里有点不舒服。要一个男人承认不如另一个男人，这相对比较容易，但要一个男人承认自己不如一个女人，这就非常难。君浩的自尊一时有点难以接受，但后来转念一想，三人行必有我师，无论男女，只要比自己强的，就应该虚心向人家学习，博采众长为我所用，方能厚积而薄发。

观念一变天地宽，在李艳梅打电话的时候，君浩常常如兔子般支棱起耳朵，静静地听她怎么措辞用句，然后思考哪些方面好，好的方面自己怎么在实战中用到。

世上无难事，关键要用心。君浩如此认真学习，进步也很快。当然这进步并

/ 旅途 /
一个 80 后的未"成功"奋斗史

非火箭升空那般神速,因为心里面懂了,并不意味着实践中就会做得很好,就像旅人看到了远处的山峰,并不等于就已经攀了上去,这中间还隔着长长的距离。

君浩深明此理,所以也并不特别焦躁。这一天就这么过去了。

第二天早上过来上班的时候,眼镜男对赵君浩和李艳梅说,过两天深圳就要召开"高交会"了。公司已经租了一个展位,到时候全公司的人都要参加。另外公司还规定,老业务员每人最少要约 10 个客户参加,新业务员最少要约 5 个。约来的客户,公司并不是掏钱给他们买门票,而是利用公司的参展证通过偏门给客户递出去,然后客户戴上此证假装参展商蒙混过关。这样公司就可以省下一大笔买门票的钱,而省钱即是挣钱,也就是说,高交会还没开始,公司似乎就已经挣了一大笔钱。

赵君浩大开眼界,佩服得五体投地。中国人果然是世界上最聪明的民族,无论何时何地,大事小事,都不忘展示自己智慧的机会。"高交会"全名叫"国际高新技术成果交易会",顾名思义就是国内外有名的大公司均汇聚此处,集中展示一下自己的新技术。这一年是第七届了,10 月 12 日到 17 日,也就是后天就要举行了。君浩只有两天的时间去准备,公司规定他最少要约 5 个客户,君浩对此心中无底。毕竟刚入行,虽说有些进步,但这进步还远未达到纵横捭阖游刃有余的地步。公司也够狠,君浩才来几天,就定如此高的要求,如同一个农户,刚养了几天小猪,就急于让它长肉,吃之或者卖之。无论公司还是个人,利欲熏心的时候,往往连自然规律都不顾。

但人为刀俎,我为鱼肉,鱼肉哪有抗议说话的资格。君浩只好尽力让自己短时间内催肥,来满足变态主人的要求。但事实证明,客观规律就是客观规律,任何拔苗助长的方式都无济于事。赵君浩这两天内打了上百个电话,说得口干舌燥,七窍生烟,最后好不容易才约来了两个客户。

因为客户并不傻,你约他去,自然不是共叙友情,而是要从他的口袋里抢钱。另外,很多人还对公司不舍得买门票,而用参展证蒙混过关的做法表示鄙夷。一个公司连这点钱都不愿意出,又怎么可能全心全意为客户着想呢?上坟烧报纸，糊弄鬼呢？

说实话，君浩对公司的做法也深深地鄙夷，但也只能是鄙夷，无济于事。让君浩聊以自慰的是，李艳梅也只约来了4个客户，没有完成任务。不过，还是比君浩强。君浩那可怜的自尊又开始探头探脑，蠢蠢欲动，被君浩强压了下去。

眼镜男高瞻远瞩，未卜先知，早知道这二人不可能完成任务，倒也没有怪罪，相反还鼓励了一番，君浩这才略觉安慰。

18

高交会如期举行，开幕式锣鼓喧天，好不热闹。

开幕式结束后，大家都入了场。赵君浩看到了自己公司的展位，大概只有七八平方米，跟附近腾讯公司超大的展台相比，显得分外寒酸。

赵君浩终于见到了传说中的女老总。她大概40岁，穿着一身黑色的职业套装，留着齐耳短发，显得分外干练。脸上画着淡妆，现出几分妩媚。虽说上了岁数，但依然风韵犹存。君浩暗暗点头，心想不错，果然具有在外面牺牲的资本。

女老总安排了一下，讲了几句话，然后就匆匆地走了，仿佛今天过来只是为了让君浩一睹真容。真是神龙见首不见尾，君浩特别好奇，到底什么事会让她如此繁忙，就算牺牲也不需要这么加班加点吧。

直到离开这家公司，君浩再也没有见过这个女人了。多年之后，当君浩回忆往事的时候，这个女人仍然像梦一样飘忽，君浩甚至都怀疑她是否真实存在过。

赵君浩正在疑惑时，手机响了，原来是约的第一个客户吕老板来了，现在在偏门等着。君浩放下电话，赶快往南门的偏门奔去。

高交会是在深圳会展中心举行的，会展中心很大，呈长方形。中心有四个大门，东南西北，北门属于正门，其他门都属于侧门。进到大门里面，又有很多个

/ 旅途 /
一个 80 后的末"成功"奋斗史

小门,就像一个长蜈蚣身上的脚,但一般这些小门都是上锁的,但是在南门第八个小门,虽然上了锁,但是缝隙比较大,可以看到外面,还可以递东西出去。

君浩不得不佩服公司,简直比间谍还间谍,居然能发现这个漏洞,而且还能充分利用这个漏洞,真可谓道高一尺魔高一丈。

赵君浩奔到南门的第八个偏门,从缝里看到一个光头中年男站在外面。这个男的长得白白胖胖,活像一个去毛后待煮的白猪。君浩低声问道:"是吕老板吗,我是赵君浩。"白猪正等得不耐烦,一看终于有人来了,忙应道:"我是,快把参展证递出来。"

于是赵君浩从脖子上把参展证取下来,然后从门缝里递给白猪,如同私下交易白粉一般。白猪迅速地接过来,然后匆匆离去。

君浩卖完白粉后,也赶快往大门走,去接白猪。君浩走到离大门还有十几米的时候,就见到白猪戴着参展证,昂首阔步目不斜视地正往里面走。君浩暗自佩服,白猪果然深谙人性。

世事大抵如此,当你去一个地方之时,如若大摇大摆旁若无人,保安多半不会问询。但如若东张西望探头探脑,那么保安百分之百地会拦住你并盘查不已。

白猪久经人世,深知此中奥妙。门卫看到白猪脖子上挂着参展证,又是那么大摇大摆理所当然,也未加盘查,于是白猪就顺利进来了。

赵君浩等白猪走得离门卫有一段距离之后,赶快迎上去:"吕老板,您来了?"

白猪也挤出一个笑容,不过这笑容很是保留,只是微微动了动脸皮,仿佛这笑容像施舍出去的钞票,笑得越开,舍出去越多。"是啊,来了。今天路上太堵了,新洲路那边堵了我一个多小时。我本来都想开车回去了,公司还一大堆事呢,但因为跟你约好了,我就必须要来。我是个讲信用的人,不算太晚吧?"

白猪深谙说话之妙,这一番话巧妙地向君浩传达出两个意思:第一,我是开车来的,我有钱,我不是那种占小便宜的人;第二,我很忙,今天能来,完全是给你面子。

赵君浩也赶快摆出一副受宠若惊的样子:"多谢吕老板给我面子,走,我给您带路,我们的摊位在里面。"

里面人很多,赵君浩像猪一样在前面拱开人群带路,白猪则像个人似的在后面大摇大摆地跟着。一边走,白猪一边从脖子上扯下参展证,丢给君浩,还不忘夸奖几句:"你们公司还真聪明,居然能想出这个方法。"

君浩听出了里面的讥讽意味,一边接过参展证,一边忙编出一个理由:"今年人太多了,票很紧张,不好买啊,您体谅一下。"

白猪高深莫测地笑了一下,不再说话,两人一前一后地继续往前走。

19

终于到了"点石成金"公司的展台,里面已坐了不少人。每个业务员都站在电脑前,给客户演示软件的功能,一边演示一边吹嘘这个软件是如何上天入地无所不能,如果不买的话,简直会后悔终生。每个人都说得口干舌燥,恨不得直接架把刀在客户脖子上。买就活命,不买就咔嚓。

赵君浩也赶忙请白猪坐在靠门的电脑前,给他倒了一杯水,然后便站在电脑旁,先寒暄了几句,然后就开始给白猪演示软件的功能。君浩讲得七窍生烟快要归天,白猪却是一副气定神闲悠然自得的神情,一边喝着水一边微笑不语,那情形就像一个大爷坐在夜总会里,得意地看着脱衣女郎在自己面前卖命地表演。

君浩心中的怒气就像茶壶里烧开的热水,兀自沸腾不已,但人在矮檐下,焉能不低头,当爷爷都是从当孙子开始的。君浩使劲说服着自己,怒气终于下去不少,但一看到白猪那倨傲的神情又不由得火气直冒。一时间,君浩心中的怒气,就像游乐场里的过山车,一会上一会下的,使人疲惫不堪。

白猪终于厌倦了继续调戏君浩这只白鼠,站起身说道:"小赵,刚才我仔细看

/ 旅途 /
一个80后的未"成功"奋斗史

了你的演示，我感觉你们这个软件确实挺好的，挺实用的。不过，我想回去再考虑考虑。你放心，到时候考虑好了，我一定跟你联系。"

"再考虑考虑"，这是富有汉语特色的话，意思就是"不再考虑"。类似的句子还有"再研究研究""再讨论讨论"等。

白猪担心君浩狗急跳墙，不等君浩说话，又继续说道："今天来了一趟，我还想去其他展馆转转，开开眼界。那我就先走了，到时候咱们再联系。"说完，与君浩摆了一下手，转身就走了。

赵君浩有点发蒙，反射似的也举起手向白猪摆了一下，笑容僵在脸上，然后突然间恍然大悟，如梦方醒。原来白猪根本就没打算买这个软件，他今天来的目的，就是利用君浩免费进到场馆，然后观赏游览，就像解数学里的几何题，很多时候都要画上一道辅助线，答案解出来之后辅助线就没用了。

君浩惨到沦落为辅助线，心中大为光火，恨不得追上去朝白猪的屁股上踹两脚。好在白猪自知理亏，赶快钻进如潮的人群中消失不见。

君浩正在愤愤不平，手机又响了，拿起来一听，是君浩约的另一个客户陈老板："小赵啊，今天公司有点急事，来不了啦，抱歉啊。"

君浩一听，有些发急。本来就约了两个客户，一个卸磨杀驴，另一个连磨都懒得装和卸，直接杀驴，但客户就是上帝，情绪不能发泄，只好压着怒火笑道："没事，陈老板，我知道您很忙。这样吧，您看什么时候有空，我去您公司当面和您谈谈。"

君浩一急，也忘了用眼镜男教的选择性问话，譬如："您是上午有空还是下午有空啊？"事实上，对于陈老板来说，这样的技巧毫无用处。

陈老板应道："那就不用了，小赵啊，我认真想了一下，你们的这个软件对于我们公司来说，基本上没有什么作用。我现在还有些事要处理，希望以后有机会咱们再合作，再见啊。"

不等君浩应答，那边已经挂了电话。君浩听着里面传来的"嘟嘟"声，一时有些发呆。祸不单行，君浩一天连遭两难，情绪一时间低落到谷底，恨不得把手机摔了,但想到摔坏了还得修,不划算,终于忍住没摔。

赵君浩环顾四周,发现公司的其他人都在热火朝天地和各自的客户交谈着,李艳梅的客户更是对她频频点头,大有马上出单之相。君浩看看自己,孤家寡人,孑然一身,不禁悲从中来,心中酸楚无比。

君浩呆呆地站在原地,渐渐地感到四周的喧哗声离自己越来越远,时间和空间也仿佛不存在了,但是朦胧中突然感到肩头被人拍了一下。君浩一下子就从灵魂出窍的状态中跳了回来,回头一看,原来是眼镜男。

眼镜男笑眯眯地看着君浩:"我刚跟客户谈完,发现你一个人孤零零地站在这儿,跟傻了一样。怎么了,是不是没谈成?"

赵君浩一肚子的酸楚终于有了倾泻之处:"是啊,我约了两个客户,一个利用我进了场馆就跑了,另一个干脆就推说有事不来了,我等于是全军覆没了。"说到这儿,君浩感到眼眶有点发潮,大有落泪之势。

眼镜男不以为意地笑了一下:"赵君浩啊,这个很正常的,没什么的。你以为做业务那么容易啊,谈一个成一个,那还招业务员干什么啊,干脆老板自己去谈了。现在之所以每个公司都招业务员,正是因为业务难做啊。其实,谈一百个客户能成一个,那已经不错了。别灰心,都有这么一个过程的。"

眼镜男对君浩谆谆教诲,恨不得把自己曾经的辛酸经历也一一道来,但碍于时间和场合,无法展开,心中有着便秘般的痛苦。不过,就这短短的几句话,君浩却感到拨云见雾,心中畅快不少。眼镜男是个好人,君浩心想,就算他看黄色录像,也是一个好人。

赵君浩诚恳地说道:"谢谢你,真是听君一席话,胜读十年书啊。"

眼镜男为人师表之后,见学生如此心悦诚服,也大为得意,心中终于明白,为什么当年孔老夫子连官都不愿意做,而是退居原籍广收门徒,教书育人是有一种精神快感的。

眼镜男过了瘾,然后说道:"不用客气,我也就是比你多吃了几年干饭,多经历了一些事情。这样吧,你也不要闲着,帮着给其他人的客户端端茶倒倒水什么的，顺便也可以站在旁边听别人是怎么说的，学习一些经验和技巧。"

赵君浩点点头，照着眼镜男的吩咐，如同一个跑堂的小伙计一样，很勤快地给其他客户端茶倒水，然后站在旁边竖起耳朵认真听着。不听不知道，一听才明了。原来话可以这样说，同样一个意思，用不同的语言来表达，感觉就完全不同。甚至，同一句话，语气不同，感觉也会完全不同。

譬如，我们在生活中经常说的"你吃了吗？"，如果你用轻快的语气说，则表示一种问候和礼貌，但如果你用很重的语气说，则完全是一种仇视和挑衅。

甚至同样的一句话，放在不同的场合，感觉也会大相径庭。如果你在路上遇到熟人，说"你吃了吗？"，那就没什么不妥，但如果在厕所门口说"你吃了吗？"，那就类似是一种侮辱了。

中国语言果然博大精深，任何一点微妙的变化，都会导致完全不同的结果。君浩望洋兴叹，真的要活到老，学到老啊。

20

时间飞逝，很快就到了中午。公司给大家统一买了盒饭，两荤两素。荤的是鸡腿和青椒炒肉，素的是炒豆腐和炒白菜。听着感觉很丰盛，但其实数量多而分量少。说实话，这盒饭也就够君浩垫垫底的。

赵君浩坐在桌边正准备吃，忽然看到李艳梅径直朝自己走来，到了跟前之后，略带羞涩地说道："赵君浩，我饭量小，这些太多了，我肯定吃不完。你帮我吃点吧，要不扔了就可惜了。"

说完不等君浩表态，就拿着筷子直接把鸡腿放在君浩的饭盒里，又把大部分的小炒肉和米饭也刮到君浩的饭盒里。君浩猝不及防，有些发愣，但马上心中涌起一阵暖流。

君浩忙说道:"不用了,不用了,谢谢,谢谢,太多了,我吃不了这么多的,你吃的也太少了吧?"

李艳梅嫣然一笑:"其实,我在减肥呢。"

君浩差点晕倒:"你还要减肥?你已经瘦得风都能吹起来了,再减减就成木乃伊了。"

李艳梅用手捏了捏脸:"你看,肉好多啊,多难看啊。"

君浩不禁大为感叹,西谚有云:女人永远嫌自己的衣橱里少一件衣服,女人永远嫌自己身上多一两肉,斯言极是。

李艳梅接着说道:"我上午忙客户,也没注意你,你谈得怎么样了?"

一句话触到赵君浩的痛处,君浩叹了一口气:"别提了,一个都没谈成。"

李艳梅继承了眼镜男的优良传统,继续走鼓励路线:"别灰心,以后还有机会,我相信你肯定行的。"

赵君浩心中又升起一股暖流,再加上刚才"赠饭"的暖流,两股暖流一汇合,君浩感到心中热得发烫,恨不得站起来抱着李艳梅亲两口。

在君浩的生活中,除了那个已经劳燕分飞的女朋友,很少有女孩如此关心自己,君浩怎能不激动?

但激动归激动,君浩表面上装得很平静:"谢谢啊。你呢?谈得怎么样?我看你跟客户聊得挺好的。"

李艳梅浅笑了一下:"目前也就谈成了一个。其实,也不是我能力强,只不过运气好一些罢了。"

这个女孩儿小心翼翼地维护着君浩的自尊。君浩并不傻,明白李艳梅的良苦用心,心中又加一分感动。

吃完饭后,有半个小时的休息时间,李艳梅要趴在桌子上睡一下。君浩睡不着,便在展馆里四处转悠。展馆非常大,人也非常多,来参加的企业也很多,展示的产品更是五花八门,让人眼花缭乱。

赵君浩正转悠着,忽然见前面的展台围了很多人,便也挤了过来。原来是某

/ 旅途 /
一个 80 后的未"成功"奋斗史

公司正在展示他们最新的高清电视，为了吸引眼球，请了几个美女在台上跳劲舞。这几个美女，身高都在一米七五以上，全都穿着黑色的皮短裤和背心，露着雪白的大腿，在台上卖力地跳着。时而挺胸，时而撅臀，动作极具挑逗性。

也不知从何时起，当一个企业或厂家出了新产品之后，都不约而同地找美女来促销。卖汽车的，会找性感的车模，然后在汽车旁边搔首弄姿，仿佛买了汽车就连带送美女。卖手机的，也是找性感尤物，拿着手机做各种撩人的姿势，仿佛买了手机也可连带送美女。同样的，卖房子的，卖彩电的，卖电脑的，卖微波炉的，卖压力锅的，你能想到的，或者想不到的产品都会用美女打头阵。

女人的美色，从来都是一种武器。千百年来，过千关易，过美人关难。在近代的营销发展史上，性暗示和性挑逗从来都是最俗也是最有效的战略。

赵君浩在下面一边心里骂着俗，一边津津有味地看着。然后，继续去其他地方转悠。

君浩正转悠着，忽然从远处走来一支整齐的队伍，领头的还举着一杆黄旗，像一支即将开赴战场的小分队似的。君浩一惊，仔细观看，这个队伍大概十个人左右，都是年轻的男女，统一穿着黄色的 T 恤，T 恤上印着"××快车，帮您挣钱"八个大字，那把黄旗上也印着同样的大字。

人多力量大，这十个人走起来，再加上衣服和旗子又都是黄色，相当地醒目，想不看都不行。赵君浩一拍大腿，暗自佩服，真有创意，活人都拿来做广告了。

再一看"××快车"四个字，君浩猛地震了一下，这不是我们的竞争对手吗。××快车也是一款网络营销软件，在业内做得早，影响也最大，属于领头羊的那种。

商场如战场，对手即敌人，赵君浩骤遇强敌，不敢应战，忙低头闪在一边。待队伍过后，君浩赶快跑回去给眼镜男通风报信。

眼镜男听后，笑了一下："我早就看到了，没什么，我们做好自己的事就行了。虽然他们比我们实力大，促销方法也比我们多，但你要相信公司，只要我们每一个人都不懈努力，总有一天，'点石成金'一定能超越'××快车'，成为行业的老大。相信自己吧，我们一定能做到的！"

眼镜男越说越激动，恨不得当众疾呼。赵君浩也听得热血沸腾，就差举起右拳宣誓，以表忠心。

21

时间就像小猫撒在地上的一泡尿，很快就消失不见了。六天的高交会结束后，公司战绩还不错，除了赵君浩捧回鸭蛋外，每个人都出了单，尤其是李艳梅，约了四个客户，成交了两个，这对于一个新业务员来说，是非常难得的。

公司在表扬李艳梅的时候，赵君浩在下面听得有些面红耳赤。同时进的公司，别人的成功愈发衬托出自己的失败。虽然君浩并不怨天尤人，但是男人的自尊告诉自己：赵君浩啊，你一定要加油啊！好好干！别让别人把你看扁了！

当赵君浩正在给自己暗暗鼓劲的时候，眼镜男走过来，轻轻地拍了一下君浩的肩膀，示意他跟自己去会议室一趟。

君浩有些迷惑，什么事呢？当两人进了会议室，眼镜男轻轻地把门关上，坐在君浩的对面，脸上一副很沉重的表情。君浩的心突然就往下沉了一下，一种不祥的预感刹那间笼罩全身。

眼镜男静了两分钟没说话，会议室沉默得让人窒息。末了，眼镜男情绪终于酝酿完毕，开了口，声音略带嘶哑："赵君浩，由我来宣布这个决定，我感到非常痛苦。但是没办法，这是公司领导决定的，我只能执行。公司觉得你这几天试用不合格，决定将你解雇。"

君浩感到头猛地晕了一下，虽然那不祥的预感早已朦胧地指向这个结果，但当真的听到这个消息，君浩还是感到一种震惊和耻辱。

眼镜男看出了君浩的心理变化，当然，傻子都能看出来。眼镜男取下眼镜，

/ 旅途 /
一个80后的未"成功"奋斗史

用手抹了一下脸,似乎比君浩还痛苦,然后又戴上眼镜,继续说道:"君浩,其实,我一直都很欣赏你。从你面试的表现来看,你是一个有思想有能力的人。只不过,因为刚开始做,你还没经验,你的能力还没发挥出来。假以时日,你一定会是个很优秀的人物。但是公司领导有他们的想法,我无力左右,虽然我极力争取,但位小职卑,还是扭转不了。但我相信,就算你离开这家公司,以后到任何一家公司,都会干得很出色,我相信你!"

眼镜男在职场浸淫多年,这番话说得情深意切,表情语气都很到位,听得君浩差点热泪盈眶。人,很多时候,其实需要的就是他人的肯定,无论是真是假,都让人感到一种内心的满足。

君浩激动地说道:"谢谢,谢谢您的鼓励。说实话,我没想到这么快就离开公司,但我并不遗憾,因为我认识了您。这几天,我从您身上学到了很多东西,而这些东西会让我受益终生,再一次对您表示感谢。"

君浩差点想站起来给眼镜男鞠个躬,眼镜男似乎也很感动:"君浩,别这么说,大家都是朋友,以后有什么事需要我帮忙的,尽管说。反正都在深圳,你也有我的电话,以后常联系。"

君浩点点头,事情到此本该画上一个圆满的句号了,但是生存的本能忽然让君浩想到一个很俗的问题,于是君浩暂时把句号又拉成一个逗号:"我问一下,这几天有工资吗?"

一听到钱的问题,眼镜男迅速恢复了冷静:"公司规定,试用期不合格是没有工资的。这个我也没办法,当然你如果实在生活困难,我个人可以借给你几百块钱。"

人要脸,树要皮。眼镜男这么一说,君浩就算想借也不好意思借了。没工资就没工资吧,君浩心想,反正自己也没做几天,况且也没做出什么成绩,要了反而觉得惭愧。君浩是一个善良的人,而善良往往是一个致命的弱点。

君浩摆了一下手:"谢谢,不用了。我现在就收拾一下东西,给大家告个别就走,后会有期。"

眼镜男站了起来,脸上又恢复了那沉重的表情,如丧考妣一般。眼镜男与君浩用力地握了握手,然后两人出了会议室。

其实,赵君浩也没什么可收拾的,无非就是两个本子和一支笔,还有一个塑料杯。君浩把东西装进包里,然后站在原地,朝着正在貌似很认真工作的众人说道:"各位同事,大家好,我今天就离职了。很高兴能认识你们,咱们相处的时间虽然不长,但是我从你们身上学到了很多东西,希望以后还有机会和大家共事。"

那六个蜗牛都齐齐地把头伸出来,然后都故作惊讶和惋惜,表情都很到位。有的说:"希望你以后常回来看看。"有的说:"希望你以后飞黄腾达,到时候可别忘了我们啊。"诸如此类。

李艳梅倒是真的吃了一惊,然后一滴晶莹的泪在眼眶中打转,但被竭力控制着没有掉下来:"你真的要走,君浩?"

赵君浩点点头,他也看到了李艳梅眼中的那份晶莹,心中涌起一阵暖流。在人情沙漠的深圳,这份晶莹是多么难得。"是啊,我现在就走,后会有期啊。"赵君浩说。

李艳梅竭力控制自己的情绪:"好吧,我送你到楼下。"

君浩点点头,然后又一一同那六个蜗牛和眼镜男握了握手,以示告别。

赵君浩和李艳梅一起出了办公室的大门,往电梯口走,听到身后隐隐传来那六个蜗牛的笑声和说话声。"他们两个什么时候好上的?""是啊,咱们都没发现啊,够隐蔽的。"

君浩厌恶地甩了甩头,李艳梅倒是羞红了脸,两人一时沉默。电梯来了,两个人进去,然后电梯合上,载着两人到了一楼。出了电梯,走出大厦的转门,两个人站在大厦的楼下。

李艳梅首先打破沉默:"你为什么走啊?"

君浩有些难堪地说道:"我试用不合格,被公司炒了。"

李艳梅很惊讶地问:"不会吧,我觉得你干得挺好啊。"

君浩苦笑了一下说:"你别安慰我了,我知道自己做得不好,我能理解公司。

天下这么大，到哪儿混不了一口饭吃，无所谓的。"

李艳梅点了点头："是啊，我相信你，你以后一定能混得很好的。"

君浩真诚地说道："谢谢，其实我很佩服你。你做得很好，好好干吧，你以后也会很了不起的，希望以后咱们还能见面。"

李艳梅把头低了下去，然后又抬起来，声音中荡着无限的伤感："君浩，我没想到咱们这么快就会分开。你有我的电话，以后有空的时候，一定要打给我啊。"

君浩盯着李艳梅，心中也伤感得像海啸一般铺天盖地："好的，你赶快上去吧。别耽误太久，省得他们说你。我走了，后会有期。"

说完，君浩朝李艳梅挥了挥手，然后转身离去。走了几步，君浩忍不住回了一下头。只见李艳梅还呆呆地站在原地，眼眶中那滴晶莹的泪，终于缓缓地流了下来。

22

赵君浩又失业了，就像一条搁浅在沙滩上的鱼，涨潮时终于入了水，没想到在水中快活地游了几日，结果一个浪打过来，又被搁浅回沙滩。

不过，君浩比那条鱼要幸运，剩下的钱财尚能勉强度日。只是君浩实在没想到自己的第一份销售工作，总共才历时八天。君浩更没想到的是，最后居然被公司炒了。

要知道，被公司炒鱿鱼和炒公司鱿鱼，虽然结果一样，但主观感觉则完全不同，如同恋人分手，主动踹了对方和被对方踹了，感觉是天壤之别的。

君浩感到万分的耻辱，心中压抑异常。晚上，也顾不得经济的拮据，买了两斤猪头肉、一斤牛肉片，还有五块钱的凉拌豆腐皮，外加三瓶青岛啤酒。一个人憋在屋里，一边吃菜一边大口地喝酒。

/ 旅途 /
一个80后的未"成功"奋斗史

很快的，三瓶啤酒就见了底儿，君浩的意识也开始慢慢地模糊。喝而优则唱，君浩首先化身为狼，声嘶力竭地唱《我是一匹来自北方的狼》，过完"狼瘾"，又迅速变为小鸟，开始吼《我是一只小小鸟》，"鸟瘾"也过了之后，又马上化身为蜗牛，开始唱周杰伦的《蜗牛》，最后终于万般动物变尽，又回归为人，开始唱《男儿当自强》，强了半天，开始变性，唱《挥着翅膀的女孩》，女孩了半天，觉得还是当男人好，于是开始唱《水手》，水手当然要在海上，于是又唱《大海》，"嗨"了半天，感觉到累了，最后是《我的未来不是梦》。至此，君浩的这场个人演唱会终于结束。

君浩虽然唱得很过瘾，但还是有些压抑，君浩强烈地想找个人说说话。但找谁呢，家人？肯定不行。君浩每次打电话，向来是报喜不报忧的。朋友？大学同学倒是有几个关系不错的，但也很久没联系了，如今贸然打，也不好。

赵君浩拿着手机，翻看着那长长的通讯录，竟一时找不到可打之人，心中感到无比悲哀。正悲哀着，忽然一个人的影像在君浩的大脑中蹦了出来，而且越来越清晰，那滴晶莹的泪也如特写般在眼前浮现。君浩迅速地找到李艳梅的电话，就在准备往下按通话键的时候，君浩的手陡地在空中停住了。

君浩一看时间，已经晚上十二点多了，李艳梅应该已经睡了，把别人从睡梦中惊醒多不好。君浩这样喃喃自语，其实这只是一个欺骗自己的借口。撕掉这层外衣，君浩有着更深的矛盾复杂的心理，让他无法按下去。

赵君浩并不傻，他很明白李艳梅喜欢自己，虽然她从没有明确地说过爱他，但中国的女孩子又有几个能当面对男孩子说"我爱你"的。中国几千年的含蓄文化，使得所有怀春的女孩，都做不了"语言派"，反而都成了"行动派"。李艳梅的种种举动和行为都在向君浩传达着这种强烈的爱的信息，君浩又怎能接收不到呢？

但君浩又是一个有强烈责任感的人，如果君浩接受了这份爱，那么就要对这个女孩负责，而负责并不是口头上的甜言蜜语，而是要给这个女孩实实在在的优越的生活，让她感受到一种强大的安全感。

而君浩现在呢，穷困潦倒，一无所有。就算很有潜力，但潜力并不是信用卡，可以提前预支供现在使用，而是上市公司的分红，必须要到将来才能兑现。但潜力这东西，又不是铁板钉钉，必然存在，就像上市公司也有可能倒闭，你又拿什么保证一定能得到分红呢？

事实上，我们说一个人有潜力，言下之意就是你现在一无是处。赵君浩正处在这个一无是处的阶段，而在这个阶段的赵君浩反复询问自己，你有什么资格谈恋爱？你有什么资格接受李艳梅的爱？

君浩悲哀地发现，自己没有资格，这个发现让他痛苦。事实上，如果君浩没有那么强烈的责任感的话，也就不会这么痛苦。可见，责任感不是什么好东西，它阻碍了多少男人的风流生活。

但那种强烈地想找人说话的欲念，就像酝酿已久的暴风雨，无法遏制。捧着手机的赵君浩，忽然之间感到自己是那么可笑。是啊，无非就是一个电话而已，用得着想这么多吗？打一个电话，又不是送一枚订婚戒指，用得着让责任感这个巨石压着自己吗？

赵君浩终于努力地说服了自己，然后迫不及待地按了下去，充满期待地等着来自听筒的声音。果然听筒没让君浩失望，声音很快传来，但这声音的内容，却让君浩失望透顶："对不起，您拨打的电话已关机。"

关机？赵君浩猝不及防，他并不知道李艳梅每天睡觉前都会关机，然后早上起来再开机。君浩首先疑心自己拨错了，又仔细核对了一下号码，确认无误后，又不死心地拨了一次，可惜依然是那句冰冷的职业化的女声，像一个硬邦邦的砖头一般，终于砸得君浩死了心。

赵君浩无力地把手机从耳边拿下，然后扔到了床上。饱胀的说话欲望被无情地打压下去，君浩有点意冷，坐在床边，呆呆地抽了根烟。后来，躺在床上，开始数绵羊，快数死了，也睡不着，接着翻了一会儿弗洛伊德的《梦的解析》，看得五迷三道的，最后终于慢慢地进入了梦乡。

23

第二天醒来,赵君浩的大脑还有点迷迷糊糊,习惯性地刷了牙洗了脸,习惯性地穿好衣服,又习惯性地挎上公文包,准备开门去上班。但走到门口的时候,终于清醒,突然意识到自己已经失业了。

君浩苦笑了一下,拍了拍脑袋,然后把公文包重重地甩到床上,仿佛公文包就是所有郁闷与不顺的化身,甩出去自己就能轻松一般。

君浩呆呆地坐在床边,点了一根烟,想今天应该做什么。其实,不用想都应该明白。口袋里的钱越来越少了,如果不尽快找到工作,要不了多久就会弹尽粮绝了。其实,钱这东西,就像势利女人,最为嫌贫爱富,越有钱就会越有钱,越没钱就会越没钱。

君浩可不想落到上街乞讨的地步,于是一根烟抽完,马上便又奔赴楼下的网吧,继续投简历。

世事的安排,并非全无道理。赵君浩现在才发觉这几天卖软件的工作,也并非全无用处,最大的好处就是可以增加简历的长度。当然,肯定不能如实去写,否则就会适得其反。

写工作经历,必须要像孙悟空的金箍棒,可大可小,可长可短。有用的经历,一个月的,你可以写成半年的。无用的经历,半年的,你可以写成一个月的,甚至直接删去,毁尸灭迹。

赵君浩虽然只做了八天,但是在简历上直接增肥,写成了一年。此消彼长,原先杜撰的聪聪网的工作经历,就没有容身之地了,所以连减肥都不需要了,直接被君浩枪毙。

这样做并非是君浩心狠手辣,实在是因为做贼心虚,毕竟是完全没有的事,

/ 旅途 /
一个 80 后的未"成功"奋斗史

一旦面试官反复追问，言多必失，自己很难不露出马脚。相反，卖软件这个工作，自己做过，也比较熟悉。虽然就像一头瘦猪，被注进了大量的水分，但猪依然是那头猪，君浩绝对不会说成驴。

赵君浩又重新写就一篇简历，详细地写了自己在那"一年"的卖软件工作中所做出的"成绩"，而且还用了一些比较专业的营销术语，增加唬人的资本。写完之后，君浩反复检查了几遍，觉得没有什么明显的漏洞，于是又像上次一样，在人才网站上广发起来。

接下来的日子里，君浩每天就这样发着简历，然后焦急地等待面试的电话。这期间，君浩没有给李艳梅再打电话。生存的压力，让君浩自顾不暇，哪有闲心去谈情说爱。就像一个行走在干旱沙漠里快要渴死的旅人，他最想要的就是能喝上一口水，而绝对不会想着去跟哪个女人上床。人的需要是分层次的，这是马斯洛先生深有体会后总结出来的名言。

但奇怪的是，李艳梅也没有主动给赵君浩打过电话。按说一个掉进爱河的女人，是不会这么沉得住气的。难道是少女的羞涩？抑或是移情别恋另有新欢？君浩不得而知，但聊以自慰的是，他曾经拥有了一个女孩儿那么晶莹的一滴泪水，这已经足够了。万事皆缘，顺其自然吧。

生活依然是个流氓，还是喜欢调戏人，就在君浩又快等到绝望的时候，面试电话终于来了，居然是聪聪网的。君浩实在没想到这家被自己在简历上枪毙的公司，居然借尸还魂，直接找自己附身。

赵君浩大喜过望，既而暗自庆幸，幸亏当初删去了在聪聪网的部分，否则就李鬼碰上李逵，死无全尸了。因为绝大多数的公司，不会重新录用已经离职的员工，虽然君浩只是纸面上离职的员工，但结果是一样的。

面试电话依然是个女孩打来的，声音还是那种柔美的类型，但君浩有了前车之鉴，再也不敢把她幻想成美女了。美女也罢，丑女也罢，这个不是君浩关心的，只要能去面试就可以了。

女孩让赵君浩明天上午十点半去面试，地点竟然也在华强北，看来君浩的职业生涯是离不开这个区域了。华强北很大,面试的详细地址是在海航大厦 A 栋 301 室。君浩没有去过,女孩告诉他最近的公交站是海外装饰大厦,公司就在附近。

君浩并不担心找不到地方,鼻子下面一张嘴,到时候实在找不到的话,问问路就可以了。君浩满口答应下来,心情大悦,如同被古代女子抛绣球选女婿,当场抛中一般。君浩兴奋得难以自抑,恨不得引吭高歌。

其实,只是面试而已,并不一定就能录用,就如同被绣球抛中之人,也并非确实能成为那女子之夫,还必须要过丈人的法眼。但毕竟被抛中了,就比那些未抛中之人,有了更多的成功机会。

赵君浩又高兴地跑到楼下,买了两瓶啤酒上来。毕业一年多,君浩的酒量大长,郁闷的时候喝,快活的时候也喝,不过,郁闷的时候要远多于快活的时候。

烟出文章,酒出诗。两瓶啤酒下肚,赵君浩诗兴大发。其实,君浩上学的时候,就喜欢写些酸文醋诗,作为勾引女同学的手段。如今,女同学们早已或即将嫁为他人妇,君浩就只能自娱自乐了。

君浩酝酿了半天,结合自己快活的心情,写就一首《朝天志》,全文如下:

纵马沙场

风起云涌

古往今来

谁是枭雄

往昔岁月

灿烂年华

可堪一搏

尽没桃花

尘世数载

/ 旅途 /
一个 80 后的末"成功"奋斗史

  酸甜苦辣

  正如云烟

  散入细沙

  终有一日

  雾散云开

  梦中美霞

  踏马归来

  这首诗表面上极为豪迈,很是唬人,其实是装腔作势,意淫不止,仿佛自己就是那纵马沙场的大将军。不过,君浩很满意,越读越觉得豪气冲天,当即决定将其作为自己的代表作,日后传给子孙。

  写完这篇传世之作后,赵君浩心满意足,往床上一躺,酒劲一涌,便又昏睡过去了。

24

  赵君浩醒来时,已是下午三点多了。君浩迷迷糊糊地坐起来,看着地上的两个空啤酒瓶,朦朦胧胧地感到自己未睡之前,曾写过一篇传世之作,因为那种兴奋的心情尚在反刍,但诗的内容却怎么也回想不起来了。

  君浩深感愧对子孙,只恨自己当时凭着酒兴信口诌之,却忘了写在纸上。君浩集中精神,努力去搜寻那依稀的诗句,但那诗句仿佛和君浩捉迷藏,始终不肯现身。

  君浩搜了半天,一无所获,但又不甘心失败,于是又凝神闭气,化身一条小

/ 旅途 /
一个80后的未"成功"奋斗史

鱼,尽力游到记忆的深处,努力寻找。这次终于有所斩获,寻到了一两句。君浩大受鼓舞,更加努力地往前游,可惜除了茫茫的虚空外,再无所得。

君浩好不容易寻到的这一两句,就像被抓获后的俘虏,蔫头耷脑,毫无气势可言。君浩很泄气,索性将其释放,余党也不再追寻。

诗是上帝赐予的礼物,既然上帝选择了收回,自己也只好无奈地接受。君浩这样安慰自己,心情便松快多了。

抛却了诗的困扰后,赵君浩终于意识到该干正事了,于是洗了一把脸后,又匆匆奔赴网吧。这个网吧简直成了君浩的第二个家,虽然它没有合法的身份,虽然它里面乌烟瘴气,虽然它很小,但是在君浩早期的奋斗生涯中,它扮演了很重要的角色。数年之后,当君浩重回此地时,那个小小的黑网吧已经变成了一个杂货店。君浩唏嘘不已,仿佛看到旧日的光阴呼啸而过。

赵君浩到了网吧之后,上百度搜索所有关于聪聪网的信息。虽然这家公司曾在君浩的简历上安家落户过,当时君浩也为此强记了许多东西,但是时间就像一块巨大的橡皮擦,不知不觉中已经擦除了大半。

将军不打无准备之仗,君浩只好又重拾课本,重新在记忆里书写这些信息,而且还要加入更多的新内容。

君浩首先直奔老巢,上了聪聪网自己的网站。自己的娘肯定夸自己的孩子好,网上全都是溢美之词。好在君浩需要记住的也都是这些好话,你总不能面试的时候,大骂聪聪网垃圾之至吧,那样只能说明你脑子进水了。

平心而论,聪聪网做得还是相当不错的。从最早期冯普人骑着破自行车在中关村发油印的小报开始,到现在拥有自己的网站和刊物,员工上千名,并且成功地在香港上市,这一路走来,颇为不易。一个企业的发展史,就像一个人的成长史一样,由小到大,况味自知。

君浩不停地在网上搜寻,如同今女择夫,不仅要详查男人自身,还要彻查其父母兄弟,甚至七大姑八大姨。君浩更彻底,触角延伸得更远,甚至还调查了聪聪网的"情敌"巴巴网。

/ 旅途 /
一个80后的末"成功"奋斗史

人无完人，同样，再好的企业也有不足之处，君浩蓄积了许多攻击巴巴网的措辞，准备在面试的时候适时抛出，如同在原配面前攻击小三，原配没有不高兴的道理，君浩甚至已清晰地看到面试官那满意含笑的面容。

君浩整整忙碌了一个下午，收获颇丰，心情舒畅，晚上的觉如同口中含了冰激凌，睡得特别香甜。

第二天醒来，天气很好，君浩的心情也很好。君浩像一个待出阁的大姑娘一般，开始对着镜子梳妆打扮。西谚有云：上帝给女人一张脸，化妆品又给女人一张脸。君浩不是女人，也没有什么化妆品，但是用香皂洗完脸后，君浩都觉得像换了一个人，越看越觉得帅。

君浩还认真地洗了洗头，然后在头发上打上啫喱水，梳得一丝不乱。头发是男人的第二张脸，发型干净整齐，给人感觉就是成功有前途。发型乱七八糟，给人感觉就是落魄失败，整个人基本上算完了。

皮鞋是男人的第三张脸。皮鞋不亮，找不着对象。同样，皮鞋不亮，也找不着工作。君浩深明此理，用两块钱的廉价鞋油，把皮鞋擦得锃亮，都快可以当镜子用了。

这一头一脚收拾完毕，整个人的品位基本就已经定了，如同阅卷老师改作文，开头结尾重点看，中间再约略扫一眼，文章的分数就基本确定。

君浩自信自己打扮得相当人五人六，可惜没有好机遇，要不当电影明星都绰绰有余。

君浩一切收拾停当，一看表快九点了，挎好包便出门了。

按照那个女孩的指点，君浩在海外装饰大厦下了车，便东张西望地找海航大厦。原来以为这大厦应该像秃子头上的虱子，一眼即明的，因为那女孩说就在附近，但君浩张望了半天，也没有发现这个大厦的影踪。

君浩终于不再相信自己的眼睛，准备问路。吸取上次问路的教训，君浩不再找那些见美女眼开的男巡防们。物理上说，同性相斥，异性相吸。君浩尊重自然规律，看见路边有一位扫大街的阿姨，便走了上去，开口问路。

/ 旅途 /
一个80后的未"成功"奋斗史

阿姨大概有50多岁了，也遵守这个年龄的自然规律，胖乎乎的，同样也遵守着物理上的自然规律，果然对君浩咧嘴一笑，然后用一股浓重的乡音说道："俺刚调这儿，不清楚啊，嫩再问问旁人吧。"

君浩一听，原来也是河南的，但却无心攀亲，一来急着面试，二来年龄相差悬殊，君浩实在没有兴趣。虽然没有问到路，但君浩仍然对阿姨说了声谢谢，然后寻找下一个人问路。

君浩看到路边有一个报刊亭，可惜店主是个男的，大概40多岁，一脸冰霜。君浩有办法，花一块钱买了一份《晶报》，然后借机问路。店主挣了钱，虽然不多，但心里高兴，便详细地给君浩指点。原来还要穿过马路，走到第一个十字路口，再向左转。君浩表示感谢后离去。

问路的成本花了一块钱，但君浩并不心痛，因为本身就喜欢看报，所以是一举两得。君浩一边走，一边感叹汉语的误人子弟。那个女孩说就在附近，但一米也是附近，十米也是附近，一百米同样是附近，甚至一千米都可以说是附近，但这附近跟附近之间的差别也太大了。

君浩腿都快走细了，终于找到海航大厦，激动得如遇亲爹。海航大厦名副其实，果然像一个海船一般，虽然不高，才六层，但很长，还分为A栋B栋。

君浩走进去，靠门边的墙上钉有铝制的铭牌，上面详细地写着各楼层的公司名称。君浩看到301室果然是聪聪网，长出了一口气，然后往电梯口走。这时候，大厅台子后面一个正襟危坐的保安，猛然站了起来，防贼一般拦住君浩，让他登记。

君浩说道："我是过来面试的。"

保安一脸严肃："不管干啥的，都要登记。"

君浩没有办法，只好在登记簿上写上姓名、时间、事由等。君浩发现，在他之前，已有不少人都在上面签字留念，但大部分都写得龙飞凤舞，难以辨识。能感觉得出来，每一个被拦住登记的人，心里都不是很爽，要借字发泄。

其实，这里面暗含了一个社会道理。有钱有权之人，到哪都几乎畅行无阻。

没钱没权之辈，到哪都几乎处处碰壁。事情从不孤立，一叶即可知秋。

25

赵君浩一边感叹着，一边乘电梯到了三楼。一出电梯，就看到对面的墙上花里胡哨的，上面贴着很多照片和文字。原来A栋三楼只有一个301室，房间超大，全部被聪聪网租下，连带着外面走廊的墙面也被其霸占，当作了宣传栏。

墙上有几个板块，首先是"月度之星"，上面贴着本月销售业绩在全公司排名前十的业务员的照片，照片下面是名字、部门和销售额。另一个板块是"季度之星"，还有"年度之星"，分别是本季度和本年度业绩排前十的业务员们。

照片都是黑白的，显得上面的人一个个神情严肃。远远望去，长长的一溜，如同讣告。君浩看得丧气，转脸往旁边看，还有一个板块是"新泰旅游名单"。这个板块就喜庆多了，最上面画着一个超大的游轮，下面贴着够资格去旅游的人员照片，都是彩照，显得喜气洋洋，如同订婚之新人。

原来聪聪网为了激励业务员拼命出单，出台一个措施，凡是业绩超过一定数额的，就可以由公司出钱统一组织去新加坡和泰国旅游。

赵君浩看着这些人，心中无比羡慕，尤其他们还能去泰国。泰国的人妖，举世闻名，一个个美艳异常，君浩一直想看一下。另外，泰国真正的美女也很多。男人都那么漂亮了，何况女人乎？这些美女不仅漂亮，而且被热带的阳光熏得都很热情开放，艳遇的机会极大。

君浩没时间去细看那些文字，挎着包往前走。玻璃门大开着，君浩赫然看见前台的位置上，坐着一个40多岁的男人。君浩好生惊骇，绝无法相信那种柔美的女声，是从这样一个身躯发出的。难道他是某位领导去泰国旅游后带回来的反面人妖？女变男那种？

君浩压抑着这种惊骇，走进去，对"人妖"说道："你好，我是过来面试的。"

"人妖"抬起头，平静地看了君浩一眼，声音粗重地说道："稍等，我给你叫人事部林小姐。"

一听到这浓重的嗓音，君浩一颗惊骇的心终于平静了下来。眼前的这位绝对是个纯爷们，给自己打电话的另有其人。

不过，君浩还是感到很讶异，这是他第一次看到公司的前台是男的。在君浩的潜意识里，前台的代名词就是年轻漂亮的女人。不过，后来由于"妖怪"的出现，君浩将其修正为年轻的女人，就算以后碰到一个大妈，君浩也可以再次修正为女人，无非就是前面的定语增删而已，但不管怎样修正增删，前台是女性的定义在君浩的大脑中根深蒂固。今天却骤然碰到一个男性，这打破了他多年的观念，这就像在医院，突然看到从产房里推出一个刚生完孩子的爷们一样，没有理由不让人惊异莫名。

或者再退一步，就算是男性，如果长得面白如雪，那君浩也可以理解是公司女老总的面首，尚能勉强接受。但眼前这位，分明就是大叔，而且额头和眼角已经显现了不少的皱纹。如此说来，公司女老总的口味也太重了吧。

赵君浩在短短的几秒钟，大脑像一个高速运转的计算机，进行着各种可能的推算。但这位前台大叔，却毫不理睬君浩的少年维特之烦恼，拿起电话拨了分机："林小姐，前台有面试的。"然后坦然地放下电话，接着丢来一个眼神，示意君浩在旁边的椅子上坐着等一下。

天下之大，无奇不有，君浩这样开导自己。后来君浩入职后，才知道事情的原委。原来这位大叔是分公司老总的一个远房亲戚，年轻时吊儿郎当，游手好闲，结果到四十多岁了，仍然一无所长，后来在老家实在混不下去了，便跑到深圳，结果因为好吃懒做，没有公司愿意用他，差点饿死。幸亏后来攀上了这个老总亲戚，老总顾及情面，又恐日后回归乡梓被族人指点，故将其收留。结果做业务他嫌累，打扫卫生他嫌脏，当领导他又没那个能力，最后只好把他安排到前

/ 旅途 /
一个80后的未"成功"奋斗史

台。

按道理讲,一个公司的前台是最忙的,接打电话,收发信件,打印传真,通知布告,登记考勤,迎来送往,端茶倒水,是一个很辛苦的活。但这个公司却不同,所有的上述事情几乎都有专门的部门和人去做,前台所做的事无非就是转转分机,早晚开门锁门而已,几乎就是一个闲职。或者说,也是公司有意养着他。

赵君浩并非先知,并不知上述之内情,于是便压着讶异,坐在椅子上等林小姐。不到两分钟,一个长得像周慧敏的女人从里面走出来,径直来到君浩面前,面带笑容地说道:"你好,跟我来,咱们去会议室谈吧。"

一听到这柔美的女声,君浩的心仿佛夏天拿在手里多时的雪糕,都快要融化了。这个女人的出现,又打破了一个君浩潜意识里多年的观念,即"声美必貌丑",因为这是符合辩证法的。丑女容貌上无法诱人,就只好在声音上发狠努力,这也就是为什么电台里容易丑女如云的原因。

君浩没想到,面前的这个女人居然美得如此表里如一,就不由得让人慨叹上帝有时候也会偏心一下。君浩跟在这个"周慧敏"后面,亦步亦趋地走进会议室。会议室不大,两人迎面而坐。君浩认真地盯着"周慧敏"看,"周慧敏"估计天天遇色狼,早已见怪不怪,毫不羞涩。

"周慧敏"简单地问了君浩的姓名、年龄、学校、专业,以及工作经历,最后看了看君浩的毕业证原件,就说让君浩等一下,她去叫专灯部的傅经理过来再最后定一下,然后就走出了屋门。

君浩有些发愣,他和"周慧敏"总共才说了不到五分钟,她的效率也太快了吧。另外,君浩主要是还有些不满足,与美女说话是一件快乐的事,但快乐总是那么快,怎么一晃人就没影了。

君浩正在轻微地失落着,门一开,进来了一个瘦瘦小小的女孩。看面相也就二十出头,脸上却挂着老成的微笑,两个眼睛异常明亮。

女孩一进来,就一边与君浩握手,一边笑着说:"你好,我叫傅丽丽,是聪聪网专灯部的经理。"

君浩也赶快答道:"你好,傅经理,我叫赵君浩。"

君浩一边称呼着"傅经理",一边在心里替她抱冤。在中国,百家姓里,姓"傅"的最为憋屈。好不容易熬到"总裁""经理"什么的,但在别人嘴里却永远都是"副总裁""副经理",终生无法转"正"。实在不公平。

26

傅丽丽今年24岁,湖北公安人。她从小就不喜欢念书,喜欢在外面疯跑,性格像个男孩子。在中国,绝大多数父母的作用,就是尽力地扼杀孩子的天性,让他们变得都像从一个模子里刻出来的,四平八稳,人云亦云,绝对不能有自己的想法和个性。因此,傅丽丽的父母以爱的名义软硬兼施,逼其苦学那些现代八股。

丽丽刚开始的时候还进行顽强反抗,但后来悲哀地发现,她反抗的并不只是父母,还有父母背后强大无比的中国教育制度。小胳膊拧不过大腿,只好乖乖上学。但事实证明,牛不喝水强按头,喝到嘴里也白流。丽丽天生就不是读书的料,无论怎样用功,成绩都是很谦虚地在班里下游徘徊。有一次徘徊得狠了,直接垫了底。

终于一路跌跌撞撞,痛苦不堪地熬到高考,结果"一切皆有可能"终究只是一句广告语。在生活中,很多事情就是不可能。丽丽没考上大学,甚至连专科分数线都没过。父母难过得差点跳楼,她却高兴地把书本全撕了。

后来父母准备花钱让她上个民办大学,但这次长大成人的丽丽显示了决绝的勇气,坚决不再碰课本,然后独自一人远赴上海打工。外面的世界很精彩,外面的世界很无奈。丽丽在上海的一家饭店干了一年服务员后,发现这样下去不行。后来在聪聪网深圳分公司当销售副总的哥哥,建议她也过来跑业务,因为业务做

/ 旅途 /
一个80后的未"成功"奋斗史

好的话，确实是很挣钱的。于是丽丽便又义无反顾地奔赴深圳，来到聪聪网。

万事开头难。刚开始的时候，丽丽半年没出一个单，后来在哥哥的言传身教下，终于慢慢地上路，出了第一个单。世事就是如此，一旦第一个瓶颈打破，接下来就顺畅多了。丽丽业务越做越顺，销售额也越做越大。终于两年之后，公司将其提拔为销售经理。虎妹无犬哥，丽丽的哥哥更是直接调到广州，当了销售部的总经理。当然，在别人嘴里，依然还是"副总"。

上面的这些事情，是赵君浩入职以后才知道的。此刻，君浩正坐在傅丽丽的面前，接受最后的面试。傅丽丽跟"周慧敏"如出一辙，也是简单地问了君浩一些问题。不过，她重点问了君浩为什么做业务。

君浩像个小学生一样，老老实实地回答："为了挣钱。"

原以为傅丽丽会觉得自己庸俗，没想到她很欣赏地一笑："你很诚实，说实话，我当初做业务，也是为了挣钱。在这里，只要你做得好，我保证你能挣钱。不过，这儿的底薪并不高，试用期八百，转正后一千，但是提成很高，30个点，也就是说你卖一百块钱，就可以挣三十，这在国内的企业里是很少的。"

君浩猛一听底薪试用期只有八百，转正也才一千，有点迟疑，要知道这千儿八百的，在如此高消费的深圳，也就勉强活着。

傅丽丽阅人无数，火眼金睛，仿佛看透了君浩的心思，紧接着说道："底薪只是维持一个最低保障，业务员都是吃提成的。如果抱着吃底薪的态度去跑业务，永远没出息的。"

君浩一听也确实是这样，虽然底薪是低了些，但是提成确实高啊。一百提三十，那一千就提三百，一万就提三千，十万就提三万，君浩像小学生做算术一样，在大脑中迅速盘算着，越盘算越激动，仿佛已经看到大把的钱正从天上哗哗地往下掉。

激动的君浩还没忘了说话："傅经理，您说得对，业务员就是靠提成的。我相信，我能做好的。"

傅丽丽嘴角荡出一丝笑容："有信心就好。另外，新员工都有试用期，考虑到跑业务的性质，试用期是三个月。也就是说，原则上讲，在三个月内必须要出单，否则将被解雇。当然，如果公司认为这个人很有潜力，那就特殊情况特殊对待。不过，赵君浩，我看好你。我们专灯部正缺人，你明天就过来上班吧。"

君浩没想到自己这么快就被录用了，很是兴奋，但同时又有几分失落，因为被录用得太快了，昨天准备的很多聪聪网的资料，尤其是攻击巴巴的腹稿，通通都没有用上。就好比一个小伙子，为了求婚成功，苦心孤诣地想了很多自己听了都会感动落泪的求婚誓言，没想到刚开口，女孩就直接说咱们结婚吧。世事皆是如此，幸福来得太快，成就感就会大打折扣。

但不管怎样打折扣，幸福的本质并未改变。重新找到工作的君浩，兴奋得几乎要去大街上裸奔。从聪聪网出来，君浩走在人流汹涌的街上，感觉脚步轻飘飘的，如同水上漂。个头似乎一瞬间也长高了很多，感觉要俯视众生。

如此幸事，焉能无酒相伴？于是，君浩回去之后，又买了两瓶啤酒。对酒当歌，又即兴开了他的第二场个人演唱会，邻居们又饱受了第二次荼毒。

第二天醒来，洗漱完毕，赵君浩便早早过来上班。君浩来得太早了，九点上班，他八点就到了，没想到公司居然也开门了，前台大叔正聚精会神地盯着电脑看。

君浩礼貌地说了声"早"，果真一字千钧，前台大叔吓得一哆嗦，整个人还魂般地盯着君浩，同时右手忙乱地点着鼠标。君浩没想到自己内力这么深厚，能把大叔吓成这样，心中歉然，赶快说道："不好意思，把您吓着了，我叫赵君浩，昨天过来面试的那个，已经通过了，今天来上班。"

前台大叔终于神游归来，恢复了平静，也笑了笑："你好，欢迎啊。"

君浩继续说道："您贵姓啊？"

前台大叔倒挺识礼数："免贵姓马。"

君浩嘴甜，忙接着道："噢，那我以后就叫您马哥了。马哥，您来得挺早啊。"虽然前台大叔年龄并不算太大，但前面也不能加"小"字，否则周润发不答应。

前台大叔摸了一下头:"反正在家里也没事,还不如早早过来。你来得也挺早啊。"

君浩一咧嘴:"没办法啊,第一天上班,总不能迟到吧。马哥,您刚才在看什么呢,那么认真?"君浩有点耍坏,故意哪壶不开提哪壶。

果然前台大叔脸飞速地红了一下:"噢,没看什么,一个人待着无聊,刚才在电脑上打打纸牌。"

君浩本来应该"宜将剩勇追穷寇",但想想不能赶尽杀绝,以后跟前台大叔还要天天打交道呢,所以没有继续问下去。

就这样,两个人闲扯,君浩没话找话,前台大叔感觉隐约被君浩抓到了把柄,也不敢保持缄默,于是便应承附和着。

27

两人正有一搭没一搭地说着话,傅丽丽来了。丽丽先跟前台大叔道了声早,然后看到赵君浩,略惊了一下:"来这么早啊?"

君浩羞赧一笑:"我怕迟到了,傅经理,你也挺早啊。"

傅丽丽解释道:"今天下午要去见个客户,我要提前准备一些资料。"

君浩心中暗暗感叹,难怪傅丽丽这么年轻就能当上经理,工作方面确实尽心啊。这个世界,成功没有偶然,业绩不会天降,只有付出才会有回报的。

丽丽看君浩有些发呆,用手轻轻碰了一下他的肩膀:"跟我来吧,我给你安排一个座位。"

君浩很听话地跟着往里面走,没想到这个房间很大,像一个篮球场一样。里面整齐地放着很多办公桌,每个桌上都放着一台电脑。办公桌一个个全部用格子隔开,如同一个个没顶的小房间。每个小房间的前面,都挂着写有主人名字的小卡片。办公室的东边有两个小会议室，北边有一个大会议室。

君浩大概目测了一下，最少要有一百多个格子间。可以想象，等一会儿上班人坐满之后，该是何等的壮观。相比之下，之前的点石成金公司就太渺小了，一个天上，一个地下，无法相提并论。

君浩终于明白为什么导演们都喜欢拍大片了，果然，大的东西就是有气魄。同样，大的公司也就是有气魄。成为这样一个大公司的一员，君浩感到自己似乎也高大了很多，就算以后离开这里，也会觉得脸上有光。如同一个笨蛋，若是毕业于北大，别人也都会高看一眼的。当然，君浩比笨蛋聪明多了。

赵君浩脸上不由得荡出几分自豪的微笑。傅丽丽倒是很平静，如同七年之痒中的夫妻，早已审美疲劳。

丽丽走到一个空位上，对君浩说："你就坐这儿吧。"

君浩点了一下头，然后便坐了下来。这是个和其他别无二致的格子间，一张白色的办公桌，上面摆着一个厚重的显示器，下面是黑色的电脑主机，主机的另一边是一个小柜子，柜子上有三个抽屉，椅子也是那种常见的黑色转椅。

唯一不同的是，桌子上的笔筒里斜着一个旧唇膏，文件夹里歪着几张化妆品的宣传页，旁边躺着一个残破的小镜子。这三样东西直接暴露了前主人的性别。睹物思人，君浩很想问一下傅丽丽，这个格子间的前主人姓甚名谁，长得是否漂亮，但想了想，那样显得自己太色狼，于是忍住没问。

傅丽丽并非是恋爱中的女人，或者说并非是君浩恋爱中的女人，况且还是君浩的顶头上司，所以君浩的一言一行，必须小心谨慎，不能随性而为。

傅丽丽的座位就在君浩的右手边。丽丽坐下后，转过头对君浩说道："一会儿上班后，你去人事部填个入职表，然后让他们用数码相机给你拍个大头照，做工牌用的。另外，咱们部门还有三个人，一会儿他们来齐后，我再给你介绍一下。全公司总共有一百五十多人，以后有需要，你自己慢慢认识就行了。现在你就先登录聪聪网的网站，好好了解一下。"

傅丽丽说话语速较快，很是干脆利落，而且脉络清晰，确实展现了一个部门

/ 旅途 /
一个80后的未"成功"奋斗史

管理者应有的素质。

君浩看着眼前这个外形瘦小的女孩,感到几分自惭。大家年龄相仿,人家还是个女孩,就已经身居经理,老练成熟。相形之下,自己堂堂七尺男儿,一无是处,怎不让人好生羞愧。

君浩甚至还痴痴地想,假如自己当年没上这四年大学,现在会是个什么样呢?应该不会比傅丽丽差吧。唉,大学误人啊,学四年的空头营销理论顶个屁用,还不如实实在在地跑四年业务呢。

君浩的大脑一时间思绪万千,脸色却很平静,一边想着,一边打开电脑,按照傅丽丽的要求,上了聪聪网的网站。其实,君浩以前也上过这个网站,但当时是以局外人的身份上的。今天突然以局内人的身份上,颇有几分新奇。

随着上班时间九点钟的逼近,人陆陆续续地越来越多。霎时间,安静的办公室也喧闹了起来。人多力量大,各种声音从四面八方传来,有如菜市场一般。

专灯部来的第一个同事,叫王兵。原先也是当兵的,大家都叫他大兵。大兵今年27岁,河北石家庄人,曾经当过四年的志愿兵。当兵的主要内容就是站岗,而且一站就是四年。后来四年期满,也没有提干,于是就退了伍。

退伍后的大兵,在河北的一个家具厂,当了五年的保安,每月工资只有九百块钱。眼看着身边的朋友同学一个个都各展门路挣了钱,大兵的心也被强烈地刺激了。他听说做业务能挣钱,于是便跑来了深圳,准备大展宏图。他是三个月前进的聪聪,当时傅丽丽招他进来,主要看中的是他的朴实和勤奋。

大兵确实很朴实和勤奋,每天都闷头不响出去跑客户,但是木讷的性格让他跟客户沟通时常常冷场,如果客户不说话,他都不知道该说什么,没办法有效地去引导客户。另外,人情世故方面也不是很懂,所以三个月下来,一个单都没出。本来按公司规定,就要被解雇,但傅丽丽看他任劳任怨,实在不易,心肠一软,破例再延长一个月。大兵也憋着一股劲,要最后搏一搏。

今天,大兵仍像往常一样,脸上挂着苦大仇深的表情,闷头不响地来到公司。刚坐到座位上,傅丽丽便叫住他,然后给他介绍君浩。大兵居然一副不知所措的样子，还是君浩主动伸出手，大兵也忙伸手相迎。君浩暗暗叹了口气，这个人确实很朴实，但是一个已经跑了三个月业务的人，见到生人，况且还是同事，尚如此拘谨，他又怎么可能做好业务呢？

从理论上讲，每个人都可以跑业务，当然，都要为之做出一些改变，但每个人所要改变的程度是不同的。对于大兵这类人来说，必须要脱胎换骨，变成另外一个人才行，但江山易改，本性难移，让一个人脱胎换骨又谈何容易？

君浩心中的这些感叹，当然不可能给大兵说。两个人握完手后，大兵又重归沉默，坐在椅子上，一边开电脑，一边打开随身带的笔记本，闷头不响地翻看着。

28

专灯部来的第二个同事，是一个胖胖的男孩，名字叫"范子同"。这个名字是他父母翻了几天几夜字典想出来的，一个很有文化的名字。可惜他的父母只顾往文化里钻，却完全低估了中国人的娱乐精神。

从小学到大学，他的同学们都不约而同地自动忽略了他名字当中的"子"字，直接叫他"饭桶"。后来这个外号流传甚广，影响深远，连老师点名的时候，都会不由自主地叫"饭桶"，甚至校长发毕业证的时候，都差点在姓名那一栏顺手写上"饭桶"，险些惊出一身冷汗。

饭桶很苦恼，曾撒泼打滚地让父母去派出所改名字，但二老宁死不屈，好不容易取的名字怎能说改就改呢？二老一方面坚持不改，另一方面还自相矛盾地教导儿子，名字只是一个代号，叫张三李四有什么区别，人不是还是那个人嘛。二老并未修行佛家，居然深通佛家教义，"张三非张三，名张三也；李四非李四，名李四也"。

/ 旅途 /
一个 80 后的未"成功"奋斗史

饭桶见抗争无效，想想自己还要靠父母养活，不能闹翻，于是只好忍气吞声，准备长大以后自己去改。为此，还提前准备了很多如花似玉的名字，供以后挑选，比如"范雨箫""范柳烟""范云飞"等。后来，起名字上了瘾，见到什么都想化入自己的名字。有一段时间，《还珠格格》热播，饭桶很喜欢里面的"肖剑"，于是老毛病发作，准备给自己改成"范剑"，但自己念了两遍之后，惊出一身冷汗。遗传基因真是可怕，差点又犯了父母当年的错误。

这个世界很多事情非常奇妙，大家整天饭桶饭桶地叫着，饭桶果然不负众望，体形长得越来越像自己的外号。小的时候蛮瘦的一个孩子，青春期一到，胃口也打开了，因此体重急剧飙升，止都止不住。饭桶身高一米八，体重居然有两百二十多斤。同学们纷纷知错就改，觉得叫"饭桶"不对，于是又在前面加了一个"大"字。

饭桶深受刺激，发誓减肥，意志坚强地饿了自己三天，然后终于崩溃，又大吃大喝三天，结果减肥效果显著，又长了五斤。饭桶终于迷途知返，不再言减肥之事。

因为心情抑郁，饭桶学习上也没有劲头，结果高考时，勉强过了专科线，上了本地的一所三流大学。毕业之后，没急着找工作，着手进行"改名"大业。

饭桶原来以为改名很简单，去派出所改一下就行了，没想到真正去改的时候，才发现困难重重。不仅户口本要改，身份证要改，档案要改，连大学毕业证都要改。户口和身份证还好办，关键是档案和大学毕业证，属于教育部所管。如果改动，还必须去教育部。就算去了，也不是说句话就改了，还要提供各种证明材料，最后还不一定能改成。饭桶望洋兴叹，只好知难而退。

想想自己一辈子都要顶饭桶之名，饭桶心灰意懒，差点看破红尘，遁入空门。但后来想想，空门的素斋实在吃不惯，只好继续在红尘浪荡。

既然在红尘浪荡，就得有份工作，没想到饭桶的找工作之路异常艰辛。饭桶在大学学的是计算机专业，按说这个专业是很好找工作的。可惜饭桶心情抑郁，无心学习，大学三年都没怎么上过课，每天基本上都待在床上，冥想人生，质问上帝。但用人单位需要的不是思想家，而是能干活的行动家。饭桶的专业水平又几乎等同于饭桶，所以虽然面试很多，但没一家愿意用他。

饭桶在家闲了半年，他的父母忧心忡忡。二老怎么也没想到，自己当年煞费苦心取的名字，居然会有如此魔力，让自己的儿子变成了真正的饭桶。二老幡然醒悟，自责不已，于是也四处给儿子找工作，将功补过。后来知道饭桶的一个远房表哥，在深圳华强北卖电脑。二老一想也算跟儿子的专业基本对口，于是就让饭桶跟着他表哥卖了电脑。

饭桶终于有了事做，很珍惜，很卖力地去卖电脑。其实饭桶并不笨，脑子很灵活，只是整天让别人饭桶饭桶地叫着叫得有点傻了。一年后，饭桶表哥因为热衷"赌马"，就是购买地下六合彩，一下子输了很多钱，店面亏空，只好关门大吉。

城门失火，殃及池鱼，饭桶也随之失业。好在饭桶也有君浩一样的本事，在简历里移花接木，添油加醋，本来在表哥小铺子卖一年电脑的经历，被饭桶写成"在中国著名 IT 公司神华实业负责深圳片区的 IT 产品销售，仅仅一年，业绩便跃居公司前三"。

饭桶其实挺谦虚，只是写"跃居前三"，没有写"跃居第一"。饭桶拿着简历来聪聪面试，傅丽丽火眼金睛，一眼就看出这里面有水分，但是见饭桶伶牙俐齿，思想活跃，正好她部门也缺人，于是便将其录用。饭桶不明就里，以为是自己的简历将傅丽丽唬住，得意不已，心中将自己夸赞个不停。可见，生活中处处充满着误会。

饭桶是上个星期入职的，比赵君浩早来了几天。君浩正坐着看电脑，就感觉大地有点微微颤动。惊得抬起头，只见一个人从远处缓缓地震过来，待饭桶走到近前，君浩惊叹不已。

傅丽丽给两人做了介绍，饭桶倒颇通人情世故，脸上立刻笑靥如花，主动和君浩握手："欢迎欢迎，其实我也刚来不久，以后咱们可以多多切磋，共同提高。"

君浩也赶快谦虚:"你虽然只是早来几天,但也是我的前辈,切磋不敢当,还请多多关照。"

两人客气一番,或者说,虚伪一番,然后便各自坐下。饭桶的位置是在君浩的前面,饭桶一坐下,君浩就感觉到似乎一座山堆在了眼前,有一种无形的压力。

君浩正盯着饭桶的背影发呆,傅丽丽突然转过头,很调皮地朝君浩一笑:"还有一个人,没给你介绍,不过现在还没来。告诉你,那可是个美女啊。"

一听是美女,君浩的心立马有些激动。连着看了两个大老爷们,实在乏味,能有个美女同事,生活起码会精彩一些。

于是,君浩怀着激动的心情,等待着那个美女同事过来上班。

29

美女总是姗姗来迟,在马上就要九点的时候,君浩期待的美女同事陈燕终于来了。时间掐得刚刚好,仿佛早来一秒就觉得给老板多干了一秒的活。

没想到女人的审美观也有和男人一样的时候,傅丽丽口中的美女果然是个美女。陈燕,一米六五的个头。上身穿一件紧身的白色小背心,下身穿一件蓝色的紧身牛仔裤,腿直而且修长。臀部翘翘,好似噘起的嘴唇。脸若瓜子,面如凝脂。唯一不足的是两个眉毛向下耷着,好似一个"八"字,显出一副愁苦之气。

相由心生,陈燕的内心也确实有很多愁苦。其实,别看现在陈燕长得瘦瘦的,很漂亮,小的时候却是一个标准的胖妹。当然,胖得没有饭桶那么离谱。

刚出生的时候,陈燕并不胖,瘦得跟个小老鼠一样。吃奶的时候也不胖,直到牙齿长齐,开始吃饭的时候,一下子本性发作,每天吃个不停。一年年下来,个子在长,体重也在长,就像参加跑步比赛的两个选手,你追我赶,你争我抢,直到终点之时，个子停住不跑了，体重却像发神经一样，继续往前跑，连裁判叫都停不下来。

陈燕的父母一直都很疑惑，我们生的到底是人呢，还是猪呢？父母还只是疑惑，陈燕却是痛苦。不懂事的时候，陈燕还不觉得胖有什么不好。等懂事之后，尤其是上学以后，陈燕的痛苦生涯就开始了。

人性中生来有一些丑陋的东西，那就是对于与自己不同的，就加以嘲笑甚至诋毁。这一点，连小孩子都不例外。陈燕因为比班里的其他女孩子都胖，于是就被同学们戏谑地称为"肥猪"。人都有自尊心，天天被人肥猪肥猪地叫着，小小的陈燕痛苦不堪，也曾想过减肥，但每次看着美味的食物又实在忍不住，于是就这么一直胖了下来。

青春期的时候，男女生都开始发情，陈燕也不例外。她喜欢他们班的班长，班长长得高大英俊，很引人遐想。可班长瞧都不瞧她一眼，他喜欢的是班里那个又瘦又高的班花。每当看到班长班花两人卿卿我我的时候，陈燕就更加痛苦。虽然她只是单相思，但却忍受着失恋一般的煎熬。

感情上得不到慰藉，就只好移情于书本。从小到大，陈燕的学习成绩一直都不错。本来照这个势头，上个重点大学都不成问题。可惜时运不济，命运多舛。高考前两天，一场突如其来的高烧，烧得陈燕晕头转向。陈燕抱病考了三天，成绩可想而知。不过，还算幸运，虽然本科线没过，但专科线还超了十几分。陈燕长叹一声，一切皆是命，然后心灰意懒，就上了老家的一所专科学校。

虽然是专科，可学生谈恋爱的努力程度一点不比本科差。看着班里的同学都成双入对的，陈燕终于再也忍受不了，发誓减肥，让自己的青春也要在美丽中度过。人一旦发了狠，那就跟精神病差不多了。陈燕每天就吃中午那一顿饭，而且还只是半碗米饭，一小盘青菜。坚持了整整半年，身上的肥肉饿得痛哭流涕，终于支撑不住，于是纷纷弃陈燕而去，陈燕整整瘦了 70 斤。陈燕的父母知道后，心疼不已。70 斤啊！ 这要卖猪肉得多少钱啊。

陈燕的脸本来就很清秀，再成功瘦身，一下子就由丑小鸭变成了白天鹅。男

/ 旅途 /
一个 80 后的未"成功"奋斗史

同学们纷纷感叹，怎么一直没发现身边还隐藏着这么个大美女呢。于是，没女朋友的纷纷加紧进攻，有女朋友的纷纷想各种理由分手，然后也加入进攻大潮。

漂亮就是资本，有了资本后的陈燕选择男友自然也提高了标准，最后她选定了班里最有钱的男同学。那个男同学兴奋不已，赶快踹了前女友，然后开始与陈燕卿卿我我，翻云覆雨。陈燕原以为自己会一直幸福下去，没想到半年之后，有钱男同学玩腻了她，然后又像对待前女友一样，踹了她，找了一个更漂亮的女孩开始耍流氓。

陈燕没想到自己也会失恋，而且是真失恋，痛苦不已。爱情本就是一种习惯，所以对付失恋最好的办法，就是迅速建立另一种习惯。于是，陈燕擦干眼泪，又找了一个比较有钱的男朋友。

事实证明，男人有钱就变坏是千古不变的真理。结果如出一辙，陈燕再次失恋。

陈燕在失恋的道路上，连中二元，深受刺激，终于得出一个受刺激女人都会得出的结论：男人都是靠不住的。俗话说，靠山山会倒，靠人人会跑。男人有钱，不如自己有钱。于是，毕业后，陈燕便开始疯狂地跑起了业务。

事实证明，女人变坏就有钱也是一个千古不变的真理。虽然业绩做得好，但陈燕并不快乐，内心常感到空虚苦闷。时间久了，相由心生，眉梢也渐渐耷了下来，一副愁苦之气。

赵君浩首先感受到的，就是陈燕的这股忧愁之气。虽然他也不甚理解，一个这么漂亮的女孩子，到底有什么可愁的呢？你都这么愁了，那些丑女岂不都得去跳楼啊？

但不管再怎么忧愁，美女毕竟是美女，看着就那么让人赏心悦目。傅丽丽给两人介绍，君浩趁机握了握陈燕的手。那么丝滑，那么温润，君浩兴奋得浑身颤抖。陈燕做业务多年，也是江湖老手，也笑着对君浩表示欢迎，虽然笑得还是那么忧郁。

专灯部的同事终于认识完毕，赵君浩的聪聪生涯也正式开始了。

30

在赵君浩的聪聪生涯正式开始之前,我们先简单地介绍一下聪聪网销售部门的设置,这样就可以明白为什么君浩所在的部门叫专灯部。

聪聪网在全国建了很多分公司,分公司销售部门的设置基本上差不多。因为聪聪是一个网上商贸网站,说得直白一点,就相当于在网上建了一个集贸市场,供买卖双方交易。

现代商业一般都是以行业来划分,比如家电、汽车、安防、食品等。聪聪网在网上也是一样,每个行业都有相应的板块,而且在网下也有相应的行业杂志、台历等印刷品。聪聪网各分公司的销售部也都有样学样,负责哪个行业,就以哪个行业来命名,比如家电部、汽车部、安防部、食品部等。

当然因为行业的名称不一样,所以命名到部门时,感觉也颇为不同。感觉比较好的,比如负责教育用品的,就称为教育部,猛一听跟国家机关似的。有好的自然有差的,负责清洁用品的,就只能称为清洁部,搞得业务员听起来都像清洁工似的。当然,还有更惨的,负责玻璃制品的,就称之为玻璃部,弄得业务员都觉得自己快成同性恋了。

另外,负责哪个行业的,自然要和哪个行业的人打交道。久而久之,这些部门的业务员都被其同化。比如美容美发部的,业务员们的发型就千奇百怪,有"黄毛"的,有"爆炸"的,有"飞机"的,让人感觉万一在聪聪下岗,他们都可以直接去理发店上班。还有运动休闲部的,业务员们每天都是休闲裤,休闲T恤,有的还整天戴个棒球帽,如果再每人给一个高尔夫球杆,都可以直接去打高尔夫了。

赵君浩所处的是专灯部,乍一听还以为这个部门的人都是牲口,专门蹬人

/ 旅途 /
一个80后的末"成功"奋斗史

的。其实,专灯是专业灯光音响的简称,专业灯光音响主要指的就是舞台灯光、音响、扩音机、话筒什么的。虽说现在娱乐业的发展,使得专灯这个行业也迅猛发展,但相较于其他行业,比如安防和食品等,专灯只是一个小门类,利润点并不是很大,所以专灯部总共也就才几个人,而安防部等部门一般最少都有二三十个业务员,可谓人多势众。

大致的情况就是这样,赵君浩正式开始了他的聪聪生涯。

九点多了,公司的人基本上都到齐了。君浩正准备去找人事部的"周慧敏",忽然听到屋子里传来一阵乱纷纷的音乐声。仔细一听,原来是郑秀文的《眉飞色舞》。

郑秀文果然魅力无边,她一眉飞色舞,公司所有的人都起坐离位,纷纷站到旁边的过道上,就像小狗听到主人的吆喝准备进食一般。君浩大惑不解,以为大家集体发疯。旁边已经站起来的傅丽丽,赶忙为他授业解惑:"赵君浩,忘了给你讲了,咱们公司每天上班之前都要开早会,就是听领导讲讲话,再听出单的业务员传授传授经验,然后再唱唱歌,喊喊口号什么的。"

君浩感到颇为新鲜,于是也起身,站到过道上。这时公司正中间的走道上,不知从何时已经冒出来一对拿着话筒的男女,两人都大概二十多岁。男的唇红齿白,颇有小白脸的风度。女的齿白唇红,颇有小三的气质。君浩后来才知道,他们是培训部的,每天都要兼任早会的主持。

只见两人脸上洋溢着新郎新娘的笑容,激情澎湃地对着话筒说道:"朋友们,大家早上好,我们今天的早会开始了。"然后下面一阵稀里哗啦的掌声,君浩也随喜似的鼓着掌。

文明国度,女士优先,"新娘小三"首先开始说道:"早会的第一项,我们先请公司刘恒总经理讲话,大家欢迎。"君浩一边鼓着掌,一边在想刘恒这老爷们儿长什么样。结果从旁边走出一个五十多岁的女人,来到中间,拿起"小三"递给她的话筒开始讲话。

君浩大惊失色,以为自己耳朵听错,刘恒这种名字怎么能是女人的名呢?不过,后来想到香港的一个肥头大耳的男演员,名字居然叫赵雪,也就有些释然。既然男人能叫女人名,女人为何不能叫男人名呢?就像如今社会,男人可以留小辫,女人可以剃光头,这都是社会文明向前发展的标志。

释然之后,君浩便细瞧中间的女老总。看了一眼,便有点后悔,长得实在不敢恭维。虽然她穿着很得体挺括的职业套装,头发也抓了一个很干练的发髻,但脸上的五官似乎都在彼此生气,都往边上凑,全然不顾主人的形象美丑。脸上的皱纹倒不多,但却很团结,抱团般地集中在主人的眼角和额头。

君浩在下面心中暗想,同为女老总,这人跟人之间的差别怎么那么大呢?你看人家点石成金公司的女老总,风姿绰约,到那个年龄了,还有在外面牺牲的资本。再看看现在的这位,估计倒贴都没人要。

君浩在心中感叹不已,幸亏这位女老总不是读心神探,否则早就将君浩一脚踹出去了。

31

此刻,女老总刘恒,正在以男人的气势精神抖擞地讲话:"我们这一阶段,业绩做得还算不错,但我希望大家都能戒骄戒躁,再创辉煌,把我们的工作再上一个新的台阶。"

赵君浩因为第一天上班,还是很认真地听完女老总的讲话。听完之后,不知所云,大脑一片空白,似乎刚才失忆一般。

其他人显然已久经此事,产生抗体,居然还能意识清醒地在下面鼓掌,而且鼓得很热烈。有些人恨不得手脚并用,以加强间接拍马屁的作用。

女老总见掌声热烈,以为自己如此受拥戴,脸上乐开了花。本来就往边上凑的五官,似乎更开了,一个个几乎要闹独立了。

/ 旅途 /
一个 80 后的未 "成功" 奋斗史

女老总说完后,马上"新郎小白脸"接着说道:"刚才刘总的发言非常精彩。"自己没忍住,恶心地咳嗽了一下,然后又接着说道:"下面我们请昨天卖出了一个'VIP'的安防部的郑大国,给大家介绍一下销售经验,大家欢迎。"

底下终于爆发出一阵发自真心的掌声,并非大家喜欢郑大国本人,而是喜欢他的销售经验,因为经验就像麻将技法,好好学一下,然后再汇融贯通,是可以马上挣钱的。人其实都是逐利之徒,跟自己利益相关的,自然会特别关注。

君浩原以为郑大国是一个膀大腰圆的壮汉,没想到是一个披着"大国"外衣的"小国"。身高也就一米六左右,长得瘦小枯干。脸狭长。两只老鼠一样的眼睛,滴溜溜地乱转,一看就是个精明狡诈之徒。

"郑小国"尚未开口,站在君浩前面的饭桶忽然转过头,充满妒意地小声对君浩嘀咕一句:"四万八啊。"君浩一愣,以为饭桶发梦呓。君浩正暗自迷惑,旁边的傅丽丽也甚为小声地对君浩说道:"VIP 是咱们公司的产品,售价四万八。"

四万八?君浩大吃两惊,第一惊的是聪聪网真狠,什么东西敢卖这么贵?第二惊的是按 30% 的提成,那就是说卖一个 VIP 就可以挣一万四千多块钱。一万四啊! 那可是钱啊!

饭桶的妒意像会传染一样,也涌上了君浩的心头。君浩实在无法想象,在前面站着这个像猴一样的家伙,居然已经有一万四千多块钱挣进口袋。

有钱就有底气,"郑小国"神气十足,腰板拔得笔直,脚后跟都快离地了。只恨爹娘生的个矮,否则就可俯视众生。"郑小国"仿佛闻出了众人身上散发出来的妒意,先没急着说话,略静了一下,闻够满足之后,缓缓开口:"我知道可能有很多人在下面羡慕我,昨天一下子卖出一个 VIP,提成都可以拿一万多块,但我要说的是,这是我应得的,因为我是历尽千辛万苦才拿下这个单的。我很愿意把这个过程跟大家分享一下,希望能对大家有所帮助。大家认真听啊,绝对让你们不虚此听。"

下面的众人瞬间都变成兔子,耳朵全部都支棱起来。

接着"郑小国"就像一个演讲家一样,详细地介绍了他是如何和那个最终签单的客户斗智斗勇的。刚开始客户是怎样地设局,而他又是如何想办法破局,接着客户又怎样继续设局,而他又是如何再次破局。整个过程跌宕起伏,峰回路转,好似一部谍战大片。说到紧张处,"郑小国"声音放低,小心翼翼。说到欢快处,"郑小国"则声音昂扬,眉飞色舞。众人也随着他的讲述,忽上忽下,忽高忽低,待他终于讲完,有些人已经冒了汗了。

君浩刚开始也听得入迷,但后来越来越疑惑,这是真的吗?怎么越听越像讲故事呢,有这么大开大合一波三折吗?

君浩四处张望了一下,忽然看到旁边的傅丽丽满脸鄙夷,一副不屑的神态。傅丽丽也感觉到君浩在看她,便扭过头,把嘴贴近君浩的耳朵,蚊子一样的声音说道:"你别听他放屁,别人不知道,我还不知道吗,那个客户是他的一个叔叔。我昨天在厕所,听到他在走廊里给他叔叔打电话。"

君浩恍然大悟,原来是这样,心一下子轻松下来。其实,站在"郑小国"的角度,君浩也很理解他。你想他是通过裙带关系卖出去的,这样显得多没面子,多没水平,没面子没水平的事又怎么能在公开场合讲呢?那样岂不是更没面子没水平了,所以他煞费苦心地编这么一个故事,也颇为不易啊。不知道看了多少电视剧,翻了多少故事书,死了多少脑细胞才想出来的啊。"郑小国"可能不是一个好的业务员,但一定是个好编剧,当然,也是一个好演员。

赵君浩虽然理解,但还是忍不住像傅丽丽一样鄙夷。

赵君浩抱着胳膊,像看耍猴一样的,看着"郑小国"在台上表演。

"郑小国"完全不知道台下已经有人知道他的伎俩,还以为大家全被自己骗住,一边继续绘声绘色地讲,一边对自己佩服个不停。终于讲完了,"郑小国"讲得口干舌燥的。君浩恨不得端杯水上去,然后再替他喝掉。

"郑小国"看着下面如痴如醉的众人,得意不已。傻子们终于慢慢清醒,开始热烈鼓掌,饭桶更是把两个熊掌拍得"啪啪"响。"郑小国"更加得意,感觉自己有特异功能,已经飘在空中。

这时"新娘小三"满脸崇拜地走上来,接过"郑小国"递给她的话筒:"谢谢

/ 旅途 /
一个 80 后的未"成功"奋斗史

郑大国先生给大家分享了这么精彩的经历，真的，简直像电视剧一样精彩。"其实，真的就是电视剧。

"好的，我们欢送郑大国先生下台。"说着带头鼓掌，下面众人也纷纷鼓掌。"郑小国"像个凯旋的英雄一般，走下来，回归原处。

"新娘小三"继续说道："下面早会第三项，大家一起唱《飞得更高》，希望大家以后都能飞得更高。"

君浩终于知道汪峰是怎么红起来的，原来是深圳大量的像聪聪网一样的公司，把《飞得更高》作为早会歌曲或者司歌天天传唱。

说实话，这首歌写得很好，可惜不是所有人都像汪峰唱得那样好。随着"新娘小三"的"开始"，整个屋子里刹那间传来各种鸟的叫声。有大鸟、小鸟、公鸟、母鸟、老鸟、年轻鸟，声音和频率全不相同，基本都不在调上。这么多鸟一边跑调地唱着，一边还努力飞得更高。最后终于千山鸟飞绝，此歌唱完。

君浩还是第一次听到这种大合唱，难受得恨不得把耳朵割掉。

终于到了早会的最后一项了，"新郎小白脸"左手拿着话筒，右手握着举过头顶："大家跟我一起喊，我是最棒的！ 我是最棒的！ 我是最棒的！"

众人也在下面跟着喊，君浩没想到自己误入一个精神病公司，为求自保，也只好伪装精神病，也高声喊着。喊着，喊着，君浩似乎真的感到自己是最棒的，全身也似乎充满了力量和气势。看来，人要成功，还必须成为精神病不可。

君浩一边喊着，一边还四处看了看那些像饭桶一样的胖子，心中无比同情。唉，这些人也不好好学习一下普通话，谁让你们天天把"我是最棒的"喊成"我是最胖的"了。

最后，终于喊完了，闹哄哄的早会也终于结束了。

32

早会结束了，赵君浩好似经历了一场战争，感到精疲力竭。刚才喊"我是最棒的"所激发的伪力量也叛国投敌消失不见了。但一想到马上要去找"周慧敏"，精神为之一振。

君浩走到人事部，只见"周慧敏"正在聚精会神地上着淘宝网。君浩有些吃惊，淘宝网是阿里巴巴旗下的网站，"周慧敏"居然如此大胆，公然也叛国投敌。

君浩轻轻敲了敲桌子，然后对这个美丽的叛徒说道："你好，林小姐，我过来填一下入职表。"

"周慧敏"扭过头，神态居然很平静："稍等一下啊，我给你打印一份，原来的表格刚好用完了。"说完，把电脑上的网页最小化，然后点开桌面上一个 Excel 表，再熟练地按了一下"Ctrl+P"，接着旁边的打印机便"吱吱"地响了起来，随着响声，一张 A4 大小的入职表便缓缓地吐了出来。

整个过程相当熟练，一气呵成，君浩在旁边看得赏心悦目，甚至还不由得痴痴地想，这一连串的动作都是"周慧敏"为他一个人而做的啊。如同新婚的妻子，忙来忙去地为丈夫做早餐。想到这里，君浩心里暗自有些激动。

"周慧敏"并不知道自己已充当了"妻子"的角色，却以一副"母亲"的口吻对君浩说道："拿回去好好填啊，写完之后再给我。"

君浩也忘记了自己"丈夫"的角色，配合地以"儿子"的姿态听话地点点头："好的，好的。"

君浩拿了表格，回到自己的格子间，趴在桌子上很认真地填。对于表格，君浩并不陌生，从小到大，不知要填多少，基本上都大同小异，无非都是姓名、年龄、籍贯等各种问题。

/ 旅途 /
一个 80 后的未"成功"奋斗史

君浩很少这么认真地写字，一笔一画的，好像在参加书法比赛。字如其人，君浩只希望"周慧敏"在看到这些字时，能想到他这个人也是这么端正漂亮。人的心理，很多时候都是这么不可理喻的。

填完之后，君浩乐颠颠地跑过来，恭敬地把自己的书法作品交给"周慧敏"，没想到"周慧敏"只是扫了两眼，然后就直接放进了档案袋，根本没像君浩希望的欣赏个不停。君浩感到很失落，仿佛刚才所有的认真都白费了气力。

"周慧敏"扼杀完君浩的幻想后，扭头对身边的一个男的说："小周，你去给他拍张照片，做个工牌。"

这个叫小周的男的听到之后，回过身看了君浩一眼，君浩也不由得看了他一眼。就这一眼，君浩看得毛骨悚然。只见这个男的，身材极瘦，还穿了一套紧身的白色西裤和衬衫，绷得紧紧的，好似一个刚从金字塔里蹦出来的木乃伊。脸上明显地打过粉底，白得吓人，左耳还钉了一个明晃晃的耳钉，身上还不时地散发出媚人的香水的味道。

君浩不由得感叹，聪聪网果然藏龙卧虎啊，真是什么人都有。

这个叫小周的木乃伊看到君浩眉清目秀，于是对君浩抛了一个媚笑，然后嗲声嗲气地对"周慧敏"应道："好的，我马上拍。"说完，从办公桌下面的柜子抽屉里，取出来一个小型的数码相机，然后站起身，用甜得化不开的声音对君浩说道："跟我来，咱们去外面的走廊上拍。"

君浩一直强忍着自己的恶心，一边跟着木乃伊往外走。木乃伊走两步，回头看一眼君浩，恨不得牵着君浩走，君浩则远远地保持着一定距离。木乃伊走路颇为轻盈，像跳舞一般，如果两肋间再装个翅膀，肯定都能飞起来了。

君浩一边走一边纳闷，这个木乃伊是怎么招进来的？这样的极品历来只应天上有，人间哪曾几回闻。后来一想老总是女的，而且也是人间少见的极品，同类相吸，也就释然。

终于走到外面走廊，走廊的墙壁除了大部分被强征为宣传栏外，还有一些空白的地方。木乃伊走到那些空白的地方，让君浩站在白色的墙壁前面，一边摆弄相机，一边和君浩说话："你叫什么名字啊？"

君浩不想让他知道，怕他阴魂不散，缠住自己，但碍于礼貌，还是如实报了自己的姓名。

木乃伊笑得花枝乱颤："好名字，有气势，有内涵。对了，我叫周刚，你叫我小周就可以了，大家都这么叫。"

木乃伊果然和女老总是同类，名字都是这么名不副实。君浩很想建议他改名叫周柔，或者再温柔点，叫周柔柔，这样就和他这个人完全匹配了。

木乃伊终于调好相机，然后继续调戏君浩："站好，别动，看镜头，看我也行，笑一笑，对，再笑一笑，好的，真帅。"

君浩被逼得挤出一个大大的笑，但这笑仿佛非洲难民的身体，干巴巴的毫无生气。

终于照完，君浩长出一口气，仿佛死去又活了一回。木乃伊一边欣赏着相机里的照片，一边对君浩说道："好了，一会儿我打印出来，加进工牌里，给你送过去。"

君浩忙连连摆手："不用了，不用了，做好了你给我说一下，我自己来拿就行了。"

木乃伊媚媚地笑道："别跟我客气，以后咱们就是同事了，举手之劳。"

虽然君浩忍受不了木乃伊的媚笑，但对于他的热心还是有几分感动。君浩在心中反思自己，是不是对木乃伊有些先入为主，带了偏见。他们只是娘娘腔，并不是坏人。

但是虽然不是坏人，君浩还是不喜欢这些娘娘腔的男人。君浩始终觉得，身为男人，就要有个男人的样子，堂堂正正，顶天立地，有男子汉的阳刚气概。可惜现在世道，有些江湖大乱套，男人女性化，女人男性化，让人眼花缭乱，只叹自己已经落伍。

33

赵君浩回到座位不久，木乃伊居然已经做好了工牌，拿了过来。办事效率之快，让人瞠目。其实，企业里做工牌这种事也不复杂。比如聪聪网，都买有现成的空工牌，只需要贴张照片，然后写上姓名和部门就可以了。

君浩对木乃伊表示感谢，木乃伊又对君浩绽开一个大大的媚笑，然后一步三扭地走了，身后留下一片余香。坐在前面的饭桶忍不住地以手捂鼻，厌恶地小声嘟囔道："这娘儿们……"

君浩也忍不住地笑了一下，然后便细细地打量手中的工牌。照片还好，木乃伊把自己拍得五官俱在，但就是脸上的笑容看着别扭，仿佛那笑很不满意自己的角色，准备叛国投敌，跑到哭的阵营，但哭却又不愿接收异己，于是只好哭笑不得。

君浩又看下面手写的文字"赵君浩专灯部"，这字体颇为刚劲有力，气势十足。君浩实在不敢相信这是木乃伊所写，看来这个人身上真是处处充满了矛盾。

虽然对照片不是很满意，但拿着这崭新的工牌，君浩还是很兴奋。这意味着从今天起，自己就是聪聪网的一员了。虽然只是试用，但凭自己的努力，转正应该不成问题。

君浩兴奋地把工牌挂在脖子上，仿佛是挂了一面奖状，感到很是自豪。其实，工牌这东西，往往只有新员工愿意戴它，老员工没有几个愿意戴。仿佛工牌就是紧箍咒，一戴上就要任人摆布，不得自由。

君浩还未达到老员工的境界，所以还是欣然戴之，然后坐在椅子上自我陶醉。这时候旁边座位的傅丽丽，交给君浩一大摞材料："赵君浩，这是咱们公司的资料。里面有公司介绍，规章制度，考勤方法，重点是咱们公司的产品介绍、价位、用途，等等。这三天你就好好地熟悉这些，然后再经常看看咱们公司的网站，上面也有很多信息。三天以后，我会交给你一些客户资料，你就可以试着去跑了。"

君浩一边接过资料，一边点头，首先翻到介绍产品"VIP"的那一页，因为他实在想知道到底是什么东西敢卖四万八，简直就是抢钱嘛。

原来这个"VIP"也确实是聪聪网最贵的产品，要不也不敢称"VIP"。VIP当然是英文，但是很多人都认识，尤其是那些腰包鼓鼓脑满肠肥的暴发户更认识，因为他们本身也是VIP。去银行，是VIP客户；住酒店，是VIP客人；坐飞机，是VIP乘客。当然，VIP是要靠钱支撑的，一旦没有了钱，那前面的"VI"也会失去，他们就会直接变成"P"了。

聪聪网的VIP，指的就是聪聪网所提供的最尊贵最优质的服务。

君浩看了半天，终于把这些全部看完。头有点发晕，心里有点打鼓，有这么好吗？因为君浩有一条生活经验，越是那些看起来很好的东西，欺骗的嫌疑越大，就像很多药片，本身很苦，所以常在外面包一层糖衣，来诱骗孩子吃下。

不过，聪聪网既然已经做了这么多年，应该是真的。就算假，也不会假得太离谱，否则早就被淘汰了，因为市场规律是最无情的，君浩这么说服着自己。

34

赵君浩很认真地翻看着这些资料，不知不觉已到中午。傅丽丽扭过头对君浩说道："楼下有很多快餐店，中午可以去吃。当然，也可以叫外卖上来。"君浩心想，还是下去吃吧，坐了一上午，也趁机活动活动。

君浩正想着，前面的饭桶忽然站起来，转过身说道："赵君浩，走，咱们一起去，这边儿我熟。"君浩心一热，对饭桶印象大变。其实，饭桶是个挺善良的人。

/ 旅途 /
一个 80 后的未"成功"奋斗史

生活中,胖子一般都比较善良。

君浩点点头,然后站起来,跟着饭桶一起往外走。这时候,公司一百多号人,大部分也都一边说笑着,一边往外走。君浩和饭桶来到楼下,路上已到处是人,男男女女,都是附近写字楼的上班族们。这些人一到中午,就仿佛冬眠的蛇终于苏醒,全都从窝中钻出来觅食。

果然,附近的快餐店很多,每家店干脆都在路边摆了很多桌子椅子,跟大排档似的,一般店前面都摆了一个很大的不锈钢做的快餐车。车上分了很多方格,每个格子里放一种菜,有荤的有素的。这些都是按套餐来卖,两荤两素五块,一荤三素四块,全素三块。当然,荤素任选,米饭随便加,还送一份例汤。说实话,在深圳这个城市,这个价钱是非常便宜了。当然,这些店也兼做小炒,价格当然就比套餐要贵一些了。上班族大多都很俭省,所以套餐最受欢迎,趋之若鹜者众。

正值饭口,所以每个店几乎都挤满了人。店老板一边给众人打饭,一边收钱,两只手忙不过来,恨不得再生出几只手来。

饭桶领着君浩来到前面的一家,人也不少,但还有几张空桌。看来饭桶常来此处,熟门熟路,刚一过来,便被又黑又瘦的老板娘发现,满脸是笑地说道:"来了。"

饭桶也嫣然一笑:"是啊,还是点这四样吧。"一边说,一边用右手食指在四个菜的上面点了一下。不幸被选中的四个菜是一个鸡腿,一个回锅肉,一个炒茄子,还有一个炒豆芽。

饭桶点完,然后对身边的君浩说道:"你也点啊,五块钱,两荤两素,任选。"

君浩为了显示饭桶有眼光,也点了同样的四个。老板娘动作麻利地给两人打好饭菜,然后他们来到靠边的一个空桌上,坐下开始吃。

君浩首先夹起鸡腿,这鸡腿仿佛与原来的鸡,分别很多年了,沧桑尽显,颜色也隐隐地发黑。君浩不由得问正在狼吞虎咽的饭桶:"这儿的饭菜这么便宜,卫生吗？"

饭桶的嘴一边往下咽菜，一边百忙之中腾出一点小空，回答君浩的问题："放心吧，吃不死人的。这边上班的人，都是吃这些的。我也吃了一个多星期了，你看不是还活蹦乱跳的。"说完，恨不得上蹿下跳几下，以证明自己的论点。

君浩一听，也是，就算不卫生又如何？反正国人的肠胃早已久经考验，每天吃着各种化学品进肚，不也好好活着嘛，而且照此趋势，再过若干年，肠胃的抵抗力会更强，到时候别说化学品了，直接喝硫酸都死不了。

再说，君浩也真饿了。别说不卫生的饭了，就算一泡屎，真饿极了，也照样能闭着眼吞下去。只不过一般人都没被逼到那个份儿上，真要到了那个地步，什么事都做得出来的。

饿时吃糠甜如蜜，饱时吃蜜也不甜，早已饥肠辘辘的君浩自然吃得特别香甜，旁边的饭桶早已风卷残云。但奇怪的是，按照这种架势，每个菜都应该吃光才对。但饭桶却不是，米饭早已吃完，每个菜却都留了那么一点，而那一点也都是一口能吃完的，但饭桶就是故意不吃。

君浩正在迷惑，只见饭桶已然起身，端着餐盘，走到快餐车旁盛米饭的桶边，掀开盖子，拿着饭勺，往自己的盘里加了满满几勺，然后心满意足地回来，坐下来一边继续吃，一边还不忘教唆君浩："米饭吃完，可以加，去加吧。"

君浩正好米饭也快吃完了，一看饭桶已经身先士卒做了表率，于是也马上去加了米饭过来。等回来后，一看饭桶盘里的米饭已经消灭大半，旁边的四口菜依然未动，保持着处女之身。

一会儿，剩下的米饭又被饭桶吃完，饭桶起身又拿着餐盘去加饭，如是者四。最后一次，饭桶终于对那四口菜痛下杀手，吃得分毫不剩，菜汤都用米饭蘸着吃完。幸亏餐盘不能吃，否则也尽入其口。君浩大为佩服，饭桶果然是饭桶，沧海横流，尽显英雄本色。

卖饭的老板娘都快哭了，心想挣饭桶的五块钱真不容易啊，加的几回米饭都快值五块钱了。不过，老板娘深通概率学，知道像饭桶这样的情况只是少数。就像吃自助餐一样,大多数人就算撑死了,也吃不了多少的。

君浩到这时才恍然大悟,终于明白饭桶留那四口菜的用意。兵法有云:歼敌不可全歼,需留几个细作,待探得情报,再杀不迟。饭桶留的几口菜,就相当于细作,待获得米饭后,再绞杀干净。或者说,这四口菜又像是钓鱼的鱼饵,饭桶以其作为饵料,去钓米饭。总之不管怎么说,这四口菜相当有用。

君浩大彻大悟后,对饭桶刮目相看。别看此人顶饭桶之名,其实相当聪明。

两人都吃完后,各人付了各人的钱。在深圳,有个不成文的规矩,吃饭一般都是AA制。几年后,君浩去了北京,那里吃饭却是抢着付账,这就是南北方文化的不同。当然,无关好坏,只是风俗。

梁实秋曾在《雅舍小品》中说道,盛馔之后,人生观都会改变。两人酒足饭饱之后,都觉得生活是如此美好。饭桶一边走,一边摸着孕妇一般的肚子,居然不自觉地哼起小调。君浩听了半天,都没听清他唱的是什么,反正咿咿呜呜,哼哼哈哈的。待快走到公司时,君浩才福至心灵,终于辨清他唱的是周杰伦的《双截棍》。

35

两人回到公司,发现大部分人都已如候鸟一般返回。还未到上班时间,偌大的办公室很是安静,很多人都趴在桌子上睡觉。但也有人废寝不忘食,吃完饭后在电脑上浏览各种花边新闻。还有人在小声地说话,不过却像地下党接头,声音低得蚊子都听不见,偶然会大笑一下,也衬得"鸟鸣山更幽"。

傅丽丽和陈燕两人都趴在桌子上休息,不过,不同的是,傅丽丽是整个头埋在胳膊里,好似在练闭气功,而陈燕功力差些,只是右边脸靠在胳膊上,露出左边脸来呼吸。大兵则依然是愁眉紧锁,在闷头翻他的笔记本。

赵君浩从陈燕身边走过的时候，有意无意地看了一眼。只见陈燕似乎已经睡着，长发披在肩头，露出的左边脸被明亮的日光灯照着，白扑扑的，眼睫毛柔柔地盖着眼睛，小鼻子轻轻地翕动着，睡得很是安详，如同一个小女孩一般。

君浩忽地涌上一股柔情，很想在陈燕安详的脸上轻轻地吻上一下。并非一种情欲，更多的似乎是一种爱怜。旁边的饭桶，似乎具有特异功能，看穿了君浩的心思，意味深长地小声对君浩说道："玫瑰花好看，小心有刺啊。"说完，讳莫如深地笑着。

君浩也笑了一下，心想饭桶肯定被刺过，否则不会说出这么有哲理的话。其实，君浩也并非想跟陈燕怎么样，只是刚才忽的那种感觉让他觉得很是美好，人的心念原来也存在着一处干净。

君浩坐到座位上，心中还不由得回味着这种感觉，脸上也不自觉地绽出几分微笑。

到了一点钟上班时间，所有趴着睡觉的人，好似大脑中定了闹钟，纷纷从桌子上抬起头。傅丽丽的闭气功也终于练完，好似出关般地功力大增，生龙活虎般地用鼠标在电脑上点着。陈燕也跟着起来了，脸上却仍带着一副刚睡醒的慵懒，定定地发呆。

君浩也命令自己，赶快进入工作状态，拿着那些资料认真地看着。

傅丽丽在电脑上点了半天，终于良心发现，放过电脑，拿出公文包，收拾了一下，出门去见客户，临走前，对君浩交代："有什么事，可以给我打电话。"

君浩点点头，然后继续低下头看资料。看了半天，觉得头有点发胀，于是用电脑准备上网，无意中发现桌面上的回收站中，隐隐有未删的文件。君浩好奇心大起，心跳有些加速，他可以断定这是电脑前主人，而且是哪个女主人留下的。可能当时走得匆忙，只是删掉并未清空。

君浩做贼般地先四处瞟了几眼，然后激动地打开回收站，只见是一张图片格式，但在回收站里是打不开的，必须先还原。君浩点了一下还原，然后四处找还原后的图片，终于在"我的文档"里发现影踪。

/ 旅途 /
一个80后的未"成功"奋斗史

　　君浩像个偷窥狂一样，有些兴奋地点开，只见上面果然是个女孩的照片。看了一眼，君浩就后悔不已，并非是丑得吓人，而是漂亮得惊人。只见一片绿油油的草地上，一个穿着白色连衣裙的女孩，双手背在后面，冲着君浩甜甜地笑，长相极似年轻时候的赵雅芝。

　　君浩暗暗有些心痛，后悔为什么不早来聪聪，这样就可以和这个"赵雅芝"认识，但这个"赵雅芝"为什么离开聪聪呢？当然，什么可能性都有，但用脚指头一想，都会知道如此美丽的尤物，又怎么可能长期在一家公司做业务员，估计早就被人金屋藏娇了。这个世界有钱人太多了，他们绝对不会放过任何一个美女的，当然像陈燕那种曾经沧海难为水另有隐情的除外。

　　君浩一边慨叹着"赵雅芝"的美，一边不自觉地多摸了几下鼠标，仿佛通过这个前主人也曾用过的物件，也可以间接地摸到前主人的手。就像钱钟书在《围城》里写的那样，鲍小姐拿过方鸿渐的烟，然后烟头对烟头地点着，旁边的苏小姐就充满醋意地认为，他们是在通过点烟公然间接接吻。幸好君浩记不得这个情节，否则肯定会触类旁通地拿起"赵雅芝"遗留下的旧唇膏，往嘴上一抹，也能达到间接接吻的功效。

　　君浩痴愣了一会儿，忽然暗暗发笑，自己怎么了？什么时候变成花痴了？怎么见到漂亮女孩就动心思呢？自古红颜祸水，还是好好工作吧，工作好了，才会有前途的。

　　为了表示好好工作的决心，君浩头脑一发热地直接将那张好不容易起死回生的照片，重新打入回收站，并且坚决地点了清空。刚点完，君浩就后悔了，只想扇自己几个嘴巴。不过，大错已酿，天意使然，随它去吧。

　　君浩极力地排除这个小插曲对自己的影响，又开始认真地看资料。没想到竟看得入了神，连傅丽丽什么时候回来的都不知道。待发觉，傅丽丽已满脸笑容地站着对大家说道："今天挺顺利，我又签了一个VIP。老规矩，晚上我请客，咱们还去那个湘聚楼。"

　　君浩一愣，心想难道四万八的东西这么好卖吗？随即对傅丽丽佩服不已，于是既是真心又是拍马屁地说道："恭喜恭喜，傅经理，你真厉害。"

陈燕因为也经常签 VIP，对他人的敬佩之情早已消遁，只是略带醋意地说道："小傅，不错啊，又赚了一笔。"陈燕今年 28 岁，比傅丽丽大了几岁，而且销售业绩支撑了专灯部的大半江山，所以只有她敢叫傅丽丽"小傅"。

大兵这时候居然也放下了那张苦瓜脸，挤出一个茄子般的笑容，学着君浩拍马屁："傅经理，你真太厉害了，这个月已经出了两个 VIP 了。你……"

旁边的饭桶怕他把马屁拍完，自己无屁可拍，赶快也插话道："真是老将出马，一个顶俩啊。"

刚说完，忽然醒悟犯了一个致命的错误，"老"字是绝不能轻易加在女人身上的，即使是比喻也不行。但凡女人，一辈子都怕两个字，一个是"老"，另一个是"胖"。即使本人确实又老又胖，但也绝不愿别人说出来。况且傅丽丽并不老，对一个不老的女人说老，那更是禁忌中的禁忌。

饭桶醒悟之后，惊出一头冷汗，赶忙声东击西岔开话题："傅经理，听说你酒量很好，晚上我要好好敬你几杯。"

傅丽丽早已沉浸在兴奋中无法自拔，根本没有在意饭桶话中的"老"字，害得饭桶空惊惧一场，傅丽丽接话道："我酒量其实一般，但今天高兴，晚上大家都好好喝喝。"

君浩一听喝酒，很是高兴。毕业一年多，坎坷不顺的生活已让他学会了喝酒，并已离不开酒。酒，最适合对饮，但君浩大多数时候只能一个人在小屋里自斟自饮。酒多则话多，话再多也只能憋在心里，即使憋不住，也只能自言自语，更空添几分孤清。但对饮则不然，有说话的对象，可以借着酒劲酣畅淋漓地说，甚至说一些平时不敢说的真话。即使说过了头，别人也大都会认为是酒话而加以原谅，不去计较。一个人，如果能把埋在心里的话说出来，其实是一件很痛快的事，所以与人喝酒，也是一件痛快的事。借用金圣叹的话，岂不快哉？

36

下午6点，五个人收拾好东西，然后一起去吃饭。湘聚楼就在公司附近，走路也就十分钟左右。聪聪网有个不成文的习俗，如果哪个人出了大单，比如像VIP之类的，就要请本部门的人吃一顿，以显示有福同享的精神，同时降低他人的嫉妒之情。当然，这个习俗是不成文的，并非强迫，你如果非要一毛不拔，别人也不会把你怎样，但从此你的人缘就没了。中国社会的潜规则远比显规则厉害得多。

没人愿意对抗这个潜规则，况且挣钱了也确实高兴，吃吃饭不仅可以安抚别人，也可以犒劳自己，所以附近的饭店因此常常高朋满座，生意兴隆。

傅丽丽和陈燕在前面走，两个人手挽着手，一边走一边说笑，似乎亲如姐妹。大兵、饭桶和君浩在后面一排跟着，大兵又恢复了他苦大仇深的模样，一路上只是抽烟，不怎么说话。君浩和饭桶倒是臭味相投，聊个没完。尤其是饭桶，终于又能大快朵颐好好吃一顿，心中兴奋不已。说话的间隙，又开始兴奋地咿咿呜呜哼哼哈哈，君浩一听这首歌就头疼，恨不得把饭桶掐死。饭桶一边唱，一边还不时地摸几下肚子，似乎在安抚肚子，告诉它不要着急。

很快就走到了，湘聚楼从字面看，就知道是一家湘菜馆，在附近颇为有名。饭店装修得故意很农村，墙上还挂了很多红嘟嘟的辣椒。

五个人进了门，门口的两个礼仪小姐，赶忙低头哈腰，哈到众人口袋的位置时，然后说欢迎光临，似乎是对口袋里的钱包说话。傅丽丽和陈燕是这里的常客，熟门熟路，直接往楼上走，楼上有好多包间，她们进了最里面的那间。那间很明亮，透过整面的玻璃墙，可以看见外面的大街。

五个人坐好，君浩挨着陈燕坐下，陈燕身上淡淡的香水味很好闻。傅丽丽也

/ 旅途 /
一个80后的未"成功"奋斗史

不客气,拿着菜单,"啪啪"地点着。旁边的女服务员快速地在纸上记着,总共要了八个菜一个汤,都是湘菜里的特色菜。比如红烧肉、莲子扣肉、酱汁肘子、糖酥鲫鱼、红烧蹄筋,等等。坐在旁边的饭桶,一听到这些名字,就开始条件反射般地流口水,似乎已经看到菜摆在了眼前。

傅丽丽点完菜后,很豪气地说道:"先上一打啤酒。"女服务员唯唯而去。很快,一个男服务员搬着一筐冰镇的啤酒上来。一边往桌上放,一边问:"要不要打开?"

傅丽丽把手一挥,仿佛战场上的军官下达命令:"全都打开。"

旁边的陈燕提醒道:"不用这么急吧,一会儿喝的时候再打开也不迟啊。"

傅丽丽一笑:"没事,都打开吧,咱们五个人,我就不信连12瓶都喝不了。你看吧,一会儿估计还不够喝呢。"

陈燕见傅丽丽这么说,也就不再言语。男服务员把酒全打开之后,转身出去,那个女服务员马上进来,给众人的玻璃杯里倒酒,倒到饭桶那儿时,饭桶很豪气地说道:"不用了,我直接对瓶吹。"

傅丽丽一听就乐了:"好,那一会儿碰杯的时候,我们喝一杯,你要喝半瓶。"

饭桶把胸脯一拍:"没问题,不是我吹,其他的不敢说,喝酒方面我可以说数一数二的。"

众人都笑,君浩打趣道:"吃饭方面你也是数一数二的。"众人又笑,饭桶也"嘿嘿"地笑着,活像一个憨憨的大熊。

傅丽丽端起一杯啤酒,站起来说道:"今天虽然是我出了一个VIP,但我希望大家都能够出VIP,有钱大家挣,咱们齐心协力,共同把咱们专灯部的业绩做得更好。为了这个目标,咱们先干一杯。"

大家也都纷纷起身,拿着各自的酒杯,饭桶拿着瓶子,然后互相碰了碰。傅丽丽先一仰脖,一杯酒就下去了。陈燕也不含糊,也一仰,一杯也下去了。君浩当然不能在女人面前示弱,也一饮而尽。大兵犹豫了一下,也一下子喝完。饭桶

/ 旅途 /
一个 80 后的未"成功"奋斗史

果然话复前言,"咕咚咕咚"地喝了半瓶,喝完还意犹未尽,吧嗒吧嗒嘴,似乎在品味酒的余香。

因为前车之鉴,这次饭桶抢着拍马屁:"傅经理,你刚才说得真好,我相信在你的带领下,咱们部门肯定能做成公司第一,把其他部门都打趴下。"说完,还用右手做了一个往下打的动作,很有气魄。

傅丽丽虽然听着舒服,但还没被饭桶的马屁击穿,很冷静地说道:"专灯是个小行业,咱们部门也是个小部门,业绩不可能排第一的。不过,咱们不跟他们安防部、食品部等大部门比,咱们只跟自己比,只要咱们比以前做得好就行。"

饭桶见自己马屁没拍对位置,有些尴尬,但不甘心失败,仍然不屈不挠地拍下去:"是啊,傅经理说得对,咱们只要做得比以前好就行。我先表个态,我虽然刚来一个多星期,但我一定会好好努力,争取尽快出 VIP。"

"好,有信心就好,咱们专灯部要的就是这种信心。"傅丽丽赞道,然后露出满意的笑。饭桶见马屁终于拍成功,也露出满意的笑。

君浩也被逼得赶快表态:"我也会好好努力的,争取早日出单。"这句话其实留有余地,君浩并未像饭桶那样头脑发热,因为君浩知道四万八的 VIP 绝不是那么好出的。自己刚来,需要的是尽快熟悉环境,打开局面,所以只要能尽快出单就可以了,哪怕是几百块的售购通就可以。稳扎稳打,步步为营,这是君浩的作风。

饭桶和君浩都表了态,苦大仇深的大兵也不得不发言:"傅经理,我很惭愧,来了三个月都没有出单,要不是你心肠好,我早就离开聪聪了。我已经暗暗发誓,这个月一定要出单,如果还不出,那我就自己滚蛋,我已经没有脸再待下去了。"说完,大兵一脸悲壮的坚毅。君浩听了,心忽然酸酸的,眼前的大兵,似乎一瞬间化成了哈姆雷特。

傅丽丽也受了感染:"大兵,你是一个很勤奋的业务员,你的努力大家都看在了眼里,好好加油,就算你这个月还没有出单,我也会向公司申请再给你延长。当然,你如果实在不愿意待,我也不勉强,但只要你能保持这种不服输的劲儿,我相信你以后无论做什么,都是一条好汉。"

大兵眼圈有些发红,端起桌上那杯服务员早已倒满的啤酒,站起来,声音有些发颤地说道:"谢谢你,傅经理,我敬你一杯,我先干为敬。"说完,脖子一仰,那杯酒像一条水线一样,就入了肚子。

傅丽丽也赶忙站起来,拿起一杯啤酒,一饮而尽,巾帼风范尽显。众人纷纷鼓掌,场面很感动。

37

这时候,点的菜开始纷纷上来。一时间,桌上杯盘罗列,菜品飘香。饭桶终于等来了这个时候,眼睛都绿了,赶忙拿起筷子,看着傅丽丽,只等她一开始吃,就马上开始战斗。

傅丽丽看着饭桶急不可待的样子,笑了一下,然后对众人说道:"大家都吃吧,一会儿别凉了。"说完,夹了一口菜。

饭桶马上像下山的猛虎一样,"嗷"地扑向饭菜,手中的筷子如暴风疾雨般伸向各个菜肴,然后快速地往嘴里放,不嚼就往下咽,气势很是骇人。

君浩在旁边看着,心想得赶快出手,否则看饭桶这架势,一会儿自己就只能啃盘子了,于是也赶快夹菜。

大兵的悲壮劲儿还没过,但肚子发饿,也忍不住地夹菜来吃。陈燕倒是不慌不忙,可能为了保持身材,慢慢地用筷子夹菜,然后放到樱桃小口里,咀嚼了半天才咽下去。陈燕这样吃一口,那边厢,饭桶早已十口下肚。

大家专心致志地吃了一会儿,陈燕忽然放下筷子,对傅丽丽说道:"小傅啊,咱们一边吃一边聊。你给大家介绍一下,这个单是怎么拿下的,我们也好学一些经验嘛。"

/ 旅途 /
一个80后的未"成功"奋斗史

众人纷纷点头，傅丽丽笑了一下，笑容中分明包含了几分苦涩："本来明天早会要讲的，现在就提前说一下吧。其实，出这个单也是很不容易的，并不像你们想的那么简单。这个客户我已经跟了有大半年了，他们公司的门槛都快被我踩平了。他们老总是河南人，对，赵君浩，跟你还是老乡。他们本来是做巴巴网的信用通的，对我们的产品不感兴趣，但架不住我一次次地去。另外，我也想了很多办法。比如他们老总喜欢喝茶，常常跟我聊茶经，我就趁机买了一套上好的茶具送给了他。再比如，他生日的时候，我给他寄了一个生日贺卡，他很惊喜。还有，过年过节的时候，我都会拿着礼品登门拜访。总之，他们老总后来是被我打动的，而且 VIP 也确实对他们有用处，所以最终就签了合同。他们老总后来说了一句话，让我很欣慰，他说：'小傅啊，你真执着啊，如果我们公司能有你这样的员工，我们恐怕早就上市了。'其实，成功有时候就是靠坚持。你坚持下来了，事情总会做成的。即使做不成，你努力了，也就没什么可后悔了。"

众人发自内心地鼓掌，大兵更是眼含热泪，饭桶居然也会暂时忘了吃菜，放下筷子，"啪啪"地拍手。君浩心中也不由得感慨，世人只会盯着成功者的鲜花和掌声，哪会看到他们背后的辛酸和泪水。

陈燕也很真心地在鼓掌，她发自内心地敬佩这个比她小几岁的上司。虽然她的业务做得也不错，但只有她知道是付出了怎样的牺牲才得到的，而这种牺牲并不让人骄傲，相反是傅丽丽这种完全靠自己的耐心和坚韧做成的单子，才让人真心地佩服。

陈燕端起自己眼前的那杯酒，站起来对傅丽丽说道："来，小傅，我敬你一杯，姐姐挺服你。"

傅丽丽也忙起身离座，拿起酒杯："燕姐，别这样，小妹不敢当啊。你经历的事情多，我还要跟你好好学呢，这杯算我敬你。"说完，一饮而尽，豪爽得让男人都汗颜，陈燕自然也一饮而尽。

做业务的女人都不可小看，尤其是业务做得好的，酒量往往惊人。因为她们必须久经沙场，方能出人头地，这就是当今社会的游戏规则，可以抱怨，但必须遵守。

　　傅丽丽是今天的主家，既然陈燕已经开了头，其他人自然不能旁观。大兵、饭桶和君浩纷纷披挂上阵，拿起酒杯敬傅丽丽。傅丽丽来者不拒，杯杯见底，然后傅丽丽又回敬众人。众人喝完之后，又开始互相敬。

　　总之，到后来，菜没人吃了，全开始喝酒了。后来12瓶喝完了，又要了12瓶。旁边的女服务员，对这种场面早已司空见惯，立在墙边微笑不语。

　　后来，大家都喝得有点高了。不过，意识都还清醒。毕竟，酒量都在那放着。傅丽丽和陈燕不需说了，女中豪杰。大兵，行伍出身，在部队都是用大搪瓷茶缸喝酒的。饭桶，肚大能容，身体条件出众。君浩，以前常常一个人喝酒，日积月累，酒量自然也不差。

　　傅丽丽毕竟是领导，善于从全局考虑问题，她看大家都喝得差不多了，果断地一挥手："差不多了，高兴就好，明天还要上班，今天就到这儿了，以后还有大把机会再喝的。"然后豪气十足地喊道："服务员，埋单。"

　　旁边的女服务员从进门就等这句话呢，终于等来，赶忙飞到傅丽丽跟前，拿着记菜的单子，说道："你好，总共683元，您是刷卡还是现金？"

　　傅丽丽一边从旁边的手提包里拿钱包，一边对服务员说道："现金，那三块钱算了吧，凑个整，680吧，我们常来的。"

　　女服务员也是聪明伶俐之人，明白不能因小失大，马上笑着说道："好的，那就680吧。"

　　傅丽丽打开一个红色的长条钱包，潇洒地从里面"唰唰唰"地抽出7张粉红色的百元大钞，递给女服务员："给，对了，给我开发票。"

　　谁见了钱都会高兴，即使那钱不是自己的，女服务员满脸笑容地接过来："好的，您稍等，我马上就回来。"说完，一转身一溜烟地就跑了，似乎要携款潜逃。

　　君浩有点发愣，刚才被傅丽丽从钱包里拿钱的动作所震撼，那么满不在乎，又那么豪气十足，似乎那700块钱根本就不算钱。但对于君浩而言，那700块钱无异于巨款。人在穷时，每一块钱都是那么珍贵。

穷困的君浩看着富裕的傅丽丽,有一种高山仰止的感觉。同时心里又隐隐作痛,作痛之余,又隐隐期待,期待自己也有这么一天。

君浩正在五味杂陈地想着,女服务员已经拿着发票和 20 元零钱进来,然后交给傅丽丽,有些醉意的傅丽丽把发票和零钱随意地塞进口袋,然后对着也都有些醉意的四个下属说:"咱们走吧,你们没事吧,要不要我打车送你们回去。"

四人同时像拨浪鼓似的摇头:"不用,不用,我们都没事,清醒得很。"饭桶甚至还加了幅度更大的肢体语言,用手"咣咣"地捶了自己的胸脯几下,然后大言不惭道:"傅经理,不是我吹,我再喝十瓶都没问题的。"众人都笑,然后相拥下楼。

出门的时候,那两个礼仪小姐依然低头哈腰,哈到众人口袋的位置时,说着欢迎下次光临,似乎仍然是对里面的钱包说话。

出了大门,五个人因为住的地方都不同,于是纷纷挥手告别。告别之时,照例地互相告诫路上小心,最后终于一哄而散。在这个时候,贫富差距再次鲜明地展露出来。傅丽丽和陈燕分别打的回去,饭桶和君浩则选择坐公交车,大兵因为住得较近,干脆安步当车,走路回去。

38

赵君浩和饭桶虽然住的地方不同,但都要去海外装饰大厦站台等车,于是两人便结伴一起走。君浩和饭桶并未全醉,但也都有几分醉意了,有时候走路还会不由自主地打转儿,于是两人互相把对方当拐杖搂着肩膀往前走,似乎亲如兄弟。

饭桶一边走,一边还喷着酒气说道:"君浩,你看吧,我这个月一定也要签个VIP,到时候我来请客,我来请客,我来请客……"然后就一直重复着这四个字,好像磁带卡带一般。君浩知道饭桶肯定也被傅丽丽掏钱的动作给刺激了。人，其实经常受受刺激也好，可以激发上进心，这远比那些空洞的说教有用得多。

走着走着，饭桶突然"哇"的一声，像瀑布一样吐开了。君浩赶忙捶打饭桶的后背，像敲鼓一样。饭桶吐了一会儿，不吐了，但地上已经狼藉一片。不过，细心的人仍能从这片狼藉中分辨出，这是红烧肉，这是扣肉，这是肘子，这是蹄筋，等等。因为饭桶吃得太急，基本没嚼就下肚了，胃酸还没有来得及消化，就被饭桶急不可待地全数回报给社会。

饭桶看着吐出的饭菜，心中惋惜不已，恨不得拿回去洗一洗再吃一回。呕吐好像是瘟疫，会传染，君浩见饭桶吐出的秽物，也不由得喉头发紧，"哇哇"地往外吐。

滴水之恩，涌泉相报，饭桶也赶快帮君浩捶背，而且是加倍的。他的两个巴掌，如同熊掌一般，"咚咚"地捶在君浩的身上，差点把君浩捶死。君浩疼痛难忍，但嘴里有东西在吐，分不出嘴来告诉饭桶。呕吐的痛苦加上捶打的痛苦，君浩痛苦得几乎死去。

终于吐完，君浩已经快直不起腰了。饭桶见君浩不吐了，终于良心发现不再上刑。君浩吐出的饭菜，不像饭桶的那样互相独立泾渭分明，而是你中有我我中有你，紧密团结亲如一家。胃酸早已将它们化成黏糊糊的一团，那一团软趴趴的躺在地上，让人更想吐。

君浩心中喟然，仿佛已经看见明早清洁工一边扫一边骂的情景。旁边的路人见到他们，都好像发现狗屎一般，纷纷掩鼻绕路。有几个摩登女郎走了老远了，才把手从鼻子处移开，然后用手还不停地在鼻子前面扇着，好像那气味对她们痴情不已，已追随至千里之外。

两人吐完之后，好似重生，轻松不已，然后又开始启程往站台走。已是晚上十点多光景，站台已没有太多的人，两人好像鬼一样地站在那等着。该说的话基本已说完，况且刚才的呕吐也耗散了不少体力，于是两人便不再说话，都默默地抽烟。

/ 旅途 /
一个80后的未"成功"奋斗史

  上帝比较喜欢胖子，于是饭桶的车先来。君浩与饭桶挥手告别，并照例地告诫路上小心。公交车绝尘而去，只剩下君浩一个人。

  深圳的夏夜，略带几分燥热。站台后面的草地里，不时地传来不知道什么昆虫的叫声。远处的街道，依稀能听到人声的喧哗。更远处的高楼大厦，好像沉默的巨人，默默地隐在夜色里。

  君浩靠在站台的立柱上，一边抽着烟一边等339路车，但这路车仿佛与君浩闹别扭，迟迟不来，来的都是君浩不想坐的车。刚开始，君浩还心平气和，不以为意，后来便有些发急，怒气像夏天温度计里的水银柱，不断地往上升。到后来，来的几辆都不是339路，君浩气得只想骂人。

  君浩一边气，一边还有些发困。"醉"和"睡"向来是一奶同胞，君浩恨不能直接躺在马路上好好睡一觉。君浩又点了一根烟，想驱除"困"意，安抚"气"意。果然有些奏效，但车仍迟迟不来，最后君浩都怀疑是不是没车了。

  339路车仿佛心灵感应到君浩的怀疑，为了还自己清白，终于在君浩快要绝望的时候轰鸣而来。君浩一见车终于来了，连气都顾不得生了，激动地把烟头一扔，便蹦了上去。里面居然还有很多人，但寂静得像坟墓一般，只有报站的声音像号丧一样不时响起。

  早已没有座位，君浩站在车厢的中间，右手拉着头顶的扶手。身体好像是汽车的一部分，随着汽车的晃动而晃动，晃得君浩呕吐的欲望一浪高过一浪，但都被君浩极力地镇压下去。有几次，胃里的东西都已经进攻到君浩的嘴里，但君浩仍咬着牙，像牛反刍一样，又重新全部咽回去。最后，咽得君浩满眼泪水，泪水蒙眬的君浩，看着窗外不时闪过的璀璨的灯火，心中黯然。

  汽车在夜色中穿行，时间和空间仿佛都不存在似的，也不知过了多久，终于到了站。君浩摇摇晃晃地下了车，蹲在绿化带旁边，把胃里的最后一点东西全数吐出，肥沃了里面的几株绿植。

  最后，君浩终于回到了自己的住处，漱了一下口，牙都懒得刷了，便一头栽在床上，好像回到了母亲的怀抱，感到那么的踏实，昏昏然，便睡去了。

第二天醒来，君浩已完全清醒，好像昨晚的事只是一场梦一样。君浩刷了牙，洗了脸，便背着包出去上班。傅丽丽他们也都跟没事一样，饭桶更是生龙活虎。

君浩对饭桶说他昨天吐了，饭桶一脸惊异地表示："吐了？这怎么可能？我怎么会吐呢？"

君浩表示他自己也吐了，饭桶见有垫背的，才终于恍然道："是吧，好像我也吐了，不过记不清了。"

君浩依然像昨天一样，看着那些资料，然后再结合着聪聪网上的介绍。三天下来，已基本对产品等信息，记了个八九不离十。傅丽丽大概问了君浩几个问题，见君浩都回答上来了，便在电脑上给君浩发来一个客户资料表。君浩打开一看，里面大概有三十多个客户，有公司或者店铺名称、地址、联系人、电话等。

终于可以联系客户跑业务了，君浩心情很是激动，握电话的手都有些发抖。激动的君浩不会想到，人生中一个很大的挫败，像黑夜里潜伏已久的野兽，在等着他。

39

表里的第一个客户叫吕新，在华强北开了一个灯光音响的铺面。君浩拨通了留在上面的电话，因为心情太过激动，电话一接通，君浩就结巴开了："吕……"吕了半天，后面的"老板"也没蹦出来，电话那头的"驴老板"一阵沉默，但君浩周围的人却忍不住笑开了窝，饭桶更是笑得顿足捶胸，几乎暴毙。坐在远处的人，不知何事，便询问近处的，询问清楚后，也都一片笑声。这笑声仿佛水纹，一层一层地向外周扩展，最后整个公司的人几乎都参与了进来，笑个不停。

君浩的脸好像烙铁刚烙过一般，红得都有些发黑。原来只是手抖，现在全身

/ 旅途 /
一个 80 后的未"成功"奋斗史

都在发抖。君浩感觉自己就像一个被剥光衣服的小丑，站在舞台中央，任台下的观众肆意取笑。君浩做梦都没想到自己会出这种笑话，在众人密不透风的笑声中，君浩甚至有冲出门外的冲动。

君浩正在心碎着，傅丽丽走了过来，笑着说："小赵啊，别急，慢慢说。"

君浩终于寻到了一点温情，感激地点点头。他拿起刚才羞愤中被自己挂断的电话，看着表格里的电话号码，却怎么也鼓不起勇气按下去，他实在害怕再出现刚才那种场面。

其实，君浩的口吃也并非全是激动，他小的时候就有些轻微的口吃，那还是跟邻居家一个口吃严重的小伙伴学的。只不过后来，随着年龄的增长，君浩的口吃就慢慢好了。现在，偶尔的还会重复个一两下，但君浩从来不以为意，因为根本不影响自己的表达。别人也不以为意，谁一辈子说话没有过几回磕绊的时候，这都是正常的，所以君浩从来不认为自己是结巴，生活中偶然遇到那些结巴的人，他还会觉得很可笑。

但现在这种可笑的事，居然就发生在自己的身上。这次突发的偶然事件，似乎一下子唤醒了君浩幼时结巴的影子，原来那影子只是把自己严密地隐藏了起来，并没有消失，现在一看有机会重出江湖，兴奋得跃跃欲试。

其实，君浩上次在点石成金公司，第一次打电话时也口吃了。不过，因为当时大家都在打电话，没人关注他，他自己也没当回事。再加上后来越打越熟练，所以就没有给口吃影子兴风作浪的机会。但没想到这次，君浩电话打得早，其他人还基本都没打，办公室还比较安静。又加上那个该死的老板姓"吕"，这个字的谐音又极具笑点，所以，最后终于爆发了这个对君浩以后的生活影响重大的事件。

君浩拿着话筒，眼睛直盯盯地看着电话机上那几个数字，迟迟不敢按下去。他有一种强烈的预感，如果按下去接通后，自己肯定还会"驴"半天。到时候，办公室肯定又会是一场笑的风暴。

君浩是个自尊心很强的人，他痛苦地闭上了眼，怎么也不能相信自己的业务之路，会被这个半路杀来的程咬金挡住了，所有瑰丽辉煌的梦想，似乎一下子离自己远去。想着想着，眼角已不觉流下了泪。

难道就这样放弃？难道就这样被打倒？不！绝不！君浩心底猛然间蹿出一团烈火，熊熊的火焰烤得他浑身发烫。他想起了海明威的名言："人可以被打败，但不可以被打倒。"是啊，我刚才是被口吃打败了，但是我绝不能被口吃所打倒，我必须要重新站起来！跟口吃进行顽强的斗争！我绝不能这么轻易认输的！

一股无形的力量开始在君浩身上积聚，君浩感觉自己像一个准备进场的拳击手一般，充满斗志地要开始厮杀。

君浩一边拨那八个数字，一边在心中狠狠地告诉自己，绝对不能重复，绝对不能再口吃。终于拨完，君浩听着从话筒里传来的"嘟嘟"的声音，仿佛是听到进攻的号角一般。

"嘟嘟"声消失了，电话接通了，君浩急不可待地想证明自己不是口吃，刚才的只是意外，这次肯定能顺利说出，但因为太急了，气憋得太足了，语言就像高速路上堵车一样，堵在嗓子里发不出来，最后终于勉强发出来，居然又不由自主地"吕……"了起来。幸好，这次君浩的声音小，而且周围的人基本都开始忙于打电话联系客户，没有多少人听到，但还是引起近处的几个人低低的笑声。

君浩好不容易积聚起来的信心，就像被扎破的气球一样，"吱"一下全没了。他颓然地撂下话筒，仿佛死一般地靠在椅背上，天地一片灰暗。

君浩又闭上了眼睛，感觉仿佛置身于一片黑色的无边无际的大海，自己正在慢慢地往下沉，这时候忽然又从远处游来一只凶猛的鲨鱼，鲨鱼张着血盆大口向自己扑来，就在鲨鱼马上要将他吞掉的一瞬间，君浩忽地一下又睁开了眼睛。

不！绝不能这么坐以待毙！君浩本来就不是一个轻易服输的人，另外求生的本能也逼得他必须去搏斗。自己已经没有多少钱了，生活的鲨鱼也已经向自己张开了大口。无论怎样的艰难，都必须去勇敢面对，否则只有死路一条。

君浩再次鼓起了勇气，拿起了电话，但一看到号码前的那个"吕"字，君浩的勇气就像逃兵一样，不由自主地往后撤。君浩轻轻地打了一下自己的脸，不行，

/ 旅途 /
一个 80 后的未"成功"奋斗史

应该改变策略,自己已经对这个字有心理阴影了,那就暂时先放掉,从第二个客户开始吧。

第二个客户叫黄凯东,也是在华强北开了一家灯光音响铺子。君浩定了定神,竭力平稳了一下呼吸,然后缓缓地拨通了黄老板的电话,就在电话快要接通的一刹那,恐惧又像毒蛇一样突然地冒了出来。

君浩努力地深呼吸了一下,然后说道:"黄……黄……黄老板,你好。"还好,这次只重复了三遍,虽然还是有些难堪,但没有像第一次那样重复个没完,君浩的信心又开始慢慢地升起。

电话那头传来声音:"我是,你是哪位?"

君浩马上应道:"你好,黄老板,我是聪聪网专灯部的赵……赵君浩。"说到自己名字的时候,君浩又不由自主地结巴了一下,但总体来说还比较顺畅。

黄老板疑惑地问道:"你找我有事吗?"

君浩正要开口,忽然从听筒里传来一阵手机铃声,然后听到黄老板说道:"对不起,我接个电话,一会儿我给你打过来。"

君浩赶忙说道:"好的,好的。"

放下电话,君浩感到几分喜悦。自己没有被口吃所打倒,而且还比较成功地打了一个电话。虽然没有实质性的业务进展,但对于现在的君浩来说,克服恐惧,敢打电话就是最大的成功。

君浩暗暗给自己鼓劲,一会儿,电话响了,黄老板打了过来。

君浩赶忙说道:"黄……黄老板,你好,我们聪聪网每月都会出一套《聪聪行业商情》,各行业的都有。其中有一本是专门针对灯光音响行业的,里面有详细的行业分……分析介绍,还有大量的供应商、采购商信息。这本杂志是免,免费赠送的,赠送给咱们本行业的商户,您看您明天有空吗,我给您送……送过去。"

君浩一口气说了一大段,还是有结巴的地方,但是总的来说,还算比较顺畅。

电话那头沉默了两秒钟,然后黄老板说道:"确定是免费的?"

君浩一听，有希望，恨不得赌咒发誓："您放心，绝……绝对是免费的。"

大多数人都有占小便宜的心理，黄老板松了口："那好吧，明天上午我有空，你拿过来吧，我看一下。"

君浩赶快应道："好的，那咱……咱们明天见。"

这里需要解释一下，聪聪网除了网络产品外，还出版了很多线下的印刷制品。比如每月都会出一套《聪聪行业商情》，每个行业一本，里面有一些行业分析的文章，但主要是本行业的商户介绍和产品介绍。当然，要想在上面被介绍，必须要掏钱才行。

再比如每年还会出一套《聪聪行业大全》，也是每个行业一本。这本很厚，像砖头一样，里面的内容更详细。当然，商户要想在上面露脸，也要掏钱。

这些杂志做得还都不错，信息量很大，很受本行业商户的欢迎，所以，聪聪网的业务员刚开始的时候都是以免费送书为名，然后再趁机推销聪聪网的网上网下产品。这要比单纯的直接推销效果要好得多。当然，这种方法也是傅丽丽教给君浩的。

40

初战告捷，赵君浩的心情没有刚才那么痛苦了，但对口吃的恐惧感依然存在，这就像受过感情伤害的人，心底永远都会存一片阴影。也许对于有些人来说，不就是结巴了被人笑话了吗？又不是身上掉块肉，有什么大不了的，但是对于自尊心极强的君浩来说，被人笑话远比从身上拉下一块肉还要痛苦，而且要痛苦得多。因为肉体的痛苦可以示人，还能博得同情，但精神的痛苦，却只能默默承受。君浩这种对口吃的恐惧感，是那些不口吃的人所永远无法理解的，就像那些每天睡得跟头猪一样的人，永远都无法理解失眠患者的煎熬。

/ 旅途 /
一个 80 后的未"成功"奋斗史

但不管对说话如何恐惧，生活总要继续，工作还得去做。好在初战告捷，给了君浩很大的信心。接下来，君浩又打了第三个电话，结果跟第二个差不多，虽然有些磕绊，但是那个赵老板也同意君浩给他送书。

打第四个电话的时候，却费了很大的劲儿。接电话的是前台，那个女孩见多识广，刀枪不入，君浩费了半天口舌，她死活都不转，君浩最后只好暂时放弃。不过，在电脑表格后面做了一下备注。

第五个电话打过去，也是前台，但却与上一家判若两人，很爽快地转了，但就是无人接听，君浩打了两遍都是这样，君浩也只好暂时放弃，依然在后面加了备注。

总之，君浩一共打了十几个电话。还不错，约了六家客户，三家约到明天，剩下三家约到后天。君浩把情况给傅丽丽做了汇报，傅丽丽点点头，然后说道："小赵，说话别急，人一急，都容易结巴的，我原来急的时候比你还结巴呢。没人逼你，慢慢说，想好了再说。有什么困难，就跟我讲。"

君浩心一热，点了点头。初入一家公司，如果能碰到一个好上司，其实是一件很幸运的事。

接下来，君浩又把原来的资料详细地看了几遍，尽量做到胸有成竹，脱口而出，但要做到脱口而出，不仅要肚里有货，还要语言流畅。对于语言流畅这一条，目前的君浩并无太大信心，虽然已经打了快一上午电话，没有再出现严重的口吃，但那种对口吃的恐惧感还是让他胆怯，这种胆怯对于跑业务来说是个相当大的障碍。

怎样能完全地去掉口吃呢？有什么好办法吗？君浩陷入了深深的思索，后来君浩一拍脑袋。真笨，守着互联网这么发达的工具不用，自己闷头在瞎想什么。

于是，君浩在搜索引擎里输入"怎样矫正口吃"。我的天，搜索结果显示有一百多万个网页，原来口吃是如此地热门。君浩看了第一页，基本上都是广告，都是什么口吃矫正学校或者口吃矫正班什么的。君浩没时间也没钱去，就往后面翻，开始出现了一些有用的网页。

君浩后来点开了一个叫"小猫口吃论坛"的网站，里面有各种各样的帖子。有描述口吃痛苦的诉苦帖，有大骂口吃是恶魔的控诉帖，有分析口吃原因的技术帖，有介绍自己矫正经验的交流帖，总之，林林总总，五花八门。君浩像找到组织一样地十分激动，尤其是那些诉说口吃痛苦的帖子，君浩看得更是感同身受，像找到亲人一样地万分激动。后来又看到那些介绍矫正方法的帖子，君浩更是像找到情人一样地亿分激动，仿佛已经看到了治愈的希望所在。

君浩实在没想到原来口吃的人这么多，实际上口吃这个群体一直在我们的生活中存在，但却一直被人们所忽略。人们的普遍认识是，口吃就是说话急，只要慢慢说就不会口吃。实际上，这种认识是多么的肤浅，如果这么简单的话，那就不会形成如此庞大的口吃群体了。

口吃实在是一种最奇怪的病，口吃的人从外表看与常人无异，但就是有口难言。口吃的人的痛苦是常人无法想象的，为之抑郁，甚至自残自杀的都大有人在。

口吃除了先天遗传外，绝大部分都是后天习得。口吃的种类也是多种多样，有每句话的第一字难发的，比如"你你你你好"；有每句话的结尾都要重复几遍的，比如"去上班班班？"；有称呼难发的，比如"伯伯伯父"；有对特定的字发不出来的，也就是所谓的难发音，比如"二""忒"等；有见到陌生人张口结舌，见到熟人却口若悬河的；有见到领导或者长辈时结结巴巴，见到下属或者晚辈时却滔滔不绝的；还有说话时必须伴随动作才能说出来，比如瞪眼、歪嘴、跺脚之类的。还有重度的口吃，几乎一个字都发不出来的，如同哑巴一般。

君浩看得冷汗直流，幸好自己不是属于重度的，否则岂不是太痛苦了。其实，君浩那时候不知道，几乎所有口吃的人，都曾有过希望自己是个彻彻底底的哑巴，那样就不用说话，而且还能博得别人的同情，而不是像现在这样有口难言遭人耻笑。

里面还有很多帖子介绍所谓的矫正方法，比如"发音法"，就是说话前要深吸

/ 旅途 /
一个 80 后的未"成功"奋斗史

一口气，然后缓缓地呼出去，在呼的同时，再以字词为单位很慢很慢地说。比如"你好吗？"就这样说，"你"然后顿一下，再说"好吗"，再顿一下，然后再说下面的话。这种方法从理论上讲，是完全可以做到不口吃的，但那仅仅是理论，正像钱钟书所言，理论都是不实践的人制定的。在实际的运用中，这种说话语调很怪，而且语速很慢，往往你这边还没说完呢，对方已经急死了。但就是这样一种方法，现在却是绝大多数口吃矫正学校或者矫正班所普遍采用的方法。当然，这种方法，对于中重度口吃还是有些帮助的。

还有"突破法"，就是在公交车上，在地铁上，在人群扎堆的地方，像疯子一样地高声地朗诵或者演讲，以此突破说话的心理障碍。当然，这种方法也需要有疯子一样的勇气才能做到。

还有"想象法"，类似于阿Q精神，就是说话时把对方当成一头猪或者一头驴之类的，总之要保持一种精神的高高在上，以此来自信地说话。这种方法比较损，估计对方知道的话，肯定会拼命。

还有"镜子法"，就是说话时拿个镜子，对着镜子说话，营造一种自言自语的状态，而口吃的人自言自语的时候是不口吃的，但这种方法会被对方认为你极度自恋。

还有"扇耳光法"，就是说话的时候，一旦口吃就扇自己耳光，以此来刺激自己。这种方法比较自虐，一般几句话没说完，半边脸就已经肿了。

总之，各种方法都有，看得君浩眼花缭乱，甚至还有主张动手术把舌头截短一点的，更是骇人听闻了。

君浩大开眼界，但想了一下，都不太适合自己，还是采用最常见的方法吧，就是多练。君浩从网上下了一些绕口令，还有顺口溜，记在笔记本上面，准备每天早上起来，练一个小时。这样练一段时间，舌头就应该会比较灵活自如了。

网络真是个好东西，在论坛上游荡一圈后，君浩终于信心大增了。

41

第二天一早,赵君浩比平常早起了一个小时,然后拿着笔记本来到住处附近的一片荒地。民乐村虽离关内很近,但毕竟属于关外,有很多荒地。这些荒地大多属于国家储备用地,君浩来的就是一块立有"国家储备用地"牌子的荒地,这块荒地萧条破落,荒得相当可以。野草遍天,有的长得都有一人之高。如果落日余晖,晚风轻吹,倒不失为一幅安静忧伤的画面。

此时太阳尚未升起,微微晨风,倒也凉爽。君浩来到一处比较平整之处,拿着笔记本,便开始练起来。后来又练了一些其他的绕口令和顺口溜,还声情并茂地背了一首《水调歌头·赤壁怀古》。苏东坡这首词写得真是磅礴大气,气势恢宏,君浩背着背着,仿佛自己已化身为羽扇纶巾的周郎,正在指点江山,好不痛快。

最后,君浩看时间差不多了,便心情畅快地回到住处,收拾了一下,背上包去上班了。

来到公司,君浩从傅丽丽那儿领了三本《聪聪行业商情》,傅丽丽又嘱咐了他几句,君浩便正式出去跑业务了。这是君浩第一次上门去见客户,原来在点石成金公司,只是通过电话相约,并未上门过。君浩就像新媳妇第一次去见公婆一样,既激动又紧张。

第一家客户在华强北万商电器城,电器城很大,各种各样的电器都有,尤其那种超大背投液晶电视,让君浩叹为观止。黄老板的店面在二楼407,君浩在里面转了半天,终于找到,激动得想要裸奔。店面不大,但麻雀虽小,五脏俱全,里面摆着满满当当各种各样的音响、射灯、话筒什么的。

店里坐了两个人,一个男孩,大概十七八岁,烫着黄毛,正在玩手机。还有

/ 旅途 /
一个80后的未"成功"奋斗史

一个女孩,大概20岁出头,挺清秀,正坐在电脑面前看着什么。

君浩在进门之前,平稳了一下气息,暗示自己好好说话,然后把面部肌肉打开,事先在脸上挂上一个笑容,然后进到店里,朝着一男一女说道:"您好,请问黄老板在吗?"还好,没有结巴。

听到声音,一男一女同时抬起头,女孩毕竟大几岁,马上笑容可掬,答道:"噢,他出去进货了,我是他表妹,您是哪位?"

君浩一听,有些生气,昨天约好了,怎么也不给我说一下就去进货呢?但一想到人家是客户,不能得罪,于是继续挂着笑容说道:"噢,我是聪聪网专灯部的赵……赵君浩,昨天跟黄老板约好了,今天给他送本书,另外谈一些事情。"君浩说到自己名字的时候,又轻微口吃了一下,好在并不影响表达。

女孩上下打量了一下君浩,然后说道:"表哥要到下午才能回来,这样吧,要不你先把书给我,我替你转交一下。"

君浩心想,那样也行,不过,来一趟也不能白来,要跟这个黄老板的表妹聊聊,多了解一些信息。如果能让这个女孩再帮自己吹吹耳边风,那就更好了。

君浩在一瞬间动完上面所有心思,紧接着说道:"好啊,谢谢你。请问,您贵姓啊?"

女孩莞尔一笑:"不敢称贵,我叫林茹新。"

君浩趁机显示自己的幽默功夫:"你姐姐是不是叫林心如?"

女孩的笑容在脸上扩大:"哪有啊,我怎么敢高攀人家明星啊,大家都叫我阿茹。"

君浩誓将幽默进行到底:"阿茹,你是不是喜欢吃腐乳?"

女孩面带惊讶:"你怎么知道啊?"

君浩顿了顿,继续卖弄:"你们都属于'如'字辈的,你听,阿茹吃腐乳,多押韵,多顺口啊。"说完,嘿嘿地笑,也等着女孩的笑。

果然,阿茹被逗得"呵呵"笑起来,尽管君浩这个解释是如此的牵强,但也牵强得有趣。

幽默是一种魔力，每个人都喜欢给自己带来笑容的人，阿茹也一样，一下子对君浩的印象又好了很多。君浩也扬扬得意，自己都没想到自己如此有幽默才华，恨不得改行去演喜剧，而且君浩惊奇地发现，自己在跟美女调笑的时候，居然一点都不结巴。不仅不结巴，还口齿伶俐，妙语连珠，看来，"美女天生是灵丹妙药"，果然不假。

在如此亲切友好的气氛下，君浩又和阿茹聊了半天，君浩趁机又巧妙地介绍了一下聪聪网的售购通和 VIP 等产品，阿茹居然听得津津有味，并且表示等表哥黄老板回来，会给他认真推荐一下。君浩大喜过望，恨不得抱着阿茹亲两口。自己第一天跑业务，而且是在精神刚刚遭受口吃重创的情况下，能取得如此好的效果，是很不容易的。尽管现在离签单还很远，但毕竟有了希望。

果然是性别差异，这边儿君浩和阿茹热火朝天地聊天，那边儿留黄毛的男孩自始至终都没正眼瞧过君浩，一直认真地玩着手机。

聊得差不多了，君浩还要去拜访其他客户，于是君浩和阿茹分手告别，阿茹居然一副依依不舍的神情，让君浩的虚荣心大为满足。

阿茹恋恋地说："以后要常过来啊。"

君浩心想，我肯定要常过来啊，我还得指着黄老板签单呢，于是点头道："一定，过几天我就过来。"

阿茹露出一个很开心的笑容，君浩露出一个更开心的笑容，然后两人挥手告别。

从店里出来，君浩心情甚为愉快，仿佛吃了人参果一样，浑身通畅。带着这种愉悦的心情，君浩开始去拜访第二家客户。

42

第二家客户也在华强北，华强北是深圳最为繁华的地方之一，也是亚洲最大

/ 旅途 /
一个 80 后的未"成功"奋斗史

的电子产品集散地,所以这边商铺云集。其中,做灯光音响的也不少。

第二家客户姓赵,像是君浩的本家,全名叫赵元豪,跟赵君浩一字之差,一音之差,感觉更像亲戚。这个本家亲戚的店在华粤大厦,五楼502,店名叫"天升音响行",听着快要升天了。

这个快要升天的店,果然不好找,五楼简直像个迷宫,君浩转得头晕眼花,感觉自己都快要升天的时候才终于找到。

君浩见到了这位本家亲戚,但这位本家亲戚并没有君浩预想的热情。其实,就算是真正的亲戚,在现今的社会,也早已庸俗化,正像路遥在《平凡的世界》里借孙少平的口感叹道:"亲戚关系常常是庸俗;互相设法沾光,沾不上光就翻白眼;甚至你生活中最大的困难也常常是亲戚们造成的;生活同样会告诉你,亲戚往往不如朋友对你真诚。"

真亲戚都是如此,何况赵老板这个假亲戚呢?赵老板拿了书以后,翻了翻,略微点了一下头。君浩趁机介绍聪聪网的产品,还没介绍完,赵老板就摆了摆手:"我们这个铺子也不大,没必要去宣传,谢谢你给我带的这本书。我现在要去外面进点货,如果以后想做的话,再找你。"

君浩辛辛苦苦地找到这儿,还送了书,哪甘心就这么赔了夫人又折兵,但人家要出去进货,自己也不好阻拦,只好埋下伏笔,以后再攻:"那好吧,赵老板,您先忙,等过……过几天您有空了,我……我再过来拜访。"君浩心情不佳,又开始有些口吃。

赵老板急于打发君浩,忙点头道:"好吧,那我就不送了,再见啊。"

君浩也说了声再见,像被撵出来的狗一样,低头耷脑地出了店门。

跟上家店相比,简直是冰火两重天,君浩心情失落地往大厦外面走。不仅没做成业务,君浩还发现自己又口吃了,怎么刚才和那个美女妙语连珠伶牙俐齿的状态就荡然无存呢?其实,君浩不知道,"美女天生都是灵丹妙药"此话不假,但是灵丹妙药毕竟稀少,美女自然也稀少,所以君浩那种伶牙俐齿的情况也就跟着很稀少。

/ 旅途 /
一个 80 后的未"成功"奋斗史

　　君浩走出华粤大厦，立刻就被汹涌的人群所淹没，于是越发觉得自己的渺小。君浩坐在大厦外面的石凳上，发了一会儿呆，然后突然感到肚腹饥饿，一看表已经 12 点多了，得找个地方吃点饭了。

　　君浩茫然地在大街上走着，那些装修豪华的饭店肯定不敢进了，就连肯德基麦当劳君浩都不敢进，倒不是君浩多爱国，而是里面的东西太贵，目前的他吃不起。

　　君浩后来走到振华路上，看到一家兰州拉面馆，如遇亲人，心情激动。兰州拉面馆，在全国遍地开花，凡有井水处，皆有拉面馆。拉面味道好吃，价格也不贵，而且春节也不歇业，不知道温暖了全国多少像君浩这样经济拮据的底层人民。

　　君浩快步走进，里面基本已经水泄不通，看来与君浩一样的还大有人在。君浩好不容易找到一个空位，桌子上还留着上一个家伙吃饱喝足后余下的大碗。大碗空空，连面汤都没剩一滴，真是个会过日子的人啊。

　　君浩坐下，拿着菜单一看，小碗的拉面要 6 块钱，比自己在民乐村吃的要贵一块钱。这个很好理解，就像一件衣服，在地摊上卖 30 块，在大商场里就要 300 块，环境不一样价格自然不同。这家拉面馆在关内的华强北，那家只是在关外的民乐村，人家老板没按 10 倍的价钱涨，只涨了一块钱，这已经算非常仁慈了。

　　人穷志短，君浩也只敢点了一份小碗的拉面。君浩一边等面，一边盘算下午的行程。第三个客户叫陈东远，住得也够远，在横岗天坳工业区。算下来，从这儿坐车大概要将近两个小时，一来一回，要四个小时。看来，做业务不仅要心力好，体力也要好。否则，别说见客户了，在路上就已经出师未捷身先死了。

　　后来，面上来了。真实在，满满一碗，一碗的汤，里面的几根面条像是在游泳。这哪是拉面，分明是拉稀吗？怎么价钱上去了，分量反而少了？看来这个店老板不简单，居然深谙经济学通货膨胀的原理，价钱越涨，能买的东西越少。君浩气得想找老板理论，但后来一想，算了，多一事不如少一事，汤汤水水的，也能凑合喝饱了。

君浩气呼呼地吃完面，喝完汤，居然还真的饱了，只是分不清是气饱还是吃饱了。反正是饱了，饱了就行了，开始干活。

君浩付了钱，出了店，然后往上海宾馆西公交站走去。这个站是个大站，来往将近有几十路公交车都要在这儿停靠。

君浩昨天已经查好线路，要先坐 310-315 环线，坐 12 站到荣超花园下，然后再坐 309 路，坐 16 站到天坳工业区，非常漫长的旅程。时年是公元 2006 年，如果是现在，地铁龙岗线已经开通，坐地铁就会快得多了，但君浩没有穿越的本领，所以当时只能坐公交。

43

坐公交车永远有一个定律，就是你想坐的那趟车总是迟迟不来，不想坐的"唰唰"在你眼前过。偶尔有例外，那你就可以去买彩票了。

看来君浩今天还是买不了彩票，等了快半个小时了，310-315 环线车才气喘吁吁地跑来。这趟线路是深圳最长的一趟线路，几乎环绕城市跑了一圈。天天这么跑，公交车折旧得厉害。远远一看，还以为刚从废品收购站捡回来的。从上到下，从里到外，无一不破，连里面坐的人都是破破烂烂的，好像刚从难民营出来。

君浩蹦上车，好家伙，连椅子都是破的，底座都快松了，靠背里的海绵都被磨得露出来了。那个年轻的女售票员跟车久了，早已车人合一，提前进入老年期，说话都有气无力的。君浩买票的时候，甚至都怀疑她是否还活着。

坐好之后，公交车喘了半天气，然后猛地哆嗦了一下，颤颤巍巍地往前走。君浩都担心，这车估计跑不了一半，就得散架了。公交公司那么有钱，为什么就不能换辆新的呢？难道非得等到实在开不了了才舍得换吗？万一出了事怎么

/ 旅途 /
一个80后的未"成功"奋斗史

办呢?

君浩坐在座位上,一边看着窗外,一边在心里控诉着公交公司。这辆超期服役的老爷车似乎感觉到了有人为它鸣不平,情绪为之一振,居然越跑越快了。君浩只听得汽车一路"哗啦哗啦"地响,窗外的风景像快镜头似的,纷纷从自己的眼前闪过。

君浩不由得抓紧扶手,心中开始写遗嘱。还没构思好,这老爷车终于余勇用尽,又开始慢下来,晃晃悠悠地往前开。开了一段,突然又回光返照,疯了般地往前冲。冲了一会儿,力气用完,又缓缓地慢了下来。

君浩坐在车里,也跟着一会儿快一会儿慢的,本来从不晕车的他,也被这辆老爷车的老爷脾气,折腾得很有呕吐的冲动,但这种冲动被君浩竭力控制着,就在实在快控制不住的时候,公交车终于到站了。君浩首先跳下车,跑到路边的空地边,吐了半天,最后终于直起腰来,用随身带的矿泉水漱了漱口,然后用面巾纸擦了一下嘴,才终于觉得重生一般,而那辆肇事的老爷车早已跑得无影无踪了。

君浩轻轻叹了一口气,走到荣超花园公交站,一边心中暗暗祈祷,一边等309路车。

大难不死,必有后福。君浩刚到公交站,居然就来了一辆309路,而且是新车。君浩情绪为之一振,便跳了上去。果然新车坐着舒服,君浩仿佛一下子从地狱到了天堂。君浩去买票,卖票的售票员也是一个年轻的女孩,但似乎提前进入了更年期,脾气火暴得厉害,嗓门大得惊人,仿佛所有人都欠她钱似的。

君浩战战兢兢地买了票,然后坐好。这辆车果然不愧是新车,像初生牛犊一般,很有冲劲。可惜冲劲太猛了,有些自我膨胀,以为自己是飞机,于是照着飞机的速度往前开。

君浩抓紧扶手,连遗嘱都吓得没时间写。汽车像一阵风一样地在公路上飞驰。君浩扭头看了看其他乘客,居然发现一个个神情松弛,似乎都早已把生死置之度外。君浩为自己的胆小感到羞愧,心想大不了一死,怕什么啊,再说还有这

/ 旅途 /
一个 80 后的未"成功"奋斗史

么多垫背的，于是便慢慢松弛下来。

汽车越往前走，前面越是荒凉，两旁的建筑都低矮破旧，仿佛一下子穿越到了五六十年代。再往前开，连建筑都没了，大片的野地，仿佛一下子穿越到了远古岁月。君浩估计再往前开，就要回到地球初创时期了。但意外的是，远古岁月一过，前面居然开始出现楼房，再往前，就开始出现大片大片的厂区，人烟也开始密集起来。

也不知开了多久，就在君浩迷迷糊糊快要睡着的时候，终于听到女售票员讨债般的大嗓门："天坳工业区到了，有下车的没？没有就走了。"君浩赶快蹦起来，大声地说"有，有"，然后便迅速地蹿下车。

下车之后，君浩四处张望，找天坳工业区的牌子。还好，路对面不远处有几间破厂房，厂房的大门顶上焊着一个拱形的铁架。铁架上挂着五个圆形的铁牌，每个牌子上写着一个字，连起来就是"天坳工业区"。年深日久，大门破烂不堪，顶上的铁架和铁牌也都生锈了，其中写着"坳"字的圆形铁牌摇摇欲坠，似乎"坳"字也觉得自己孤僻难认，不愿与其他四个简单的字为伍。

难道这就是"天坳工业区"？君浩有些不相信自己的眼睛，但不得不相信自己看见的字。于是，便过了马路，往这边走，走到大门的时候，君浩发现大门旁边还拴着一条黑色的大狗。狗也看见了君浩，对君浩行注目礼，同时还"汪汪"地吼叫表示"欢迎"。

君浩吓得一哆嗦，停住脚步，努力对狗挤出一个硕大的笑容，没想到狗不受嗟来之笑，依然对君浩怒目而视，两个前爪不停地抓着地，似乎随时会扑将上来。君浩吓出一身冷汗，但看到拴狗的铁链甚粗，暗忖这狗又不是星矢，爆发不了小宇宙，所以自己尚无性命之忧，于是便放心地走了进去。

旁边的门房里居然空无一人，保安也不知道去哪了，君浩想被盘查都没有机会。君浩只好自己往里面走，那条看门狗被君浩触犯了尊严，愤怒异常，铁链被拽得"吱吱"直响，大有欲断之势，君浩吓得赶紧加快脚步。

没想到里面的厂房更破旧，仿佛刚被日军的飞机轰炸过，墙皮脱落，玻璃也都残缺不全，好一派萧条破落的景象。君浩越走越心慌，疑心自己是否还在人间。

没想到山重水复疑无路，柳暗花明又一村，居然越走房子越新，越走房子越多，渐渐地终于见到人烟，路上也开始出现很多工人，君浩的心终于安定下来。

这个客户的具体地址是天坳工业区长江路1号，名字叫深圳东远音响制品厂。他们老板叫陈东远，看来走的是人厂合一的路线。工业区的指示牌纷乱繁杂，君浩看得头晕眼花，后来干脆不看了，直接拦住一个男工问了路。君浩本来想问女工的，可惜没找到，只好退而求其次。男工可能今天发工资了，居然面带微笑很热情地给君浩指路，甚至还准备把君浩领到那地方。君浩受宠若惊，忙说不用，然后很诚挚地谢过之后，君浩按照男工所指方向走去。大概走了七八分钟，终于找到长江的源头，看到了深圳东远音响制品厂的牌子。

44

在门岗那儿登了记，赵君浩终于在工厂办公室见到了陈老板。陈老板大概五十多岁，身材很瘦，面容清癯，上身穿着一件黄色绣龙的唐装，还戴了一个黑框的眼镜，看起来不像一个生意人，倒像一个在大学教书的教授。

这个像教授一般的陈老板居然很热情，请君浩坐下，然后冲了功夫茶请君浩喝。君浩没想到受如此礼遇，激动万分，差点想磕头拜谢。陈老板坐在君浩对面的沙发上，一边冲茶一边与君浩寒暄。交谈中君浩才得知，原来这个陈老板还真是一个大学教授，深圳大学哲学系的。可惜现在社会人心向"钱"，哲学备受冷落。大家都宁愿听那些所谓的经济学家胡说八道，也不愿听真正的哲学家坐而论道。

陈教授哀叹着生不逢时，恨不能穿越回苏格拉底时代。还好陈教授饱读诗

/ 旅途 /
一个 80 后的未"成功"奋斗史

书,记得梁启超先生的名言"穷则变,变则通,通则久"。于是,前几年,陈教授毅然辞去公职,下海经商,开了这家以自己名字命名的音响厂,一下子就从陈教授变成了陈老板。

书生闹革命,百年不成,没想到陈老板一年就成了。哲学启人智慧,哲学家自然也是智慧之人。智慧之人,入了商场,只要肯认真钻研,也绝不比那些大老粗差。正如同当年的李小龙,大学哲学系毕业之后,潜心武学,最终创办截拳道。所以,绝不可小看学哲学的人。

陈老板经营有道,音响厂办得有声有色,自然心情愉快,待人接物也相当和蔼可亲。君浩了解到这些情况后,对陈老板大为崇拜,心中也隐隐地有些共鸣。说实话,君浩其实最喜欢的是文学,但迫于生计,想挣大钱,才决定跑业务。君浩也希望自己的弃文从商,能像陈老板那样成功。

君浩把带来的书递给自己心中的前辈,陈老板接过来,大概翻了一下,君浩以为他会谈一下关于对此书的印象,没想到陈老板本性发作,一边往小茶杯倒茶一边问君浩:"你喜欢看哲学书吗?"

君浩愣了一下,马上想到陈老板的哲学教授的背景,赶快顺竿爬:"喜欢,喜欢,平常也经常看。"

没想到陈老板穷追不舍:"喜欢看谁的书呢?"

君浩赶快在大脑里搜寻中学历史课里残存的记忆,还好终于想到了一些,赶快说道:"很多,比如柏拉图的《理想国》,尼采的《查拉斯图拉如是说》,叔本华的《人生的智慧》,还有康德的《纯粹理性批判》。"其实这些哲学著作,君浩除了尼采的书翻过几页外,其他的仅仅知道一个名字而已,属于"纯粹胡说八道"。

没想到陈老板面露惊喜,继续顺藤摸瓜:"那你最喜欢看谁的书呢?"

君浩大骇,心想这些书自己基本都没看过,肯定不能说它们,否则按照陈老板这种打破砂锅问到底的学术风格,到时候自己肯定会露馅的。兔子要吃窝边草,必须要拣自己最熟悉的来说,这样才能胸有成竹。

君浩的大脑突然灵光一闪,想到了老子和庄子。对了,怎么忘了这两位圣贤呢。其实，君浩对老庄之道还研究颇深，颇深的原因就是被女人伤得颇深。在大学时，君浩跟第一个女朋友谈了整整一年，然后那女孩就突然移情别恋，跟体育系的一个家伙好了。君浩痛苦难当，开始对人生产生怀疑，这种怀疑没有活人能解，只好去死人书里找答案，最后发现了老庄的无为之道，如遇知音。在那段失恋的日子里，君浩天天捧着老子和庄子的书，越看越有心得，终成大家，自封小老庄，甚至也装模作样地写了一篇《道德经》，作为致敬之作。这件事充分说明，其实失恋是件好事，可以让人变成哲学家。

君浩一下子豁然开朗，还不忘披着爱国的外衣说道："其实，这么多哲学家，我还是最喜欢咱们中国的老庄，也最喜欢他们的著作，老子的《道德经》，庄子的《逍遥游》，都是咱们中国的文化瑰宝啊。他们的道法自然无为而治的思想，对于普遍浮躁的现代人来说，更有借鉴和学习的必要啊。"

陈老板面露狂喜，倒茶的手也陡然间停在空中，定定地看着君浩，然后缓缓说道："小伙子，不简单啊，你是第一个能跟我谈老庄之道的人。说实话，我最喜欢的哲学思想也是老庄之道。可惜，现在社会人们都奔了钱去，很少有人能静下心来好好看书，尤其是老子和庄子的书。"

君浩赶快点头："是啊，是啊。其实，话又说回来，大家想挣钱也没错。不过，问题是不是所有人都能挣到钱，这样就会产生很多失衡和痛苦。这个时候，其实好好看一下老庄的书，能让人看开很多东西，也能够以更加平和的心态去好好生活。其实，老子的《道德经》……"

君浩一下子找到了感觉，说话也不口吃了，甚至开始滔滔不绝，到后来越说越兴奋，还不由自主地把大学时写的那篇致敬之作《道德经》，给陈老板背了一遍，全文不算太长，内容如下：

"黛玉葬花，花葬黛玉，都忘却，几番人世沧桑。红尘诸事，恩怨情仇，却不过，往事成空。大雁飞于天，小鱼游于水，万物本该，悉于自然。造化弄人，人叹造化，造化出几多造化。忧郁如斯，痛苦如斯，怎敌短短一世，世化哀情。光华

/ 旅途 /
一个 80 后的未"成功"奋斗史

如斯,荣耀如斯,怎抵万年之后,尸销骨损。

尘埃世间,万物空色,色为空,空为色。佛家禅语,凡人难,难破机关。萧萧众生,逐名追利,陶然欲中,却不晓,追逐之中,身心俱焚。焚焚之后,羽化为蝶,爱恨又生,望然于世外。

情布天下,下于诸民,民生疾苦,苦不堪言。世事多难,民生多艰。掬两行浊泪,叹一世辛劳。情非得已,身不由己。如江湖豪侠,仰天长叹。苍茫大地,谁为主鞭者;浩浩中原,谁为执牛耳者。

忠臣奸相,终不过,腐灰一抔。杨朱狂言,言于享乐,乐无涯,骂无涯。然心根深处,谁不动之。虚面你我,调戏红颜,终不过,快活了事。

虞兮,虞兮,楚王之叹;大风,大风,汉王之耀。同彪青史,共存朽竹。

道苦,道乐,道德经。"

因为君浩刚刚毕业一年多,况且这篇文章是自己的呕心沥血之作,所以基本还能清楚地背出。

陈老板听完,大惊失色,手中的茶壶抖了一下,差点摔到地上,眼睛都快跳出眼眶,怔怔地说道:"这是你写的?"

君浩得意万分,恨不得在嘴前放个喇叭:"是啊,这是我上大学的时候写的。其实,也就是一首游戏之作,班门弄斧,让陈老板见笑了。"

陈老板忽然面有愧色:"真是后生可畏啊,说实话,我教哲学这么多年,都不一定能写出这种文章来。不仅深得老庄之精髓,而且文采斐然。小伙子,你是个人才啊。"

君浩第一次被人夸作是人才,喜不自胜,但中国人的教育方法告诉自己,这个时候要谦虚,于是说道:"陈老板过奖了,我当时也就是写着玩的,怎么能跟您比,您在哲学上的深厚造诣,又岂是我这种晚辈能超越的。我以后要跟您好好请教一下,多学一点东西。"

千穿万穿,马屁不穿,陈老板终于面露喜色:"请教不敢当啊,不过,我以前教哲学那么多年,还是有一些心得的。小伙子,你悟性很好,咱们就当互相切磋吧。"

于是一老一少两个人一边喝着功夫茶,一边又切磋了半天。后来,居然越磋越远,跳出老庄之道,开始聊《周易》。幸好君浩上学的时候,就不喜欢看教科书,只喜欢看闲书杂书,《周易》也看过。虽然没怎么看懂,但说一些"潜龙勿用"啊、"利见大人"啊,还是没有问题的。后来由《周易》又聊到风水,君浩看的杂书又发挥作用,也能说一些"卧室不可横梁压顶""主宅最好坐北朝南"之类的,再后来又聊到河图洛书,又聊到麻衣神相,两人越聊越欢,大有相见恨晚之势。

到最后,君浩也忘了自己来干什么的,只觉得聊得甚为痛快,看得出来陈老板更痛快。陈老板自下海经商以来,虽然挣了一些钱,但跟身边的人,进行不了精神层面的深层次沟通,甚为苦恼。今天突然天上掉下一个赵君浩,能跟自己谈论这么深奥的问题,陈老板也是大喜过望。

后来天色渐晚,君浩突然意识到时间不早了,于是起身告别,陈老板拉着君浩的手,恋恋不舍,非要请君浩吃饭,但君浩婉言谢绝,说自己还要赶回公司交差。陈老板也不再强求,只是希望君浩以后能常常过来,两人还互相留了电话和QQ号。陈老板还少有地将君浩送出大门,最后,两人依依分别。

45

此时已经下午5点多了,赶回公司也要7点多了。不过,聪聪网每天都有人加班,前台大叔也会跟着不辞辛苦地加班,加班看网上各种各样的艺术美图。一般要到晚上9点多才会关门走人。

其实,在聪聪网,业务员出去见客户,如果太晚的话,可以不回公司的,但君

/ 旅途 /
一个 80 后的未"成功"奋斗史

浩还是准备回去,因为公司定有制度,傅丽丽也给他讲过,就是每天都要写工作日志,然后发给部门主管。君浩住处没有电脑,又囊中羞涩不想花钱去网吧,所以最好的选择还是去公司,况且也顺路。

赵君浩一边往车站走,一边心情愉快地想着刚才的事。虽然君浩只字未提让陈老板买自己的产品,但可以看出来,陈老板对自己很欣赏。他认可你这个人了,自然会认可你的产品。恨屋及乌,自然爱屋也及乌,所以,不用急,这个客户应该迟早能拿下,甚至以后还有可能签个 VIP 呢。

君浩暗暗庆幸自己平常读了那么多的闲书和杂书,现在都派上了用场,正如韩寒在《三重门》里借林雨翔之口所说的:"所谓正书就是考完试就没用的书,所谓闲书就是受用一生的书。"斯言极是。

在返程的路上,公交车依然在路上飞着,君浩的心情也跟着飞着,而且似乎飞得更快。来之前的压抑早已一扫而光,君浩现在看着车上的每一个人都相当顺眼。

心情愉快,路程似乎也跟着奇妙般地缩短,君浩还没怎么感觉呢,已经到了公司附近的站台。回到公司,已经 7 点多了,前台大叔果然正在敬业地研究着艺术图片,脸上的肌肉还在不自觉地轻微地跳动。君浩不忍破坏他的幻想,静静地溜进办公室。

办公室果然还有人在加班,大概二十多个吧,有男的有女的,居然都相安无事,静悄悄的。专灯部的人果然很团结,走得一个不剩。君浩回到自己位置上,打开电脑,开始写工作日志。

君浩写惯了散文随笔,写着写着就不自觉地往这方面走,洋洋洒洒,越写越亢奋,后来猛然间觉得不对,工作日志不能这么写,又不是投稿挣稿费,写这么多干吗,于是忍痛割爱,狂杀大半,只留下简单的事情经过,以及客户的意向签约分析。

写完之后,君浩认真检查了一遍,语句也通顺,错别字也没有,于是便发到了傅丽丽的电子邮箱。发过之后,又点开发件箱看了一下,确认没有发错才放心。君浩上大学的时候，曾经把一封写给女友的很肉麻很情色的电子邮件，错发给宿舍的一个哥们，那哥们如获至宝，以此相要挟，常逼君浩请他吃饭，致使君浩留下后遗症，以后再发邮件的时候，一定要再确认一下，以免重蹈覆辙。

公事忙完之后，君浩又不由自主地上了小猫口吃论坛，虽然今天没有特别地口吃，相反还发挥得很好，但心底深处已经深深地埋下对于口吃的恐惧。凡事一入心底，便很难根除。如同伤疤，就算以后愈合得再好，也会留下淡淡的伤痕。

君浩上这个论坛，主要还是心理因素，因为这里聚集着大量的同类。君浩会感到自己在忍受口吃痛苦时，还有很多人在忍受着同样的痛苦。痛苦一旦分担，就会大大降低其浓度，君浩会感到一种隐秘的平衡。人以群分，物以类聚，其实是一种本能。

看了一会儿，又上其他网站浏览了一些新闻，还有一些鸡零狗碎的八卦消息，然后收拾东西，打道回府。

出门的时候，前台大叔一个阶段的幻想终于完毕，突然发现君浩，见鬼一般，大吃一惊："你什么时候回来的？"

君浩也被吓一跳，没想到前台大叔会神游归来，忙答道："我早就回来了，不过，进门的时候，看你在全神贯注地看电脑，没敢打扰你。"

前台大叔的面颊涌上一丝不易察觉的绯红，同时又感到一种失职后的惊惧。有人进来而自己毫无察觉，是自己公司的人也就罢了，万一是小偷怎么办呢？前台大叔一阵后怕，额头便隐隐地冒了汗，但毕竟久经世故，立刻问一句废话以作掩饰："哦，准备回去啊？"

君浩点点头，明知道问题的答案，却也仍问了一句废话以作关心："马哥，还不回去啊？"

前台大叔指了指后面办公室的那些貌似勤奋的加班人员，故作无奈地表示："我要等他们回去，要锁门啊。"

君浩也表现出一种配合的同情的神色："马哥，你真辛苦，我还有事我先走了啊，明天见。"

/ 旅途 /
一个 80 后的未"成功"奋斗史

在中国,"我还有事我先走了"是一句标准的离别用语,并不代表离去者真的有事,而是给客欲走主不留提供一个强有力的理由,大家心照不宣而已。

前台大叔也忙说道:"好的,明天见。"

待君浩走后,前台大叔继续埋下头来钻研各种艺术美图,但心底忽然涌上一阵自怜。"唉,我容易吗,孤身一人漂泊在外,春宵寂寞无人伴,只得美图看又看。"感时悲伤了一阵,又惯性地继续看图。

第二天上班的时候,君浩向傅丽丽又汇报了一下见客户的情况。为了显示自己的能力,忍不住添枝加叶一番,似乎大单在即。傅丽丽也很高兴,勉励君浩再接再厉,尽快拿下。旁边的饭桶听到,嫉妒得嘴里直冒酸水。

君浩坐回座位,看着资料,继续打电话,最上面的那个"驴老板"终于还是没敢打,准备放在最后,让自己内心的创伤有个平复的时间。今天的状态还不错,虽然语句中仍有口吃的情况,但基本上不影响正常的表达。

君浩首先给昨天的第一个客户黄老板打了电话,说昨天去了他不在,把书交给阿茹了,问他收到没。黄老板说收到了,并且阿茹还给他讲了很多。君浩趁机问他是否有兴趣在上面做广告或者买售购通,黄老板表示要再考虑考虑,君浩无法再逼迫下去,然后说过几天再去拜会一下。

打完这个电话,君浩又给今天要去的三家打了电话,确认了一下人都在。确认完之后,又打了昨天前台转过去但没人接的那个客户,没想到依然无人接听。君浩都怀疑是不是前台在调戏自己,或者那个客户已经暴毙。没有办法,在资料后面又做了备注,继续打其他的。

还好,打了大概八九个电话,终于约到三个客户,定好明天去送书拜访。君浩又领了三本聪聪商情,然后给傅丽丽说了一声,开始了今天的跑业务之路。

46

今天的第一家客户叫深圳飞天音响制品有限公司，很有气势的名字，看来想一飞冲天，但也说明现在还未成规模，尚在地上振翅。总经理的名字很有意思，居然叫陈真，可能是陈总的老爸《精武门》看多了，走火入了魔，通过给儿子取名过足英雄父亲的瘾。

客户的地址在南光捷佳大厦，就在公司不远，深圳中心公园的对面，走路也就15分钟左右。君浩本来想走华富路，但后来决定穿中心公园而过。

深圳关内在绿化方面，做得非常不错。建有很多公园，而且全是免费的。不光公园，连道路两旁都绿树成荫，尤其是深圳标志性的深南大道，东西贯穿近百公里，却毫不光秃，相反道路两侧，甚至道路中间的空地上，都植有各种树木、鲜花。坐公交车在深南大道上穿行，真的是一路上鸟语花香，心情畅快。几年后君浩的妹妹第一次来深圳，见到君浩的第一句话就是"深圳真美啊"。确实，深圳的市容环境，是绝非内地所能比的。

深圳中心公园就在君浩公司附近，占地辽阔，完全开放式的，里面树木茂盛，绿草如茵，别说进去，看一眼就觉得神清气爽。君浩穿行在公园的林荫小道上，满眼的绿，绿得那么舒服。但令君浩不太舒服的是，一路上见到公园长椅上，有许多对男女在旁若无人地亲热。君浩被刺激得恨不得上去一脚把那男的踹开，然后自己跟那女的亲热。没有女朋友的男人，大都会有这种变态的原始冲动。君浩为了防止情绪失控，只得加快脚步，超越过去，眼不见心不烦。君浩还看到有人坐在草地上安静地看书，那种悠闲和从容让人甚为羡慕，同时又有几分心酸。想想自己每天都要为生计奔波劳碌，什么时候也能这么悠闲地享受生活呢。唉，同人不同命啊。

/ 旅途 /
一个 80 后的未"成功"奋斗史

　　君浩一边感叹着，一边穿过中心公园，来到深南大道的边上，然后再上天桥，来到路对面，再往东走大概 50 米，就到了南光捷佳大厦。深圳盛产高楼，大厦林立。南光捷佳大厦比较个性，外墙颜色是金黄色，似乎在彰显着自己金贵的地位。

　　50 米路，弹指一挥间，君浩很快就走到了。在门口，君浩整了整衣冠，然后走进大厦。照例接受保安的盘查，照例要在本子上做登记，然后终于坐上电梯，按了 21 的楼层。电梯里很多人，君浩被挤得只好面壁思过。

　　虽然人多，但电梯这个庞然大物，依然任劳任怨，带着这帮都市里的卑微的爬虫们拔地而起。君浩只感到心忽地浮了一下，仿佛在空中飞行，一会儿心又忽地沉了一下，电梯停住，陆续有人下去，地方终于越来越宽敞，到最后只剩下君浩一个人了，君浩终于享受到包间的快感，但快感真的很快，一眨眼 21 楼就到了。

　　君浩下了电梯，找 2113 室，还好，很快找到。只见房门大开，有两三个人在里面忙碌地给货物打包封箱，还有两三个人在进进出出地往外搬。君浩来到门口，探头探脑地往里面看，正准备敲门，一个准备外出的年轻男子，像发现贼一般，厉声道："你找谁？"

　　君浩吓得一哆嗦，说话又开始口吃："我找陈……陈总，我是聪聪网的赵君浩，我跟他约……约好的。"

　　年轻男子脸色缓和下来："噢，跟我来吧。"说着带着君浩像耍杂技一般，一路上从地上摆放的大小货物上面跃过，来到里面的一个总经理室。敲了一下门，然后两个人一前一后走了进去。房间并不大，君浩终于见到了这位霍元甲的高徒。

　　果然人如其名，仿佛真陈真附体，这位陈总也长得膀大腰圆，体格健壮，虽然穿着白色的衬衫，但胸前的两团石头般的肌肉，依然可以明显显现出来，真是好一团尚武的精神。看起来一点都不像商场人士，倒像是一个武术教练。看来陈总的老爸，不仅过足英雄父亲的瘾，而且真的按照英雄的标准来饲养和培养儿子。运气不错，终成正果。可见，拥有一个好爸爸，是多么重要。

英雄果然是英雄，居然对君浩很热情。落座之后，陈总还主动给君浩一支烟。君浩迅速地瞥了一眼商标，原来是六块五的软包红双喜。英雄真低调啊，君浩在心中叹道。别人敬烟自己一定要识敬，君浩赶快掏出打火机，给陈总点火。陈总也没客气，点上之后，坐在沙发上和君浩聊天。

君浩把杂志交给陈总，陈总拿过来翻了几下，略略地问了几个问题，君浩正准备大展拳脚详细解答时，没想到被陈总先发制人。陈总开始一脸愁容地大谈特谈他的苦闷，讲商场是如何的险恶狡诈，讲自己是怎样的步履维艰，接着又讲老婆是如何的唠唠叨叨，儿子是如何的不听话，后来完全陷入自己的世界当中，说话密得君浩根本插不进一句，君浩只好"嗯""啊"地表示自己在听。

到后来，君浩甚至产生错觉，觉得自己就像一个心理咨询师，坐在眼前的陈总则是一个需要治疗的心理病人。这个病人已经压抑很久了，今天终于逮到君浩这么个倾听者，便毫不留情地把自己积蓄的所有郁闷倾泻出来。君浩就像一个巨大的垃圾桶一样，回收着陈总的所有情绪垃圾。最后，陈总终于发泄完毕，舒爽无比，君浩却郁闷得想自杀。

陈总是客户，君浩不可能把回收来的郁闷，再全数返还给他，只好自己压在心底，憋得如便秘一般痛苦。说实话，君浩也挺同情陈总的。在一般人的眼里，身为一个公司的总经理，该是怎样的光鲜与荣耀，该是怎样的幸福和快乐。其实，实情大大不然，很多的老总们背后都背负着巨大的精神压力，甚至债务压力，没有几个是活得很舒心和快乐的。

他们的负面情绪积聚到一定程度，难免就会失态，陈总今天就是这样。按照道理讲，他不应该对一个陌生人讲这么多私人痛苦，但痛苦的河渠已经满涨，如果不开一个口放水，就会有全面决堤之虞。

/ 旅途 /
一个 80 后的未"成功"奋斗史

47

陈总倾诉完后,仿佛刚刚大便完,畅快无比,但看着对面的赵君浩郁闷得要崩溃,心中不忍:"小赵啊,对不起啊,刚才我失态了,光顾着自己说了。不过,我确实是压抑太久了。"

君浩虽然郁闷无比,但这种情况下也只能好人做到底,送佛送到西:"没事,我很理解。其实,像您这样的企业家,心中所承受的压力,要远比普通人大得多,说出来会轻松很多。"

陈总头点得脖子要断掉:"是啊,是啊,确实轻松多了。你没来之前,我刚才站在窗边,看着下面的车流和人流,我都有一种想跳下去的冲动。不过,现在没有了。"

君浩暗暗一惊,没想到自己不知不觉中还救了一条人命,善莫大焉。昔日我佛割肉而饲虎,今日我赵君浩自郁闷而救他命,都很伟大嘛。君浩不由得暗暗有些自得,心情也好了许多。

但君浩此行并非是救命,而是图财,于是看着陈总心情大好之际,趁机提出能否合作,让陈总在商情上做广告,或者购买售购通,甚至 VIP。

陈总一听要花钱,马上病人的角色消失,商人的本质显露,但碍于君浩的"救命之恩",不能直接拒绝,于是开始打太极:"小赵啊,我很谢谢你能倾听我的心声,咱俩挺投缘。说实话,我也很愿意帮你,但是现在公司经济很困难,就像我刚才给你说的那样,很多公司都欠我们钱不还。最大的一笔是华云公司,欠了我们 20 万,两年了还没有归还。这样吧,我把这笔款子追回来之后,就马上买你们的售购通,甚至还有你刚才说的那个什么,对,VIP,不就是四万八吗,我也一块儿买,你看怎么样?"

这番话说得入情入理，天衣无缝，既没有拒绝，也没有答应，就像挂在驴眼前的胡萝卜，既让你看到希望，又不会马上摘下来给你吃。属于兵法当中最厉害的一招，"不战而屈人之兵"，陈总果然是霍元甲的高徒，战术运用得相当高妙。

君浩刚开始的时候，还感觉甚好，心想我当了你半天的心理医生，就算付心理咨询费也够买个售购通了，何况还有"救命之恩"呢？但没想到，陈总居然对自己大耍春秋笔法。君浩并不傻，先不说是否有华云公司欠他们钱这回事，就算真的有，而且还真的欠了 20 万。你想啊，都欠两年不还了，你还指望他们能够突然良心发现吗？这明显是托词。

不过，话又说回来，一切皆有可能，他们追回那 20 万也并非一点希望没有，所以自己也并非一点希望没有，于是君浩就准备拿话激一激陈总："谢谢陈总这么慷慨，我挺感动的，那么，我想问一下，您预计大概什么时候能追回这个款子呢？"

陈总没想到君浩打蛇打到死，继续追问过来，一时有些语塞："这个嘛……"马上就想出词了"说实话，这个华云公司不好对付，我们原来想了很多办法都没能奏效，但你放心，我会尽力去讨要，应该不会太久的。"

在汉语中，有些词自诞生之日起，就走向了自己的反义，比如"尽力""尽量"等。当一个人对你说："我会尽力去做"，那意思就是"我不会去做"。

君浩自上学之日，所有学科中就语文最好，所以他很清楚这个词的含义，但既然陈总把话已经说到这个份儿上了，再往下追问就显得不近人情了，也只好没来由地相信陈总真的会去尽力而为，不至于让自己心中的希望之火完全熄灭。

时候已不早了，君浩起身告辞，陈总也未挽留，不过分别时，陈总很用力地和君浩握了握手，眼神中满是真诚，可以看出来，陈总对君浩能认真地倾听他内心的苦闷是发自内心的感谢，但商人的本性又不允许他这么爽快地答应君浩的要求。人性的矛盾与复杂，可见一斑。

君浩没能出单，心中略有些沮丧，但来日方长，不可急在一时，所以也不是太过失落。

辞别陈总出来后，君浩一看表已经十点半了，赶忙坐车去上步工业区。不算很远，大概20分钟的车程。他的第二家客户叫"深圳盛世音响公司"，从老板的名字也能看出来，"孙国安"，太平盛世，国家安定。一叶知秋，孙总的老爸也一定是个胸怀天下、济世安民的贤良之辈。

很快就到了，一下车就看到了"豪魄大厦"，君浩进了这个好破的大厦。其实，也没那么破，装修设计得都还可以，就是年头比较久了。盛世公司果然高人一等，居然在顶楼，30层，3021室。君浩很顺利地找到，这家公司规模不大不小，看得出来经营得还可以，因为里面的员工在上班时间居然还真的在很认真地工作。

前台小姐是个年轻的女孩，她很详细地询问了君浩的来意，确认君浩不是歹人，才领着君浩来到了里面的总经理室。

敲门进去之后，君浩居然呆住了，倒不是撞见常听说的老总和女秘书之间的故事，而是看到了两个人，其中一个竟然是白猪，就是那个借助君浩进入高交会然后卸磨杀驴的客户。君浩大吃一惊，白猪居然还活着。白猪比以前更胖了，肚子滚圆滚圆的，按照农村的标准，早就该杀了。白猪的旁边，还有一人，长得活脱脱就像一个屠夫。身高过丈，膀大腰圆，满脸猪鬃般的络腮胡，面相甚为凶恶。

48

只见此时，两个人正坐在沙发上，很轻松地喝着茶聊着天，见君浩进来，白猪也有些发愣，他居然也还记得这个被他玩弄过的倒霉蛋，心中有些发瘆，失声说道："赵君浩，是你啊，你怎么来了？"

君浩看到白猪，以前被他玩弄的记忆瞬间激活，心中生气，但强忍着没表露出来，相反还做出惊喜状："李总，是您啊，真没想到在这儿能碰到。我今天过来，是给孙总送聪聪商情的，您怎么也在这啊？"

白猪一指对面沙发上那个极像屠夫的家伙："真巧了，我跟孙总是朋友，今天过来看看他。"

君浩大吃一惊，猪和屠夫居然是朋友？那这样说来，猫和老鼠也可以谈恋爱了。

君浩瞬间惊完，马上换一个更大的笑容对屠夫说道："孙总，您好，我是聪聪网的赵君浩，就是今天跟您约好来给您送杂志的那个。"

屠夫一笑，终于稍显几分和善："哦，我知道，你就是赵君浩啊，你跟李总也认识？来，一块儿过来喝茶吧。"

白猪也跟着说："是啊，过来吧，咱们一块喝喝茶聊聊天。"

这种情况下，君浩就没法客气了，只好走过来，一边说着谢谢，一边坐在沙发上。可能为了弥补内心的几分愧疚，白猪主动地端起茶壶，给君浩倒了一杯茶。屠夫则在旁边，很认真地打量着君浩。屠夫看人的眼神很特别，好像杀猪一般，很仔细地看着君浩哪个地方适合下刀，目光很凌厉。君浩被看得心中发毛，局促不安。

白猪居然通人性，缓和气氛般地笑道："小赵啊，我刚才听你说你在聪聪网，我记得你原来在那个什么，对，点石成金公司，怎么？不做了？"

君浩没想到白猪猪头猪脑的，记性居然还这么好，但君浩肯定不能说被点石成金公司给辞退了，好在证人都不在眼前无从追溯，于是瞬间把自己从乙方变成甲方："李总记性真好，我已经从那家公司主动辞职了，感觉没什么发展前途。现在我在聪聪网，这是一家上市公司，做得很好也很有前景的一家公司。今天我就是特地过来，给孙总送聪聪出的行业商情，很实用的一本杂志。"

说完，君浩趁势从包中拿出一本《聪聪行业商情》，递给屠夫："孙总，这就是我们聪聪网自己出的行业杂志，这本就是咱们灯光音响行业的。您看看，挺实用的。"

/ 旅途 /
一个 80 后的未"成功"奋斗史

  屠夫顺手接过来,大概翻了几页,觉得无有下刀处,了无兴趣,便塞给白猪:"李总,你也看看。"
  白猪感到好奇,便拿过来,信手翻着。
  君浩又趁势对白猪说道:"李总,这本是专灯方面的,聪聪网也有玩具行业的商情。您看如果喜欢的话,我可以从玩具部借几本给您送去。"
  白猪一边翻着一边说道:"上面的厂商还挺多,信息量挺大嘛。唉,可惜我平常太忙了,哪有时间看这个啊,还是让孙总看吧。哈哈,他时间多,平常老闲得让我陪他去喝酒找小姐。是不是,老孙?"说完,淫笑不止。
  君浩一愣,白猪居然毫不避讳地当面说找小姐的事,仿佛这是一件甚为光荣的行为,看来有钱人的价值观确实与普通人不同。
  屠夫也跟着"嘿嘿"地淫笑,用手拍了白猪的肩膀一下:"拉倒吧,老李,别忘了,是谁拉谁去的。"
  白猪也拍了屠夫肩膀一下:"当然是你啊,我还能冤枉你不成?"
  屠夫不甘示弱:"几天不见,我发现你脸皮越来越厚了,居然也学会赖账不承认了。"
  君浩坐在旁边,看着两个人你来我往互相笑骂地争论谁是主犯谁是从犯的问题,气得恨不得上去一人踹一脚。"妈的,老子每天辛辛苦苦地在外面拉单跑业务,有需要了也只能自力更生,你们却花天酒地地找小姐,现在还当着我的面恬不知耻地讨论是谁带谁去的无耻问题,天理何在啊!"
  君浩内心澎湃得火山一般,但极力地克制着,不过,脸上却多少带出几分不悦的神色。白猪确实通人性,看着君浩的表情,便停止了与屠夫的笑骂,对屠夫说道:"好吧,老孙,我承认是我。不过,说正经的,小赵这个小伙子不错。我刚才大概翻了翻,这个杂志也可以,你可以考虑一下啊。"
  君浩没想到白猪居然替自己说话,一时间之前所有对白猪的恨都化成一腔爱意,恨不得在他那白胖的脸上亲一口。可见,丘吉尔先生的话是多么的正确,"没有永远的朋友,也没有永远的敌人"。

/ 旅途 /
一个80后的未"成功"奋斗史

屠夫也终于正经起来:"我也觉得这个小伙子挺顺眼的,但是我们确实不需要在这上面做广告啊。"

君浩马上说道:"不在上面做广告也行啊,我们聪聪网还有售购通和VIP,可以帮您在网络上进行宣传推广。"

屠夫不愧是刽子手,继续斩杀君浩剩下的所有希望:"小赵啊,说实话,我们也不需要做宣传推广。怎么说呢,专灯行业本身就是一个小行业,也做不了太大的。再说,我对自己的现状挺满意的,就像父亲给我起的名字一样,国安。现在国家挺安定的,我希望自己也挺安定的,不想折腾那么多事,安安生生地过好自己的日子就行了。"

君浩还是第一次碰到这么不求上进的企业家,一时不知道该怎么作答。因为他们公司的产品,都是为那些不安于现状,想越做越大的企业准备的,这是他们销售的基础,但是碰到这么个安于现状的人,现存的名利机制已全然对他无效,还真拿他没办法。古语云,"无欲则刚",面对钢板一块,你还铆着劲往上碰,除了自己疼之外,别无用处。

但君浩又不甘心被屠夫这么一刀斩死,开始进行临死前无谓的挣扎,于是继续无效地喋喋不休地谈论售购通和VIP的好处和优点,企图让屠夫手下留情,回心转意。但追客户签单,就像追女人谈恋爱一样,如果对方不喜欢,你越说自己怎么好怎么好,对方反而会越加厌烦。

最后,屠夫很不悦地打断君浩的说话,很坚定地说道:"不要再说了,我说过不需要就是不需要。"

话已至此,气氛就紧张起来,白猪在旁边打圆场道:"那就先这样吧。老孙啊,你以后也可以再考虑考虑。小赵啊,你也不用心急,心急吃不了热豆腐,慢慢来。"

气氛又稍微缓和下来了,君浩看再待下去也没多大意义,于是又说了几句客套话,便起身告辞。屠夫和白猪也未加挽留,君浩便走出了盛世公司的大门,然后坐电梯下到一楼,出了大厦,心情郁闷,便坐在大厦旁边的石凳上,静静地抽了根烟。

最后，君浩抽完烟把烟头狠狠地丢在地上。这个客户是没什么希望了，长痛不如短痛，不去想了，还是想下一个客户吧。下个客户在布吉三联工业区那边，挺远的。君浩一看表，已经12点多了，也顾不上去正经吃饭了，便在路边的小店里买了两块面包，一瓶矿泉水，一边吃着，一边往站台的方向走去。

49

第三个客户叫"深圳实信音响厂"，老板叫梁实信，估计是梁实秋的亲戚，走的也是厂人合一的路线，跟那个东远的陈老板差不多。一般喜欢把自己名字作为厂名的人，用弗洛伊德的分析法就是，都极度地自恋，内心深处也是极度的个人英雄主义。

赵君浩终于坐上了去布吉的373路公交车，车上人不多，还有很多空位。君浩选了最后一排里面靠窗的位置坐下，这个一方面是大学上课时留下的遗风，另一方面君浩喜欢看窗外的风景，其实最关键的还是这个位置不用考虑让座问题。如果坐在前面，尤其是靠边的地方，如果上来一个孕妇或者老人，不让的话，千夫所指，自己良心也受谴责；让的话，自己也真的很累。如何既心安理得地坐着又不会受到良心的谴责呢？最好的办法就是坐在最后一排里面靠窗的位置，就算全车的人都需要让座，这个地方也不需要，这是君浩在残酷的生活中学到的智慧。虽然有些自私，但也情有可原。

君浩坐下来之后，汽车开始在公路上飞驰。君浩靠着窗，开始感觉到疲惫，上午的两个客户浪费了他太多的表情和感情，现在后遗症开始显现。君浩开始不自觉地迷糊起来，也不知道迷糊了多久，突然感觉到公交车停了，还以为到了，迷迷糊糊中还在想，怎么这么快呢？待睁开眼往窗外一看，大吃一惊，公交车前面排着一条长龙，往后面一看，也是一条长龙。唉，又堵车了。

就像所有高速发展的城市一样，深圳也摆脱不了交通拥堵的问题，这个是没办法的。城市经济越发达，吸引的人也就越多，人越多车也就越多，车多了自然会产生拥堵问题。深圳在治理交通拥堵问题方面，还是做得不错的。兴建地铁、公交优先等措施，产生一定的成效，但还是无法从根本上解决拥堵，所以堵车也就是经常的事情。

公交车走一会儿停一下，然后再走一会儿再停一下，有时候干脆就停在那儿长时间不动。君浩拿出手机看了一下时间，半个小时才走了不到500米，君浩被堵得只想骂人。几年后，君浩去了北京发展。北京不愧是首都，果然"首堵"，君浩当时被堵得就不只是想骂人了，而是想杀人了。

可惜君浩没有穿越的本领，无法拿将来更堵的情景作为对比，所以现在还不能心平气和。君浩有几次都忍不住想叫司机开门，然后走路过去。因为照这样的速度，走路无疑是最快的。但君浩想了想，深南路这边儿都堵，其他地方也好不了，现在离东湖还远着呢，如果走路的话，那要走到明年了，所以还得待在车上耗着，寄希望于这种拥堵快点过去。

估计老天爷也听到了这一路人心中的咒骂，觉得不好意思，终于大开天恩，公交车过了门诊部这个站台后，终于顺畅起来。司机也憋了一路的火，现在终于不堵了，兴奋异常，于是公交车也跟着兴奋异常，以火箭的速度往前飞奔。君浩只感觉风驰电掣，估计很快就能到月球了。

爽了没多久，老天爷回过味来，心想你们这帮小民刚才居然敢骂我，这还了得，于是又龙威大发，公交车跑到布吉关时，又开始异常拥堵起来。

其实，布吉关当初在设计时就有缺陷。当时深圳初兴，没想到后来会发展那么快，汽车也增长得那么快，所以这个简单的关口就无法满足需要。后来又没有跟着升级改造，于是凡车走到这里必堵。

好在这里毕竟是堵，还不是完全不动，在艰难地跋涉半个小时之后，汽车终于过了布吉关，又顺畅起来，往东湖方向开去。

/ 旅途 /
一个 80 后的未"成功"奋斗史

  君浩的心情也跟着汽车的顺畅而顺畅，汽车穿过一条大路后，开始拐进一个林荫小道。就在拐的一刹那，君浩从车窗里看到路边的指示牌上写着路名——"东晓路"，仿佛被某种东西击中一般，君浩的心剧烈地跳动了一下，埋藏在心底深处的一种情感破土而出。因为君浩在高中暗恋三年的女同学的名字就叫"周东晓"，在君浩那美丽而又忧伤的少年时代，这个名字曾经让他怎样的魂牵梦绕，快乐而又痛苦。

  莎士比亚曾感叹道："哪个少男不钟情，哪个少女不怀春？"是啊，又有谁在自己的青春之初没有暗恋过别人呢？君浩也不例外，周东晓当时是他们的班花，甚至还可以说是校花，美得简直不像话，好像不应该身处人间。君浩被迷得像神经病一样，当时人生最大的快乐竟是每天上学的时候能够多看周东晓几眼。

  青春期的男孩，确实就像神经病，心理往往比较怪异，越是喜欢哪个女孩，就越会装着不理睬她。君浩就是这样，他从来没有主动跟周东晓说过话，倒是周东晓主动找君浩说过几句话，但也被君浩冷若冰霜的脸吓退。两人整整同窗三年，基本都没怎么来往。周东晓可能这辈子都不会知道，那个当面对她冷若冰霜的男孩，心中对她有着怎样炽热的爱意。

  高中毕业，大家各奔东西。在等待上大学的那个炎热的夏季，君浩夜不能寐，写了一首现在看来酸不溜秋的诗，以此来祭奠这场暗恋的夭折。全诗不算太长，特摘录如下：

少年情怀

你的窗外

还盛开着桃花吧

花的清香

一如惆怅的少年情怀

那个炎热的夏天

那个多雨的季节

/ 旅途 /
一个80后的未"成功"奋斗史

我们
轻轻地分别了

天上的云彩飘飘合合
地上的细雨起起落落
我的心情
是那夏天里的鸣蝉

再别康桥的志摩
愿做清水里的一条水草
走在雨巷的望舒
祈盼丁香似的女孩

惆怅如我的浮萍
也渴盼天边的一点飞鸿
天地很小
你为什么不愿栖在我的枝头

秋风又起的今日
落叶萧萧而下
一只晚巢的孤雁
在寒风中瑟瑟发抖

也许时间的流逝
更能显示岁月的沧桑
也许只有到了斑驳的老境

/ 旅途 /
一个 80 后的未"成功"奋斗史

  才能流下那一行浊泪

  芸芸众生中的我们
  有缘相识无缘相知
  但不管岁月如何变幻
  青春的底片永不发黄

  写完之后,舒爽很多,后来上大学时,君浩还把这首诗发到了榕树下。反响热烈,一致好评。总共两条评论,一条是"嗯,真好",另一条是"呵呵,不错"。君浩虚荣心得到满足,但又有些不甘,觉得这些评论虽然实事求是,但是没有谈及这首大作的内涵和意境。
  半年之后,也不知谁心血来潮在网上搜到这首诗,又在下面写了一条评论,"读着,读着,让我想起了《再别康桥》",君浩看后大喜,有如明珠拂尘,终见天日,终于有人拿他与徐志摩相提并论,甚为激动。
  君浩一边回忆着当年的这首诗,一边感叹着岁月的流逝。是啊,随着时间的流逝,这些年来,君浩已经慢慢地淡忘了周东晓,甚至她的模样也开始在记忆中模糊不清,但一个曾在自己最单纯的青春岁月中刻骨铭心的名字,又怎么可能被完全的遗忘,它只不过是被岁月的尘埃一层层地埋在心底,待到一个突然的契机就会破土而出,比如今天,比如这个叫"东晓路"的地方。
  君浩望着窗外绿油油的树木,心中不由得想周东晓现在在什么地方?她是否已经结婚?甚至是否已经有了孩子?她是否会偶尔地想起自己?越想越觉得伤感,甚至早已忘了此行的目的,恨不能趴在车窗上痛哭一回。

50

就在赵君浩伤感得铺天盖地时,公交车戛然而止,女售票员的声音慵懒地响起:"三联工业区到了,有下车的没?没有就过站了。"

君浩尚还停在记忆的深处,兀自发愣。售票员见无人应答,便吩咐司机开车。

汽车刚一开动,君浩突然神游归来,如梦方醒,赶快跳起来大喊道:"我下,我下,等一等。"

司机被吓得猛一停车,女售票员火冒三丈:"刚才喊了半天,你没听见啊?耳朵有毛病啊?"

君浩理亏,不做争辩,只一味说对不起。女售票员本来想大吵一顿过过嘴瘾,但没想到君浩未战先降,了无兴趣,便吩咐司机开了门。全车人都对君浩怒目而视,仿佛君浩浪费了他们宝贵的时间。

君浩面带愧色地下了车,伤感之情全无,心想古语果然不假,"红颜祸水"啊,没想到过了这么多年周东晓还能隔空发力。

君浩下了车,四处张望,看不见有任何关于三联工业区的标识,有些疑心是不是刚才精神恍惚听错站名了,心中一阵发慌。恰好路边有个卖水果的摊子,君浩便过去问路。

摊主是个40多岁的中年男人,光着膀子,肥肥的肚子腆着,浑身上下流着黑汗。君浩问他三联工业区怎么走,他看了君浩一眼,有些不愿搭理,但幸好人性未泯,面无表情地给君浩往前面指了一下:"往前面走,大概走五六分钟,路左边就是。"

君浩深表感谢,虽然摊主并不热情,但比原先在华强北问路的那个巡防强多

/ 旅途 /
一个 80 后的未"成功"奋斗史

了，起码没有惜字如金。君浩便按照摊主指的方向往前面走。深圳的天气，一年四季基本上都像相恋的男女，热得不行。君浩一边走一边浑身冒汗，大脑中不断地打问号，既然车站离三联工业区还那么远，为什么要叫这个站名呢？既然决定叫这个站名，为什么不能就近建站非要建得那么远呢？深圳是提倡要多运动提高市民身体素质，但也没这么变相地强迫吧？

生活中永远都有不合理的地方，君浩天生就有批判这些的本能冲动，但这些不合理并不因为君浩的批判就消失不见，足以说明语言的无力。

君浩走到快要崩溃的时候，终于发现路边有个铁牌上写着硕大的五个字"三联工业区"。君浩精神为之一振，仿佛打了鸡血，身上又有了力气，快步往这边走。还好，这个工业区与原来的天坳工业区大不相同。厂区比较大，也比较新，而且是由人来看门，没有恶狗当道。人就比较文明了，虽然人不文明的时候连狗都不如。

君浩在门岗处登了记，按照保安指示的方向往东边走，又走了大概七八分钟，终于看到"深圳实信音响厂"的牌子，长出了一口气。抬手一看表，天啊，已经三点半多了。唉，又堵车，又找地方的，大部分时间都耗在路上了，但也没办法，总不能直接飞过来吧。

中国处处都是关卡，君浩又在工厂的门岗处登了记，门岗的保安看起来半死不活的。金玉其外，败絮其中。这个工业区从外面看还比较新，没想到进到里面，尤其是这个音响厂里面，简直残破不堪。厂房年深日久，外墙皮已经开始脱落，主人也不加修缮，就像一个得了严重皮癣的病人，就那么赤裸裸地显露着。厂区的院地里，那些没有铺水泥的地方，野草都有两三寸长，不时地还能看见有三三两两的工人在厂区里面闲晃，仿佛这不是工厂，而是休闲场所。

君浩深深地叹了口气，看来这个厂子效益不是一般的差，而是很差。这么差的情况，那个梁实信老板还会愿意再花钱买聪聪的产品吗？前景堪忧啊。

果然前景堪忧，君浩进到办公区后，被老板的女秘书告知梁老板中午就已经开车走了。君浩气得差点心脏病发作，辛辛苦苦地大老远跑过来，居然还被放了

/ 旅途 /
一个80后的未"成功"奋斗史

鸽子。自己早上打电话确认的时候，梁老板还肯定地说自己一天都在工厂，怎么说话跟放屁一样，说完放完就算完事了。不愧叫"实信"，果然"失信"，梁老板的老爸真有远见。

君浩不甘心地打了"梁失信"老板的手机，等了好久才终于有人接。君浩本来想大声地质问梁老板一番，但还是极力地克制住了，只是平静地说了自己是谁，然后问他什么时候回来。电话那头的梁老板还算有点人性，居然还知道说声对不起，然后说自己中午突然接到一个湖南客户的电话，他们要把购买的几千台音响全部退货，梁老板在电话里沟通不成功，便准备亲自去湖南当面和客户协调，然后说走得急，忘了跟君浩说了。

听起来合情合理，但商场里的话，都别太当真，十句话一般都有九句话是假的。商人都是说谎成性的，一天不说谎就活不下去的。

君浩虽然怀疑，但没有表示出来，只是问他大概什么时候回来，然后自己再过来。梁老板则说不一定，要看事情的处理情况，他让君浩半个月以后再打电话。

其实，按照正常的商业逻辑，应该是梁老板回来后自己跟君浩打电话说一下，这样双方信息交流才及时顺畅，但别忘了，梁老板是甲方，是客户，是高高在上的上帝，他怎么可能会主动给君浩这个无名小卒打电话呢？彼此身份的差别，注定了从一开始双方就处于不平等的地位。

君浩深深地明白这个道理，所以也无法提出什么异议，只好答应，最后挂了电话，心里悲哀地想，这个客户没什么希望了。出了音响厂，君浩扭头回望了一眼那残破不堪的厂房，心想如此不讲信誉的老板又怎么可能挣钱呢？看这架势，估计过了不多久这个厂子就得倒闭了。

两年后的一天，君浩偶然又路过这里，果然这个厂子已经不在了。原来的厂房已经推倒，在原地建了一个很大的宾馆。过往的一切都已消失，唯有那段记忆还镌刻在脑海深处。

/ 旅途 /
一个 80 后的未"成功"奋斗史

51

赵君浩返回的时候,依然待遇不改,在路上被堵得不亦乐乎。回到公司已经晚上 7 点多了,情况一如往昔,前台大叔依然认真看图,其他人依然貌似认真地在加班。

君浩溜进办公室,像昨天一样,简明扼要地写了工作日志,并且在客户资料后面都做了备注。比如在"失信"老板后面写的是"去湖南,归期未定,半个月后再电"。其实,君浩很想再加上一句"此人是浑蛋",但碍于这是客户资料,傅丽丽可能还要查看,万一被看到影响自己形象,遂未写。

弄完这些,君浩又不由自主上了小猫口吃论坛,虽然今天见客户的时候并没有太多的口吃,相反很少,几乎没有,但心里还是始终放不下,总觉得口吃像个会随时引爆的炸弹,不一定什么时候就会突然爆发,然后口吃得惊天动地。说到底,在内心的深处,君浩对口吃始终深怀恐惧,如同普通人对蛇的那种恐惧。

后来看累了,又看了一些杂七杂八的新闻,然后收拾东西,与前台大叔打了声招呼,便坐车回去了。回去之后,一身的疲惫,简单冲了一下凉,连饭都没吃就睡去了。

第二天醒来,继续上班。第三天,依然上班。第四天,第五天……就这样,君浩开始习惯了跑业务的生活,就像一头拉磨的驴,只要惯性地往前走就可以了。君浩每天努力地出去送杂志,见客户,本来按照这种势头,应该会很快出单的,但事与愿违,已经跑了快一个月了,依然一单未出。

第一个客户黄老板,君浩后来又去拜访的时候,他的表妹阿茹已经回老家了,黄老板对君浩百般推诿,就是不买。第二个客户赵老板,就是君浩的假本家亲戚,对君浩干脆冷脸以对,签单根本没门。第三个客户就是跟君浩大谈老庄的

/ 旅途 /
一个80后的未"成功"奋斗史

陈老板，君浩本来以为这个是最有希望出单的，甚至出VIP的，但后来君浩才知道实情，陈老板根本没有财权，财政大权都在他夫人那里，而陈妻视财如命，陈老板又畏妻如虎，所以虽然陈老板很欣赏君浩，但也有心无力。第四个客户陈真，有着霍元甲高徒的名字，但却没有他的本事，那个20万欠款追到现在还没追回来，看那势头，估计得追一辈子了。第五个客户屠夫，果然是屠夫的冷血心肠，任君浩后来的百般游说，屠夫依然冥顽不灵，不改初衷。第六个客户梁老板，就是那个"失信浑蛋"，果然是个浑蛋，君浩半个月以后打去电话，那边已经忘了君浩是男是女，姓甚名谁了，君浩启发了他半天，他才终于想起。想起之后，就开始哭穷，哭了半天，哭得君浩都有些不好意思了，似乎从他身上要一毛钱，都能把这个可怜人给难死。君浩当然不相信他的鬼话，但却相信要想让他掏钱签单，还不如让他死，根本无望。

君浩后来跑的客户，情况也都大体如此，居然没有一个愿意签单的。君浩迷惑不解，痛苦难当。

这当中还有一个插曲，就是在大概半个月的时候，君浩终于鼓起勇气拨通了那个直接导致他口吃悲剧的"驴老板"的电话。不过，不是在办公室用座机打的，而是在三楼的楼梯拐角处用手机打的，心理阴影太沉重了。

君浩原以为经过那半个月的绕口令训练，还有实际见客户的锻炼，打这个电话应该不会再口吃了，但是没想到拨通之后，电光石火般，所有难堪可耻的记忆瞬间激活，君浩又不由自主地口吃起来。好在君浩的心理素质终于强了很多，虽然口吃了，但还是强忍着挫败把来意和"驴老板"说明。

"驴老板"果然有驴性，说不需要杂志，也希望君浩以后不要再打电话了，最后还讽刺地说，让君浩先治好嘴再跑业务吧。君浩放下电话时，眼泪也瞬间流下来。平静了好半天，等眼泪干了之后才进的办公室，装作没事人一般，继续工作。

有人欢喜有人愁，自古皆然。就在君浩痛苦难当的时候，饭桶居然出单了。不过，不是四万八的VIP，而是300元的售购通。但是，毕竟是开张了，饭桶兴奋得差点死掉。每天哼着小曲来，然后再哼着小曲走，而且小曲万古不变，始终是那首《双截棍》。每天吃饭的时候，饭桶常常对君浩大发获奖感言，并且表示一定要尽快拿下VIP，到时候一定请大家吃饭。别人的快乐愈发衬出自己的痛苦，君浩的吸烟量迅速从一包跃升到两包。

这期间，陈燕牺牲卖力，一下子出了两个VIP，全公司的人为之瞩目。傅丽丽也跟着很高兴，虽然自己没有再出，但是手下的员工出了，自己部门的业绩就会好，业绩好了到年底就会有奖金，奖金多了，谁会不高兴呢。

就在这个当口，就在饭桶、陈燕、傅丽丽都喜气洋洋的时候，闷葫芦一般的大兵走了。其实，对于大兵的走，君浩早有预料，因为按照大兵的性格和跑业务风格，他根本不适合这个工作的，离开是早晚的事。不过，虽然早有预料，但当真的看到大兵的背影孤独地走出大门的时候，君浩还是止不住地伤感。或许，这伤感中还有点兔死狗烹的味道。君浩忽地感觉到，自己也很有可能将步大兵的后尘，一无所有地离开。

大兵的走，让傅丽丽也很伤感，这伤感中除了真的同情大兵外，还有一层意思就是手下的人又少了一个。当然，缺人可以再招，但招人毕竟不是去市场买菜，马上就可以买来，这当中还需要一段时间，而这一段时间，五个人干活肯定比四个人干活要好得多。傅丽丽也敏感地发现君浩似乎也有大兵的趋势，于是未雨绸缪，天晴补伞，决定亲自带着君浩跑一天客户，让君浩在实践中学习一下，君浩也正求之不得，欣然答应。

52

这天上午，傅丽丽带着赵君浩去她的第一个客户那儿。客户的名称叫"深圳吉祥集团"，果然是好马配好鞍，好驴配好磨，经理的客户就是不一样，档次就是高，直接就是集团。这个集团公司的地址也相当有档次，在天安数码城，这是深圳相当有名的繁华之地。

傅丽丽很低调，在君浩眼里那么有钱了，居然也不买车，两个人坐公交车来到天安数码城。

天安数码城有6座大厦的名字很有意思，分别叫"天发大厦""天展大厦""天经大厦""天济大厦""天吉大厦""天祥大厦"，连起来，其实就是"发展经济吉祥"。每个大厦的房顶上还都画有一个类似"太极命符"的标志，据说这都是按照风水大师的设计所安排的。

南方这边，尤其是广东、福建，最明显的是香港，民众普遍相信神灵和风水。建楼建房，开门开工，婚丧嫁娶，迁居择坟，无不按照风水行事。

其实，君浩对于风水学是相信的，但这里的风水学，指的是真正的风水学。风水学始源于易经，包含着古人对于天地宇宙的认识，很多都是深含科学道理，有着科学依据的。比如说，为什么卧室不能横梁压顶，用现代科学解释就是风吹向横梁时，会被横梁所阻，风向就会改变，吹向正在睡觉的人，而人睡觉时体温会大幅度降低，这样人就会很容易感冒生病。

这只是举一个小例子，但足以看出风水的科学之所在，但现在之所以很多人都觉得风水是迷信之说，那是因为真正懂风水的人很少，绝大多数风水师都是滥竽充数，冲着这个行业的高收入在胡诌行骗。劣币驱逐良币，风水的名声就这么被这些人给毁了。

君浩和傅丽丽来到天安数码城，路过一个卖汽车的店铺，君浩当时立马呆掉。只见里面全都是世界名车，法拉利、保时捷、兰博基尼，每一辆都最少要几百万，甚至上千万，就算把君浩大卸八块，连肉带骨头，再加上皮和血去卖，都远远不值这个价。什么时候自己也能买辆这种好车呢？君浩不由得异想天开，开了一会儿，终于清醒，清醒之后，就开始大受刺激，刺激产生动力，君浩心想，总有一天，我也要买一辆，等着吧。

两人找了好久，终于找到客户的藏身之地。果然是集团公司，相当气派，包

/ 旅途 /
一个 80 后的未"成功"奋斗史

了大厦的整个一层。前台小姐果然也相当衬门面,漂亮得都可以当空姐了。

前台小姐领着他们来到会议室,一会儿,一个西装革履的中年背头男进来,与傅丽丽热烈握手。傅丽丽也把君浩介绍给背头男,背头男也跟君浩握了握手。不过,只是轻轻挨了一下,背头男就迅速把手缩了回去,仿佛君浩的手上有病菌一般。

背头男是这个集团公司的采购经理,看得出来,他跟傅丽丽关系已经比较熟悉。两人聊得热火朝天,似乎已经忘了旁边还有一个大活人。君浩脸上挂着微笑,并竭力保持着这个微笑,努力地听着两人的谈话。

后来,傅丽丽打开随身携带的笔记本,给背头男演示售购通和 VIP 的功能和用法。君浩在旁边羡慕不已,果然经理的行头就是比自己强。虽然自己出门见客户用的也是笔记本,但此笔记本非彼笔记本,就像《红楼梦》里宝钗指着盘里的鸭头,对着旁边的丫头晴雯调侃道:"此鸭头非彼丫头也。"君浩的情况也是如此,君浩用的笔记本是真正的原始的笔记本,而傅丽丽的则是高科技的笔记本电脑,这两者焉能一样。当时笔记本电脑还不像现在这么普及,带着笔记本去见客户,首先从气势上就增了一分,客户就不敢小觑。

君浩在旁边认真地看着傅丽丽怎样给背头男演示,怎样劝说背头男买这种产品。傅丽丽果然久经江湖,阅人无数,很懂得怎么说能打动客户的心,话说得入情入理,四面见线。君浩佩服不已,觉得如果自己是客户,也要被打动。

果然背头男也是频频点头,最后演示完毕,背头男笑着对傅丽丽说道:"这个产品挺好,我很欣赏,但我要跟老总请示一下,把你们这个列到我们今年的广告预算当中,你等我的电话吧,应该没什么问题。"

傅丽丽长出一口气,总算把这个客户拿下了,于是也很高兴地说道:"谢谢你,张经理。你什么时候有空,我请你吃个饭,表达一下谢意。"

背头男露出一个意味深长的笑容:"说话算数吗?我明天晚上正好有空。"

傅丽丽赶快应道:"当然算数了,好,那咱们就定到明天晚上,吃饭地方你来定。"

背头男心满意足："好，一言为定，那咱们明天晚上不见不散。"说完，起身和傅丽丽握手，握的时间挺长，仿佛他的手上有胶水，把傅丽丽的手给粘住似的。

君浩在旁边看着，心里面"呸"了半天，君浩是男人，男人的心思都是相通的，他明白背头男话外的意思，他很希望傅丽丽能拒绝，但没想到傅丽丽那么爽快地答应，心中很是不悦，但同时又很同情傅丽丽。一个女人这么多年在职场屹立不倒，业务也做得风生水起，背后吃了多少苦，流了多少泪，付出了多少牺牲，又有谁知道呢？况且明天晚上两人也不一定就会发生那种事情，自己可能也有些以小人之心度君子之腹了。

背头男还算有礼貌，最后分别的时候还不忘再次轻轻地挨了一下君浩的手，君浩照例做出受宠若惊的样子，让他的虚荣心得到满足。

53

两个人从大厦出来之后，已经12点多了。傅丽丽心情很好，领着君浩来到大厦旁边的"嘉旺"快餐店吃饭。"嘉旺"在深圳开有很多分店，店面宽敞，装修也整齐干净，饭菜价格也不贵，很平民化。

两个人坐定之后，傅丽丽首先开门见山地说这顿饭她来请，君浩连忙说不用，并且说按照道理讲，他这个下级应该请上级吃饭。傅丽丽很坚决地一挥手："我说我请就我请了，不要再争了，再争就没意思了。"

君浩一看傅丽丽的架势，如果再争，肯定会惹她不高兴，况且争下去也确实没意思，再况且，君浩现在正囊中羞涩，自然英雄气短，所以乐得河水不洗船。

傅丽丽点了一个麻婆豆腐，君浩点了一个鱼香肉丝，店里还送了两份例汤。在等饭的时候，傅丽丽问君浩有什么收获没有。君浩赶快大拍马屁，盛赞傅丽丽

/ 旅途 /
一个 80 后的未"成功"奋斗史

善于因势利导，把控局面，才思敏捷，口才出众。君浩只恨汉语的四字短语还是太少，转而偷师周星驰的经典语录，说对傅丽丽的敬仰犹如长江之水滔滔不绝，又如黄河之水一发不可收。拍到最后，君浩自己都暗暗吃惊，没发现自己的谄媚功夫也如此了得，以前怎么就没发现呢？

傅丽丽一边听一边微笑不语，等君浩说完之后，突然撕皮剥壳地说道："马屁拍完了吧？你什么时候也这么会拍马屁了？"

君浩大窘，没想到一下子被傅丽丽看穿，但仍然抵死不承认："哪有啊，我没拍马屁啊，我说的都是真心话，你不相信就算了。"

傅丽丽一笑："好了，是也好，不是也好，都无所谓的，我只希望你能从中学到一点东西，对你以后跑业务有些帮助，那我就心满意足了。"

君浩这次是发自真心地点了点头："傅经理，我确实学到了很多东西，尤其是你在揣摩客户心理方面，还有在说话方面，我都有很多启发，真心地谢谢你。"

傅丽丽露出很欣慰的笑容："只要对你有帮助，那就好啊。不用谢我，谁让你是我的手下啊，带好你是我的职责。好了，饭来了，吃吧。"

这时服务员把做好的两份快餐端上来了，两人不再说话，专心致志地吃饭。很快，风卷残云，消灭干净。傅丽丽问君浩是否吃饱，需不需要再来一份。君浩其实只吃个六分饱，但不好意思再要，所以坚持说自己饱了。傅丽丽也没再坚持，付完账后，两人走出了快餐店，往天安数码城公交站走去。

傅丽丽的下一个客户叫"深圳盟冠科技有限公司"，说是科技公司，其实就是做话筒的。一说成十，十说成百，故意夸大，是很多公司起名时惯用的伎俩。老总的姓氏很特别，居然姓"建"，这是个很少见的姓氏，全国应该不会超过300人。

老总的全名叫"建义仁"，估计他老爸希望他能够既义气又仁爱。按道理讲，"建"姓者几乎都是贵州人，但这个建总却是湖北人，正好深圳有个叫湖北大厦的写字楼，于是这个建总就把公司安到了湖北大厦。

湖北大厦离天安数码城其实挺近，一站地的距离，君浩和傅丽丽坐上28路

/ 旅途 /
一个 80 后的未"成功"奋斗史

车,很快就到了福田实验学校车站,下了车,往前面走了大概 200 多米就看到了湖北大厦。

客户在 12 楼,1204 室。其实,这个客户也是傅丽丽的新客户,傅丽丽也没有来过。好在这个客户所处的地方并不太难找,两人坐电梯上来,在楼道的最里面找到了这家公司。

前台是个很年轻的姑娘,但似乎已经看破红尘,深悟万物皆空,所以连妆都懒得化,素面朝天。关键有的女人素面朝天非常可人,但有的女人就惨不忍睹无法卒观,很不幸,这个姑娘就属于后者。脸色焦黑,鼻孔硕大,头发也乱糟糟好似艺术品,脸上的神情好像刚睡醒一般。君浩都纳闷这样的形象,怎么能做一个公司的前台呢?

傅丽丽通报来意,这个极品女爱答不理地往里面喊了一声:"建总,有人找。"说完,就坐下了,拿起指甲剪"叭叭"地剪指甲。君浩暗自惊诧,看这女人的架势,仿佛这公司是她的,她想干什么就干什么,那个建总仿佛是给她打工似的。

那个建总好像还真是给她打工一般,听到叫声很快就出来了。只见此人大概三十五六岁,体态略胖,脸上发着油光,头顶前面和中间全部光秃,光可鉴人。不过,脑袋后面像栅栏似的却长着一圈头发。眼睛小小的,时常眯眯着,似笑非笑,一望可知,城府很深。

建总看到傅丽丽时,小眼睛顿时扩大了许多,似笑非笑中开始多了一种性质的笑。傅丽丽的长相虽然没有陈燕那么惊艳,但也有几分姿色,再加上来之前还略施粉黛,所以更显娇媚。

傅丽丽向建总表明来意,并介绍了自己,也介绍了君浩。建总很热情地和傅丽丽握手,握得恨不得手断掉。握手真的是一个很好的光明正大的揩油方式,但揩油幅度仅限于手,不像外国的礼节可以拥抱亲吻。建总一边握一边暗恨中国民风保守,拥抱亲吻之礼无法普及,否则那揩油的面积就更大了。

等握到自己都觉得不好意思的时候,终于松手,然后又跟上家公司的背头男

/ 旅途 /
一个 80 后的末"成功"奋斗史

一般,如出一辙轻轻挨了一下君浩的手。君浩早已麻木,身为男人他完全可以理解,如果这个建总像握傅丽丽的手一样来握自己,那反而就有问题了。

建总很热情,招呼二人在旁边的椅子上坐下,又吩咐那个前台极品女倒茶。极品女拉着脸,很不热情地倒了两杯却很热情的茶水,君浩啜了一口差点烫死。

傅丽丽开始和建总寒暄,建总的嘴忙碌地应答,眼睛也不甘落后,忙碌地从傅丽丽的上三路看到下三路,再从下三路回到上三路。

君浩在认真听的同时,也暗暗观察了一下这家公司。只见办公室里有二十几台办公桌,但只有七八台后面坐有人,有男有女,但这些人似乎都在集体练功,全都半死不活的。其他的空桌子上,办公室的角落里,都堆着高高的包装盒。这些盒子很多都不在一条直线上,歪七扭八的,但居然都屹立不倒,让人着实惊叹。

54

赵君浩这边正在暗自观察着,那边傅丽丽已经慢慢把建总忽悠上了道。笔记本早已打开,正在给建总演示售购通和VIP。建总一副似醉非醉的神情,眼睛不时地瞄向傅丽丽开口的衣领。

乱花渐欲迷人眼,色字头上一把刀,建总还不知道这把刀正在悄悄落下。聊到最后,卒章显志,傅丽丽让建总买一个四万八的VIP。建总正色迷心窍,险些点头答应。幸好大脑里还残存着几分理智,这几分理智让他明白,以他现在的经营状况去买VIP,无异于自取灭亡,但又不能完全驳了傅丽丽,在这样的美女面前露穷,实在不是一个男人好意思做出来的。

聪明的脑袋果然不长毛,建总很快想到了一个两全其美的方法,于是说道:

"这样吧,因为我们是第一次合作,彼此还不熟悉,我先买一个你们的售购通吧,先试试效果怎么样,如果好的话,我们就升级买你们的VIP,你看怎么样?"

傅丽丽驰骋江湖多年,早就看穿了建总的心思,但也明白让他一下子拿出四万多块钱买VIP,暂时不可能。不过,能买一个几百块的售购通也不错,总比空手强吧,于是笑着说道:"建总说得对,那您就先试试我们的售购通。我相信,凭我们聪聪网这么多年累积的信誉和实力,您以后一定会做VIP的。"

建总计谋得逞,给自己省了几万块,心中高兴,怕傅丽丽反悔再纠缠自己买VIP,于是马上说道:"你带合同了吗,现在咱们就可以签。"

傅丽丽赶忙在包中找合同,找了半天想起忘了带,又问君浩带没带。君浩久不出单,已忘了还有合同这种东西,自然没带。

傅丽丽临危不乱,对建总说道:"不好意思,今天来得匆忙,没有带合同。这样吧,建总,明天我给您带来,明天再签也不迟啊。"

见傅丽丽确实没带,建总也没有办法,只好答应,又问傅丽丽晚上是否有空,想请她一起吃个饭。傅丽丽随口说道,今天是他哥哥生日,晚上必须回去给哥哥庆生。建总见傅丽丽神情坚决,便也没有坚持,只好说改天,到时请傅丽丽一定要赏光,傅丽丽忙说一定一定。最后双方握手告别,建总抓住最后的机会揩油不止。

两人出了湖北大厦,并肩走在路上,傅丽丽忽然对君浩说道:"小赵,你明天过来跟他签合同吧,我就不来了,这个客户算你的了。"

君浩一愣,停住脚步,他实在没想到,傅丽丽会这么主动地把到手的客户让给自己,心中着实有几分感动,同时又有几分疑惑。

傅丽丽仿佛看穿了君浩的心思,笑了一下,说道:"说实话,一个售购通也没多少钱,对于我来说无所谓的,但是,对于你不一样,你也可以借此开开张,扫扫霉气,以后会顺些,你挺有潜力,我很看好,好好干。"

君浩感动得只想哭,心仿佛一下子融到了奶油里,甜蜜得快要化掉。自己真是命好啊,居然遇到了这么一个好上级。自己一定要好好干,不能辜负傅丽丽的

/ 旅途 /
一个80后的未"成功"奋斗史

一片苦心。

一股豪气在君浩的内心油然而生，他重重地向傅丽丽点了点头，眼神中满是坚定。

晚上回到住处，君浩心情愉快，不管怎么说，终于要开一个单了，这是一件应该祝贺的事情。可惜偌大深圳无人陪伴，只好一个人买了两瓶啤酒，几个凉菜，躲在小屋里自斟自饮。人逢喜事精神爽，两瓶啤酒下肚，君浩觉得不过瘾，又下去超市买了两瓶，拎上来，站在阳台上对着外面黑黝黝的夜空喝。

喝着喝着，豪气上涌，开始放声歌唱。可惜这第三场个人演唱会刚唱到一半，隔壁的阳台上就传来一个女人又尖又高的吼声："神经病啊，大半夜的嚎什么嚎啊？还让不让人睡觉了？"

君浩正在忘情歌唱，突然听到这个分贝远比自己高上几倍的女声，陡然一惊，酒醒大半，心中分外不爽。君浩本来想张嘴还骂，甚至踹门对骂，但好在君浩虽然生气但还有理智，仔细想想确实是自己不对。自己虽然爽了，却扰得别人无法睡觉，这无论如何也说不过去的。既然自己有错在先，就不能怨恨别人对自己无礼。所以君浩便没有还嘴，而是静静地把剩下的啤酒喝完，往床上一躺准备睡觉。

身体疲惫大脑却没闲着，虽然自认自己有错，但本来挺高的兴致被扫，无论如何都让人有几分不爽，这几分不爽顽固得像冬天的冰块，久久不愿化去。君浩没办法，只能带着这种不爽慢慢地进入了梦乡。

第二天醒来，君浩感到神清气爽，昨晚上的几分不爽早已记不得了，唯一记得今天要去盟冠公司签合同，终于要签自己跑业务生涯的第一次合同了。第一次啊，人生所有的第一次都是如此地让人难忘啊。

这个即将到来的处女合同，着实让君浩兴奋不已。从公司拿了合同文本，傅丽丽还叮嘱了两句，君浩就坐公交车直奔湖北大厦。到了之后，兴冲冲地坐电梯上到12楼，然后就直奔盟冠公司，很顺利地见到了建总。

一夜过去，建总居然还认得君浩，不过比昨天严肃许多。一见只有君浩来了，便问傅丽丽为什么没来，君浩只好说傅经理今天有事来不了，她派自己来的。建总听后明显地有几分不悦，但也没说什么。

夜长梦多，迟则生变，君浩赶快掏出合同文本，递给建总："建总，这是合同文本，昨天我们忘带了，今天带过来了，请麻烦您签一下字。"

建总把合同接过来，看也不看，顺手往茶几上一放，对君浩说道："这个嘛，不急，你叫什么来着？"

君浩赶快答道："您贵人多忘事，我叫赵君浩。"

建总轻轻拍了一下脑袋，做恍然大悟状："对，我想起来了。这样的，小赵啊，昨天我跟你们傅经理聊了半天，你也是看到的，我们聊得很愉快，当时我也确实觉得你们的产品挺好，也确实想马上就买，不过……"

建总停顿了一下，就这么一停顿，君浩的大脑立马"嗡"的一声，心里有一种不好的预感。当一个人说"不过"的时候，那往往意味着事情将向相反的方向发展。前面说得再多再好都没用，一个转折词就会完全改变。

55

仿佛是为了验证赵君浩的预感正确，建总果然说道："不过，我昨晚上睡觉前，又仔细地想了一下，以我们公司目前的情况，其实买售购通的意义并不大。当然，这个售购通不贵，只有几百块钱，我们肯定掏得起，但这个不是钱多钱少的问题。我们是企业，不是慈善机构，我们的每一项投资都必须要有回报价值才行，而售购通对于我们企业目前来说，并没有这个价值，所以我们暂时不准备购买。当然，我昨天是答应签合同了，但是商场一向瞬息万变，这个相信你也明白，所以我表示很抱歉，希望你能理解。"

建总仿佛一下子化身为演说家，口若悬河，滔滔不绝。君浩则像傻了一般地

/ 旅途 /
一个80后的未"成功"奋斗史

呆立无语，身子仿佛突然堕进冰冷的湖水，通体凉彻。君浩怎么也不会想到昨天已经定好的事，今天却突然来了个180度的大转弯，一时间实在无法接受。

君浩木然地盯着眼前这个正在滔滔不绝的身材微胖的中年秃头男，慢慢地，一种叫作愤怒的情绪越聚越多。心里想着："这个姓建的也太没信用了吧！昨天已经讲好的事了，今天居然就反悔了！而且还反得似乎自己很有理！仿佛君浩若坚持下去，就是自己的不对了！戏耍了别人，还要人认为是被戏耍的人不对！天下哪有这样的道理！如果人人都跟你一样言而无信，朝令夕改，那这个世界早完蛋了！你真不愧是建总！真贱！"

君浩内心的愤怒像海浪一样一浪一浪地往上涌，恨不得跳起来给这个"贱总"几个嘴巴，但这种冲动被君浩压了下去，而且极力让自己恢复冷静，保持微笑，做最后的挣扎："建总，我能理解您的想法。不过，我不是很赞同您的说法。其实，我认为售购通对您的公司目前来说很有帮助。昨天我们傅经理也跟您谈了，您当时也表示认可，我今天想跟您再详细地谈一下，把售购通的功能和用处再全面地说一下，我相信您在听完后，肯定会改变现在的想法的。"

已经升级为"贱总"的建总，却把手一摆，有些不耐烦地说道："你不用再介绍了，我刚才已经明明白白地告诉你了，我认为它没用它就没用，而且我也不怕告诉你，昨天之所以答应签合同，是因为当时我被你们傅经理给迷惑住了，好在我今天清醒了，所以我说不签就不签，你回去就这么跟你们经理说。我今天还很忙，如果没有其他事的话，那我就送客了。"

君浩没想到这个贱总会公然撵自己走，气得脸红脖子粗，幸好还有几分最后的理智没让怒火发泄出去。君浩站起身来，把合同放进公文包，最后说道："好的，我现在就回去，我希望建总您能再好好地考虑一下，过一段时间我再给您打电话。好，告辞了。"

君浩说完头也不回地往大门走去，"贱总"也毫不挽留，在君浩的身后发出几声明显的冷笑。

君浩终于出了盟冠公司的门，往电梯口走去。到了之后，君浩发现电梯口的

/ 旅途 /
一个80后的未"成功"奋斗史

旁边是个人行楼梯口，便不再坐电梯，而是开门到了人行楼梯，往下走了两层后，便站住了，四周一个人都没有。于是君浩对着楼梯的墙开始用脚猛踹，一边踹一边还低低地骂道："什么玩意！ 不就是有两个臭钱吗！ 有什么了不起的！建义仁！ 真是一个贱人！ 别等老子有钱了！ 老子以后有钱了，看我怎么收拾你！ 浑蛋！ 浑蛋……"

君浩骂得很过瘾，可惜不是当面骂，如果是，那就更过瘾。嘴过瘾了，腿却有点受不了，被墙给弹得生疼。不能拿别人的错误来惩罚自己，君浩于是停住不再踹了，感觉怒气也降了许多。

君浩静静地背靠在墙上，想着下一步应该怎么办？难道就这么回去交差？傅丽丽会怎么看自己？昨天她都已经谈妥的事今天自己来了居然没搞定？傅丽丽会不会认为自己特无能特废物？对！ 不能就这么回去！ 一定要想办法做成这件事！ 不能让傅丽丽小看自己！ 但怎么能让这个"贱总"签合同呢？进去把他暴揍一顿，逼着他签？这肯定不行，法律不允许，而且会适得其反。那怎么办？既然硬的不行，那就来软的，我就再进去苦苦地哀求他，但看"贱总"那副冷漠的心肠，估计哀求也不管用。实在不行，老子就跪下来求他！ 他不答应我就不起来！我就不信签不了这个合同！

一想到可能会给"贱总"下跪，君浩激灵灵打一冷战。男儿膝下有黄金，我赵君浩长这么大，除长辈外，还从未给外人下跪过，难道今天真的就要为区区几百块钱的合同下跪吗？君浩靠在墙上，痛苦地闭上了眼睛，大脑中闪现着给那个贱总下跪哀求的场景，心如刀割，眼泪不由自主地顺着闭着的眼眶往下流。人活着太难了！

到底是去还是不去？跪还是不跪？君浩的内心进行着激烈的思想斗争，斗争的惨烈不亚于"一战"和"二战"。斗到最后，君浩无力地瘫坐在楼梯口的墙角，抹了一把脸上的泪水，终于决定不去，更不跪，自己现在已经一无所有，如果连唯一的尊严也丢掉，那活着还有什么意义。

打定主意之后，君浩从地上起来，拍了拍屁股和后背衣服上的尘土，也没坐

/ 旅途 /
一个 80 后的未"成功"奋斗史

电梯,顺着楼梯从 10 楼一层一层地走下来,终于走到一楼,出了湖北大厦的大门。君浩站在门口,望着眼前来来往往的车流和人流,心中一酸,眼泪又涌了出来。

君浩把眼泪擦干,往公交站走去。等了一会儿,车来了,君浩木然地跳上去,车上有很多空位,君浩坐在了右边靠窗的位置。车子启动,往前开去。当公交车开过湖北大厦的时候,君浩从车窗里静静地看着这座高高的大厦,想着刚才所发生的一切,眼眶中不知不觉又蓄满了泪水。

此后的在深圳的几年里,君浩经常会坐车路过这里,每当看到这座大厦,大脑中就会不由自主地想起当时的情景,想起自己曾有过的给人下跪的念头,心中就不由得一阵刺痛。那种刺痛尽管随着时间的流逝在慢慢地减轻,但那种痛的感觉却永远地留在了记忆深处,此生都无法消弭。

56

赵君浩失魂落魄地回到公司,见到傅丽丽之后,原原本本地把情况诉说了一遍。不过,自己当时内心的挣扎没有讲,那是君浩永远的秘密。傅丽丽听完之后,也很生气,但没有君浩气得那么厉害。毕竟久在江湖,人和事都经历了很多,心态也淡然很多。

傅丽丽拿起电话,拨了"贱总"的电话。接通之后,傅丽丽本来紧绷的脸迅速笑靥如花,撒娇般地询问"贱总"为什么答应人家的事还要反悔。英雄难过美人关,何况贱人呢?"贱总"的口风马上开始宽松,狡辩道自己也没有说完全不买,只不过想再考虑一下。傅丽丽马上娇气升级,说你还需要考虑什么啊,难道不相信我吗?"贱总"在那边嘿嘿地笑,说相信是相信,但毕竟生意是生意,他确实还需要再考虑一下,考虑好之后会给傅丽丽打电话。傅丽丽见再纠缠下去暂时也没有什么结果，便说好的，敬候佳音，最后挂断了电话。挂完之后，忍不住低低地骂了一声"老色鬼"。

傅丽丽平静了一下，然后转头对君浩说道："小赵啊，这个家伙不好对付，我先帮你盯着他，你先跑其他客户吧。"

君浩感激地点点头，说实话，他是再也不想见到"贱总"那副贱兮兮的面孔，想想都会恶心。傅丽丽果然比自己强，再恶心的客户她都能周旋。

其实，越是销售高手，越是善于与恶心的客户打交道。他们对待恶心的客户，表面上却似乎像对待亲人一般。在跑业务时，其实最要不得的就是所谓的自尊，因为它最不值钱。如今商品堆积，买方市场，客户不可能低三下四地来求你，那么如同跷跷板，你就必须低三下四地去求他。在低三下四中，还要什么所谓的尊严。强大的生存压力，使得尊严最是不堪一击，所以在业务成功的道路上，必须要抛弃所谓的自尊，要像狗一样地去活着，这样，你才有可能艰难地从狗变成人。尊严感太强的人，是做不好业务的，去问问那些销售高手吧，哪一个背后不是充满了屈辱和心酸，这就是生活残酷的一面。可惜，几年之后，君浩才深深地明白这些道理。

接下来的日子，君浩又跟以前一样，每天见客户，送杂志，忙忙碌碌的。不过，他虽然从傅丽丽身上学到了一些技巧，但是别人身上的东西要转化成自己身上的东西，如同嫁接一般，都需要漫长的时间，所以君浩暂时还是没有出什么单，心情日益焦躁。

在焦躁的日子中，十月份慢慢地就要来了，而十月中旬就要召开聪聪网深圳分公司一年一度的现场销售会。所谓现场销售会，就是聪聪网租一个豪华的宾馆或者礼堂，然后公司所有的业务员到处发请柬，尽量把那些未签约的客户都邀请到现场，然后聪聪网的总裁冯普人就以"中小企业如何发展壮大"为题做现场演讲，最后用他的如簧之舌来蛊惑打动这些客户，尽量让他们现场签约。

冯普人身为第二大商贸网站的 CEO，再经过其他媒体和自己媒体的双重包装，也俨然是商界名流。国人历来有追逐名人之癖好，所以打出冯普人现场演讲

/ 旅途 /
一个 80 后的未"成功"奋斗史

的牌子，一般都会趋之若鹜。再加上冯普人深谙国人心理，很善于把自己公司的产品跟爱国情绪联系在一起，让人觉得买了他的产品，不仅对自己有利，而且对国家有利，如此双赢之事，为何不做呢？所以一般一场销售会下来，签约客户甚多，销售额惊人。去年全国六大片区的现场销售会，冯普人一路巡讲下来，总销售额居然达到了 1.5 个亿，这是相当惊人的数字。

人都有贪婪的本性，永远不知满足，所以总公司今年把目标定到 2 个亿，深圳分公司分到了 3000 万的任务，而去年深圳分公司的现场签售额才勉强达到 2000 万。现在猛然提升了 1000 多万的任务量，就像让一个瘦子马上变成胖子一样，难度很大，压力也很大。

领导们一向很善于把压力往下分解，深圳分公司的女老总也不例外，领到任务之后，立刻把任务量大卸八块，分到各个部门，限定必须完成，否则将被严惩，专灯部分到了最少要出 6 个 VIP 的任务量。VIP 啊！可不是"P"啊！一个四万八啊！那可是真金白银啊！哪有那么容易签单的！所以，任务相当艰巨。

领导们也一向很精通于胡萝卜加大棒原理，给了各部门一通大棒之后，马上又捧出胡萝卜加以抚慰，于是，公司随即颁发激励措施，凡是签一个 VIP 就奖励一台笔记本电脑，另外签单额排在前 10 名的员工，公司将组织去美国旅游。美国啊，世界上最发达的国家，绝非新马泰这些小国可比。另外，但凡中国人，很少有人不愿意去美国看看的，所以，措施一出，群情高涨。

公司提前一个多月就开始在墙上写上大标语，办公室到处贴满了决战销售会的宣传海报，每天早会时还要大吼几遍豪言壮语。一时间，员工本来就高涨的情绪越发地高涨，涨得就像一个不断被吹大的气球，甚至有些吓人了。

这段时间，公司的每个人几乎都忙忙碌碌的，办公室就像一个战时司令部一般，电话声从来都没断过。公司规定，每个业务员最少约 6 个客户，最多约 10 个客户。毕竟场地有限，精力有限，并非越多越好。

君浩有些头疼，虽然 6 个客户的要求不算太高，但是有签约意向的客户却一个没有，虽然君浩相信郭大忽悠的能力，但是把希望寄托在别人身上，毕竟还是心里没底。

就在这个时候,傅丽丽又分派了君浩一个任务,居然是当走秀模特。原来公司策划部那帮神经病,天天闲得无聊,于是无事生非,建议女老总在销售会开场时举行一个模特走秀活动,就是请一些模特穿上印有聪聪网 Logo 的 T 恤衫,在所有来宾面前展示一下。

女老总一时头脑发昏,觉得这个建议不错,不过很是心疼请模特的那些钱,于是灵机一动,决定从自己公司找一些长相还不错的男女员工,作为模特,这样既省钱又新颖。策划部那帮闲人一听,拍案叫绝,大大地拍了一通女老总的马屁,拍完之后,马上去实施。

57

刚开始,这帮闲人学习民主政策,告之众人,可以自愿报名,可惜大家一个比一个谦虚,一个星期过去,无一人报名。他们一看这样下去不行,于是从一个极端马上走向另一个极端,开始民主变专制,命令公司每个部门必须出一个员工,否则扣主管奖金。

此令一出,果然奏效。专灯部自大兵走后,还没来新人,故目前只有四个。傅丽丽身为主管,日理万机,肯定不能去。陈燕虽然长相过关,但她忙于拉客户挣钱,没心思去参加这种出力不讨好的事,而饭桶又实在拿不出手,所以最后这任务只能落在了君浩身上。况且君浩也确实长得还算清秀,拉出去也不算丢人。

傅丽丽把这个事给君浩一说,君浩的情绪很复杂,既高兴又惶恐。高兴在于自己居然也可以当模特,可以在众人面前过一把当模特的瘾。惶恐在于自己身高也才 1 米 73,远远达不到男模的标准,况且要在那么多人面前走,有些胆怯。

其实,君浩对于模特这个职业,也是既羡慕又鄙夷。羡慕在于每天生活在镁

/ 旅途 /
一个 80 后的未"成功"奋斗史

光灯下,光鲜亮丽,收入不菲,鄙夷在于这帮人其实都是吃青春饭。自从社会上刮起以瘦为美之风,这帮人更是首当其冲,一个个瘦得跟非洲难民似的,只见骨头不见肉的。

尽管对这个职业有些看法,但君浩还是不可避免地被定为专灯部选出的模特,参加培训部那帮闲人组织的训练。训练定在每天下班以后,从 6 点到 7 点一个小时。这次从各部门抓来的总共有 26 人,20 个女的,6 个男的,阴盛阳衰,很符合模特界的现状。这 26 个人,君浩都暗暗观察过,还都长得五官齐全,有鼻子有眼,长相都过得去。

策划部那帮神经病果然病得厉害,居然请了人事部的木乃伊,作为大家的训练老师。君浩知道后,心中大骂那帮病人,人事部那么漂亮的"周慧敏"不请,非要请这么个伪娘过来。其实,君浩不知道,木乃伊其实不简单,曾经是专业学舞蹈的,只可惜舞蹈这个行当曲高和寡,出路太窄。如果不能成名,那就得饿死。木乃伊本来就瘦,不想再饿成真正的木乃伊,所以就及时转行了,托了一些关系,来到了聪聪网做了人事部的行政工作。

第一次训练的时候,木乃伊把大家召集在大会议室里,神采飞扬,仿佛又回到了昔日时光。为了证明自己的实力,也为了震慑住大家,木乃伊二话不说,开场先跳了一段杨丽萍的《孔雀舞》,居然跳得有模有样的,恍若杨丽萍附体,博得大家阵阵喝彩。

木乃伊跳完之后,自然得意万分,威慑目的已经达到,于是开始讲话,首先一通虚伪,说很荣幸作为大家的训练老师,其实,自己水平也有限,主要是和大家一起学习提高。虚伪完之后,开始卖弄知识,讲模特训练的基本要求,强调模特并非就是走几步路那么简单,必须要走出自己的气质和风采,让人要感受到强烈的美。说到这里,木乃伊见众人都是一副大惑不解的神情,于是亲自上阵,给大家演示一下如何走台步。只见木乃伊挺胸抬头提臀,手上还翘着兰花指,一步三摇地往前走,走的还确实是直线,走到尽头,停住,猛地一挺胯,一甩头,摆了一个相当妩媚的 Pose。

众人都看得傻眼，努力在寻找那种"强烈的美"，君浩也不例外，看了半天，终有所获，发现了一种"强烈的变态的美"。虽然多加了一个定语，但是中心词还是"美"嘛。

木乃伊见众人都目瞪口呆，以为大家都心悦诚服，更加得意，只恨不能去巴黎时装周，否则肯定技惊四座。

接下来，木乃伊为了进一步显示自己的才华，还给众人编了组，设计了台词。君浩被安排和清洁部的一个女孩搭档，果然是清洁部的，长得很朴素。君浩看到她低眉顺眼的样子，忽然想到了李艳梅。自从那次分别之后，君浩没有给李艳梅打过电话，她也居然没给君浩打过电话，也不知道她现在身在何方，过得怎么样。想到这里，君浩暗自苦笑一下，觉得自己太过多情，便甩甩头，把这思绪荡了去。人啊，大概都是这样，总是在偶然的情境下，想到生命中曾经偶然出现过的人。想过之后，便又陷入长久的遗忘。

木乃伊给两人设计的动作是，刚开始两人两手相扣后仰，做甜蜜状，然后回身，松开其中一手，另外一手相牵，一同走向台前。走到后，清洁部女孩要做激昂状，说台词"聪聪网祝您成功"。君浩则在其说完后，另外一只空闲的手举起来，做胜利的姿势，也有一句台词，或者准确地说，一句感叹词"耶"。这个感叹词，还必须要用相当感动赞叹的语气去说。然后，整套动作完，撤回来，站在后面，双手叉腰，表情陶醉，看其他组的动作。

君浩对木乃伊的设计很无语，尤其是自己还要那么高声"耶"一下，简直傻到家了。但人活着，有时候就得做傻子，所以君浩什么也没说，照着要求做。其实，君浩应该感到幸福，不管怎么说，和他搭档的还是个异性。剩下的很多组就惨多了，因为男少女多，比例严重不协调，所以很多组只能两个女的搭档。异性搭配，干活不累；同性搭配，干活超累。君浩就属于那不累的行列，应该没事偷着乐吧。

58

训练开始后,当赵君浩和清洁部女孩双手相扣时,一种奇妙的感觉涌上心头,那是一种久违的甜蜜的感觉,那是一种纯净的美好的感觉。君浩蓦地感到一阵轻轻的脸红,用眼角的余光看那女孩,似乎脸上也有几层绯红。怪不得古人严训"男女授受不亲",果然有道理。因为男女一旦肌肤相亲,必然要有一些化学反应,这个反应很容易导致道学家极力批判的"诲盗邪淫"。

赵君浩不是柳下惠,不仅没有坐怀不乱之功力,甚至只是双手相连,便已想入非非,这让君浩感到有点挫败,认为自己定力太差。其实,君浩不知道,男女之事,也就是刚开始新鲜的时候才会激动,次数多了,就很少有那种感觉了。这就像看毛片,刚开始的时候热血沸腾,看得多了,就很少再激动了。后来君浩与清洁部女孩训练得久了,果然在拉手的时候就没多少感觉了。

但人跨越不了时间,君浩现在还是有感觉的,这种感觉一时之间也去不掉,君浩索性也不去了,就揣着这种感觉和女孩一遍遍地练习。

毕竟大家都是被临时抓派而来,根本没有走台步的基础,所以刚开始的时候,大家都走得歪七扭八。木乃伊看得直摇头,后来摇得头都快掉了,便让大家停住,一个一个指导大家怎么走。

到君浩的时候,木乃伊临时扮演清洁部女孩的角色,当木乃伊的手拉住君浩的手时,君浩止不住本能的恶心,差点当场吐出。其实,木乃伊的手很白很嫩,一点不比女孩的手感差,但是君浩就是恶心。归根到底,君浩从内心深处,不喜欢这些过于女性化的男人。

但木乃伊倒挺享受,拉着君浩一边走一边做出甜蜜状。君浩一直担心,因为木乃伊是设计者,他千万别变态大发,临时加一场吻戏,那君浩只能去跳楼了。

/ 旅途 /
一个 80 后的未"成功"奋斗史

好在木乃伊没有冒天下之大不韪，两人只是按照设计的套路演练了几遍。说实话，木乃伊毕竟是学舞蹈出身，身形步法确实比较到位，比君浩木头桩子的表现强多了。别人比自己强，就要认真去学，这是君浩身上一个很可贵的优点，所以进步很快。

任何技艺只要去学，总能学会的，大家既然都敢来深圳闯荡，说明智商都没问题，再说毕竟要在几百人面前表演，走得太差的话，自己脸上也无光，所以大家都很认真地去练。没过几天，基本都走得有模有样了。

木乃伊调教有功，策划部那帮闲人对他赞个不停，木乃伊自然得意非凡，恨不得马上跳进时尚界。训练大概持续了一个月，销售会快开始的时候结束训练，那时候大家已经把动作和台词烂熟于心。女老总最后还过来检查了一下，非常满意，满意自己的创意真好。当然，也满意大家走得还不错。

在这期间，君浩还做了另外一件事，为专灯部设计了一个口号。因为公司每天早会后都要喊口号，喊的都是一样的。策划部那帮闲人依旧很闲，没事找事，以证明自己有事，挟天子以令诸侯，借女老总以令各部门，让每个部门都想出一个自己的口号，在早会喊完集体的口号后，再喊各自部门的口号，比一比谁的更好，更有创意。

命令一出，一片骂声，但各部门又不敢违抗，于是关起门来开会研究各自的口号，专灯部也不例外。傅丽丽召集大家在小会议室，关上门之后，先骂了一通策划部那帮闲人加病人，然后号召大家群策群力，献言献计。

陈燕耷拉着八字眉，一声不吭，扮林黛玉，似乎沉浸在某种往事中。饭桶更是微闭双目，看似沉思，其实昏昏欲睡。傅丽丽倒是愁眉苦脸地认真在想，不过水平有限，实在想不出来。君浩毕竟爱好文学，还曾经在报纸刊物上发表过豆腐块文章，以为自己才华出众，肯定会马上想出，技惊四座，没想到想了半天，大脑仍然一片空白。很多时候，灵感就像钞票，你需要的时候，它迟迟不来，等你不需要的时候，它却上赶着过来。君浩钞票缺乏，没想到灵感也缺乏，痛苦不堪。

四个人呆坐了几个小时，马上快到中午吃饭的时候，饭桶突然从梦中醒来，睁开双目,说道:"要不,咱们就说'专灯部最厉害,专灯部最牛×',你们看怎么样?"

傅丽丽本来很认真地在听,听完之后,恨不得跳起来扇饭桶几个耳光。这是什么破口号啊?三岁小孩都想得出。估计是饭桶肚子饿了,才临时胡诌一个应付塞责,好提早散会去吃饭。

傅丽丽一拍桌子:"好好想! 今天想不出来,谁也不能吃饭!"傅丽丽这一声吼,一下子把众人的情绪都调动起来,毕竟谁也不想被饿死。

陈燕终于从往事中神游归来,满脸不自信地说道:"你们看这个怎么样,'没有过不去的山,没有签不了的VIP'。"

傅丽丽微微点了点头,这个口号起码还用到了对比的修辞方法,还略微像那么回事,比饭桶的大白话强多了。但总觉得还差一些,不够创意和响亮,傅丽丽号召大家再好好想一下。

君浩这时候肚子早已饿得闹起了革命,没想到这种饥饿的感觉却是灵感最好的催化剂。君浩忽然想到哥哥曾经开玩笑说的一句话"现在人民都是在为人民币服务了"。想到这句话后,君浩突然触类旁通,灵感突至,脱口而出:"你们看这句怎么样,'人民需要人民币,专灯需要VIP'。"

此句一出,众人皆惊,君浩自己也惊了。这是一个相当有创意的口号,不仅对仗押韵,而且幽默,还能体现出主旨。众人惊过之后,一致说好,傅丽丽更是频频点头,笑若桃花:"小赵啊,没发现啊,你还这么有文采。不错,不错,就这个了。"

君浩得意万分,感觉飘飘然已在空中,对自己佩服得五体投地,恨不得和金圣叹打架,把天下第一才子的名号抢过来。

因为君浩的神勇发挥,傅丽丽终于决定散会,大家都急急忙忙地跑去吃饭了。

第二天早会的时候,当专灯部整齐地喊出"人民需要人民币,专灯需要VIP"时,众生皆倾倒,一片笑声,随即纷纷喝彩,君浩的得意上升到顶峰,这是君浩第一次公开展示自己设计的广告语。

几年之后,君浩去了北京,进了一家公司做了广告文案,那个时候设计了很多的广告语,但追本溯源,要算真正第一次,还是在聪聪网的时候,因此君浩终生难忘。

59

十月十二日,也就是在销售会举行前三天,深圳分公司来了两个人。一个是北京总公司派来的销售会主持人,这个主持人名叫马顿,跟牛顿名同姓不同。虽然姓氏都同属动物,不过,中国马没有外国牛有名,马顿也没有牛顿那么伟大,但是在聪聪网,马顿其实也相当厉害。

马顿是聪聪总公司培训部的主任,兼职各个片区的销售会主持人。他最大的本事就是说话极具煽动性,口才极佳,常常能使听众热血沸腾,甚至沸得都能爆掉。据说在来聪聪之前,马顿曾经在安利公司做了将近10年,口才出众也就不足为奇了。

马顿的长相也暗合了他的长处,小鼻子小眼的,嘴却很大,看来天生注定要靠这张嘴吃饭的。来的那天,深圳虽已入秋,天气却还很热,但马顿仍然是一身整齐的西装革履,头上还打着发蜡,显得很成功人士。在早会上,女老总隆重介绍了马顿。介绍完之后,马顿便开始讲话。

马顿果然有马的习性,嗓门相当大,不用话筒就可以声震屋宇。整个办公室犄角旮旯的地方,都能听到他马鸣般洪亮的声音。他首先传达了总经理冯普人对深圳分公司各位同人的问候,然后又强调了今年总公司定的销售会实现2亿的宏伟目标,然后再阐述了销售会对公司的意义,还浓墨重彩地强调了对广大业务员的好处和利益,勉励大家再接再厉,争取超额完成目标任务。

/ 旅途 /
一个 80 后的未"成功"奋斗史

为了鼓舞大家的斗志和信心,马顿还声情并茂地讲了自己的故事,讲了自己是如何从一个饭店的服务员一步一步地走到现在的位置。讲到辛酸处,热泪盈眶;说到高兴处,放声大笑。听众的情绪,也不由得跟着他上上下下,起起伏伏。

最后讲完之后,又开始了他擅长的煽动功夫,大声地问大家有没有信心完成任务,这时候众人早已入了他的魔,都高声地喊道"有信心"。马顿相当满意,又连问几遍,最后还带领大家一起由人变鸟,高唱《飞得更高》。至此,众人的情绪达到高潮。

君浩也跟着不由自主地唱了,心中澎湃着汹涌的激情,有一种大干一场出人头地的冲动。过了好长时间,君浩才慢慢地有些冷静下来,心中不由得佩服马顿果然名不虚传,煽动功夫果然一流,连自己都不由自主地被煽动了起来,而且被煽动后的感觉还是如此美妙。弗洛伊德说过,人都有渴望自己伟大的冲动,而马顿就可以给你伟大的感觉,虽然那种感觉很短暂,往往只有三分钟热度,但毕竟热过,也不枉此生。

另外,马顿说过他以前也做过饭店的服务员,这让君浩心有戚戚焉,很是共鸣,似乎发现同类,不由得对这个"精神鸦片"似的人物很有好感。

除了马顿之外,深圳分公司还来了一个人,他就是聪聪网广州分公司的老总傅大彪,他是傅丽丽的哥哥。当然,也和傅丽丽一样,有着相同的不幸。傅大彪虽然实为正总,但在别人嘴里永远是副总。傅大彪这次是作为外援,过来支援深圳分公司的,其实主要是支援自己妹妹傅丽丽,毕竟这次任务量很大,当哥哥的担心妹妹压力太大,完不成任务。

傅大彪在聪聪网,是一个传奇人物。傅大彪跟他妹妹傅丽丽一样,也是天生不喜欢读书,见到课本就烦,一上课就睡觉。老师不知道让他叫了多少回家长,他父母也不知道打了他多少回,但毫无作用,傅大彪就是对书本提不起兴趣。

小的时候,慑于父母的管教,虽然不喜欢读书,但还能老老实实地去上学。等到了青春期之后,个子长起来了,胆子也跟着长起来了,几乎天天逃课。后来

/ 旅途 /
一个80后的未"成功"奋斗史

高中没考上,他想出去打工,父母坚决不同意,硬着花了高价逼他上了县里的高中。事实证明,江山易改,本性难移,上了高中的傅大彪还是不喜欢读书,还是常常逃课,老师几乎都见不到他人影。

就这样,勉强上到高二,有一次傅大彪又是逃了几天课,老师忍无可忍,威胁他父母如果傅大彪再这样下去,就让他退学。傅老爸气极,狠狠地揍了傅大彪一顿。傅大彪更气,他早已到了青春期,浑身的叛逆无处发泄,于是留下一封短信,偷拿了父母800块钱,背了一个小包就南下去了深圳。

外面的世界很精彩,外面的世界很无奈。到了深圳以后,傅大彪终于体会到精彩和无奈。可惜,那精彩是别人的,无奈却是自己的。他没有学历,也没有技术,在深圳也没有什么关系,自然找不到什么好工作,但他又碍于可怜的面子,不愿去做那些差工作。终于,身上的钱快要弹尽粮绝了,摆在他面前只有两条路,一条就是甘心失败灰不溜秋地回老家,一条就是继续待在深圳生死未卜。

傅大彪很有志气,既然从老家出来了,不混出个样子就绝不回去。于是,在残酷的生存压力之下,他终于抛去了那可怜可笑的面子,去了建筑工地做了一名小工。每天搬砖、和灰、推石料,做牛做马,累死累活,一个月才500块钱。他不甘心一辈子做小工,于是半年之后,他用辛苦积攒的钱,买了一辆三轮车,开始自己在大街上给别人拉货。

蹬三轮确实比做小工挣钱多一些,但是也好不到哪,依然处于社会的底层,每天累得腰酸腿疼,筋疲力尽,幸亏仗着年轻体壮,否则早就趴下了。

身体的劳累倒在其次,精神的苦闷才更令人难熬。每当蹬着破三轮穿过繁华的街道,看着路两旁那些高档的餐厅和歌厅,再看着从自己身边经过的奔驰宝马,以及车上那些锦衣华服的富人,傅大彪就感到深深的刺激和不平衡。王侯将相,宁有种乎?怎样才能挣大钱,怎样才能跟那些富人平起平坐,这个问题深深地苦恼着傅大彪。

只要有期待,就会有机会。有一次,傅大彪给聪聪网的一个业务员拉两大包杂志。路上和业务员聊天的时候,傅大彪惊奇地得知,这个业务员一个月的提

旅途
一个80后的未"成功"奋斗史

成,有时候居然可以拿到两三万。如果业绩好,还可以拿得更多。一道闪电掠过傅大彪的大脑,他终于发现了一个可以挣钱的门路,那就是跑业务,通过拿提成快速地挣钱。

傅大彪激动不已,另外从那个业务员口中得知,聪聪网也正在招业务员,于是便求那个业务员给自己做一下引荐,去面试一下。那个业务员也是顺水人情,便把他带到了人事部,当时还没有"周慧敏"、木乃伊这些人,面试傅大彪的是人事部主任范国强,人称老范。

老范一看站在自己面前的小伙子,满头是汗,浑身黝黑,说话还磕磕巴巴的。顺带提一句,傅大彪也跟赵君浩一样,有口吃的毛病,平常不怎么明显,紧张的时候就很严重。老范又问了傅大彪的工作经历,傅大彪初次面试,很是紧张,便老老实实结结巴巴地说自己做了半年建筑小工,现在在外面蹬三轮,以前没做过销售。

没有工作经验,说话还磕巴,形象也不出众,老范自然没有录用傅大彪。回到住处的傅大彪痛苦不已,但已备尝生活磨难的他,绝不甘心这么轻易认输。

于是,一个月后,傅大彪又跑到聪聪网,见到老范,请求他给自己一个机会,他发誓自己一定不会让老范失望的,但结果老范还是不同意。他实在不看好傅大彪,这样的只会出苦力的人怎么会做好业务呢?

再次受挫后的傅大彪,依然没有气馁,继续犯彪劲,又过了一个月,又跑到老范面前表决心,老范还是没有同意。就这样,一直跑到第六回的时候,老范终于被这个执着的小伙子打动了,他真的没想到傅大彪会这么一遍一遍地锲而不舍。不过,他也给傅大彪说明,每个业务员都有三个月的试用期,不出单就得滚蛋。

傅大彪终于进了聪聪网,被分配到安防部做了一名业务员。毛主席曾经说过,"这世上怕就怕认真二字",面对自己千辛万苦得到的工作,傅大彪何止认真,简直是狂热。但傅大彪跟每天只知道闷头傻跑客户的大兵这种人不一样,他很有头脑,底层社会的经历让他学会察言观色,也洞悉人情世故,而且他很善于学习别的优秀业务员的成功经验,所以很快,在试用期的第二个月底就出了单。之后一发不可收,到第三个月试用期满之后,他居然出单量位居公司第三位。这是聪聪网自设立深圳分公司以来,从来没有的事,一时间震动公司上下。他也受到女老总刘恒的当面表扬,当然,更是顺利转正。

傅大彪自然越干越有劲头,很快半年之后,他的业绩量就排到了公司的第一位,他也被破格提拔为安防部的经理。在他的带领下,一年之后,安防部的销售额在公司也终于位居第一。两年之后,傅大彪就上升为聪聪网最年轻的副总。

一分付出,一分收获。这个世界,其实是公平的。随着业务做得越来越好,傅大彪的收入也越来越高。几年之后,傅大彪终于在深圳福田区买了一套房子,还买了一辆奥迪 A6。

事业成功了,爱情自然也来了。钱跟女人历来是一奶同胞,常常形影不离。傅大彪娶了安防部最漂亮的业务员刘晓丽,一年之后,刘晓丽还给他生了一个儿子,事业和家庭都丰收。

后来,聪聪网准备进军广州,建立广州分公司。于是,冯普人便派傅大彪做了广州分公司的总经理。果然,傅大彪不负众望,短短两年内,广州分公司从无到有,从小到大,业绩不断攀升。傅大彪带领的广州销售团队,更是被集团内部称之为"狼之队",意思就是他们做业务就像狼觅食一般,只要抓住绝不松口。

傅大彪从那个做小工蹬三轮的底层人物,经过十几年的奋斗打拼,终于成长为每天锦衣玉食的富人阶层。他的故事,从此便在聪聪网被誉为传奇,成为恒久的佳话。

60

其实,赵君浩刚进聪聪的时候,就听说过傅大彪的故事。这个故事在聪聪,

/ 旅途 /
一个80后的未"成功"奋斗史

早已人人皆知,很多业务员都把傅大彪视为自己的偶像,也梦想着有一天能复制他的成功。饭桶更是把傅大彪看成神一般的人物,崇拜得就差每天烧香磕头了。君浩第一次知道傅大彪的事,也是饭桶给他讲的。倒是这个神的妹妹傅丽丽,却很少向别人提及自己的哥哥。君浩知道那是傅丽丽的自尊,她不愿借哥哥的名声给自己贴金。

君浩对傅大彪也很敬佩,这可是身边活生生的励志的案例啊,远比书本上那些遥不可及的故事可信得多,也让人激动得多。君浩也期待着有一天,自己也能从穷小子变成大富翁。

十月十二日这天,大家终于见到了传说中的傅大彪。说实话,君浩在见到傅大彪的第一眼,有些失望。在君浩的大脑中,傅大彪应该高大伟岸,成熟睿智,浑身散发着成功男士的潇洒和魅力。没想到真实的傅大彪,身高也就勉强1米70,留着小平头,身材胖硕,尤其是脖子上的肉坠坠着,很有些脑满肠肥的感觉。

其实,富人也大都是这副尊容,又帅又有钱的只存在于偶像剧中,生活中很少,但是凡事来不得对比,君浩大脑中长期虚构的形象和真实的人物一照面,对比落差极大,君浩感到失望也在情理之中。饭桶却很高兴,他巴不得傅大彪比自己还丑,那样他离偶像的距离就可以又近一步。

众人见到傅大彪后,纷纷主动地热情地跟他握手,傅大彪一副坦然自若的神情,如同领袖一般,接受着众人的恭维。傅丽丽倒是很平静,因为神秘感只存在于外人,家人之间不会有,但傅丽丽也很高兴哥哥能过来帮忙。她这次感到压力确实很大,有哥哥在,她就放心多了。

傅丽丽把专灯部的几个人,一一给哥哥傅大彪做了介绍,傅大彪也都礼节性地握了握手。等到最后一个介绍到陈燕时,傅大彪的眼睛忽然一亮。君浩在旁边看到,心中一翻,完了,男人有钱就变坏,这句俗话又要发挥作用了。果然傅大彪跟陈燕握手的力度加大了许多,时间也比别人长,要不是陈燕后来主动挣脱,这手还不知道握到什么时候了。

傅大彪和众人闲聊了一会儿，君浩早就听说傅大彪也口吃，于是便很留心地听着，但却没有发现傅大彪有磕巴的地方，只不过他说话比较慢，有些地方会轻微地停顿一下。君浩知道他在极力地控制着语言，因为君浩有时候也会这样去停顿一下，但明显，君浩对语言的控制能力远没有傅大彪强。虽然君浩每天早上还在练绕口令什么的，但与别人说话偶尔还会口吃，只不过没有那么严重而已，而傅大彪已经完全没有口吃的影子了。君浩的内心油然升起一股希望，既然傅大彪能矫正得如此成功，那自己总有一天也能这样。

当然，君浩内心的情绪翻涌，傅大彪无从知晓。傅大彪正在问妹妹傅丽丽关于销售会的准备情况，傅丽丽也大概谈了一下，坦言说压力很大，怕完不成任务。

傅大彪轻轻拍了一下妹妹的肩膀，笑道："别担心，有我呢，这样吧，今天晚上我请客，一来跟你的几个手下初次见面，我表一下心意，二来也给你们几个鼓鼓劲儿。"

饭桶一听，高兴异常，又见到了偶像，又能大吃一顿，双喜临门，忍不住又对傅大彪一通恭维。傅大彪听着自己都快要起鸡皮疙瘩，忙摆了摆手，对傅丽丽说道："你安排他们先工作吧，我还要去跟刘总谈点事，快下班的时候我过来，咱们大家一起去吃饭。"说完，便转过身，在转身的一瞬间，又顺势瞟了一眼陈燕，然后往总经理室走去。

傅大彪走后，傅丽丽对大家说道："傅总的故事，相信大家也都听说过。这次他能亲自过来，希望大家都能鼓起信心来。好，离下班还有三四个小时，大家继续工作，该打电话的打电话，该发请柬的发请柬。"

接下来，大家都各自忙碌起来。君浩已经约定了五个客户，还差一个就完成目标，也就是说，离成功还有一步之遥，但就是这最后一个，最后一步，却迟迟无法实现。

这世界就是这样，有向东的，就有向西的，有对冯普人感冒的，也有对冯普人不感冒的。这些不感冒的老总更加自命不凡，好像都觉得冯普人应该过来听自

/ 旅途 /
一个80后的未"成功"奋斗史

己演讲,而不是自己屈尊去听冯普人放屁,所以抬冯普人的名号去请根本没用。

君浩忙了一下午,打了30多个电话,也没有约来一个,气得只想把电话摔了。但想到摔了电话还得自己赔,只好坐着兀自生闷气。

正生着闷气,只见傅大彪满面春风走过来,对着众人说道:"还有两分钟就下班了,大家都收拾一下吧,咱们去吃饭。本来我想叫上刘总,但她今晚有约了,那就改天了。今天咱们几个好好喝一下,丽丽,你来选地方。"

傅丽丽笑了一下:"要不,咱们还去那家湘聚楼吧。哥,你应该还记得那家吧,你没调广州之前,咱们经常去的,菜做得还不错。"

傅大彪忙应道:"记得,记得,那怎么会忘呢。我在聪聪第一次出单的时候,就在那吃的饭。好,咱们就去那儿。"说完,又看似不经意地问旁边坐着的陈燕:"小陈啊,能吃辣的吗?"

陈燕露出几分得意的笑:"傅总,您是不知道,我是无辣不成菜,越辣越好。"

傅大彪频频点头:"那就好,那就好,跟我一样。"接着,本来想说咱们走吧,后来猛一转念,只问陈燕而不问君浩、饭桶二人,无异于司马昭之心路人皆知。于是赶快亡羊补牢,但是又懒得一个一个问,于是把二人打包,一块儿问道:"你们也能吃辣吗?"

君浩暗暗有些不爽,傅大彪是单独问陈燕一人,却一下子集体问君浩、饭桶两人,看来,君浩两个人加一块儿才抵得上陈燕一人的地位,甚至还不如,因为如果还有其他男的,傅大彪肯定还会一起问。其实,重色轻友是人的本性,何况君浩现在还算不上傅大彪的"友",而傅大彪又性取向正常,所以君浩受到轻视也是正常的事。

想明白这个道理,君浩也就有些释然,赶快点点头,饭桶也跟着点头。饭桶点过之后,还大言不惭地说道:"傅总,我什么都能吃。只要能放进嘴的,我都能吃。"说完,还用力地拍了拍自己的大肚子,以证明自己肚大能容,能容天下难容之物。众人大笑。

几个人收拾好东西，便一起走出公司，往湘聚楼走去。傅大彪走在中间，陈燕和傅丽丽一边一个陪着，三个人在前面走。君浩和饭桶两人并排，在后面跟着。一路上，傅大彪对陈燕问长问短，傅丽丽在旁边也不时插着话，三个人有说有笑的。

君浩因为没有约够客户，闷气还没有完全消除，所以一路上不怎么说话，有些沉默。

饭桶昨天刚勉强约够6个客户，任务完成，心情愉快，再加上现在又要去美餐一顿，心情更加愉快。于是，老毛病发作，又开始哼起小曲。没想到这次小曲居然变了，不再是《双截棍》，换了一首更加魔性的歌，居然是《嘻唰唰》。

更让人崩溃的是，饭桶后面的歌词记不住，只记住这抽风般的三个字，一路上"嘻唰唰"个没完，像念经一般，念得君浩头晕不已。君浩深尝了孙大圣的痛苦，恨不得找根金箍棒，一棒子把饭桶拍死。

快到饭店时，饭桶突然良心发现，然后福至心灵，想起了后面歌词中的一句："吃了我的，给我吐出来"，于是，放弃洗碗工作，不再又洗又刷，开始变成黑社会，翻来覆去哼这一句。其实，这句更适合傅大彪来唱，因为今天是他请吃饭。

君浩好不容易从一片苦海中解脱，没想到又掉进另一片苦海，好在终于到了饭店，饭桶的嘴也终于闭上了，准备中场休息一下，一会儿吃饭的时候再大显神威。

61

湘聚楼还是老样子，门口的礼仪小姐也还是上次两个，依然对众人口袋鞠躬说欢迎光临。大家都是熟门熟路，不用服务员领路，便一起往楼上包间走，依然

/ 旅途 /
一个 80 后的未"成功"奋斗史

选了上次吃饭的那间。

中国人的等级观念深入骨髓，连坐个座位都不例外。傅大彪身份地位最高，自然毫不客气坐了主位。傅丽丽和陈燕次之，坐在傅大彪的左右。君浩和饭桶都是无名小卒，只能远离傅大彪而坐。好在地方不大，而且是圆桌，再远也远不出屋子，只是对面而已。

大家坐定，傅大彪看了看刚进来的一个年轻的女服务员，问道："你们的大堂经理，是不是还是那个王慧王经理？"

女服务员略带惊讶，点点头："是啊，您认识？"

傅大彪一副得意之情："何止认识，我们是老相识了。你帮忙去叫一下她，就说老主顾来了，想见见她。"

顾客就是上帝，上帝发话了，焉能不听，于是女服务员转身出去。很快，就从楼下上来一个40岁左右风尘气十足的女人。女人眉眼都是笑，好像古时青楼里专门拉客的老鸨。

老鸨一眼先看到坐在正对面的傅大彪，略一迟疑，马上就现出一种职业性的激动，故作惊喜道："傅总，您可好久不来了，听说您先前去广州了。怎么样？肯定又发大财了吧。您看您又发福不少，我差点没认出来了。"

傅大彪哈哈大笑："妹子好眼力啊，还能认出我来，我确实胖了不少。不过，妹子倒是瘦了，越来越漂亮了。"说完，嫖客一般地笑着。

老鸨继续打情骂俏："傅总，您可真会说话，我们女人啊，一过40就豆腐渣了，我也就是靠化妆品勉强对付着，不像你们男人，40还是一枝花，傅总越来越有派了。"

傅大彪被夸得心花怒放，但嘴上还得谦虚："还派什么啊，我都糟老头子了。妹子，给你介绍一下。"说着，指着傅丽丽："这是我妹妹。"

刚说完，老鸨和傅丽丽同时笑了，老鸨一边笑一边说道："不用介绍了，我们认识的，这两个小妹常来的，倒是对面的那两个小弟见得少。"

傅大彪也乐了，然后指了一下君浩、饭桶两人，对老鸨说道："这是我妹妹手下的两个员工。"为了节省气力,傅大彪也懒得说两人的名字,然后转移话题道:"妹子,我们今天来了,你就把你们的那些招牌菜,挑个十来种,尽管上,好久没吃过了。"

老鸨心中大喜,又能大宰一笔,但占了便宜得让利,这样才能可持续地宰下去,于是故作大方道:"好的,我让我们最好的大厨给你们做。另外,今天您来了,我非常高兴。我做主了,今天再额外给你们送一个菜,另外啤酒免费,想喝多少喝多少。怎么样?傅总,妹子够意思吧。"

傅大彪竖起右手的大拇指:"够意思,相当够意思,妹子真是个爽快人儿。"

老鸨乐了一下:"那是,妹子没啥其他优点,就是爽快。那行,傅总,还有各位,你们先稍候,我去下面帮你们张罗一下,让他们马上给你们做,尽快给你们端上来。"说完,对众人又笑了笑,便转身下楼去忙活了。

老鸨刚走,饭桶赶快抓住机会拍马屁:"傅总,您真是交友广泛啊,什么人都认识啊。"

傅大彪一笑:"这不算什么,以前在深圳的时候,常来吃饭就认识了。这几年在广州,就没来过了。说起这个店,对于我来说,还是挺有纪念意义的。"

众人都迷惑不解,做冥思苦想状。饭桶发懒,不愿去想,直接发问:"有什么纪念意义呢?"

一句话勾起傅大彪久远的回忆,傅大彪稍顿了一下,让自己在回忆里浸了一会,才缓缓说道:"你们看我现在身居总经理,光鲜荣耀,其实,十几年前我刚来深圳的时候,还是穷小子一个。当小工,蹬三轮什么苦活都做过,后来才好不容易进了聪聪,开始跑起了业务。你们应该都听说过我的事,我试用期的第二个月底就出了单,后来试用期刚满就出单量排前三,再后来当经理,当副总,直到现在当广州分公司的总经理,好像挺一帆风顺的。

"其实,背后有多难,你们不知道,尤其是出第一个单的时候,我下了多大功夫,你们也不知道。那个时候,我没有退路,只能逼自己往前进。我一天除了晚上睡四五个小时的觉,剩下的时间全部都泡在工作上面,星期六星期天我也从来

/ 旅途 /
一个 80 后的未"成功"奋斗史

没休息过,费劲了千辛万苦,才终于出了第一个单。

"那是我自跑业务以来出的第一个单,我高兴坏了,虽然只是一个售购通,没有多少钱,但这个单的意义却不在这几百块钱上面。那天,我想好好给自己庆祝一下,但是我谁都没请,我一个人来到了这个饭店。这个饭店我几乎天天都路过,但我从来都不敢进来,那天我终于昂首挺胸地进来了。当时刚才的大堂经理王慧就已经在这儿了,不过那时候还是个服务员。我要了四个菜,几瓶啤酒。那顿饭我是边吃边哭才吃完的。

"我那个时候就暗暗发誓,一定要再加倍努力,这辈子都不再受穷。最后结账的时候,我还记得很清楚,我花了 178 块钱,挺贵,但我认为值。

"从饭店出来后,看着那繁华的夜景,我又忍不住哭了。再之后的故事,你们都知道了,我一路做到现在这个位置,但这里却是我第一次出单给自己庆祝的地方,我一辈子都不会忘的,尤其是当时自己内心的那股冲劲,现在想想还挺激动的。"

傅大彪越说越激动,看来已经在回忆中浸透了,眼睛都不由得有几分湿润。君浩也不由得想起自己之前的坎坷,鼻子忍不住地发酸。众人也是听得分外感慨,一时有些沉默。世人都只看到成功者人前的笑脸,又有谁看到他们人后的泪水呢。

62

正当众人沉默之时,饭菜上来了。一盘一盘的,都飘着浓郁的香味,纷纷摆在了桌子上。冰镇的啤酒也一瓶一瓶开了盖,放在了众人面前。

傅大彪首先从沉重的情绪中跳出来,其实,越是成功的人,越是喜欢给别人讲述自己曾经的苦难生活,有些还会嫌自己当时不够苦,于是再添加一些悲惨的事,来加强前后对比的效果。傅大彪还算实在,没有多少添油加醋,但这个事其实他也给别人讲过多次,虽然别人初听时都会震撼无语,但自己已经有点麻木,所以情绪很容易跳出跳入。

傅大彪首先跳出后,看别人还都在沉默,便笑着说道:"刚才说得有点沉重了。不过,那都是过去的事了。来,菜和酒都上来了,今天高兴,大家都好好吃,好好喝。"

一番话终于把大家从伤感的情绪中拉了出来,饭桶第一个被拉出,因为早就饿坏了。看着满桌喷香的菜肴,饭桶一个劲地"吧嗒"着嘴。

这个时候,傅丽丽端起服务员早已倒好的一杯啤酒,站起来,对众人说道:"来,我们大家首先敬傅总一杯。说实话,我这个当妹妹的,真没想到我哥也这么不容易。我能有今天,也跟我哥是分不开的,你们以后也要跟傅总好好学习。"

众人也都站了起来,傅大彪也站了起来:"丽丽啊,你能有今天,主要还是自己的努力,我很欣慰。包括看到你们几个,我也很欣慰。好好干,聪聪不会亏待你们的。来,干了。"

说完,众人都一仰而尽。

喝罢,旁边的女服务员又给众人把杯子倒满,傅丽丽不等酒杯在桌子上休息一会儿,再次端起:"今天,我们要连敬傅总三杯,这第二杯感谢我哥过来帮咱们决战销售会。"

傅大彪笑了笑:"这个,没说的,不过,我好久没来深圳,很多情况都不熟悉,销售会主要还是要靠你们大家。来,祝愿大家都多多签单,多多挣钱。"

话都已经说到这个份儿上,众人自然又一仰而尽。

端起第三杯的时候,傅丽丽又说道:"这第三杯,感谢傅总今天请大家吃饭,大家一定要对得起我哥的这顿饭,好好努力。"

这句话一下子让众人都很有压力,老话果然不假,"吃人家嘴软,拿人家手短",饭从来没有白吃的,如果吃了不给人家做事,就像刚才饭桶哼唧的那歌词,"吃了我的,给我吐出来"。

/ 旅途 /
一个80后的未"成功"奋斗史

　　傅大彪久经世故，看出了众人的顾虑，赶快说道："丽丽，你说得严重了。今天，我请大家吃饭，就是认识认识。另外，让大家好好放松一下，别有太大压力。工作方面，大家尽力就可以了。"

　　傅大彪的一番话终于把大家解脱出来，于是众人又愉快地把第三杯喝完，然后坐下。

　　傅大彪招呼大家开始吃菜，饭桶早已等不及了，夹起面前的一个糖醋排骨就往嘴里放。没想到排骨因为刚出锅不久，外面的一层虽然已经凉了，但里面还很热。饭桶又吃得急，一口咬下去，烫得龇牙咧嘴，差点号出来。

　　众人见状，大笑不已。傅丽丽笑得眼泪都快出来了，饭桶把排骨放到自己的小碟里，也不好意思地跟着笑。一时间，饭桌的气氛很是活跃。

　　吃了一会儿，傅大彪忽然端起酒杯，菜里的辣转移到了眼里，用火辣辣的目光盯住陈燕："来，小陈，我敬你一杯，常听丽丽说起你，你可是专灯部的顶梁柱啊，多亏有你，她才能轻松一些。"

　　陈燕被傅大彪火辣辣的眼神，看得身上也有点热辣辣的。她常年在男人堆里泡着，自然明白这眼神意味着什么。虽然她对傅大彪提不起多少兴趣，但久混江湖，早已圆滑通润，于是赶忙说道："傅总过奖了，我没小傅说的那么好，只不过比较走运，出单比较多罢了。专灯部主要还是靠小傅，缺了谁都不能缺了她，她才是我们的顶梁柱啊。"

　　君浩和饭桶也在旁边附和说是，傅丽丽脸上乐开了花，嘴上却说："哪里，陈姐谦虚了，我主要还是要靠你，没有你，我早就累趴下了。"

　　傅大彪也跟着说："是啊，丽丽说得是，你就不要谦虚了，你的能力大家都是看在眼里的。真难得啊，长得又漂亮，工作能力又强，像你这样优秀的女人，很少见啊，我非常欣赏，来，不多说了，干了这杯。"

　　说完，傅大彪一仰脖，一杯啤酒就下了肚。果然是"酒精考验"，风采不减当年。陈燕自然也不能再说什么，端起酒杯，也全部喝下。刚刚喝完，傅大彪就带头鼓了一下掌，大声地说道："好，好酒量。"君浩和饭桶也只好顺风接屁，赶快附和，也连声喊好。

没想到傅大彪又端起了服务员刚倒满的酒杯，继续醉翁之意不在酒地对陈燕说道："来，小陈，我再敬你一杯。其实，严格讲，这杯你应该敬我。为啥呢？我听丽丽说，你今年已经28岁了，还没有男朋友。我这个当领导的也应该关心一下员工，你说说你找朋友的条件吧，我认识的人多，有合适的话，可以帮你介绍一个。"

君浩在旁边暗暗有些不爽，心想我也没有女朋友啊，你怎么不关心一下我呢？既而又大为感慨，人无完人，傅大彪历经坎坷，终至功成名就，但名就之后，就开始如香港娱乐圈某位大哥级人物所言，"开始犯男人都会犯的错误"。

陈燕当然不傻，故意装傻，戏谑道："傅总给我介绍男朋友，我很荣幸啊，我没什么条件，是个男的就行啊。"说完咻咻地笑。

傅大彪也跟着笑道："你真会开玩笑啊，是个男的就行，这条件也太低了吧。"说着一指君浩和饭桶："小赵小范也都是男的，你说行吗？"然后又指着自己："我也是男的，你说行吗？"

陈燕大笑："行啊，怎么不行？就怕嫂子不同意啊。"说着一看旁边傅丽丽的脸色不对，赶忙说道："傅总，不开玩笑了。说实话，我现在不太想找。我觉得一个人也挺好的，自由，想干什么就干什么，没那么多羁绊，我想过几年再考虑。"

傅大彪也略收敛了一下笑容："这样也好。不过，如果碰到优秀的小伙子的话，我也帮你留心一下。咱也不把话说死，说不定到时候你还哭着喊着要嫁呢。这样吧，一会儿吃完饭，你把手机号给我留一下。以后有好的，我就给你说一下。"

这番话说得天衣无缝，既把手机号要了，又让别人挑不出理来。傅大彪果然是高手，不愧是做业务起家的。

陈燕也无法拒绝，况且与傅大彪走近一点，对她也有好处，于是说道："好，那就先谢谢傅总，这杯酒真的该我敬您，来，我先干为敬。"说完，一饮而尽。

傅大彪心中得意，暗自佩服自己，也跟着把那杯啤酒干了。

/ 旅途 /
一个 80 后的未"成功"奋斗史

　　傅丽丽怕傅大彪敬陈燕敬上瘾，赶忙插话道："咱们别光顾着喝酒了，来，吃菜，吃菜，这么多菜，再不吃就凉了。"

　　傅大彪目的达到，心满意足，于是也附和妹妹说道："是啊，大家吃菜，吃菜。"

　　于是，众人又开始吃起菜来。其实，饭桶倒是一直吃个没停，只不过，在傅大彪说话的时候，他只是延缓了吃菜的速度。现在终于开禁，于是又开始风卷残云。大家看饭桶吃得那么香，食欲也都被再次激起，于是也都大吃起来，一会儿众人的小碟里都堆满了吐出的残渣。饭桶的更是厉害，小碟子已经装不下，服务员又给他拿了两个。

　　吃得差不多了，众人又都碰了几次杯。这期间，那个像老鸨的大堂经理又进来陪傅大彪喝了几杯，然后就退出了。最后酒足饭饱，傅大彪埋了单，总共花了1165，有零有整的。老鸨自然不会放过再次显示自己大方的机会，把65的零头抹去，收1100。傅大彪表示感谢，然后从口袋里掏出一个鼓囊囊的钱包。君浩只看到钱包里面一大堆的卡，还有一叠厚厚的钞票。只见傅大彪用一种比当初傅丽丽还帅的掏钱动作，"唰唰唰"抽出十一张老人头，甩给老鸨，老鸨喜笑颜开地接过。

　　君浩再次被震撼，一千多块钱，对于傅大彪来说，似乎根本不算钱似的，但这可相当于有些内地城市职工一个月的收入啊。这世界，真不公平，穷的穷死，富的富死，君浩越发感到深深的失落。

　　众人离席，老鸨一直送出门外，然后大家各自散去。君浩和饭桶依然同路去坐公交车。这次，君浩和饭桶没喝多少，所以都没吐。路上，饭桶忽然对君浩诡异地笑道："君浩，我发现傅总对陈燕有意思。"

　　君浩忍不住笑了："你真厉害，傻子都能看出来。"

　　饭桶没理会君浩的嘲讽，继续诡异地笑道："你说傅总要了陈燕的手机号，他们之后会发生什么呢？"

　　君浩再笑："这还用问，傻子都能想出来。"

饭桶当了两回傻子，不再发笑，沉默了一会儿，忽然愤愤不平地说道："有钱人就是爽，老子总有一天也要有钱。"

这句话激起了君浩深深的共鸣，君浩也跟着说道："老子总有一天也要有钱。"

说完，两人相视苦笑，不再言语。

63

十月十五日，销售会如期举行。

地点选在了五洲宾馆，一个深圳的老牌的很上档次的宾馆。聪聪网把宾馆的二层整个包了下来，设有演讲区、演示区、休息区。其中，演讲区布置得相当红火。红火的特征就是放眼过去，全都是红色。

最前方主席台的上方，悬挂着一个鲜红的横幅"中小企业如何发展壮大？聪聪总裁冯普人"，下方是一个临时搭建的小平台，上面也铺着红红的地毯。整个房间里的椅子也都是红色。一眼望去，真是一片江山万里红啊。

二层门口设有签到处，每个嘉宾需在此处签到。签完后，还可以领取聪聪网提供的纪念品。男士是一个高档的打火机，女士是一个高档的唇膏。就算有不抽烟的，不抹唇膏的，但中国人一贯的思维就是不要白不要，所以不用担心没人要。

签到处由宾馆专业的服务员负责接待，果然是上档次的宾馆，服务员也很上档次，不仅个子高，而且皮肤白，脸蛋俊，个个都可以去参加港姐选美，这也可以解释为什么有钱人都喜欢住高档的宾馆。

销售会是下午两点开始，一点半的时候，人就开始陆陆续续地进来。君浩也约了六个客户，最后的那一个客户是傅丽丽帮他约的，居然是那个遭天杀的"贱

/ 旅途 /
一个80后的未"成功"奋斗史

总"。虽然君浩极不愿再见此人,但是捡到篮子里的就是菜,也算完成邀请人数的任务了,况且君浩也知道这是傅丽丽好心帮自己,所以也就领情等着接待。

上午的时候,聪聪网的山寨模特队还进行了最后一次彩排,君浩等26个"野模"表现得相当不错。每个人都精神抖擞,为下午在众人面前的亮相,提前储备着情绪和表情。作为这个模特队的教练,木乃伊今天更为兴奋。身上穿着一套紧得完全贴在身上的白衣白裤,脸上更是白得吓人,如果再留个披肩发,就可以直接去演鬼了。木乃伊像个即将看到自己电影作品的新晋导演一样,脸上白里透红,兴奋得坐不住。在小平台上,从东蹿到西,再从西蹿到东,兔子一般的活跃。

君浩今天约的六个客户分别是大华音响厂的周老板,天诚音响厂的郑老板,华信科技的吴总,隆兴实业的王总,这四个都是君浩后来跑的客户。第五个是老熟人,就是前文介绍过的东远音响厂的陈老板,曾经教哲学的陈教授。自从君浩那次登门拜访后,陈老板对君浩"一见倾心",常在网上或者打电话和君浩谈哲论易。但他没有财权,无法帮君浩出单,所以常感愧疚。这次听说有这么个销售会,陈老板费尽口舌,终于鼓动了他的夫人一块过来听,希望借助现场的气氛和冯普人的三寸不烂之舌,让夫人转变观念,慷慨解囊,以此来报答君浩这个忘年的精神知己。陈老板如此热心,君浩自然无法拒绝。第6个客户就不用介绍了,就是刚才所说的"贱总"了。

总的分析一下,前面四个客户深谙太极精髓,没有明确地说过做,也没有明确地说过不做,所以不好妄下判断。陈老板这方面,如果他夫人能够回心转意,倒是能够给君浩个惊喜。至于"贱总",君浩根本没抱什么希望,就是凑个人数。

快到两点的时候,傅丽丽约的十个客户,陈燕约的十个客户,甚至饭桶约的六个客户都已到位,唯独君浩这边出师不利,大概一点半的时候,君浩就接到两个电话,一个是大华音响的周老板,他说中午自己请客户吃海鲜,不幸吃坏了肚子,现正在医院打点滴,下午来不了。君浩听着电话那头周老板中气充沛的声音,气得直冒火,但极力压制着,还嘱咐周老板保重贵体,好好养病,早日康复。

祸不单行，刚放下电话，天诚音响郑老板就打来电话，他说自己的车在滨河路上和别人追尾了，现在正等着交警和保险公司来处理，所以也来不了了。君浩听着郑老板那头慢条斯理不慌不忙的语调，更加光火，恨不得把手机扔了，幸好终于克制住了，还装着对郑老板的遭遇表示同情，希望他的事情早些得到解决。

放下电话，君浩气愤难平，同时盯着手机，又感到心惊肉跳，实在害怕铃声再次响起，有客户"再遇不幸"。好在上天怜悯，剩下的四家客户没生病没撞车都活生生地来了，君浩气愤之余终于略感几分安慰。

最先到的是陈老板和他的夫人，君浩终于见到这位传说中的"慈禧太后"。果然相由心生，陈夫人长得就是一副铁公鸡一毛不拔的样子。干瘦干瘦的身材，跟木乃伊有得一拼。脸上明显化了妆，但是五官实在不争气，眼小鼻大，耳小嘴大。眼窝深陷，颧骨高耸，让人不忍卒观。哲学家的老婆大都丑得吓人，黑格尔的太太瘦小枯干状若干尸，苏格拉底的夫人则是面大如盆且泼辣无比。看来，陈教授也未脱此厄运。痛苦造就哲学家，果真不假。

陈夫人虽然贵为丑女，但脸上却挂着美女才有的矜持，神情很是严肃，好像不是来参加销售会，倒是像来参加追悼会。君浩一看，心就凉了半截，这绝对不是一个好对付的角色。君浩赶快笑脸相迎，恭请两人入座。

第二个来的是隆兴实业的王总，王总是个大胖子，单凭目测，毛重最少两百多斤。再加上个子矮，显得更胖。王总虽然胖，居然还喜欢穿背带西裤，显得肚子越发地大。如果在肚子上戳个眼的话，最少都能流半桶油。君浩请他在座位上坐下的时候，那个对别人来说很显宽绰的椅子，却只能勉强把他卡住。君浩都替他挤得慌，但也没办法，会场都是标准的椅子，没有更大的了，只好将就了。

第三个来的是华信科技的吴总，吴总倒不胖，不仅不胖，还长得相当衣冠禽兽。40上下的年纪，白皙的面孔，整齐的大背头，亮得能当镜子的黑皮鞋，是企业家中相当少见的帅哥类型。帅哥身边自然少不了美女，吴总漂亮的女秘书也跟着来了。两人坐下之后，依然眉来眼去，说说笑笑，很是惹眼。

最后一个到的就是君浩很不想再见到的"贱总"，他依然是那副贱兮兮的神情,君浩恨不得在他脸上扇两下。没想到"贱总"也带了一个女人过来,这个女人就比吴总的秘书差远了。君浩细细一看,原来就是那个对人爱理不理的极品女前台。还好,可能想到今天要从阴间还阳,出门见人,终于舍得化了化妆,比那天好看了一些,但土豆再怎么打扮也是马铃薯,实在也好看不到哪,丑的底子依然无法遮掩。

君浩虽然内心不悦,但还是装着兴奋异常地热情欢迎二人,但二人却很平静,皮笑肉不笑的,似乎今天能过来,有如皇帝临幸,是君浩莫大的荣耀。君浩极力忍耐着没发作,也请他们入座。

64

时针终于指向了下午两点钟,销售会开始了。

今天大会主持人马顿显得挺精神,可能昨天晚上饱草饱料,吃得好,睡得好。马顿今天穿着一身笔挺的黑色西服,西服的上口袋还插着一朵小红花。头发也不知道吹了多少遍,异常齐整。感觉不像主持人,倒像是新郎官。

马顿用他特有的大嗓门,首先欢迎所有嘉宾的光临,然后开始重点介绍坐在第一排的重量级人物,这些人物都是社会上有头有脸的。当然,并非其他人没头没脸,只是其他人的头脸没有他们大。

首先介绍的当然是冯普人,马顿就像发现十几年没见的恋人一般,极富感情极富激昂地说出冯普人的名字。冯普人倒如陈世美一般的很平静,站起来,点头微笑,向众人示意,很有大人物的派头,台下随即爆发出雷鸣般的掌声。

这是君浩第一次这么清楚地见到传说中的冯普人,这位聪聪网的一把手。其实,原来君浩大四下学期在郑州一家公司实习的时候,也听过一次冯普人的演讲。但那次因为起晚了,再加上堵车,等赶到的时候,冯普人已经快讲完了。君浩当时坐在最后面，又加上来得急忘了戴眼镜，所以根本没看清冯普人的模样，只是看到一个人形的活物在台上说话。

  这次终于近距离地清楚地看到了冯普人，没想到冯普人长得极为普通。50多岁的年纪，身材略胖，皮肤偏黑。脸上戴着一副老式的眼镜，头发很没型地耷拉在头顶。上身穿着一件式样很普通的白色衬衫，下身穿着一件式样也很普通的黑色裤子。衬衫的下摆塞在裤子里，腰间围着一个式样同样很普通的皮带。

  整个看下来，就是这个不断重复的两个字——普通，属于那种扔在人堆里瞬间就被淹没的那种。不过，大隐隐于市，人绝不可貌相，虽然冯普人貌不惊人，但是能把事业做得那么大，绝对腹有锦绣，内有乾坤。

  接下来马顿又充满感情地依次介绍其他的头面人物，看来马顿很博爱，恋人甚多，可惜这些人都如陈世美一般，薄情得很，每个人站起来都是那么平静。

  最后，终于介绍完毕，马顿也发情完毕，开始介绍会议流程，即首先是模特走秀，然后是冯普人演讲，接着是现场提问，最后是演示区现场演示产品功能。演示的时候就可以现场签单，当然，不想看演示的就可以直接回去。

  介绍完之后，马顿陡地一个高嗓："下面，请大家欣赏模特表演。"

  一听到模特两字，台下瞬间鸦雀无声，所有男观众的眼珠，也瞬间往外伸了几伸，同时大脑中开始幻想画面。不过，待君浩他们一上场，所有的眼珠又都缩了回去，骂声一片。原来想象的高个裸露的美女一个没有，反而是一帮个子平平姿色也平平而且还不裸露的女人。更可气的是，居然还有六个男的像老鼠屎一样穿插其间，实在大煞风景。

  君浩自然不知道台下观众的心思，只是感到很激动，但这激动中又夹杂着莫名的紧张。君浩一上场，看着台下几百双注视的眼睛，仿佛看见几百只枪正对着自己，心中就开始打鼓，大脑就开始空白，怎么迈的步已经不知道了，只知道条件反射般地按照训练的动作一一做下去。牵着清洁部女孩的手早已汗湿，等走到台子的最前面，神经病般地喊出"耶"的时候，意识才终于慢慢回来。听着台下的掌声，看着不时的相机闪光灯，君浩才终于感受到几分激动和自豪，恍然间也

/ 旅途 /
一个80后的未"成功"奋斗史

觉得自己成了明星。

君浩走完了,就摆个姿势站在台子后面,看其他的模友走。原来紧张就像流行病,不仅君浩得之,其他人也无一幸免。每个人都紧绷着脸,好像木头人一般,机械地走来走去,平常训练时的鲜活荡然无存。这也难怪,人在第一次尝试的时候,难免都会缺乏经验发挥欠佳,不能要求太高,只要把事做完就算成功。

最后终于走完了,大家都像受刑完毕一般长舒了一口气。冯普人似乎很满意,从君浩他们一上场就开始微笑,一直从头笑到尾,中间还不时地鼓掌。他一鼓掌,别人也就跟着鼓掌,所以整个表演下来,倒也掌声不断。木乃伊就站在台边,观众每鼓一次掌,他脸上就会笑出一朵花。表演结束后,木乃伊已经笑得花团锦簇。

山寨模特队的山寨表演结束后,马顿又重新上场,先毫不脸红地大赞一番模特队的"精彩"表演,还说走出了聪聪人的精神面貌。一番口是心非之后,开始进行下一个环节,也是本场销售会的重头戏,就是请聪聪网总裁冯普人上台演讲。在冯普人上台之前,马顿遵循卖商品得吆喝的商业规律,先大大地吹嘘了一通冯普人,光各种真真假假的头衔就介绍了十几个。其中不乏国家级的,让人肃然起敬。气氛造足之后,大戏开演,冯普人终于登场。

冯普人的嗓音很低沉,听起来很有磁性,通过话筒的扩散,居然散发着一种迷人的魅力。看来老天还是公平的,这方面缺少了,就在另一个方面给你补回来。

冯普人久经沙场,不慌不忙,首先对各位嘉宾的到来表示欢迎,然后迅速点了一下题——中国中小企业如何发展壮大。勾起大家兴趣之后再话锋一转,说要想解决这个问题,就必须先说一下制度问题。

说起制度问题,冯普人就举了一个例子。人民公社大锅饭时期,四川的一个老农,每天辛勤地用牛耕地,播种,但年年打的粮食不够吃。后来包产到户,还是那个老农,还是那头牛,还是那块地,仅仅一年,粮食就丰收超产。这个例子很给力,相当形象地说明了制度的重要性。冯普人对此例相当钟爱,天天挂在嘴边逢人必说，这次也不例外。

说完政治制度，冯普人又开始讲经济制度，然后又大谈企业制度，由企业制度又开始比较国企和民企的区别，由民企又联系到中国和外国的不同。在这个方面，冯普人开始大讲中国企业是怎样的不如外企，又讲到现在的中国又怎样受着外国的经济剥削，真是古今中外，侃侃而谈。说到悲痛处，声音哽咽；说到激昂处，怒发冲冠。情绪具有感染的特性，台下的观众显然被感染的不少，脸上的表情也随着冯普人的变化而变化。

这些变化当然都逃不过冯普人的眼睛，冯普人心中暗笑，这一套他早已驾轻就熟，谙熟于心。煽动一番后，冯普人见大多数尽已入彀，开始点题，讲中小企业如何发展壮大。冯普人开始大谈中小企业目前存在的问题，最大的问题就是激励制度的不足。冯普人以自己的企业为例子，开始大谈自己是如何去激励别人，自己的员工是如何死心塌地为自己卖命。由激励制度，冯普人又讲到家族式企业的弊端。由家族企业的弊端，又引到互联网的重要作用，由互联网又引出聪聪网，由聪聪网又开始大谈聪聪产品对于企业的巨大帮助。一环扣一扣，相当紧密。

最后，冯普人卒章显志，认为中小企业只有克服家族企业的弊端，完善激励制度，重视互联网的作用，才能不断地发展壮大。末了，大声疾呼，勉励在座的企业家，要加倍努力，办好企业，增强中国的经济实力，打败美国，早日成为世界第一强国。

冯普人最后一个字音刚落，台下就爆发出热烈的鼓掌声，有些人嫌两个手不够用，恨不得用脚来鼓掌。冯普人在台上笑容可掬，春风满面，迎接着这如海浪般的掌声，陶醉不已。

/ 旅途 /
一个 80 后的未"成功"奋斗史

65

赵君浩也在台下热烈鼓掌,这其实是他第二次听冯普人演讲,但因为上次在郑州时去晚了,只听了一个末尾,没有什么感觉。这次不一样,完完整整地从头听到尾,彻底地领教了冯普人的口才和煽情功夫,一时间感到热血沸腾。但傅大彪和女老总他们,倒是很平静。他们跟随冯普人多年,销售会也参加过无数场,对冯普人的演讲,早已产生抗体。

但台下大多数人都是第一次听,所以情绪激动的还比较多。冯普人演讲完之后,台下有很多人踊跃提问。各种问题都有,但万变不离其宗,生意人最关心的还是挣钱问题,所以问题都是围绕这个主题在变。诸如"我们公司的产品应该怎样打开销路呢?""怎样做宣传才最有效呢?"等等之类。冯普人如三国诸葛重生,妙语连珠,滔滔不绝,只恨手里没把羽扇,否则更添气度。

提问环节完毕,业务员们便领各自的客户来到旁边的演示大厅。大厅确实很大,所有的桌子并排成五大溜,上面放了有几百台电脑,供演示之用。大厅的四个角落还摆有饮水机,供人喝水之用。

因为冯普人出色的煽动功力,大多数人一时还都处于热烈的爱国情绪当中。人都有希望自己崇高的本能,而冯普人的高妙之处在于,把爱国和购买聪聪网的产品联系在一起。通过刚才费尽心机的洗脑,让你认为买了聪聪网的产品就是爱国。兵法有云:攻城为下,攻心为上,所以这一招非常厉害。很多人心里抵御功夫不深,纷纷都入了套,所以不用业务员过多的演示,都已主动签订合同。

傅丽丽请的 10 个客户有四个已经签了 VIP,还有五个签了售购通。陈燕更厉害,10 个客户有五个签了 VIP,还有四个也都签了售购通,连饭桶请来的 6 个客户,也有两个签了售购通。

/ 旅途 /
一个 80 后的未"成功"奋斗史

君浩原以为自己也肯定能出单,因为君浩自己都听激动了,他的客户也应该会有激动的。没想到事与愿违,可能君浩今天出门没看黄历,霉气不断。先是"贱总",果然是贱人,一点都不爱国。听完之后,拍拍屁股,就拉着那个极品女走了,果然没辜负君浩认为他过来凑数的心理预期。

然后就是那个胖得不像样的王总,虽然体胖,没想到智商挺高,一点也没入冯普人下的套。听完之后,他对君浩说要赶快回去吃药,他有高血压的病。眼看要出人命,君浩自然无法挽留,所以只能眼睁睁地看着王总,像一只胖虫子似的蠕蠕地走了。

还好,还有吴总和陈老板夫妇没病没灾地留下来了。因为陈夫人去上厕所,所以君浩就先给吴总做演示。君浩对着电脑认真地给吴总讲着,没想到这个帅哥企业家根本就没好好听,眼睛不时地瞟向在身边坐着的女秘书,眼神中的欲望浓得化不开。

君浩看到这里,心里就凉了半截,估计这个色鬼刚才根本也没好好听演讲,冯普人的一套在他身上也没起作用。君浩真怀疑他今天来的目的,如果只是为了和女秘书两人打情骂俏,狗扯羊皮,那他们在自己公司不是更方便吗?何苦跑到这里还得有所顾忌。君浩想了半天都没想明白。

正当君浩给吴总讲的时候,吴总的手机响了。吴总从手包里拿出手机,接通说了两句话,一句是"什么事",另一句是"我马上回来",然后挂了电话。君浩一听最后一句话,头就"嗡"的一下,明白又要增加一个逃兵。果然吴总对君浩说公司出了一些事,需要马上回去处理,说完便带着女秘书逃也似的走了。君浩的希望又阵亡一个。

这时候陈夫人也大便归来,君浩最后的希望就是她了。不过,可能刚才陈夫人大便拉得并不痛快,脸上明显带着便秘的不爽。这种不爽让君浩又不由得心中发紧。俗话说,大便通,万事通;大便不通,万事不通。陈夫人自己心里还不畅通呢,她又怎么会让你心里畅通呢?

再说了,江山易改,本性难移,虽然刚才冯普人那么卖力地演讲,煽动得大

/ 旅途 /
一个 80 后的未"成功"奋斗史

多数人都很激动，但很不幸，陈夫人就属于那少数人。陈夫人倒也不是不爱国，如果国家需要她去死，她估计会毫不犹豫地献身，但如果国家需要她掏钱，那她就要大费思量了。陈夫人属于典型的要钱不要命的那种人，对付这种人，最为麻烦，她连死都不怕，你还能拿她怎么样？

果然君浩费尽口舌，陈老板在旁边也不停地帮腔，但陈夫人就像茅坑里的石头又臭又硬，始终不松口，坚决不买。最后，陈夫人听得烦了，说时候不早了先回去了，说完瞪了陈老板一眼，陈老板也赶快起身陪着夫人离去。在走的时候，陈老板对着君浩歉意地一笑，君浩也不由得苦笑了一下，千言万语都在其中。陈夫人也不让君浩去送，君浩只好呆呆地站在原地，看着两人的背影消失在大厅门口。

君浩实在没想到自己这次会全军覆没，败得这么惨。君浩颓然地坐下，望着大厅里热火朝天的场面，看着不远处饭桶满脸是汗给客户讲解的情景，又听着广播里不时传来的谁谁又购买一个 VIP 的通告，一时间万念俱灰，心凉如水。

君浩终于问自己，自己真的适合做业务吗？自己真的喜欢做业务吗？自己付出了那么多，每天像狗一样地迎来送往，热脸贴冷屁股，到头来又得到什么呢？

君浩不断地问着自己，忽然间对做业务产生了深深的厌倦。但是不做业务自己又能做什么呢？君浩喜欢文学，最想做一名编辑，但是没有工作经验和作品，根本就没人要你，难道还得去刷盘子和送外卖吗？绝对不行，绝对不能走回头路，君浩一时间陷入深深的迷惘。

君浩坐在那儿发着呆，一时竟堕入了虚空，恍然间觉得周围的人都离自己很远很远，周围的声音也离自己很远很远。

66

赵君浩正在神游太虚，猛然间一个闷雷打来，将君浩震醒："小赵，你在干什么呢？"

君浩一抬头，只见傅大彪面带几分怒气地看着他。

君浩羞愧地将实情相告，果然傅大彪眉宇之间露出鄙夷之情，但这种鄙夷被傅大彪极力地控制住，不至于显露得太过明显。

傅大彪故意自我检讨道："这个我也有责任，刚才我光顾着给丽丽的客户沟通，没有照顾到你这边儿。"言下之意就是，如果我来了，那情况就大不相同了。

君浩更感羞愧，傅大彪的这番话更衬出自己的无能。傅大彪看着君浩一副无地自容的样子，忽生了几分恻隐之心："小赵，也别太失落，做业务就是这样，失败了再爬起来就是了，我当年也是这样，当年……"

傅大彪老毛病发作，又开始不自觉地讲自己的故事。成功者大抵如此，成功了而不讲自己的故事，就如同衣锦夜行，少很多炫世的快感。

君浩认真地听着，但傅大彪的故事实在听过太多遍，已经无法激起太过强烈的感应，但心中也不乏几分感动。

傅大彪讲着讲着，突然意识到这是销售会，不是自己的报告会，于是陡然打住："小赵，大概的情况就是这样，别太灰心。这样吧，你干坐着也不好，去看看丽丽、小陈、小范他们，谁那边忙不过来的话，就去帮帮忙。"

君浩只好点头答应，他抬眼望去，傅丽丽和陈燕客户都签得差不多了，所以显得并不是特别忙碌，倒是饭桶这边，依然汗流浃背地和客户滔滔不绝。于是，君浩过来饭桶这边。饭桶见到君浩，眼神中略带几分疑惑，随即便笑着对君浩点点头。君浩也苦笑了一下，然后给饭桶另一个闲着的客户做演示。

说来好笑，君浩刚才那么卖力地给自己客户讲，没一个签单的，现在就这么随意地给饭桶的客户说了几句，那个客户居然就同意买了，虽然只是一个售购通。看来这个世界，真如萨特所言，实在太过荒谬。饭桶在旁边一边流着汗，一边感激地冲君浩笑笑。君浩也点点头，然后转过身去，无奈地开始摇头，苦笑不已。

轰轰烈烈的销售会终于结束了。专灯部成果喜人，除了君浩捧回一个硕大的

/ 旅途 /
一个 80 后的未"成功"奋斗史

鸭蛋外,其他人都战果累累。傅丽丽签了五个 VIP,五个售购通;陈燕签了六个 VIP,四个售购通;饭桶虽然没签 VIP,但是也签了三个售购通,虽然其中一个是君浩帮忙签的,但客户是饭桶的,自然业绩也算饭桶的。

专灯部超额完成了任务,傅丽丽很兴奋,于是晚上便又在湘聚楼举行了庆功宴。君浩本不想来,因为既为庆功宴,而他又寸功未立,自然应无功不受禄,但被众人携裹着,也不得不来。别人的快乐,愈发衬托出自己的痛苦。身处其间,君浩越发觉得自己像个废物,所以这顿饭吃得极为难受。

更为难受的是,傅丽丽在喝得有点醉态后,对着君浩说道:"小赵啊,我原来对你非常的看好,但这次,你真的让我非常失望,非常失望……"傅丽丽的嘴像复读机一样,不断地重复"非常失望",同时眼神中的失望像海一般,远比口中的失望更为强烈百倍。

君浩面红耳赤,不断地在地上搜寻缝隙,好钻进去把自己隐藏起来。这顿饭,君浩第一次喝醉了。在强烈的眩晕中,君浩满脸泪水。

第二天,君浩就向傅丽丽提出了辞职。傅丽丽有些吃惊,忙说昨天的话只是酒话而已,让君浩再好好考虑一下。君浩很诚恳地对傅丽丽说了几点理由:第一,自己已经没脸再待下去。第二,自己其实并不喜欢做业务,只是想挣钱才勉强去做的。第三,自己想休息一段时间,好好考虑一下将来。

傅丽丽见君浩态度坚决,也不再挽留,于是让君浩去人事部办理了离职手续,又和自己交接了工作,然后又让君浩去财务室结算了工资。所有的流程都办完之后,君浩就等于与聪聪网彻底脱离了关系。

饭桶在知道君浩辞职后,大为震惊。当君浩办好各种手续后,饭桶还在孜孜不倦地劝说。饭桶的劝说方式很特别,他说君浩你不能走啊,你一走,我就垫底了。君浩知道他在开玩笑,也不生气,只是很坚决地摇头,表示去意已决。

陈燕对君浩的辞职,并无太多意外。因为以前受过男人的伤害,陈燕已自认为对所有的男人都已看透,所以对男人皆是逢场作戏,绝无留恋之心。作为相处两个多月的同事,陈燕只是礼节性地劝慰一下。君浩也看出来了,感到心中有点

/ 旅途 /
一个 80 后的未"成功"奋斗史

隐隐的痛。

傅大彪在销售会一结束,就回了广州,所以君浩没有见到他。君浩背着包,左手拎着一塑料袋自己的东西,然后挥右手和傅丽丽他们告别。傅丽丽和陈燕都没有相送的意思,只是大发祝词,傅丽丽祝他前程似锦,陈燕祝他早发大财。饭桶却不玩虚的,一手抢过君浩左手的塑料袋,自己拎着,然后送君浩下楼。在路过公司门口的时候,君浩还不忘和那位兢兢业业加班看图的前台大叔,告了一下别。前台大叔只是错愕了一下,马上反应过来,也说了几句祝词。

君浩走出聪聪网大门的时候,忍不住回头望了一眼,公司里的其他人依然都在忙忙碌碌的,电话声此起彼伏。君浩的离去,就像一片树叶飘在水中,激不起一点波浪。但不管怎么说,君浩在这个地方待了有两个多月,心中的不舍像海浪一般不断地涌来。

饭桶一直把君浩送到大厦的大门口,看得出,饭桶很伤感,君浩不想像生离死别一样,故意开玩笑地说道:"我终于解脱了,终于不用再听你唱的那些脑残歌了。实在太难听了。"

饭桶苦笑了一下:"那是你欣赏水平不够,君浩,晚上我请你吃饭吧,给你送送行。"

君浩摇了摇头:"算了,以后有机会咱们再吃吧。干了两个多月,真累,我想回去好好睡一觉,你继续努力吧。"

饭桶也没有坚持:"那你以后准备干什么呢?"

君浩茫然地看了一下远处:"我也不知道,走一步算一步吧。"

饭桶一拍胸膛:"君浩,有什么困难,尽管找我。我觉得你这个人不错,以后常联系啊。"

君浩点了点头:"谢谢,你这个人也不错。好的,常联系。"

说完,君浩接过饭桶给他拎的塑料袋,两个人挥手告别。

君浩走出很远后,才回头又看了一眼。海航大厦依然像船一样,静静地停泊在那里。君浩忽然想到徐志摩那两句著名的诗:轻轻地,我走了,正如我,轻轻地来。我挥一挥衣袖，不带走一片云彩。

别了，聪聪；

别了，我曾经战斗过的地方；

别了，那段生命中永不再来的时光。

67

赵君浩背着包，拎着一塑料袋满满的东西，神情落寞，像一个被遗弃的孩子一般，低头走在深圳正午毒辣的阳光下面。街上的行人很多，但每一个都像急于投胎一般，步履匆匆，没有一个人会注意一下这个内心失意痛苦的年轻人。君浩走在人流中，却仿佛置身于无人的旷野，内心孤独无比。

君浩坐车回到民乐村的住处，已是下午一点多钟，居然也不觉得饿，只是觉得异常的疲惫，仿佛之前几个月的疲惫都联合起来，聚到今天发作。君浩把背包扔在椅子上，把塑料袋扔在地上，便脸朝下地扑到床上，像一个孩子终于找到了母亲的怀抱，带着所有的委屈和苦痛，沉沉地睡去。

这一觉睡到晚上八点多钟，君浩终于睁开了眼睛，房间一片黑暗。君浩翻过身，盯着黑暗的天花板发呆。四周死一般的寂静，让君浩疑心地球上似乎只剩下他一人。

君浩感到了几分恐惧，便起身开了灯，屋内瞬间一片光明，但君浩的内心却没有跟上节奏，仍然一片黑暗。黑暗之中，饥饿像一只蹑手蹑脚的小老鼠，撕咬着君浩孱弱的胃。君浩终于感到了饿，毕竟一天都没吃东西了。

君浩翻身下床，用毛巾擦了一把脸，便下楼去买东西。君浩在熟食摊买了20块钱的猪头肉，10块钱的凉拌豆腐皮，10块钱的凉拌海带丝，又跑到卖麻辣烫的小摊，买了6块钱的麻辣烫，然后又跑到超市，买了五瓶冰镇的青岛啤酒。

君浩也不知道自己为什么要买这么多,他很清楚这样的花钱方式,对于目前的自己,无异于自杀,但他宁愿自杀,也要做一个饱死鬼。人很多时候,内心的空虚,往往会下意识地靠食物来暂时地填充,正如电影《狼牙》里的台词,"吃饱了,让人感到踏实"。

其实,吃饱并不是君浩的目的,喝酒才是目的。寡酒难饮,那些食物无非用来下酒而已。一个人太过清醒地活着,其实是一件很痛苦的事,尤其是前途一片茫然的时候,所以需要酒精来暂时地麻醉。君浩一下子买了五瓶啤酒,无非就是想让自己喝醉,来暂时地逃避那不可知的未来。

君浩拎着重重的两大袋东西,满载而回。回来之后,把菜都在桌子上摆好,把酒也都并排放好,桌子一下子堆得满满当当的,显得异常丰盛。这大概是君浩自来深圳之后,独自一人吃的最丰盛最奢侈的一顿晚餐了。也许,就是最后的晚餐了,当然,仅指奢侈来说。

五瓶啤酒并排放在桌子上,很是壮观,好像五个赴死的壮士。今朝有酒今朝醉,君浩用牙咬开一瓶。君浩的牙口不错,堪称狗牙,开啤酒历来用之,不假他物。君浩先对着瓶猛喝了一口,几乎下去三分之一。冰凉的液体顺着喉管进入胃里,有如一片冰心在玉壶。

吃了一口之后,君浩就甩开腮帮子开始吃。也确实饿了,不一会儿,桌上的菜已下去一大半,酒也尽了两瓶。肚子有了底儿之后,君浩就放慢了吃喝的速度,菜吃得少了,主要是喝酒,大口大口地喝。

狭小的出租屋内,明亮的白炽灯下,一个失意的年轻人,就这样寂寞地借酒销愁着。楼下不时传来的远近不一的叫卖声,更显得屋内的孤清和寂静。

很快四瓶啤酒就喝完了,君浩已经有了几分醉意。君浩咬开最后一瓶,又咕咚咚地灌进一大口,醉意便又加了一分,这正是君浩需要的。君浩站起身来,拿着酒瓶,有些摇晃地来到阳台。已是深夜,但对面的农民楼里,还几乎家家亮着灯。来深圳打工的人,基本都睡得晚,12点之前很少有人会老老实实去睡觉的。

君浩看着正对面那一家,那一家是一对年轻的男女,正紧挨着坐在客厅的沙

/ 旅途 /
一个80后的未"成功"奋斗史

发里看电视。电视里正播着一个巨俗的古装剧，此刻正好演到男女主角在接吻，而且这一吻居然吻了两分钟，吻得君浩刺激无比，恨不得把酒瓶扔过去。

为了避免自己犯罪，君浩赶快把头低下去，看下面路上的行人。看一会儿，就喝一口。不知不觉，最后一瓶也喝完了，君浩的醉意开始浓烈，意识也有几分迷糊，摇摇晃晃地来到床边，就棉花一般软软地倒了下去。

第二天醒来已是上午10点多钟，君浩睁开眼，感觉头还有点发晕，于是起来用冷水洗了洗脸，感觉清醒多了。清醒之后，看着昨日剩下的饭菜，没敌过一夜的高温，早已发馊，无法再重新入口，于是便全部倒进垃圾桶。然后，又把空啤酒瓶整整齐齐地摆放在墙角。其实，墙角已经摆了不少酒瓶了，那是君浩每次喝完酒的战利品。

一切都忙完之后，君浩便呆呆地坐在床边，点了一根烟，开始认真地思考今后的路。在思考之前，君浩先把枕头边的钱包拿了过来，把里面所有的钱都倒在床上，开始清点家当。

君浩清点得很仔细，每一毛钱都没放过。昨天结算了520元的工资，原来钱包里还剩下70.6元钱，总共应该是590.6元，但昨晚发疯般地花了66元，所以现在钱包里还剩下524.6元，真是名副其实的有零有整。

君浩不甘心地又数了一遍，结果也没多出个10块8块的。君浩的卡里还剩下1200元，也就是说君浩全部的家当就是1724.6元钱。君浩是多么希望"4"和"6"之间的小数点能够去掉啊，可惜那只是幻想。1700多块钱，在如此高消费的深圳，可想而知，将会如何的不堪一花。

君浩突然很后悔，昨晚上不应该一下子花了60多块钱的巨款。如果不花，该多好。做完之后就后悔，是人类的通病，所以才造出了"如果""假设"这些让人精神上可以反悔一下的词。可惜木已成舟，米也成粥，后悔一点作用都没有，徒生烦恼而已。

68

原来赵君浩还打算休整一段时间再找工作,现在看来根本不可能,除非君浩愿意以后流落街头。下一步该做什么呢?君浩呆呆地坐着,又不自觉地点了一根烟。

在聪聪网的巨大失利,对君浩继续做业务的信心打击颇大。况且更根本的是,君浩终于发现,自己一点都不喜欢销售工作。虽然挣钱的欲望可以刺激自己,但是工作若不是兴趣所在,你会发现每天都那么煎熬。

君浩真正的兴趣还是在文学方面,所以还是想找个编辑工作,但正如前文所述,没有学历和作品,以及工作经验,根本就没人要你。君浩刚来深圳的时候,就碰过无数的壁了,结果碰到最后,就碰到去黄鳝的店里刷了盘子。

君浩不愿重蹈覆辙,将历史重演,所以思来想去,还是只能去做业务。虽然不喜欢,但是因为已经有了工作经验,下一步会很好找工作,而君浩的当务之急就是找工作,否则真有饿死之虞。

就在君浩打定主意之际,突然听到了门外有"咚咚"的敲门声,同时传来房东胖麻老鼠般尖厉的声音:"赵——君——浩,赵——君——浩。"

君浩陡然一惊,猛然意识到又到了交房租的时候。每到各家交房租之日,胖麻就会像定好的闹钟一般,准时出现在各家门前,兢兢业业,风雨无阻。

君浩暗暗苦笑了一下,屋漏偏逢连夜雨,本来就没钱,现在又要被"周扒皮"再扒一层皮了。君浩把门打开,只见胖麻气喘吁吁地站在前面,汗不停地顺着额头往下淌。一个月不见,胖麻比以前更胖了。

胖麻一见君浩,便表现得相当实诚,一句废话没有,开门见山说道:"赵君浩,这个月的房租该交了,另外上个月的水电费是 25 块,总共你应该给我 475

/ 旅途 /
一个 80 后的未"成功"奋斗史

块,对不对?"

胖麻最后的"对不对?",并不是疑问句,而是设问句,因为答案他早已内定为"对"。胖麻收租多年,对自己在房租方面的计算能力,相当得意,自认从未算错过。当然,就算算错,也只会多算,不会少算,这是所有房东们下意识里的本能。

君浩当然无法说不对,所以只好乖乖交钱。君浩从枕头边拿过钱包,很不情愿地往外面掏钱。钱包比较紧,那些钱似乎也不愿意改嫁他人,憋着劲不出来。君浩抽得累了,也不怕胖麻图财害命,索性把所有的钱都倒在床上。胖麻见钱眼开,也不计多寡,恨不得都据为己有。

君浩从里面找出 475 元,递给胖麻。胖麻不放心,当着君浩的面又数了一遍,确认无误后,从兜里掏出笔和收据本,给君浩开了一张收据。临走之时,还习惯性地往墙壁地板等处,扫射了几眼,看看是否有被君浩损坏的地方,以便将来秋后算账。

胖麻拿到钱,也扫射完后,心满意足,没有太多废话,就转身离去,然后又一步三喘地往楼上走,继续像黄世仁一样,去欺压下一个杨白劳。

君浩狠狠地把门关上,扫了一眼手里的收据。世事多不公平,君浩的几张纸,才换来手里的这一张纸。这张纸经过胖麻的手,仿佛也带了主人那可厌的气息,君浩也不愿细看,便把它扔在桌子上。

君浩又看了看剩下的那些钱,那些钱仿佛一个刚被糟蹋后的女人,凌乱不堪地躺在床上。君浩怜香惜玉,走过去,小心地把这些钱捧起,开始重新清点。本来就不多,刚才又被胖麻明火执仗地劫掠后,更是元气大伤。精壮的百元大钞都已消灭,只剩下一些老弱残兵般的散钱。君浩数了数,只剩下 49.6 元。

更加沉重的生存危机向君浩涌来,君浩明白,必须尽快找到工作,否则真的只能去讨饭了。

君浩开门下楼,直奔楼下的黑网吧。还不错,网吧里还有空位,君浩上了一个机。君浩先进入中国人才热线,翻看以前写的简历,决定再重新修改。

君浩在写简历方面早已得心应手,先把原来在点石成金"一年"的工作经历腰斩,写成半年,当然这半年的"业绩"依然很"辉煌",只不过"因为想有更好的发展",所以后来"跳槽到聪聪网"。在聪聪网虽然实际上只做了不到三个月,但简历上马上扩容,扩到一年。当然,在这"一年"里,自然也是"业绩卓著,销售额名列前茅,受到领导的表扬和肯定"。其实,简历造假,只要胆大心细脸皮厚就行。

君浩在简历上不断地增删腾挪,纵横捭阖,慢慢渐入佳境,游刃有余。写完之后,赏读一遍,大为满意,只叹自己才华横溢,恨不得写本如何写简历的书,教导一下天下的莘莘学子。

简历搞定之后,下一步就是投了,这次君浩没有像以前那样广泛撒网,乱投一气。何况君浩已不是刚毕业时的白丁一个,不管怎么说,已经做过两份销售工作。这两份工作就像两套房产,给了君浩很大的底气,虽然因为业绩不佳,这两套房产的价值大打折扣,但是有房就比那些没房的强。

当然,那些世界五百强类型的公司,君浩只是浏览了一下,没敢投。君浩只是在剩下的公司里,挑选一些品相还不错的,一一投过去。这样的工作一直持续到下午快五点多钟,君浩已经投了不少。告一段落之后,君浩感到浑身酸麻,肚腹也饥饿无比。于是下机结账,为了最大程度地省钱,没敢去饭店,君浩去超市买了一包最便宜的五袋装的方便面,还有一小包榨菜,拎着回到住处。烧了开水,泡好了面,呼呼地吃完。

69

没过几天,赵君浩就收到了很多面试电话。不过,令君浩有点郁闷的是,自己投的那些品相不错的公司,让自己去面试的很少,大多数都是自己没投的公

/ 旅途 /
一个 80 后的未"成功"奋斗史

司,却主动给自己抛来橄榄枝。

原来是无人理睬备受冷落,现在门庭若市邀约不断,君浩自然得意,但却没有忘形,对所有面试邀请,采取宁可错杀三千,不可放过一个的原则。于是,那段时间,君浩每天的日程安排得满满的,天天马不停蹄的,在一家又一家公司跑来跑去。

但令君浩失望的是,绝大多数公司都不尽如人意。有些公司仿佛通缉犯,隐匿在偏僻的郊外,来回一趟半天就过去了;有些公司却大隐隐于市,深藏于民宅之内,办公室外面的阳台上还挂满了内衣之物;有些公司还好,没忘记自己的公司属性,身居于写字楼内,但那写字楼却破败不堪,随时都有倒塌之虞;有些公司委身高档写字楼内,外表颇为堂皇,但却是骗子公司,不给底薪,只给提成,而且提成还要你收完款再给你,完全空手套白狼,做无本买卖;有些公司终于不是骗子,也给底薪,一般 1000~1500 元左右,但提成的点数却少得可怜,就算卖了上万元的货,提成也才百十来块,完全是雇牛马的价格。

当然,丑石虽众,遗珠也有,君浩也碰到一些不错的。比如深圳某某贸易促进会,这是政府下辖的一个单位,待遇很优厚,居然也主动约君浩面试。面试那天,场面盛大,桌子后面一溜坐了七个面试官,这大概是君浩面试以来最为隆重的一次。七个面试官,全都是中年男女,不苟言笑。君浩仿佛被抓住的现行犯,站在前面,被审讯似的回答每个人的提问。君浩颇为紧张,一紧张口吃的毛病便犯了,结果当然未被录用。

当然这种属于例外,绝大多数情况下,君浩面试的时候还都发挥得不错,侃侃而谈,滔滔不绝,几乎没有口吃的影子。

发挥最好的是在一家叫洪兴的公司,猛一听还以为是香港洪兴社在内地的分支,但此洪兴非彼洪兴也,这个洪兴是代理国外隐形眼镜的,不过深圳也确实是一个分支机构,但它的总部不在香港而在北京,老板也当然不是陈浩南,而是叫赵卫天。深圳这边是分公司,由赵卫天的妹妹赵小雨负责。

面试那天,君浩打扮得衣冠楚楚,在总经理赵小雨和公司的销售经理尚宇面前也表现得温文尔雅，面对二人犀利的提问也不慌不忙，从容应对，扬长避短，妙语迭出。说得两人不停地点头，大为满意。君浩对自己也大为满意，感觉有如神灵附体。

面试结束后，两人虽然对君浩非常满意，但并没有马上表态，而是让君浩等通知。察言观色，见微知著，君浩知道应该八九不离十，所以并未多言，坦然而去。

果然，第二天，君浩就接到销售经理尚宇的电话。尚宇在电话里说道，经过公司的认真考察，决定录用君浩，试用期一个月，底薪1000元，转正后1200元，提成百分之五，另外提供住宿。尚宇问君浩如果没意见的话，明天上午就可以过来上班。

君浩一听到提供住宿，就眼前一亮，要知道君浩已经面试了好多家公司，很少有提供住宿的。如果真能包住，那可真的能省不少钱。况且君浩对胖麻夫妇早已厌烦透顶，如果能避而远之，那当然求之不得。

其实，君浩在接到这个电话之前，还接了另一个电话。电话是君浩前两天面试的一家做保健品销售的公司打来的，也是说君浩面试合格了。提成方面跟洪兴差不多，不过底薪要高一些，转正后一个月1400元，但是不包住。不过，因为君浩对保健品行业颇有微词，所以没有立刻答应，而是说要考虑一下。市面上那么多让人眼花缭乱的保健品，很多都是在炒作概念，其实吃了之后，有病的不治病，没病的也不防病，反正只要吃不死人就行。君浩虽然急需工作，但不到万不得已，还不愿意昧下良心，去为虎作伥。

所以，两相比较，君浩最后终于决定去洪兴公司，于是便在电话里答应了尚宇，答应之余还不忘半真半假地开了个玩笑，问还能包吃吗？尚宇早有应对，说公司不是工厂，况且众口难调，无法包吃。君浩当然早知道不可能，所以一笑置之。

君浩放下电话，兴奋异常，恨不得把木床当蹦床，蹦上几蹦。在奔波了半个多月后，终于又重新找到了工作，虽然还是不喜欢的销售工作，但是总比没工作饿死强吧。一个人能做自己感兴趣的事情，当然是一件幸福的事，但是在还没有条件去做的时候，先保证自己不被饿死才是最重要的。来日方长，细水长流。

不过，君浩也警告自己不要太高兴，毕竟还有一个月的试用期，如果不合格，还要重新找工作。君浩暗暗告诉自己，一定要好好努力，好好表现，争取早日转正。如果运气再好一些，签上几个大单，那就美了。君浩越想越美，眼前仿佛看到天上不断地往下飘百元大钞，君浩用手不停地抓啊，抓啊，抓到最后，猛然一睁眼，原来是白日梦。

但不管怎样，君浩还是高兴。人逢喜事，岂能无酒相伴？于是转身下楼，买了两瓶啤酒上来，对着瓶就吹开了。

在赵君浩底层挣扎的岁月里，酒扮演了一个非常重要的角色。无论是痛苦还是欢乐的时刻，酒如同一个最为忠实的朋友，永伴君浩身边。

70

第二天一早，君浩就穿戴一新地去洪兴上班了。

洪兴公司也处于华强北，这就是命运的怪圈，君浩的前两家公司也都在华强北。洪兴在振华路的东头，一个名叫格林大厦的写字楼里，身处14楼，1414室，一个很吉利的数字。格林大厦，猛一听还以为是安徒生盖的，这说明《格林童话》遗毒甚深。可惜生活不是童话，它只是一个非常普通的大厦，甚至还有些破旧。采光不好，走廊里的灯又大多坏掉，就算是白天，也是黑咕隆咚，阴森森的，这倒颇有几分童话里经常闹鬼的古堡的感觉。

洪兴公司租在这里，很明显是为了省钱。洪兴成立的时间并不长，到现在也不过10年光景。赵卫天当年白手起家，惨淡经营，撑到现在，倒也颇为不易。洪兴是代理隐形眼镜的，当然不是代理国内的，而是国外的。赵卫天深谙国人心理，明白外来的和尚好念经，所以代理了一个英国的牌子。既然是英国的，名字当然也是英文的，叫"SECYY"。

可惜没人知道怎么念，于是赵卫天在引进的时候，将它翻译成"圣奇"。

赵卫天只是初中毕业，英文仅限于"Hello""Byebye"的水平，却能不畏艰难地翻译出一个如此高深的词语，实在让专业学英语的人都汗颜。可惜，"SECYY"无人知道何意，"圣奇"更无人知道何意，但赵卫天却不以为意，因为名字起得越奇怪，起得越让人摸不着头脑，就会显得越潮流越时尚，因为潮流和时尚，本身就是让人摸不着头脑的东西。

另外，赵卫天敢这么翻译，也是因为这个牌子是他独家代理。独家就像独身，没什么羁绊，想怎么胡来都行。为了塑造这个牌子的光辉形象，赵卫天将"圣奇"包装得上下一新。本来是英国一个不知名的小厂生产的东西，赵卫天将其吹嘘成"世界著名的专业生产隐形眼镜的厂家，拥有多项专利技术"。既然是世界著名的厂家，生产的产品当然也不会一般。于是，赵卫天将"圣奇"一脚踹上天，说在英国，"圣奇"颇受追捧，尤其是在英国娱乐圈，明星都以戴"圣奇"为荣。

年轻的女人大都有点崇洋媚外，在她们眼里，凡是国外的牌子就一定是好的。很多女人毕生的追求就是拥有一个LV的手袋。虚荣造就繁荣，女人的虚荣造就了这个市场的繁荣。于是，"圣奇"也就趁机浑水摸鱼。

况且，"圣奇"标榜自己为高贵人士之选，而每个人的骨子里，其实都希望自己比别人高贵，比别人高一等，尤其是那些自认为更有资本的年轻女人。所以，这一个宣传点也颇合胃口。因此，"圣奇"刚开始在北京卖的时候，还颇有销路，赵卫天大赚了一笔，没过几年，便在京城买了房子和车子。

可惜，好景不长，最近几年，各种国外牌子的隐形眼镜，如雨后春笋般冒了出来。中国人最善于学习，只要你在一个行业里挣了钱，马上便有一堆人跟随而入。所用手法，很多也如出一辙，也是代理国外一个不知名的厂家，然后再进行包装吹嘘，甚至连吹嘘的话都大同小异。于是，你也高贵，我也高贵，结果大家

/ 旅途 /
一个80后的未"成功"奋斗史

都不贵，因为物以稀为贵，现在不仅不稀，还稠得要命，所以这个卖点就无从显现。

从统一的周王朝，一下子转变为群雄割据的战国时代，这个局面，令赵卫天始料未及。同时，因为品牌众多，自然竞争惨烈，"圣奇"的销售量也每况愈下。为此，赵卫天急得抓耳挠腮，想了很多促销的招数，结果也不理想，北京的销量还是上不去。

既然在一根骨头上已经啃不出肉来，最好的办法就是找其他的骨头。于是，赵卫天决定，进军外地，开辟新的市场。因为赵卫天原来只是在北京这一个地方做，而北京户口千万，前几年也销售喜人，所以他也小富即安，没想着去扩大经营。现在形势所迫，无法再闭关自守，于是在长春、山东、内蒙古、深圳等八个地方设立了分公司。说分公司有点大了，其实就是个办事处，因为有的地方也就一两个人。

深圳这边设立据点还不到两年，人数还算最多的了，加上总经理，总共五个人，勉强称得上分公司之名。毕竟人多力量大，深圳分公司这两年做得还算不错，于是决定再招兵买马，赵君浩就是在这样的背景下来到的洪兴。

君浩到了公司之后，首先见到了昨天给他打电话的尚宇。尚宇大概三十五六岁年纪，脸上泛着亮光，头发虽然不多，但都队形整齐地从前面梳到后面，露着宽阔的额头、五官很端正，长得颇为帅气。可惜体型过于富态，从哪个角度看都差不多，活像一个立着的冬瓜，不过，是个很帅的冬瓜。

冬瓜见到君浩来了，心中高兴，终于又来了一个手下。因为他虽然名为销售经理，但目前手下只有两个人。单丝不成线，孤木不成林，不过，三丝也难成线，三木也难成林。他们就三个人，三把枪，这和那些大公司动辄几十人甚至几百人的销售队伍相比，简直不可同日而语。从冬瓜这方面讲，向20个人发号施令，总比向两个人发号施令感觉更爽。可惜公司规模有限，不可能给他配那么多手下，不过能多一个人，就多一份爽的感觉。

君浩见冬瓜面露微笑，于是赶快笑脸相迎。冬瓜主动对君浩嘘寒问暖一番，然后说道:"小赵啊,你先坐在这等一下。这次咱们新招了两个业务员,还有一个文员。另外,咱们还有三个老员工,一会儿人就来齐了,赵总也会过来,她会召开全体员工会议,到时候会介绍大家认识。这儿有咱们公司的宣传资料,你先看看,我有个文件,要先处理一下。"说完,对君浩笑了一下,便低下头继续在电脑上忙碌着。

君浩坐在椅子上,从桌子上拿着一份宣传页,先没急着看,而是四处打量了一下自己以后将要工作的地方。办公室并不是很大,靠东边放了七八张办公桌,只有两张上面放着电脑,其中一张就是冬瓜的。靠西边放了一个长条形的会议桌,四周放了几把椅子。会议桌的左手边放了一个高高的架子,架子上摆了一些"圣奇"隐形眼镜的样品和宣传单页。房间的正中间,用玻璃隔了一个单独的"房中之房",玻璃上贴着"总经理室"。玻璃是毛边的,里面能看见外面,外面看不见里面,也就是说总经理能像个"偷窥狂"一样,窥到所有人的一举一动,但外面的员工休想看到总经理的一鳞一爪。

房间的东侧墙角,则是一个谁也离不了的厕所。这个厕所五脏不全,只有一个坑位,于是雌雄同体,男进则为男,女进则为女。房间的墙壁上贴了一些规章制度,还有几张醒目的"圣奇"隐形眼镜的宣传海报。

君浩用眼睛勘察一通之后,略有几分失望,地方实在有些局促,没有聪聪网篮球场一般巨大的办公室那般开阔明朗,但人在矮檐下,怎能不低头。既来之,则安之吧。于是,君浩低下头,看起了那几张公司的宣传页。

71

正看着,君浩忽然听到冬瓜冷不丁地冒出一句"赵总,早",这才意识到总经理赵小雨来了,赶忙从椅子上站起来,也主动地笑着问候:"赵总,早上好。"

/ 旅途 /
一个 80 后的未"成功"奋斗史

赵小雨看到君浩来了，心中也很是高兴。赵小雨今年 36 岁，长得并不难看。高高的个子，长长的头发。五官虽算不上精致，但也比较端正，尤其是那双眼睛，深邃有神，仿佛能洞穿人心。面色很平和，一看就是经过诸多人生历练的。

和很多久居大城市的女人一样，赵小雨也是大龄剩女，直到去年，眼看已经快剩成"圣斗士"了，于是才匆匆结婚。其实，赵小雨之所以剩这么多年，当然也有高不成低不就的因素，但最关键的是，她对初恋男友有些念念不忘，总觉得之后遇到的男的，都没有初恋男友那般好。

生活的不可思议或者吊诡之处在于，君浩居然跟赵小雨的初恋男友颇有几分相像。赵小雨第一次面试君浩的时候，恍然看到年轻版的男友就在眼前，心中颇为激动。不过，毕竟久经世事，脸上并未带出来。再加上君浩侃侃而谈，看起来颇为有才，所以赵小雨心中马上便决定录用君浩，这才是君浩面试成功的最关键因素。当然，这一切君浩无从得知。

赵小雨见君浩和自己打招呼，心底几许柔情又被搅动，但毕竟不是青春少女，当然不会面红耳赤扭捏作态，依然面色平静，但带了几分笑容应道："早，来了，先坐吧，一会儿人齐了，咱们开会，再给你介绍。"说完，又对君浩意味深长地一笑，便进了总经理室。

九点钟一到，全班人马终于悉数到齐。由总经理赵小雨主持，所有人团团围坐在会议桌旁准备开会。小小的会议桌从未迎来这么多人过，很是兴奋，被众人的胳膊压得吱呀作响。

赵小雨也是春风得意，面带微笑地对大家说道："今天很高兴，咱们分公司又添丁进口，来了三名新员工。洪兴已经做了 10 年了，咱们分公司也成立两年了。这两年来，我亲眼见证了分公司从无到有，从小到大的过程，我很欣慰。虽然我们做得并不是最好的，但是我相信，经过大家的共同努力，咱们的工作一定会做得更好。"

一番惯例的慷慨陈词后，赵小雨继续说道："下面，咱们这样吧，每个人都自我介绍一下，大家都互相认识认识。先从我开始吧，虽然大家都认识我，我还是简单地说一下。我叫赵小雨,是咱们分公司的总经理,老家是四川的,年龄嘛……"

说到这里,赵小雨故意停顿了一下,脸上现出一丝调皮的笑容,为下面的自认为幽默的话铺垫一下:"年龄嘛,就保密了,因为大家都知道,女人的年龄和男人的工资,都是不能说的啊。"说到这里,又停顿一下,准备接受预想中的笑声,可惜这句话大家都早已耳熟能详,幽默的功用几乎丧失殆尽,但为了不至于让女老总过于尴尬,于是大家只好强迫自己的面部神经,干干地笑着。

赵小雨没等到期待中的圆满的笑,心中有些失落,但毕竟久经世面,马上岔开话题,继续说道:"我在隐形眼镜这个行业已经做了快八年了,实话说,这个行业并不是一个特别大的行业,但却是一个大有可为的行业,我相信在座的各位,只要好好做,一定会有回报的。"

又说了一句自己擅长的激励别人的空话后,赵小雨指了一下冬瓜说:"我的介绍完了,下面就从尚经理开始介绍吧。"

冬瓜赶忙点头,从椅子上站起来,面露微笑,用目光快速地一一与众人致意后,开口道:"大家好,我叫尚宇,和尚的尚,宇宙的宇,今年35岁,家住安徽,目前忝居公司销售部的经理。"说到这里,冬瓜有几分得意,感觉自己用了一个很古雅又很谦虚的"忝居"一词,这个词不是一般人能想到的。

小得意之后,冬瓜继续说道:"我做销售这行,年头也不短了。从学校出来,就开始做了,粗粗算来,也有十来年了。卖过的东西很多,但卖隐形眼镜,以前还真没做过。我来咱们分公司也没多久,还不到三个月,虽然时间不长,但赵总对我有信心,我对自己也有信心。因为总的说来,销售都是相通的,无论卖什么东西,大致的套路都差不多,核心的东西更是万变不离其宗。我希望在以后的工作中,大家共同努力,把咱们的'圣奇'做得更大更好。"

说完,众人都鼓掌,君浩也用力地拍了几下,他对冬瓜的印象不错。凭感觉,这是一个很不错的上司。

冬瓜发过言后,旁边一个瘦猴般的人物,缓缓地站了起来。只见此人大概1

/ 旅途 /
一个 80 后的末"成功"奋斗史

米 75 的个子，留着平头，戴着一副眼镜。身条极瘦，两腮的颧骨高高地耸着。神情很是慵懒，仿佛早已看破红尘，快要得道。

瘦猴有气无力地站着，一开口，声音倒是很尖细："大家好，我叫赵小风，今年 28 岁，老家在广东，是公司的业务员，在洪兴做了有一年多了。原来我是医生，后来才下海做的销售。因为我觉得每天上班拿着那份死工资，太蒙查查了。很高兴，公司又来了三名新员工，希望以后合作愉快。"

"蒙查查"是粤语方言，大意是看不明白、犯迷糊、犯傻等意思，这是瘦猴的口头禅，珍爱有加，动不动就来上一句。赵小雨他们几个跟瘦猴相处久的倒是明白，但对于君浩几个新来的，这个"蒙查查"让他们相当"蒙查查"，如同谜语。可惜瘦猴只管出谜，不管解谜，所以后来相当长的一段时间，君浩他们始终都在"蒙查查"。

72

瘦猴说完，身旁的一个脸蛋圆圆的女孩便站了起来。只见这个女孩神情更为慵懒，估计早已得道，仿若漠然一切的道姑。道姑站起来之后，脸上没有一丝笑容，缓缓说道："我叫郑娟，湖北人，公司文员，做半年了。"果然道行高深，惜字如金，有道家"无为少语"之风。

道姑坐下之后，赵小雨有些不悦地看了她一眼，道姑却全然不睬。君浩心中略感吃惊，隐隐觉得她们之间，肯定有什么矛盾。

道姑之后，身旁便"噌"地站起一个穿着白色紧身 T 恤的壮汉。只见此人身形并不太高，但是异常的强壮。两个胸大肌隔衣现形，极为结实饱满，胳膊也比常人要粗上两圈，这体型不练拳击实在可惜了。

壮汉一开口，君浩就大吃一惊，没想到体形如此健硕的他，声音竟如此轻柔绵软:"大家好,我叫苏国远,老家是江苏的,今年27岁。我来公司也没多久,才半个多月。我也希望和大家以后合作愉快。"

君浩很仔细地盯着壮汉的手,看他会不会翘起兰花指,结果令人失望。壮汉只是声音绵软,举止倒颇为正常,但君浩还是感到几分别扭。男人女声,就像女人男声一样,都有种表里不一的异化感,让人颇不习惯。不过,上帝造人,不可能千篇一律,形形色色,方可谓大千世界。

中国历来讲究先来后到,论资排辈,公司的老员工按照座次,其实也是他们的资历,先后介绍完之后,就剩下君浩等三个新员工了。既然是新员工,当然不存在资历深浅,为显谦让,大家还是按照所坐位置轮序。

于是,在壮汉身边坐的另一位壮汉,便站了起来。不过,这个壮汉就逊色许多,身形要比刚才那个单薄很多,属于轻量级的,但也很结实。轻量级壮汉穿得很朴素,上身着一件灰色的衬衫,领子处已经磨出了线。脸上轮廓分明,两道浓眉很是精神。不过肤色有些偏黑,仿佛多年没洗脸似的。看得出,境遇不是太好。

轻量级壮汉站起来之后,略有几分羞涩,眼睛有些闪躲。一开口,便是一副浓重的山东口音:"大家好,我叫李大鹏,山东泰安人,今年25岁。大学毕业后,在老家工作了两年。今年刚来的深圳,我来这里的目的只有一个,就是挣钱,所以我才选择做业务。感谢公司录用了我,虽然以前没做过,但我会加倍努力的,不会辜负公司对我的期待。我的介绍完了,谢谢大家。"说完,给众人深深地鞠了一个躬,鞠得头快碰到桌子上了。

山东大汉果然豪爽实在,君浩对此人充满好感。日后,两人果然成了好友。

山东大汉说完,旁边的一个又瘦又小形若火柴的女孩,慢慢地站了起来。估计是不敢站太快,怕当场晕倒。火柴虽然身形单薄,没想到声音倒颇为洪亮,与壮汉苏国远恰形成鲜明的对比。

火柴说道:"大家好,我叫韩丽,湖南衡阳人。年龄嘛……"说着也学赵小雨停顿了一下,然后还朝着赵小雨调皮地一笑:"我也学习赵总,也不说了。我的职

/ 旅途 /
一个80后的未"成功"奋斗史

务是文员……"

君浩听到这里,猛然一愣,刚才的道姑是文员,这个火柴也是文员。按理说,一山不容二虎,一般公司只会有一个文员啊,难道洪兴喜欢双飞?不过,看着道姑严肃的表情,君浩也约略猜出了一些。

那边火柴还在继续说道:"我会好好工作的,不会让公司失望的。刚才我说到我是湖南衡阳的,说到衡阳,真的是个好地方,景色特别美。尤其是衡山,更是天下闻名。不知道大家去过没有,如果没有,一定要去看看。衡山有四绝,祝融峰的高、藏经殿的秀、水帘洞的奇、方广寺的深。衡山还有四季的美景,春天可观花、夏天可看云、秋天可望日、冬天可赏雪……"

火柴似乎一下子进入了状态,抛弃文员身份,化身为导游,滔滔不绝地讲述衡山之美。君浩愣愣地看着身边正在神采飞扬的火柴,心中发急。看她这架势,估计一天都讲不完,什么时候才能轮到自己啊。

众人也都听得有些不耐烦,虽说看景不如听景,但无奈大家现在都没有旅游的心情。最后,还是赵小雨冲着火柴大声地咳嗽了一下。那咳嗽当然不是正常的身体反应,而是故意的为咳而咳,带着明显的不满。火柴虽然"走火入魔",但毕竟还未成"魔",所以马上惊醒,意识到自己话太多了,于是赶快刹车:"总之,衡山很漂亮。如果以后大家去衡阳,可以来找我。我的话讲完了,谢谢。"

众人终于如释重负,都长长地出了一口气。君浩更是如蒙大赦,终于可以出头露面了。君浩稳了稳心神,就剩下自己了。历来大将压后阵,好戏在后头,所以君浩要求自己要唱好这场戏,于是想了一下,决定沿用原来在点石成金时的介绍方法,走幽默路线。

君浩顿了顿嗓子,站了起来,脸上带着笑容,环视一番,然后说道:"大家上午好,本人名叫赵君浩。赵,就是赵本山的赵。君,就是谦谦君子的君。浩,就是浩浩荡荡的浩,可不是耗子的耗,我跟它们不是一个种族的。"

说到这里,君浩便听到了预想中的笑,众人没想到这里还隐藏着一个说相声式的人才,赵小雨更是拿欣赏的眼光看着君浩。君浩更加得意,于是继续幽默下去:"本人,今年25岁,籍贯河南,身高1米73,体重70公斤,学历本科,婚姻状况未婚。"

梅开二度,君浩又听到了预料中的笑声。众人没想到这个说相声的还要准备征婚,连一直不苟言笑的道姑,都凡心大动地笑了一下。

君浩自然更为得意,然后继续说道:"这次能聘到咱们公司做业务,我感到很高兴。俗话说得好,百年修得同船渡,千年修得共枕眠,咱们虽然不会共枕眠,但是能同在一司,就像同在一船一样,说明咱们前世都已修行了百年,才有今天的缘分,所以,我很珍惜这份缘。在未来的日子里,我希望咱们大家都能互敬互爱,一起努力,让分公司的工作上一个新的台阶。最后,祝愿大家都笑口常开,发达发财。谢谢。"

君浩刚讲完,台下就迸发出热烈的掌声,赵小雨更是带头鼓掌。这种发自真心的掌声,在分公司的历史上可谓空前。君浩更是淹没在这种掌声中,仿佛精彩演出完谢幕后的演员,享受着观众如潮的喝彩。

73

鼓了一会,掌声终于落下。

赵小雨喜形于色,总结陈词:"刚才大家都介绍完了,都挺好的,尤其是赵君浩,小伙子口才很好,很幽默啊。我希望你以后能发扬这种优势,把销售工作做好。"君浩听到女老总的直接表扬,心中更加美滋滋,仿佛掉进了蜜缸里。

赵小雨继续说道:"接下来的安排,赵君浩、李大鹏、韩丽你们三个要接受公司三天的培训,前一天半由赵小风赵医生讲解眼睛和眼镜的基本知识,后一天半由尚经理讲公司的业务情况和销售技巧。另外,韩丽,你这个星期还要注意和郑娟做好交接工作。"

/ 旅途 /
一个 80 后的未"成功"奋斗史

听到最后一句，君浩原来的猜测得到验证。一个萝卜一个坑，道姑果然快要归去，韩丽果然是来接替的。

最后散会后，其他人都散去，瘦猴君浩等四人继续留下。瘦猴慵懒的神情终于有了几分振奋，又有机会为人师表了。很多时候，为人师表，如同为人父母，都是有一种居高临下的快感的。

瘦猴站起来，变身画家，在墙上的小黑板上先画了一个硕大的眼睛。可惜画艺不精，那眼睛怎么看都像一个躺倒的鸭蛋。幸而最后又画上了眼珠，才约略让人觉得这是一只眼睛。这只眼睛也觉得自己丑陋不堪，兀自用那只黑色的眼珠，冷冷地看着众人。

君浩三人一直屏气凝神地看瘦猴作画，最后忍不住想笑，但都极力控制着。这只眼睛的父亲瘦猴，看着自己诞生的杰作，也不是太满意，但又懒得擦了重画，所以只好凑合着。

瘦猴以笔当棍，指着这只丑陋无比的眼睛，开始给三个人详细地讲这是角膜，这是巩膜，这是虹膜，这是睫状体，这是视网膜，这是瞳孔，这是房水，这是晶状体，这是玻璃体等，它们又分别起到什么作用。

瘦猴不愧曾经做过眼科医生，讲得相当详细。君浩上初中生物课的时候，曾经听老师简单讲过，可惜年代久远，君浩又大度，那点知识早已全数归还给老师。今日听瘦猴讲起，遥远的记忆被激活，终于又从老师那儿偷回一些。当然，瘦猴讲的比当时的生物老师讲的深入得多，详细得多。君浩大开眼界，没想到小小的眼睛居然隐藏着如许奥秘。每日只知用它看物，没想到今日细细看它，原来也大有乾坤。

瘦猴一下子进入到教师状态，越讲越起劲，讲到最后，恨不得把自己眼睛掏出一只，给大家做实物演示。好在瘦猴终究不是佛祖，没有割肉饲虎的勇气，所以只好仍让眼睛安卧眼眶，自己只是用手指在上面指来指去。

君浩三人也都进入学生状态，拿着笔在本子上"唰唰"地记着。

瘦猴居然滔滔不绝地讲了将近三个小时，这三个小时当中，瘦猴的口头禅

"蒙查查"当然也不时地出现,似乎这三个字就是调料,如果不加,说话都没有味道一样。君浩当然还不知道它的含义,不过就算不知道,也不影响听懂瘦猴的话,所以就将其自动忽略,就如同在大街上见到丑女自动忽略一样。

瘦猴只知道偏爱眼睛,没想到泛起众怒,自己的肚子首先发难,"咕噜噜"直叫,瘦猴这才意识到已经快中午了。抬起手腕一看,已经快12点了,于是马上宣布上午的课程结束。

君浩长长地伸了一个懒腰,看着自己的本子,满满登登地记了好几页,真是大有收获,学业有成。

君浩的肚子也早已唱起了《饥饿歌》,于是,君浩便考虑去哪里吃饭。正在思虑,冬瓜慢慢地踱过来,手里还拿着一张单子,笑着说道:"刚才赵总说了,难得大家聚在一起,今天中午的饭钱公司来出,这是快餐单,你们根据自己的口味来点吧。韩丽啊,你拿笔都记着,然后打电话统一订。"

火柴点头,拿着笔在纸上虚位以待。众人大喜,平常都是被公司剥削,现在终于有了可以剥削公司的机会,于是争先恐后地点那些贵菜,只可恨单子上没有鲍鱼龙虾什么的。其实,既然是快餐单,全都是快餐,都贵不到哪的。买家哪儿有卖家精,个人哪儿斗得过公司。

君浩宅心仁厚,只是点了一份鱼香肉丝,上面标价是12元,不算太贵。火柴一一记下之后,抱起电话,像说相声《报菜名》一样报了半天。

果然是深圳速度,不到一刻钟,一个十八九岁染着黄毛的男孩,便拎着一个装满快餐盒的筐子敲门,冬瓜付了钱,然后黄毛把快餐全部从筐子里一一取出,放在桌上,一边放一边说:"老板说你们订得多,多送了你们两份米饭。喏,这两盒就是。"

冬瓜自然表示感谢,黄毛也不客气地替老板领谢,然后拎着筐兔子一般蹿走了。赵小雨为了保持身材,留住青春尾巴,中午不吃饭,只是待在总经理室里,吃几个饼干喝一杯牛奶。道姑清高决傲,远离人群,领了自己的一份,躲在自己的座位上独自食之。剩下其他众人,则在会议桌上铺上报纸,把快餐放在上面,团团围坐,一边吃一边闲聊。

吃得差不多了,桌子上还剩下两份米饭,每个人都不愿让别人认为自己是饭桶,所以互相谦让。最后还是冬瓜一锤定音,把两份米饭分派给两名壮汉。两人假意谦让了两句,然后迫不及待地吃起来。君浩其实也没吃饱,但体形吃亏,无法像他们两人那样明显地证明自己的饭量,好在喝了几口送的例汤后反倒差不多饱了。

众人用过午膳,又各自休息了一会,一点钟又开始上班。

74

下午,瘦猴终于移情别恋,不再纠缠眼睛,开始讲隐形眼镜的知识。在君浩的大脑中,一直以为隐形眼镜就是博士伦,博士伦就是隐形眼镜,相信大部分国人都有这种印象。没办法,谁让博士伦20世纪80年代就进入中国市场,当时整个中国大地也才刚刚进行改革开放。先入为主,再加上博士伦成功的电视广告,年深日久,品牌形象深入人心。

今天,听瘦猴这么一讲,君浩才终于被扫盲。原来隐形眼镜并非是博士伦,博士伦只是其中一个品牌而已。隐形眼镜的定义是:一种戴在眼球角膜上,用以矫正视力或保护眼睛的镜片。这个定义很科学,科学到如果去除"角膜"两个字,就完全等同于废话。

瘦猴很绝情,介绍完定义之后,就开始历数隐形眼镜的祖宗八代,滔滔不绝地讲授它的历史。原来早在1508年,达·芬奇居然就提出过这种想法。他当时是将玻璃罐盛满水置于角膜前,然后以玻璃的表面替代角膜的光学功能。估计是达·芬奇当年作画勤奋,视力下降严重,所以才突发奇想,有此创举。当然,这个创举只是一个雏形,并非是真正意义上的隐形眼镜。

但是，有雏形之后，就会慢慢成形，终于在 1887 年，由德国的科学家成功地制造出历史上第一只隐形眼镜，但是直到 1971 年，才由上文提到的博士伦公司将这种技术和产品，大规模地投入生产和销售，直到现在的百家争鸣，万花齐放。

瘦猴将隐形眼镜寻根问祖之后，又将其大卸八块，详解各种参数，什么直径啊，基弧啊，含水量啊，中心厚度啊，透氧系数啊等，专业术语层出不穷。君浩才终于意识到，这真的是一门科学，而且是理科方面的，但君浩对理科八窍通七窍，还有一窍未通，天生绝缘，所以听得头晕眼花，不明就里，只知道一味地往本子上记，寄望于日后死记硬背之。

瘦猴才不管君浩是否是理科白痴，只管一路过瘾地讲下去。讲完规格参数，又讲隐形眼镜的各种分类。人类文明发展至今，其中一个重要表现就是喜欢分类，不管什么东西，如果不分门别类一下，好像就不舒服。而且为了显示人类的智慧，分类也搞得花样繁多，从不同角度区分。譬如人本身而言，从性质上，可以分为好人和坏人；从性别上，可以分为男人和女人；从体重上，可以分为胖子和瘦子等，不一而足。

同样，对于隐形眼镜，从材质上，可以分为硬性和软性；从镜片的使用周期上，可以分为传统式、勤换式、抛弃式；从使用时间上，可以分为日抛型、月抛型、季抛型、半年抛型、年抛型。还有其他分类方法，篇幅有限，不再赘述。

君浩更是听得五迷三道，七荤八素，恨不能一头变两头，好加快理解的速度。

瘦猴不肯放过君浩，继续折磨下去，居然开始讲隐形眼镜的制作工艺，什么车削法、模压法、离心浇注法、混合工艺法。君浩开始崇拜地看着滔滔不绝的瘦猴，心想这种东西他怎么能记得住。君浩扭头看看旁边也是一脸茫然的李大鹏和火柴，心中很是平衡。

瘦猴终于过完科学家的瘾，重回医生岗位，开始讲隐形眼镜的佩戴知识。瘦猴义正词严，特别强调，不是所有的人都能佩戴隐形眼镜。在佩戴之前，必须经过详细的眼部检查，那些患有砂眼、角膜炎、干眼症等疾病的，是不能戴的。

/ 旅途 /
一个 80 后的未"成功"奋斗史

另外，隐形眼镜也不能佩戴太久，否则很容易引发一些后遗症。毕竟，隐形眼镜是跟人的眼睛亲密接触，还要注意卫生消毒，总之，戴隐形眼镜，绝非像戴帽子那么简单，必须注意很多方面。

君浩在下面听得毛骨悚然，原来以为只是把那薄片往眼睛里一放就行了，没想到还有诸多讲究。看来万事都需认真，马虎不得。

瘦猴吓唬完众人之后，又将隐形眼镜的"亲密伴侣"抓来，讲护理液方面的知识，比如种类、性能、使用方法、注意事项等，比隐形眼镜方面要简单许多，但瘦猴却不以善小而不为，居然也讲了大半个小时。

君浩看了看表，已经四点多了，瘦猴已经不停地讲了三个多小时了，心中不由得夸赞瘦猴体力充沛。没想到刚夸完，瘦猴就原形毕露，疲惫地说道："今天就讲到这吧，我估计你们早都蒙查查了。我也累了，大家都歇一会儿，然后你们自己再消化吸收一下。明天上午讲咱们公司的产品'圣奇'。"

君浩三人犹如重担离身，都长长地喘了一口气。办公室不让抽烟，于是，君浩出去，走到楼梯拐角处，点了一根烟，贪婪地抽了起来。

正抽着，只见瘦猴也一歪一歪地过来。君浩赶忙抽出一只，敬了过去，瘦猴也没客气，接了过来。君浩主动给他点上，然后半是奉承半是真心地说道："赵医生，你讲得真好。"

瘦猴倒很淡然，吐了一口烟："其实，也没什么，都是些最简单的知识。"

君浩耍坏，开玩笑道："可惜我一句没听懂。"

瘦猴"扑哧"一下乐了："拿我开涮，是不是？其实，这些你现在听着蒙查查，等以后跑起业务来，天天接触，自然就会明白了。"

君浩忙点头，忽然压低声音，笑着问道："赵医生，你是不是赵总的弟弟啊？"

瘦猴无奈地一笑："很多人都这么问，也难怪，赵小雨，赵小风，太接近了。"

君浩继续问道："那到底是不是啊？"

瘦猴忽然用力地吐了一口烟，恶狠狠地说道："我跟她屁关系都没有，就是名字相近。"说完，眼神透过楼梯的窗户，深邃地看着远方。

君浩一愣，心中犯疑，瘦猴跟赵小雨之间肯定有什么矛盾，否则瘦猴不可能用这么恶狠狠的语气。

瘦猴把眼神从远方收回，看到君浩正在发愣，于是缓缓地说道："你刚来公司，我也不好多说什么。等以后干得久了，你就会明白了。"

君浩心一沉，瘦猴像是看到了，马上接着说道："其实，也没什么，这世界没有完美的东西，公司也一样。心态放平和些，生活就会幸福些。"

君浩没想到瘦猴瞬间化为禅师，说出如此禅言禅语，分明有所指，但又含而不露，暗藏深意。

君浩本来就迷惑，现在迷上加迷，惑上加惑，但也明白就算再问，瘦猴也不会明确地说出。本来嘛，职场纵横，该说则说，不该说则不说。同样的，该问则问，不该问则不问。既然瘦猴不再说，君浩便也不再问，两人一时之间都默默地抽烟。

75

快下班的时候，赵小雨从总经理室走出来，对着道姑说道："郑娟，你一会儿走的时候，带赵君浩、李大鹏、韩丽一起走，让他们三个去看一下公司宿舍，也熟悉熟悉路线。"

道姑面无表情地点头，然后赵小雨又对着君浩三人说："你们三个一会儿就跟着郑娟走，赵君浩和李大鹏，你们两个可以趁着这周日搬过去。韩丽呢，你要稍等几天，等你跟郑娟交接完工作。她搬走之后，你再搬进去。别急，很快的，就这几天吧。"

/ 旅途 /
一个 80 后的未"成功"奋斗史

君浩三人点头称是，原来这宿舍目前只有道姑一人住，冬瓜和瘦猴都有老婆，壮汉也有女朋友。为了做某种事方便，所以他们三个人都未住宿舍，只有道姑清心寡欲，所以独住其中。

君浩听说去看宿舍，心中高兴，大脑中便开始设想宿舍的模样。其实，就算宿舍条件再差，地方再乱，君浩都已决定要搬过去。一来，可以每月省下几百大洋的房租；二来，还可以与恶心的胖麻夫妇分道扬镳。一举两得之事，何乐而不为呢？

于是，下班之后，君浩便屁颠屁颠地跟着道姑一起走，火柴和李大鹏也紧随其后。

公司的宿舍位于福田区梅林水库对面的河背村，离办公室格林大厦不算太远，大概半个多小时的车程。在公交站等车的时候，君浩三人闲得无聊，有一搭没一搭地聊天解闷。道姑依然那副清冷模样，几乎不插话，君浩都疑心她快得失语症了。

后来 67 路车来了，道姑用眼神给三人示意了一下，于是，三人便跟着道姑一起上了车。正是下班高峰期，车上理所当然的拥挤。君浩费了好大劲，用自己的身体扛了一个稍微宽裕的地方，让道姑可以比较舒服地站着。道姑终于人性未泯，眼神中流露出几分感激的神色，对着君浩很难得地一笑。君浩不由得感叹，人心都是肉长的，你只要真心对别人好，别人绝不可能无动于衷的。

好不容易到了站，四个人纷纷挤下车，都好像刚从桑拿室出来，满身都是汗。道姑有感于君浩在车上的善意，态度和缓了许多，话也多了许多，对着三人说道："跟我来吧，就在里面，大概走三四分钟。"

于是，三个人跟着道姑，从公交站往东走，转弯穿过一个破旧的大门，然后拐进一个小路，再往前走了大概五百多米，道姑仙手一指，指着对面的一个老式的楼房说道："你们看，就在这个楼上，五楼。"

其时，天已擦黑，但通过路灯的光芒也能看出，这个大楼已经很旧了。大楼共八层，外墙还是那种早已过时现已斑驳的马赛克，阳台外面的防盗网也大多锈迹斑斑。不过，夜幕之下，很多人家已亮起了灯火，这些灯火无端地让人有几分温暖。

这个大楼有四个单元，道姑带着三人走到第三个单元。三单元下面装了一个大铁门，不过也早已是锈迹斑斑。铁门上还装有一个密码器，本来想起到保护住户的作用。可惜年深日久，它连自己都没保护住。外面的壳早已伤痕累累，而且有一角已被掀起，露出里面早已破烂的电线。

时值下班时间，人来人往，所以铁门大开，而且不知被谁用一个砖头阻着，以防它随惯性自动关闭，所以他们连钥匙都不用，便直接进来了。

老式的大厦自然不能奢望有电梯，于是四个人只能走楼梯。楼道里居然还装着感应灯，稍有声音，便自动亮起。可惜很多楼层的都已损坏，任你把鞋都跺烂了，它依然对你不理不睬，只扔给你一片黑暗。

四个人一会儿光明一会儿黑暗的，终于上了五楼。真不错，五楼的灯居然是好的，但这个灯仿佛害羞过度，怕见生人，亮三四秒就暗了。所以每隔三四秒钟就得拍手一下，仿佛在为它鼓掌打气。

好在道姑熟能生巧，开门没费多长时间，众人才得以解脱。一开门，道姑就把灯打开了。闪现在众人眼前的，首先是一个很大的客厅。客厅的一边，靠墙放着一个破沙发。沙发的前面摆着一张旧茶几，茶几上凌乱不堪，水杯、杂志、苹果皮、方便面袋子，应有尽有。客厅的另一边，摆着两个矮柜子和三张桌子。桌子前面，东一个西一个地立着几张椅子，其中有一张居然是那种很厚重的老板椅。可惜其中一侧已经歪了，这倒和大多数老板的品行很符合。

客厅的外面是一个很大的阳台，阳台的一角堆满杂物，阳台靠窗的地方还放了几盆半死不活的花，阳台的铁丝上则挂着几件女人的衣服，其中还有一件粉红色的胸罩和内裤。君浩想象着道姑身穿这套内衣的样子，竟然不由得有几分兴奋。

靠房门处有一个卧室，门是锁着的。往里面走，还有两个卧室。道姑把所有的灯都打开了。里面的卧室，其中一个是道姑所住。床是上下铺，道姑住下铺，上铺放着杂物。还有一张桌子,一把椅子,还有一个大立柜。墙上贴着谢霆锋和古天乐的画报,看来,帅哥就是帅哥,连道姑都对他们凡心大动,夜夜思春。

卧室的外面,还有一个小阳台。看来当初建屋之人,偷窥成癖,多弄个阳台,就可以多个方位窥个不停。阳台上堆满了废纸箱、空饮料瓶等杂物。

整个看下来,是三室一厅的格局,但比一般的大。虽然有些凌乱和破旧,但总的来说,君浩还是比较满意的。看得出,李大鹏也有满意之色,只有火柴微露失望之情。

76

也许是回到了住处,道姑整个人都松弛下来了,而且人性居然也恢复神速,还给君浩三人倒了三杯水,于是,四个人坐在沙发和椅子上一边喝水一边聊天。

道姑首先说道:"不好意思,平常一个人住,懒散惯了,屋子很乱,让你们笑话了。"

君浩赶快插话:"其实,也不是太乱,你还没见我住的地方呢,简直像个猪窝一样。"为了不致让道姑太难堪,君浩不惜自降身价,以猪自比。

道姑难得地笑了笑:"你谦虚了。如果我猜得不错,既然韩丽以后住我那间,你跟李大鹏应该是住最里面那间,就是放两张上下铺的。"

君浩和李大鹏同时一愣,君浩嘴快,问道:"不是还有一间卧室吗?"

道姑冷笑了一下:"你以为是给咱们公司人住的?"

君浩三人一时都愣了,这不是公司宿舍吗?不是给公司人住的,还能给谁住呢?

道姑善心发作,不愿看君浩三人在迷宫中挣扎,所以马上解谜道:"唉,我就告诉你们吧。你们没看到那个卧室锁着门的吗,连我都没有钥匙,钥匙在赵小雨手里。赵小雨打算将这个卧室租出去，挣房租。她已经让我打了招租启事，这两天就准备贴在下面了。"

三人同时"啊"的一声，像听到一个天下奇闻一般。公司真是生财有道啊，连这种方法都想得出。一个卧室就算租出去，能挣多少钱啊，顶多也就几百块，难道公司还差这点钱吗？就为了这点钱，居然连自己的员工都不让住，真够可以的。

道姑未卜先知，早就预测到君浩三人的吃惊，于是乘胜追击，说了更让人吃惊的话："唉，反正我也快走了，我也不怕什么了。按理说，这种话不应该说，说了会打击你们的工作积极性，但是不说，我又难受。其实，给你们说说也好，让你们有个心理准备，以后不至于有太大的落差。

"赵小雨对待员工是非常苛刻的，比如对我，就经常想尽办法挑毛病，然后扣钱作为处罚。尤其是对于那些离职的员工，赵小雨更是狠上加狠，迟迟不给他们结算工资，能拖黄就拖黄，实在拖不黄就想尽办法地扣，扣到最后基本也不剩什么钱了。

"在我之前辞职的那些人，没一个走得顺畅的，现在我也是，我两个月前就打的辞职报告，拖到现在还没给我钱。现在韩丽来了，过几天工作交接完了，估计她也没理由拖了，但肯定会想尽办法地扣我钱。你说我在外面打个工容易啊，被她这个黑心的老板这样耍弄，我能不气吗？这就是我为啥在公司总是冷冰冰不愿说话的原因。"

看来道姑真是压抑太久了，就像水龙头一样，一旦打开就倾泻不止，滔滔地讲了一大堆。君浩三人听得果然惊上加惊，真没想到背后还有这么多内幕。想想自己以后的命运，还不知道将会怎样，三人的心都凉了半截。

道姑看君浩三人全都吓得噤若寒蝉，心中不忍，于是终于话锋一转，再给众人一点希望："当然，我说的只是一个方面，就像原来赵医生给我说的那样，这个世界没有完美的公司，也没有完美的个人。这个公司，其实还是很有发展前途的，有些方面还是做得不错的。赵小雨本人呢，虽然我很恨她，但其实，她除了

/ 旅途 /
一个 80 后的未"成功"奋斗史

狠点抠点,其他的坏心眼倒还没有。所以,你们也别太担心,好好工作就是了。尤其是赵君浩和李大鹏,你们是跑业务的,只要你们业绩好,提成她肯定会给的。"

这番话终于如冬日炭火,给三人发凉的心煨出了几分暖意,谈话的气氛终于柔和了许多。

接下来,大家又都闲扯了几句,看时候不早了,便都起身告别。道姑并未挽留,送到门口。三人下楼,一起走到公交站等车。上帝也颇绅士,深明女士优先,于是安排火柴的车先到。火柴先走了,留下君浩和李大鹏两个大老爷们在原地继续等待。

君浩很喜欢李大鹏这个人,觉得他豪爽朴实,李大鹏也喜欢君浩的亲切随和,于是两人倒聊得颇为投机。聊到最后,恨不得插草为香,磕头拜把。

正聊着,李大鹏忽然问道:"君浩,你对郑娟刚才所说的,有什么感想?"

君浩略微迟疑了一下:"感想嘛,确实比较震惊。不过,正像她所言,世上哪有完美的公司和个人,大鹏,咱们做好自己的事就行了。"

李大鹏点了点头:"是啊,既来之,则安之,不管前路如何,只要好好走就可以。"

正说着,李大鹏的车到了,君浩催促他赶快上车,于是两人挥手告别。这次,老天仁心仁德,没有继续调戏君浩,李大鹏的车刚走,君浩要等的车就嘎然而到。于是,君浩跳上车,往民乐村奔去。

77

回到住处,已经快晚上九点钟了。当然,这个点儿对于住在深圳的人来说,一点都不晚。深圳的夜生活非常热闹,凌晨一两点还有大把的人会在街上晃。

/ 旅途 /
一个80后的未"成功"奋斗史

君浩敲开胖麻的门，果然胖麻正在享受他们的夜生活，依然兢兢业业地和几个狐朋狗友在打麻将。旁边的组合柜上，还放了一台正开着的电视。电视里面，一个不阴不阳的歌手，正在不阴不阳地唱歌。四个人谁也不看，全当是背景音乐。

胖麻今天手气颇顺，面前已经堆了一摞钱。君浩进来之后，对着胖麻说道："黄先生，我提前给你说一下，再过两天，就是这个周日，我就搬走了，搬到公司宿舍去。"

胖麻一听，脸如晴雨表一般，马上由晴转阴。想到暂时要断一财路，心中发疼。旁边坐着的胖麻老婆更是明显，直接由晴转雨，疾雨般地厉声道："你应该再早些说啊，我们也好早贴告示。这倒好，你一走，房子肯定要空上一段时间，我们的损失谁来补啊？"

君浩一听，气得差点晕过去，还有这么不讲理的。"死八婆！"君浩在心中咒骂不止，但表面上还是极力地忍耐："不好意思，黄太太，我也是刚知道，我刚找到一份工作，公司说包住，所以我就第一时间来通知你们了。"

男人多少要比女人大度些，胖麻不在这个问题上纠缠，直接说道："那水电费得算到周日。"

君浩点头："那是应该的。另外，还有四天正好就月末了，多出的那两天的房钱我也不要了，到时候你们把押金退给我就行了。"

没想到君浩的这番大度，胖麻和他老婆都不以为意，脸上都是一副毫不领情的神色，那意思分明是"你就算想要，我们也不给"。君浩看着他们那副欠扁的样子，真想上去左右开弓，一人一拳。

胖麻阴阴地一笑："那是当然，不过，我们收房的时候，要检查一遍。如果有损坏的，必须要赔的，这可是咱们有言在先的啊。"

君浩自忖没有损坏的地方，于是点头答应："好，那咱们周日交接。你们玩吧，我上去了。"说完，君浩便退出了房间，胖麻他们依然热火朝天地继续打麻将。

/ 旅途 /
一个 80 后的未"成功"奋斗史

君浩一边往楼上走,一边心中泛出几分苦涩。同样是人,君浩每天为了基本的生存,要在外面苦苦地奔波,而胖麻他们就可以不愁吃穿舒舒服服地待在家里打麻将。这到底是为什么?难道真的是命中注定?

凡事一旦扯上命运,则永远不会有答案。君浩后来干脆一甩头,把这个形而上学的问题甩出去,不再追想。

回到住处后,君浩突然反刍般地想到胖麻阴阴地笑,赶忙东瞧西看地又检查屋子一遍,看是否真有损坏之处。房间就那么大,君浩的东西就那么多,基本上都可以一目了然的,所以看了几遍,实在没看出哪有明显的损坏之处,于是略微安心。泡了一包方便面,连汤吃下后,便躺在床上看书。看了一会儿,困意袭来,不觉睡去。

第二天上午,瘦猴依然激情开讲。今天讲的是公司自己的产品"圣奇",瘦猴先念了一遍"圣奇"的英文"SECYY"。念的时候,声音很低,语气很轻,估计自己都疑心念得对不对,当然他更不敢解释为什么这个英文会翻译成"圣奇",因为他自己对这个古怪的名字都非常"蒙查查"。

国人的习惯,介绍孩子之前,一般要先说一下父母,所以瘦猴在介绍"圣奇"之前,先详细地说了"圣奇"的生产商,也就是英国的那家名不见经传的厂子,但在瘦猴嘴里,这个厂子却乾坤大挪移,相当名见经传,这应该是赵卫天洗脑有功。瘦猴被成功洗脑后,现在再对君浩三人进行洗脑。

瘦猴洗完脑后,终于开始讲"圣奇"。首先讲有哪些品种,主要是月抛的,半年抛的,年抛的。其中月抛和年抛下面又有几种产品,这些产品的直径、基弧、含水量等参数分别是多少。讲得非常详细,尤其是半年抛。因为在国内的隐形眼镜市场,半年抛现在是主流。主要是因为价钱不贵,佩戴时间为半年,不长也不短。

但是在西方发达国家,日抛却是主流。用一天就抛掉,方便,卫生,但是费用昂贵。经济基础决定产品主流,日抛在国内尚无法称霸,但在未来,肯定是一个趋势。

君浩在本子上，密密麻麻地记着这些参数。君浩历来对数字不感冒，但现在却有了感冒的症状，头疼不已。没办法，只好强迫自己死记硬背之。

瘦猴接下来化身卖瓜的王婆，开始大讲"圣奇"的优势，像什么三重边弧设计啊，中心厚度薄啊，高透氧率啊，无干燥感啊，无异物感啊，甚至还可以防紫外线。君浩听后，疑虑不已，因为经验告诉他，一个东西如果优点太多，则大多不可信。但疑虑仅是疑虑，君浩还没有蠢到当面质疑的地步，所以这些疑虑藏在肚中，仅供自己内脏之间的交流。

瘦猴卖瓜卖得上瘾，继续说道："圣奇"还可以定做远视片和散光片，甚至还有专门为干眼症设计的镜片。这令君浩大为惊奇，这种技术非常高深，看来那个厂子真是人有多大胆，地有多大产。

瘦猴终于卖瓜完毕，开始讲"圣奇"去年推出的一款新产品，名字叫虹膜放大片，类似于强生公司的美瞳，但它有黑蓝绿紫四种颜色。黑色可以让眼睛显得更大，剩下三种可以让眼睛显示相应的颜色。当然，这个产品是为那些爱美女士设计的。爱美女士的特点，就是不怕死，敢于拿自己身体的任何部位开刀。这种产品据说会有一定的副作用，但是这些副作用对于不怕死的爱美女士来说，都自动忽略为零。

瘦猴又如黄河之水般滔滔不绝地讲了一个上午，君浩三人依然在本子上记得不亦乐乎。

78

到了下午，终于轮到冬瓜开讲了。冬瓜看瘦猴这一两天为人师表得这么过瘾，早就心痒难耐，现在终于轮到自己了，喜不自禁。不过，唯一感到遗憾的是，虽然荣升教职，学生却流失一名。因为是销售方面的培训，与文员火柴关系不

/ 旅途 /
一个80后的未"成功"奋斗史

大,所以火柴被赵小雨撤下,让她和道姑继续工作交接。

一为单,二为双,三为众,火柴一走,学生的数量立马就由众变成双了,感觉上颇为不同。不过,虽然当老师的快感下降了三分之一,冬瓜却很敬业,居然还备了课,准备了一大堆打印的资料。

冬瓜神采飞扬地展开一页教案,首先开始讲"圣奇"的卖点,其实与瘦猴讲的优势基本相同,只不过是从销售的角度又深入地解读了一下。另外,冬瓜还特别说了一点,"圣奇"的产品都可以拆开来卖,就是可以单卖一只,这在市场上还是首家。

因为一般隐形眼镜都是成对销售,但有些人有些情况下就只需要买一只,这种时候,一般其他厂商都不愿拆散自己的产品,让它们"离婚",但"圣奇"就敢,这样做的后果,当然是有助于"圣奇"销量的提高,但后遗症就是产品的离婚率居高不下,单身的镜片急剧增多。

冬瓜讲完这个道德沦丧的卖点之后,依然面无愧色,开始讲"圣奇"所面临的市场现状,也就是竞争对手的情况。在国内的隐形眼镜市场,目前是三国鼎立,分别是博士伦、强生和海昌。博士伦自不必言,属于传统强国,实力强大。强生原来只是在国外兴风作浪,近年来大举入侵,攻营拔寨,发展迅猛。海昌倒是国货,产于台湾,在大陆也是后来居上,占有很大的市场份额。除此三家,其他的都是些小诸侯国,林林总总,不一而足。

冬瓜面带严肃,无奈地指出,"圣奇"也只是属于这些小诸侯国的一个,实力根本无法跟那三个大国相抗衡,正面进攻无异于以卵击石,所以只能从其他角度下手,展开差异化竞争,从而增加自己的销量。

冬瓜然后详细地讲了"圣奇"目前在深圳市场的铺货情况,在深圳,有四大眼镜店,分别是亚洲、博士、兄弟高登和眼镜88。这四家店实力雄厚,分店众多,统治了深圳大半个市场。其他比较有实力的还有宝岛、东方、东光等,再其他的就是林林总总的小店了。

目前,"圣奇"在四大眼镜店,除了亚洲还未合作,其他三家店都已铺货销售。另外，与东方和东光也有合作，小店方面也合作了一些。总的来说，做得还算不错，但是在各个店铺货量都不算太大，所以销量并不是特别高。

冬瓜分析完形势，然后指出下一步的工作重心，即一方面巩固已有客户，提高铺货量和销量，另一方面加大开拓新客户的力度，引用邓公的名言就是，两手都要抓，两手都要硬。

君浩在下面听得入神，不禁对冬瓜刮目相看。人不可貌相，海水不可斗量。别看冬瓜貌不惊人，但肚子里还是很有存货的。冬瓜对形势的分析和应对，都显示了他优秀的业务能力，这一点没有多年的销售经历，是很难培养出来的。不服高人有罪，君浩对冬瓜佩服不已。

李大鹏在下面也是听得连连点头。

冬瓜看见两个学生一副叹服的样子，心中得意，恨不得身外分身，一个自己拍着另一个自己说道："你真是个人才。"

冬瓜被兴奋的情绪刺激，所以疲惫的情绪无缝可钻，倒也精神抖擞地讲了一个下午。快到下班的时候，兴奋劲终于慢慢退去，宣布下课。君浩和李大鹏终于得以活动活动筋骨，不过，都感觉大有收获。

第二天是周六，但洪兴实行的一星期六天制，只有周日是休息，所以今天照样上班。冬瓜经过一晚的养精蓄锐，重又容光焕发，开始继续过瘾。

今天冬瓜主要讲的是销售技巧，基本与点石成金公司的眼镜男讲得差不多，但也有自己的一些感悟，这些感悟都是在多年的销售生涯中总结出来的。冬瓜没有敝帚自珍，而是如数家珍，悉数而授。一天的讲授下来，君浩和李大鹏都觉得受益匪浅。

晚上下班后，君浩有些疲惫地回到住处，吃完饭后，想到明天就要搬走，于是开始收拾东西。君浩一直觉得自己的东西不多，但一收拾起来，却也不少。

搬家就是这样，平常不觉得有多少东西，但一旦搬的时候，那些破东烂西瓶瓶罐罐，也不知道从哪个角落就全冒了出来，多得令自己都会惊讶。所以有人说，搬一次家，就相当于伤筋动骨一次，此言不虚。

/ 旅途 /
一个 80 后的未"成功"奋斗史

好在君浩毕竟单身,而且是穷单身,所以东西收拾下来,虽然不少,但也不是太多。不过,就算不多,也塞满了一个背包,还有一个大旅行袋。

收拾到最后,君浩对着厨房里的煤气罐、煤气灶和锅碗瓢盆,开始发愁。按理说,破家值万贯,这些东西最好也带走,但是带的话,实在太麻烦了。而这些东西又绝对不值得雇车来拉,就算值,囊中羞涩的君浩也不愿花这个钱。况且,前天道姑带自己去公司宿舍看的时候,君浩发现宿舍里有整套的做饭家什,到时候等道姑走的时候,如果需要的话,可以把她的便宜买下来,这样就可以省得这个麻烦了。

所以,君浩想到最后,打定主意,这些东西不要了。煤气罐明天可以退掉,煤气灶和铁锅也可以卖给收废品的,墙角那些平常喝剩的一大堆啤酒瓶也可以跟着卖掉,虽然值不了多少钱,但总比扔了强啊。至于碗盘筷子之类的,体积小,占地少,倒是可以用报纸包一下,塞进袋子里带走。

一切收拾完毕,君浩又把地扫了扫,而且还拖了拖,最后忙完之后,君浩累得便瘫软在床上。一看表,已经 11 点多了,竟然不知不觉地忙了四个多小时。

君浩躺在床上,看着天花板,想到明天就要离开这里了,忽然涌上了一阵不舍。不管怎么说,自己在这个小屋里已经住了快半年了。内裤穿久了还有感情呢,何况这个日夜安榻之处呢?虽然它不大,虽然它简陋,但是足以遮风避雨,给自己一份安定。虽然君浩不喜欢胖麻夫妇,但是就像一个女婿,即使极度讨厌岳父岳母,但也丝毫不影响他对他们女儿的喜爱。

君浩越想越伤感,感到最后,恨不能起身写篇祭文,祭奠一下这个即将离开的小屋,也祭奠一下自己这段永远逝去的青春岁月。

79

第二天睡到日上三竿,赵君浩才醒来,一看表,已经十点多了。真好,又省掉一顿早饭。

君浩起身刷了牙，洗了脸，然后坐在床边，静静地抽了一支烟，思考了一下今天要做的事情。首先把煤气罐退掉，然后把煤气灶、炒锅、啤酒瓶拿到附近的废品站卖掉，再然后找胖麻退房，最后就是拎东西坐车去公司宿舍。当然，到宿舍之后，肯定还要再整理打扫一番什么的。

扔掉烟头，君浩开始行动。君浩先把煤气罐上面的软皮管拽掉，然后找了一个大的塑料袋，把煤气灶和炒锅塞到里面，接下来就一手提着小煤气罐，一手拎着大塑料袋，关门下楼。

君浩先去卖煤气罐的地方，把押金条给店老板。店老板举起罐子，像看女人一样，上下左右仔细地打量了一番，然后才把那50块钱给了君浩。

最后，君浩随口问了店老板一句："这个煤气灶你还回收吗？"

店老板扫了一眼，目露轻蔑，鼻子还轻哼了一声："哼，这东西本来就不值钱，旧的就更没人要了，估计人家收废品的都不要。"

东西受到侮辱，东西的主人也不会觉得多光彩，君浩感到面红耳赤，仿佛自己也随了东西，不值一文。君浩低下头，匆匆走出小店，来到附近一家废品收购站。

废品收购站仿佛也随了废品，自觉低人一等，所以远离人群，深处居民区的后面。君浩走到之后，只见这个收购站屋子里院子里到处堆满了废品，饮料瓶、易拉罐、纸箱、废铜烂铁等，琳琅满目，让人目不暇接，仿佛到了堆满商品的超市一般，只不过超市卖新，此处收旧罢了。

院子里一个黑脸的中年男子正坐在一把破椅子上，低着头，一边抽烟，一边敲计算器。君浩把塑料袋放在地上，对着黑脸说道："老板，煤气灶和炒锅要吗？"

黑脸抬起头，先看了君浩一眼，仿佛君浩也是货品，要先估一下身价，然后又看了看塑料袋里真正的要售之物，不屑地说道："这东西不值钱的。"

君浩不死心："当废铁卖还不行吗？"

/ 旅途 /
一个 80 后的未"成功"奋斗史

黑脸忽地站起来，走到东西跟前，用计算器的背面敲了敲炒锅和煤气灶，再次不屑地说道："废铁？你自己看看，这能有多少废铁，而且这种铁，是那种最劣质的，这个我见得多了。"

君浩被黑脸的专业气质震住，绝望地说道："我要搬家了，这些东西带着麻烦，你就帮帮忙，看着给俩钱就行了。"

黑脸心中暗喜，脸上却依然平静，对着君浩说道："看你说得可怜，这样吧，给你三块钱吧。"

君浩大惊："三块钱？太少了吧。"

黑脸一下子装得很气愤："三块钱你还嫌少啊，说实话，这东西我都不想收，根本不值钱的，我只是看你说得可怜才勉强要的，你还嫌少。好，你嫌少，那我不收了，你拎回去吧。"

君浩无言可对，心想算了，三块就三块，总比扔了强吧，于是赶快说道："好吧，三块就三块吧。"

黑脸大获全胜，从肮脏的腰包里，掏出三张皱巴巴的一块钱，递给君浩。君浩接过来，心中感慨不已。原来买新的时候花了几十块钱，现在卖旧的时候才值几块钱，新旧之间差别居然这么大。

君浩把那可怜的三块钱塞进口袋里之后，对着黑心的黑脸问道："我那儿还有一大堆啤酒瓶，要不？一个多少钱？"

黑脸没想到眼前这个倒霉蛋还有油水可榨，马上应道："要，绿瓶两毛，黄瓶一毛。"

君浩惊讶："这还分颜色，价钱还不一样？"

黑脸对君浩的无知表示鄙夷，以专业人士的口吻道："那当然了，绿瓶的好，黄瓶的差，用的材料不一样的。"

真是三人行，必有我师，草莽之中，也出人才，君浩从黑脸这儿又学到了一些知识。

黑脸不关心君浩是否偷师，只关心君浩手里的瓶子："你那儿有多少？"

/ 旅途 /
一个 80 后的未"成功"奋斗史

君浩抬起头，略想了一下："挺多，大概 30 多个吧。"

黑脸基本满意，催促道："那你赶快弄过来吧。"

君浩一咧嘴："太多了，我没东西装啊。"

黑脸赚钱心切，于是大公无私，一转身从屋子里找了一个又脏又旧的大旅行袋，递给君浩："喏，这个借给你，把瓶子都装进去，提过来就行了。"

君浩表示感谢，然后提着这个袋子回去，把瓶子一个一个小心地放进去。放完之后，君浩用一只手一提，居然没提动，大惊，没想到这么沉，于是用两只手发力，才终于提起来。

君浩很吃力地提着这一大袋啤酒瓶，往废品收购站走。一边走，袋子里一边还发出轻微的"咣咣"声。君浩尽量很小心地走，生怕好不容易到地方了，瓶子也全碎了，那就前功尽弃了。

实在太沉，君浩走一会儿，就要把袋子轻轻地放下来，歇上一会儿。就这样走走停停，仿佛两万五千里长征一般漫长，终于走到收购站。到了之后，早已满头大汗。

黑脸看着满头大汗的君浩，鄙夷地笑道："你们这些念书的人，身体就是不行，这才几步路，就累成这熊样。"

君浩累得都说不出话来了，也懒得反驳他。

黑脸见君浩不言语，也不再说话，弯下身子，把脏旅行袋里的啤酒瓶，一个一个地拿出来，在地上按照五个一排摆好。最后摆完之后，一数，总共 34 个。这些瓶子都是绿色，一个两毛，总共应该是 6 块 8 毛钱。

其实，口算就能算出来，但是黑脸职业习惯，拿着计算器又"叭叭"地点了一通，仿佛不用计算器就不放心似的。最后确认之后，看了看旁边还在呼呼喘气的君浩，突然良心发现："34 个瓶子，按理说应该是 6 块 8，不过看你累成这样，我再给你加两毛，给你 7 块吧。"

说着又从那个肮脏的腰包里，掏出一张更加皱巴巴的十块钱，递给君浩："你把刚才的三块钱给我，我给你一个整的 10 块，正好。"

/ 旅途 /
一个 80 后的未"成功"奋斗史

君浩把这十块钱接过来，然后把口袋里还没暖热的那三块钱，又复归原主。

货款两清之后，君浩便离开废品收购站往回走。一边走，一边看着手里那张皱巴巴仿佛惨遭踩躏的 10 块钱，感觉自己像极了这钱，自己不也是每天都惨遭生活的踩躏吗？辛辛苦苦地忙活了半天，才得了这可怜的 10 块钱，还不够有钱人的一顿饭钱呢。老天啊，你公平吗？

好在君浩天性豁达，难过了一会，便平静了下来。平静之后，想到这些废品扔了也就扔了，现在居然还得了 10 块钱。虽然少，但也是钱啊，起码还够吃两碗拉面呢。

想到这里，君浩又不由得高兴起来。又想到一会儿找胖麻退了房，还能得到几百块的押金，心中更加高兴。于是情绪一转，面露微笑地往住处走去。

80

回去之后，赵君浩又把厨房给清洗了一遍，无奈有些油垢年深日久，早已和墙壁灶台合二为一，如果不下脱胎换骨之决心，是绝难去除的。

君浩洗了半天，终于发现上面的真理，于是宣布投降，不再洗之。这些油垢乃是之前不知多少家住户接力完成，并非为君浩一人所赐，所以君浩料胖麻也不能以此为口实。

接着，君浩擦干了手，把自己的那个很小的席子、薄被子和枕头，也都使劲卷了卷，卷得尽量小，然后塞进旅行袋。旅行袋一下子塞得鼓鼓的。所有的东西都已装好了，下一步退房走人就可以了。

去找胖麻之前，君浩又把屋子的地拖了一遍，整个看下来干干净净的，这才彻底放心。

君浩来到二楼，胖麻夫妇依然正在不忘本业勤奋搓麻。君浩说明来意，胖麻

/ 旅途 /
一个80后的未"成功"奋斗史

只好暂时撇下心爱的事业，随君浩来到8楼。

君浩把门打开，爬楼爬到气喘吁吁的胖麻，不由得大吃一惊，他没想到君浩把房间弄得这么干净，这下可糟了，不好找理由扣钱了。不过，胖麻毕竟是老江湖，心中暗惊，脸上不乱，先皮笑肉不笑地说道："哦，不错啊，你还打扫得这么干净啊？"

君浩心想，奶奶的，还不是怕你找理由扣钱吗？但嘴上不能这么说，装得很体贴道："这是我的习惯，每次退房前都要把屋子打扫干净，这样你们也省事啊。"

胖麻一点不为君浩为自己省下打扫之功而感动，只是心中暗想君浩真是狡诈无比，只不过在毁尸灭迹而已，所以仍然皮笑肉不笑地继续道："小伙子不错啊，但是，我还是要检查一遍。"

君浩有恃无恐，一边从口袋里掏押金条，一边说道："好的，你随便看。看完如果没有问题，这是押金条，咱俩两清就可以了。"

胖麻的脸上，由皮笑肉不笑变成阴阴地笑："好，没问题。"说完，一边在房间走，一边仔细地看，两只眼睛也瞬间化为鼠眼，贼光四射。看了半天，也没发现可疑之处，但欲加之罪何患无辞，胖麻绝不甘心就此认输。走到卫生间的时候，还不时地像狗一样，提鼻子使劲地嗅了几嗅，仿佛一旦嗅出臭味也可以作为扣钱的理由。

功夫不负有心人，胖麻搜寻半天，终于发现目标。原来卫生间门上的锁坏了，根本锁不上。其实，君浩住进来的时候，就发现锁是坏的，但因为就君浩一个人住，锁坏不坏没什么影响，甚至有门没门都没什么影响，所以君浩也懒得去跟胖麻讲。没想到当初图省事，现在被胖麻当作了把柄。

胖麻发现锁坏之后，如同发现了新大陆，兴奋不已，脸上的肥肉都微微地抖动着："赵君浩，你自己看看，这锁怎么坏了？"

君浩没想到胖麻看得这么仔细，但因为不是自己所为，便也理直气壮地说道："这锁本来就是坏的，我住进来的时候就是这样了。"

/ 旅途 /
一个 80 后的未"成功"奋斗史

好不容易找到一个目标,胖麻当然不会轻易罢休,追问道:"那你怎么不说啊?"

君浩解释道:"就我一个人住,锁不锁门都一样,所以就没跟你们讲。另外,你们每天也忙,也不想打扰你们。"

君浩说最后两句的时候,不由得暗带讽刺。胖麻不傻,当然听出了其中意味,但也不点破,继续说道:"就算我们忙,你也应该给我们说啊。现在你不说,就只能认为是你弄坏的。因为什么呢?第一,你来看房的时候,并没有当面说;第二,你住了这么久了,也没有给我们说,现在退房被我发现了才说,你不觉得太晚了吗?我凭什么相信你说的话呢,你拿什么证明这个锁不是你弄坏的呢?"

胖麻天天搓麻,手上功夫了得,没想到口上功夫也很了得。这番话逻辑清晰,推理严密,而且反问连连,一时之间还真把君浩问住了。

君浩当然无法证明这个锁不是自己弄坏的,除非锁自己会说话。但无法证明并不代表事实如此,所以君浩委屈地抗议道:"你让我拿什么证明呢?我总不能去把之前在这住的人都查一遍吧?那可能吗?黄先生,你要讲理啊,这个锁真的早就坏了。"

胖麻一下子很生气:"你说我不讲理?我不讲理的话,还会跟你说这么多吗?到底谁不讲理?你既然证明不了不是你弄坏的,那就是你弄坏的。咱们租房之前已经有言在先,东西损坏要照价赔偿。我换个锁最少要 80,所以,我要从你的押金中扣 80。"

君浩一听,气得发昏:"80?一把锁值 80 吗?"

胖麻也不示弱,大声道:"怎么不值?这种门上的锁很贵的,你以为是街边那种几块钱的小锁啊?扣你 80 还算少的了,你还嫌多啊?"

君浩气得晕上加晕:"怎么不多啊?况且这锁又不是我弄坏的。"

说来说去,又绕回到最初的问题,胖麻依然还是那句话:"你怎么证明呢?"

君浩气急:"不能证明,就必须说是我弄坏的吗?"

胖麻也粗了脖子:"不能证明,那就是你弄坏的。"

一时之间，两人就这个问题争辩不休，因为都带着气，所以声音很大，吵架的声音传得很远。不一会，胖麻的老婆竟也闻声而来，如泼妇一般，加入战团，在旁边装腔作势，跟君浩吵个不停。

君浩一看，这样吵下去也不是办法，但也不甘心就此挨宰，于是说道："黄先生，黄太太，咱们这么吵下去，也不解决问题。这样吧，我退一步，自认倒霉，这个锁我来赔，但是赔80，我绝不同意，你们自己心里也清楚，我只赔30。同意的话，咱们就两清，不同意的话，我就报警，让警察来解决，到时候我连一分钱都不会赔。你们掂量着看吧。"

君浩最后说报警，其实是吓唬，这点事根本就不值得报警，即使值得，君浩也不会报，君浩也不想那么麻烦。

胖麻夫妇自知理亏，与君浩吵架不过是虚张声势。他们只不过看君浩为人老实，想讹一下君浩。他们也不想把事情闹大，现在看君浩说得这么斩钉截铁，况且自己也不吃亏，于是胖麻首先顺坡下驴道："好吧，赵君浩，看在咱们毕竟也相处了半年多了，我也退一步，我也认个倒霉，30就30吧，但你别以为我是怕你，或者怕报警。有理走遍天下，我到哪都不怕的，我只不过不想这么争下去。其实，这点钱对我来说，根本不算什么，一把牌就过来了。"

胖麻果然敬业，三句不离本行。君浩也不想跟他再争，把押金条递给胖麻，胖麻接过来，还仔细地看了几眼，然后从钱包里掏出420块钱，很不情愿地递给君浩。

君浩接过来，数了一遍，揣进口袋，然后把防盗门和屋门的两把钥匙丢到桌上："这是钥匙，咱们一切都清了，再见。"

说完，背上背包，一只手提着那个沉沉的大旅行袋，头也不回地往楼下走去。

胖麻夫妇丝毫没有送的意思，见君浩拐到下一层楼梯了，胖麻老婆对胖麻说道："一会儿，别忘了把防盗门的锁也换一下。"

君浩其实还没走远，所以胖麻老婆的话，君浩听得真真切切，一时之间，气上加气,恨不得扔掉旅行袋,转身上楼,把二人狠狠地揍一顿,出出心中的恶气,但君浩还是极力忍住了这种冲动,提着袋子,一步一步地下了楼梯,出了大门,走了几步,回头遥望,心中凄然。

81

赵君浩一边往公交站台走,一边心中悲凉。人善被人欺,马善被人骑。苍天无眼,怎么造出胖麻夫妇这种人来。

别奢望公平,人生而不平等,这就是生活,真实的生活。与其牢骚满腹,诅咒抱怨,不如坦然认之,以图改变。

君浩一边走,一边这么地想着,慢慢地,倒也心平气和了。但是,心虽然舒服了,身体却不舒服。旅行袋甚沉,而公交站台又甚远,刚提的时候还不觉得累,但提上一会儿之后,却觉得臂如灌铅,沉重无比,只得走一会儿歇一会儿,待终于走到站台时,已通身是汗。

深圳的公交车永远都是人满为患,要等的334路终于来的时候,君浩一看,大吃一惊,里面人挤得脸都贴在玻璃上了。自己肩背手提的,断然上不去的。没办法,只好等下一辆,没想到依然如故,君浩又气又急,真想打的,但又囊中羞涩,只好再等。等到第三辆的时候,车上的人终于没那么多了,但也不少。君浩艰难地挤上去,背包和大旅行袋占了不少地方。周围的人纷纷侧目,心中都暗骂不已。

半个小时后,终于到站了,君浩又艰难地从人群中挤了下来。到了平地上,君浩觉得有如重生。把旅行袋放在地上,伸胳膊伸腿,活动了半天。

活动得差不多了,君浩又提上旅行袋,一边回忆着上次道姑带着他们走过的路,一边四处张望地往前走。老马识途,新马偶尔也识途,君浩居然一路顺利地找到地方。顺着楼梯，上到五楼，只见外面的防盗门关着，里面的屋门却是开着。

君浩敲了敲门，很快，只见李大鹏手里拿了一个热得快，快速地走过来开门。李大鹏见到君浩很高兴："君浩，你才来啊。我正准备烧开水呢。来，我帮你提一下。"

说完，李大鹏走出来，用一只手提着君浩的旅行袋，一用力便拎了进来。君浩嘴上说不用，心里却很感动，这真是个实在人啊。

君浩随着李大鹏进到最里面的卧室，只见其中一个上下铺的下铺已经铺好了被褥席子，不用说，是李大鹏的。另一个上下铺的下铺还是空的，那也不用说，是留给君浩的。

李大鹏把旅行袋放在地上，憨憨地一笑："我早来了，刚才还寻思，你啥时候来呢。你先整理一下床铺吧，我去烧点开水，一会儿咱们喝。"

君浩也笑了："我哪有你那么积极啊。对了，怎么就光有你，郑娟不在啊？"

李大鹏坏笑了一下："怎么刚来就关心上了？她半个多小时前就出去了，也不知道去干啥了，我也不敢问。"

君浩摆出一副无所谓的样子："我也就是随口问问，毕竟以后咱们三个就要在一起生活了。当然，她很快就要走了。"

李大鹏继续坏笑："没事，你还有机会。"

君浩伸出一只脚，作势踢向李大鹏："去你的吧，你也有机会。"

李大鹏笑着走开，去大厅烧开水。

君浩把背包取下来，放在旁边的小桌子上，然后找了一块破布，把那块空床板擦了一遍。其实也不太脏，只不过有些灰尘。擦完之后，君浩先从旅行袋里拿出那张小破席子，铺在床板上。君浩没有褥子和床单，只有这张席子，好在深圳的天气大部分时间都比较热，一张席子足以。

席子在袋子里被窝得都有些发皱了，像一张饱经沧桑的脸，君浩捋了半天，尽量把皱纹都捋平。然后把枕头摆好，被子也摆好，一下子床就像模像样了。虽

/ 旅途 /
一个 80 后的未"成功"奋斗史

然简陋无比，但起码也是一个安歇之处。

其实，李大鹏的床铺也很简陋。不同的是，席子下面垫了一张薄薄的旧褥子而已，所以，二人的境遇差不多，同病相怜，这也是君浩和大鹏能够迅速熟识的原因之一。

收拾好床铺之后，君浩又从袋子和背包里拿出其他的东西，一时没有适合放的地方，看见墙角还摆着一张大的破桌子，上面有三个抽屉，两个储物柜，其中一个抽屉和储物柜里放了李大鹏的东西，剩下的两个抽屉和储物柜都是空的，于是便把自己的东西，大概分了分类，放在里面。

一屋不扫，何以扫天下，君浩全都忙完之后，又拿扫帚把地扫了一遍。李大鹏看到之后，忙对君浩邀功："不用扫了，我已经扫过了。"

君浩一笑："刚才整的时候，又有些脏了，我再扫一下，怎么样，我忒有素质吧？"

李大鹏一乐，电视里学的东北话冒了出来："杠杠的。"

君浩扫完之后，外面的开水已经烧好了，李大鹏让君浩拿个杯子来。君浩找到自己的小硬塑料杯，李大鹏挺热心，给君浩倒上，然后再给自己的杯子里倒上。倒好之后，两人一个坐在沙发上，一个坐在对面的椅子上，开始煮酒论英雄，天南地北地胡扯。

正扯着，忽然听见一阵清脆的高跟鞋的声音，停到门口，君浩扭头一看，原来是道姑回来了，不等她自己开门，君浩赶忙起身去打开防盗门。

道姑手里拎着一个超市的购物袋，里面装了一大堆零食。道姑见到君浩，居然挺高兴："赵君浩，你来了？"

君浩点点头："是啊，我刚到。大鹏刚才说你出去了。"

道姑一边往里面走，一边说道："是啊，我刚才去对面的家乐福转了转。"

君浩没话找话："这附近还有家乐福？"

道姑一边用钥匙开自己卧室的门，一边说道："有啊，就在对面，挺大的，有空你们可以去转转。"

说完，道姑开门进去，很快就换了一双拖鞋，手里拿着一包话梅出来，坐在君浩对面的沙发上，对着二人说道："喏，我刚买的，一块吃啊。"

君浩没想到道姑如此热情，心中大为感叹，没想到自己当初在车上的一个小小的善意之举，居然能让道姑的态度发生这么大的改变。古语云：勿以善小而不为。有的时候，一个小小的善意就能很容易打动某些人脆弱的内心。道姑表面看起来清高冷淡，其实内心很是火热，用现在流行的词就是属于"闷骚型"的。

道姑看君浩有些发愣，看李大鹏也有些发愣，粲然一笑："你们都愣什么啊，不好意思啊，没什么的，虽然我快走了，但毕竟咱们还能相处几天啊。我这人别看表面上有时候冷冰冰的，内心其实可好了。"

赵君浩和李大鹏都忍不住笑了，君浩抢先说道："谦虚点，行不？哪有自己说自己好的？"

道姑调皮地一笑："我不这么说，你们不还都是那么拘谨吗？"

原来道姑也会调节气氛，于是三人都笑了，气氛一时很融洽。此时，道姑早已撕开话梅的袋子，把话梅倒在茶几上的盘子里，然后三人一边吃一边聊。

82

话梅是开胃食品，赵君浩吃了几颗之后，立竿见影，肚子里潜伏已久的饿意立刻汹涌澎湃。君浩这才意识到自己忙到现在，还未吃午饭呢。一看表，已经下午两点半多了。

君浩问李大鹏和道姑："你们吃过午饭了吗？"

道姑眉梢一挑，惊讶无比："我早就吃过了，你还没吃啊？这都几点了？"

君浩挠了挠头："光忙着搬家了，现在才觉得饿来。大鹏，你也吃过了？"

李大鹏用双手比了一个小长方形："也算吧，我中午吃了两片这么大的面

/ 旅途 /
一个 80 后的未"成功"奋斗史

包。"

君浩一摆手:"那哪够啊,就你这体型,吃 10 片都不一定够啊。走吧,咱们一块儿下去吃点东西吧。吃完之后,顺便也去周围转转,熟悉一下环境。"

李大鹏无法拒绝,点头答应。

君浩一边从椅子上起来,一边对道姑说道:"你慢慢吃,我们两个去外面觅点食。"

道姑笑道:"好,你们赶快去吧。咱们楼后面,就是河背村,里面有很多小饭馆,可以去那边吃。"

说完,好像突然想到一件事,道姑马上趿拉上拖鞋,跑到卧室里,拿出两把钥匙,出来后交给君浩:"这是防盗门和屋门的钥匙,你们吃完饭后,最好每人都配一副,街上就有配钥匙的。另外,你们卧室门的钥匙我没有,应该在赵小雨那儿。"

君浩点头,接过钥匙,然后和李大鹏一块儿出门下楼。下到一层,再穿过那道饱经沧桑的铁门,便顺着小路往后面走。

李大鹏一边走,一边拿君浩打趣:"君浩,我看郑娟对你有意思啊。我一个人来的时候,她对我爱答不理的,你一来,你看多热情啊,还拿着话梅给你吃。"

君浩心中得意,嘴上装傻:"什么叫给我吃?你没吃?是给咱俩吃。"

李大鹏一下撕掉伪装,说出真相:"拉倒吧,不是你在,她会给我吃吗?我是沾你的光了。"

君浩心中更美,嘴上却倒打一耙:"你怎么会这么想呢?大鹏,你不能低估自己的魅力啊。"

李大鹏装出一脸悲哀:"唉,我有啥魅力啊,除了长得壮点以外,真没啥优点。"

君浩故意憋出一阵淫笑:"长得壮,就是最大的优点啊。你不知道,现在的女孩子最喜欢壮汉了。"

李大鹏也会心地故意发出一阵淫笑,于是两个人一边淫笑着,一边走到了村子里面。

村子不大,房子依然保持着城中村的优良传统,密密麻麻,亲密无间。村子里,有几条比较宽的大街,剩下的都是楼与楼之间的小路。大街还挺热闹,做买卖的,各行各业的都有。当然,最多的还是各式各样的小饭馆。

民以食为天,中国人在吃这个方面,几千年来殚思竭虑,努力钻研,终于发展成万千菜种,洋洋大观。就连这小小的一条街,就有东北饺子馆、湖南湘菜馆、兰州拉面馆、河南烩面馆、桂林米粉店、沙县小吃店、广东麻辣烫等,别说吃,走一圈都胃口大开。

两人本来就饿,又走了一会儿路,更是饿意泛滥,看到饭馆的名字就流口水。两个人都是北方人,决定吃面,于是便走到兰州拉面馆,叫了两碗拉面。

等面的时候,君浩对李大鹏说道:"这顿饭我请你。"君浩是河南人,河南人的特点就是要面子,穷大方。李大鹏是山东人,山东大汉自古豪爽,当然不肯受请,所以李大鹏忙说道:"不,哪能让你请,这顿我来请。"

于是,两个人开始为两碗拉面争执不休,周围的食客都纷纷侧目。后来,李大鹏说道:"君浩,咱俩别争了,这样吧,咱们还是按照这边的风俗算了,AA 制,也不丢人,也不伤感情的,怎么样?"

君浩一想,也确实是,广东这边,甚至扩而大之,整个南方地区,一般的风俗都是 AA 制,各掏各的钱,谁也不欠谁,明明白白,清清楚楚。既然来这边打工,也就入乡随俗吧,于是君浩也点头同意,两人终于达成共识。

后来,面上来了,两人如饿狼一般,"呼哧呼哧"吃完,连汤都喝得干干净净。老板很高兴,这碗都省得洗了。

两人吃完之后,各自付了钱,鼓腹而出。饭足汤饱,心情大好。两人开始找配钥匙的地方,果然在离拉面馆不远的地方有一个小摊儿。两人拿着钥匙一问价,都吃了一惊,那把屋门的钥匙配一把两块,那把防盗门的钥匙配一把居然要 8 块。君浩原来以为顶多一两块钱,现在居然两把就要 10 块,都顶得上两碗拉面了。

/ 旅途 /
一个80后的未"成功"奋斗史

摊主给两人的解释是,防盗门的钥匙有四个棱,配起来麻烦,屋门的钥匙只有一个棱,相对简单,所以便宜。摊主看两人有些犹豫,便拍了拍胸脯,说你们不信,尽可以去其他摊子问问,都这个价。

君浩看摊主把胸脯拍得"叭叭"响,怕他一时手重把自己拍死了,所以与李大鹏一商量,也都懒得再跑其他地儿,就在这儿配了。摊主挺高兴,不再自虐,很快便配好了钥匙。君浩和李大鹏还是采用 AA 制,各自付了 10 块钱。临走时,摊主又犯了自虐瘾,又一拍胸脯说:"我配的钥匙保证能开,万一不能开,免费再配。"

两人配好钥匙后,没有其他事了,开始在大街上东瞧西看,四处转悠,后来便转悠到梅华路这边。梅华路对面就是家乐福,家乐福旁边是必胜客、肯德基、面点王等店铺。家乐福后面就是梅林一村小区,小区的后面就是梅林水库。水库位于山腰,周围绿树丛生,景色很不错。

两个人先到家乐福里转了转,里面很大,上下两层,货架上摆的都是满满当当的各类商品。两人都秉承只看不买的原则,四处转悠。没想到过了眼瘾之后,还能偶尔过一下嘴瘾,原来水果区和熟食区都提供有免费试吃。良心衰于困地,两人都拿了一根牙签,一路吃下去,但在吃的时候,脸上却装作细细品尝的样子,仿佛一旦觉得好吃马上要买的意思。

两人揩了一通油后,心满意足,然后出了家乐福,顺着梅林一村小区外面的小路转悠。果然是高档小区,富人惜命,运动场所众多,附近有网球场、羽毛球场、篮球场、游泳馆,还有一个很大的高尔夫球场。

两人以前都没见过高尔夫球场,今天一看,分外震撼。只见一片广阔的修得整整齐齐的绿油油的草地,上面还有工作人员开着小的白色电瓶车。草地的这边,是一个很大的遮阴台,台子下面摆着桌子和椅子。一些穿得很休闲的中年男人,一边坐在桌子边喝着咖啡,一边很轻松地聊着天,而旁边有两三个人拿着漂亮的高尔夫球杆,以很优雅的动作击打着地上的高尔夫球,然后那些球便以更优雅的弧线向远处飞去。蓝天、白云、绿草、咖啡、高尔夫,透着浓浓的闲适和惬意。

两人透过高高的铁丝网，呆呆地看着，一时之间，谁也不说话。过了好一会儿，李大鹏回过头，目光坚定地说道："君浩，总有一天，我也要过上这样的生活。"

赵君浩的心中也早已被激荡起一股豪气："跟我想的一样，总有一天，我也要过上这种生活。"

李大鹏狠狠地说道："王侯将相——"

君浩忙接着道："宁有种乎？"

两人相视一笑。这时，从高尔夫球场也传来一阵笑声。两种笑声交织在一起，颇耐人寻味。

83

后来，两个人逛累了，便打道回府。

到宿舍的门口，两人都试了试各自配的钥匙。摊主果然没吹牛，钥匙都能用。不仅能用，而且居然比道姑的原配钥匙还好用。但两个人还是拿着钥匙，反复地试了几次，确认不是钥匙一时的超常发挥，而是稳定表现后，方才放心。

两人进到大厅，君浩隐隐地听到从道姑的房间里传来一阵佛乐，大吃一惊，以为道姑从此弃道从佛，开始打坐念经了。君浩敲了敲道姑卧室的门，一会儿道姑把门打开了。君浩看到桌子上放了一个MP3，上面连着一个小音箱，悠悠的佛乐正从里面传出。

道姑面色安详，见是君浩，问道："你们回来了？"

君浩把钥匙交给道姑："嗯，刚回来，这是你的钥匙，我们已经配好了。"

说完，君浩忍不住地问道："你还喜欢听佛乐啊？"

/ 旅途 /
一个80后的末"成功"奋斗史

  道姑莞尔一笑:"是啊,是不是很另类啊?其实,也没什么,这个世界太浮躁了,听佛乐能让我安静,能让我放下很多杂念和欲望,我喜欢这种安详的感觉。"
  说完,忍不住向君浩布道:"我建议你也经常听听。"
  君浩心生钦佩。这个社会,能让自己安静的女孩太少了。太多的女孩为了房子、车子、票子每天心浮气躁地忙碌着,急急忙忙地把自己卖给工作或是卖给男人,很少有人愿意安安静静下来,把自己卖给自己,听听自己内心的声音。
  从这个角度讲,道姑确实算是另类,但如果这个世界上所有的女人,或者推而广之,所有的人,都能成为这样的另类,那么这个世界将会是多么的美好。
  君浩心中感慨万千,忍不住地赞道:"你真是与众不同,让人佩服。"
  道姑宠辱不惊,淡淡地笑道:"没什么的,就是个人爱好而已,要不你也一块儿听。"
  君浩忙摆手:"算了,我就不听了,我的道行还不够啊。你慢慢听吧,我去睡会儿觉。忙乎了大半天了,有点累了。"
  说完,君浩把道姑的门轻轻带上,回到自己的卧室。李大鹏正躺在床上,拿着一本旧的《知己》在看。见君浩进来,对着君浩开始挤眉弄眼。
  君浩知道他狗嘴里吐不出象牙,没理他,往床上一躺。折腾了大半天,身体早已疲惫,所以不一会儿,君浩便沉沉睡去。
  也不知睡了多久,君浩醒了,睁开眼睛,看到对面的李大鹏还以同样的姿势,歪在床上看《知己》,吓了一跳,以为他已石化,不觉问道:"你还在看啊?现在几点了?"
  李大鹏把杂志放下,满脸钦佩:"君浩,你真能睡啊。现在已经6点半多了。"
  君浩揉了一把眼睛,真是一通好睡,感觉疲劳一扫而光。君浩翻身坐起,问道:"大鹏,你吃过晚饭了吗?"
  李大鹏也从床上坐起:"没呢,我看《知己》入了迷,都快忘了饿了。"
  君浩一撇嘴:"那种胡编乱造的故事,你也能入迷?"

李大鹏不服，拿起杂志，指着封面硕大的"纪实"反驳道："你别瞎说，这上面的都是真事。"

君浩又一撇嘴："真事？哪有那么多真事让他们写？甚至连主人公的心理活动他们都知道，作者是神啊？拉倒吧，基本都是编的，我原来还写过类似的，只不过编得不精彩，人家没要。"

李大鹏的眼睛睁圆了："真的？"

君浩一笑："我骗你干吗，行了，咱俩别讨论这个了。走，还是一块去吃饭吧。"

李大鹏点头，一边站起身来，一边口中嘟囔："假的？都是假的？"

君浩也不敢乐，一起往外面走。经过道姑的卧室时，发现门开着，道姑正靠在床头看书。君浩轻敲了一下门，问道："郑娟，吃饭了吗？要不要一起去吃？"

道姑抬起头，微微一笑："不用了，我晚上不吃饭的，饿了我就吃点饼干。"

君浩大惊："晚上不吃饭？"

道姑怕君浩继续追问，索性实情相告："是啊，我正减肥呢。"

君浩无奈地一笑，现在的女人啊，似乎与肥胖都不共戴天，永远都嫌自己身上多一两肉，减肥成了她们的终身事业。在这个问题上跟她们讲理，无异于对某种动物弹琴。所以，君浩也没有规劝，直接说道："好吧，那我们两个去吃了。"

说完，君浩和李大鹏一起出了宿舍。天已擦黑，白天蜗居在家的男男女女们，此时都像老鼠一样，纷纷出来四处活动，所以街上行人如织，很是热闹。小贩们当然也不甘示弱，早已在街边支摊摆点，售卖各种东西。

两人路过一个卖炒粉的小摊，见食客众多，一问价钱，才三块钱。大喜过望，于是决定临幸此摊。摊主是个胖子，说话不说话的，脸上都带着笑，挺喜庆。

两人每人点了一份炒河粉，炒河粉类似于北方的炒面，不过，粉是用米做的，呈白色，炒一下，味道鲜美，是南方很普遍的吃食。很快，胖子把两碗炒河粉端上。两人也不说话，狼吞虎咽地吃下。吃完之后，还是各自付了钱，又在街上

/ 旅途 /
一个 80 后的未"成功"奋斗史

转了一会儿,便回去了。

回去之后,道姑正坐在沙发上喝水。于是,两人也都倒了一杯水,三个人坐在一起,天南地北地聊了一个多小时。后来,道姑回卧室继续看她的言情小说,李大鹏也忘掉真假不计前嫌,躺在床上继续看他的"纪实小说"《知己》,君浩则拿出笔和日记本,趴在客厅的桌子上写日记。

君浩从上高中开始,一直都保留着写日记的习惯,因为有太多的话无法对别人说,只好对自己说,所以日记本兼具便桶的功用,君浩每次在上面都发泄得很痛快。其实,很多作家的起步,都是从发泄开始的。很多的文学作品,其实都是发泄的产物。

当然,这是戏谑的说法,君浩之所以喜欢写日记,是因为喜欢写日记时静静的感觉,那种自己跟自己对话的感觉。君浩天性其实是个很安静的人,喜欢沉浸在自己的世界中,只不过为生计所迫,不得不在生活中八面玲珑。

君浩一边静静地抽着烟,一边静静地写着,把自己今天所做的事情,以及所思所想,全都倾泻在文字里。写完一看表,已经快十点了。于是,收拾好纸笔,去卫生间刷了牙,便上床睡觉了。

因为下午睡过一觉,所以,赵君浩现在躺在床上精神得很,怎么也睡不着。李大鹏也睡不着,于是两人继续开聊,很像大学时候的卧谈会。正如大学卧谈会的主题永远都是女人一样,君浩二人聊天的主题也离不开女人。女人,对于男人来说,具有永远神秘的吸引力。没办法,这是造物主的安排。

开聊之前,君浩下床偷偷把卧室的门给关上了,因为君浩未卜先知,他们的聊天内容绝对少儿不宜,最好别让隔壁的道姑听到,否则难逃流氓之嫌。

事实证明,君浩此举是完全正确的。李大鹏首当其冲,首先讲起了他和他初恋女友的故事,后来越讲越兴奋,也不避隐私,开始大谈床帏之事。君浩听得很是兴奋,当然也投桃报李,礼尚往来,讲了他和大学女友的故事,当然,也是荤腥十足。讲到后来,君浩也忍不住地添油加醋,加入了一些幻想。其实,男人在追忆曾经的男女之事时,都会不由自主地加入自己的幻想。时间越久,真实的细节越少，幻想的成分越多。

　　李大鹏也听得很兴奋，受君浩的激发，又讲起个没完，君浩也不时地插话，两人像比赛一样，越说越兴奋，恨不得当场自渎，这样的聊天一直持续到快凌晨两点多。

　　弗洛伊德说过，性是一切行为的驱动力。果然不假，如果不是谈这个方面，两人不会这么饶有兴趣地聊了将近四个小时。

　　后来还是君浩主动息念，说明天还要上班，赶快睡觉吧。李大鹏表示同意，于是卧室里终于恢复了纯洁的安静。

84

　　第二天上午九点钟，洪兴深圳分公司召开周一例行工作会议。所有人都已到齐，唯独不见那个说话阴柔的壮汉。赵君浩心存疑惑，但也只是心存，嘴上并未说出来。

　　大家团团围坐，表情不一。赵小雨神态威严，霸气弥漫。旁边的冬瓜则一脸敬神般的虔诚，拿着一支笔，准备随时把赵小雨的重要讲话记录于案。瘦猴则依然那副没睡醒的样子，萎靡不振。道姑一改在宿舍的活泼多语，又恢复在公司的冷若冰霜。赵君浩、李大鹏和火柴三人因为刚入职不久，精神倒还抖擞。

　　赵小雨没说话之前，先环视了众人一番，看到瘦猴那副吊儿郎当的样子，很不满意，狠狠地瞪了一眼瘦猴。瘦猴则一副死猪不怕开水烫的神情，依然那么萎靡，不过顾及一点赵小雨的面子，把身体坐得稍微正了一点。

　　赵小雨一看瘦猴烂泥扶不上墙，便也懒得再瞪，轻咳了一下，开始发表重要讲话。冬瓜赶快在本子上"唰唰"地记着。老板讲话一般有个套路，先是回顾，接着总结，最后展望，用赵本山的小品来说，就是《昨天·今天·明天》。赵小雨

/ 旅途 /
一个 80 后的未"成功"奋斗史

也不例外，回顾了公司上周的销售情况和运营情况，又讲了一下现在存在的不足，最后勉励大家同心同德，共同努力。这番讲话，其实把里面的数字和一些细节一换，下周，或者下下周，甚至再长时间，都能继续再用，属于领导的万能讲稿。

最后，赵小雨终于放完屁，爽得不行，宣布散会，然后回到总经理室。道姑和火柴则继续去交接工作，瘦猴则依然出去跑客户。冬瓜作为销售经理，开始给君浩和李大鹏分派任务。冬瓜告诉二人，最近一段时间，他们的主要工作就是走店。所谓走店，就是把深圳所有和"圣奇"有合作的眼镜店都走一遍，认识认识店里的人，询问询问"圣奇"的销售情况，以及存在哪些问题等。

冬瓜说完，还拿出两张表格，递给二人，一人一张。君浩定睛一看，原来是"业务员工作日报表"，上面分得特别详细，有很多项目要填，比如店名、地址、电话、店长、店助，甚至店员的姓名、性别、祖籍、电话、建议等，还包括店里是否有"圣奇"产品的陈设，店员是否受过"圣奇"产品的培训，以及在走店的时候发现有什么问题，这些问题在下次回访的时候是否得到解决，甚至最后还包括业务员到店时间，离店时间，林林总总，详细异常，就差在上面写业务员是否中途上厕所，上厕所用了多长时间。

君浩和李大鹏还是第一次见到如此严格的表格，所以被当场震撼。冬瓜看二人都呆愣不语，心中会意，笑着说道："你们俩别被这个表格吓住，其实，没那么严，把主要内容写一下就行了，像到店时间，离店时间什么的，想写就写，不想写就算了。这个表不是我做的，我也要经常走店的，没必要那么照搬教条。"

二人如蒙大赦，松了一口气，冬瓜见状，话锋一转，又为他们紧了一口气："一天最少要走十家店，尽量多了解一些情况。下午五点左右回来，把填好的表格交给我，并且汇报了一下工作。我和赵总都要对你们的工作表现进行评估，这关系到你们试用是否合格，所以希望你们一定要认真地去走店，明白吗？"

二人点头。冬瓜继续说道："我给你们划分了区域，你们俩按照各自的区域去走。"说完，在桌上摊开一张深圳地图，先对着君浩指点江山道："小赵，你暂时主要先跑福田区的，就大概这个范围。"然后又对着李大鹏挥斥方道："小李，你呢，暂时主要跑罗湖区的，大概就是这个范围。"

看得出，冬瓜对君浩有点偏心，因为格林大厦就处于福田区，所以君浩的走店区域相对较近，而李大鹏跑的罗湖区域则相对较远，这一近一远，则无意中体现了二人在冬瓜心里的一近一远。

李大鹏为人实在，虽然看出来了，但是也没说什么。君浩也看出来了，觉得对李大鹏略为不公，但因为是经理的安排，自己不便置喙，所以也不好说什么。

两人领命后，便准备出门，君浩忍不住地偷偷问了冬瓜那个壮汉苏国远怎么没来。冬瓜表情有些复杂，但也告诉了君浩，壮汉上星期已经辞工了。君浩一听，心中一凛，忍不住地问："为什么啊？"冬瓜讳莫如深地笑了一下，说壮汉感觉自己不适合跑业务，准备去考公务员了。

君浩终于恢复职场理智，不再追问，心中感慨。这就是深圳，上个星期你还见到这个人，这个星期就已不在，而且可能这辈子都不再见面。君浩和壮汉并无多少交情，只是感慨这种人生的聚散离合。另外，君浩又兀地想到道姑带他们看完宿舍后说的那番话，心中有些发凉，但一想到既来之则安之，于是慢慢坦然，和李大鹏一起出了办公室的门，坐电梯下到大厦一楼。出了大厦，两人便分开了，开始各自跑各自的区域。

85

赵君浩决定兔子先吃窝边草，先把公司附近的眼镜店走一下。格林大厦处于华强北，而华强北是深圳最为繁华的闹市区之一，人员密集，各种店铺林立。当然，这店铺里，也少不了眼镜店。光深圳四大眼镜店博士、亚洲、兄弟高登、眼镜88开的分店，就已经星罗棋布，再加上其他眼镜店的，更是蔚为大观。当然，这

/ 旅途 /
一个 80 后的未"成功"奋斗史

里的蔚为大观是比较非闹市区而言，是纵向比较，如果是横向和其他商家比，尤其是华强北最为发达的电子产品比，那就是恒河沙数，不值一提了。

君浩顺着振华路往前面走，没走多远，就看到一个兄弟高登的分店。闹市之店，犹如赴宴之衣，都须光鲜。况且兄弟高登的老板又财大气粗，所以店面装修得富丽堂皇。大理石的台阶，光可鉴人的地板砖，干净明亮的橱窗，橱窗上还贴有两个帅哥美女的大幅照片。当然，脸上都戴着眼镜，有近视镜，也有墨镜，但都显得那么帅气漂亮，恍然间引导顾客产生错觉，如果自己戴上也会这么好看。

按理说，君浩见到店了，就应该马上进去，但实际上君浩却在门口逡巡半晌，给自己打气，因为君浩忽地产生了一种恐惧，不知道进去该怎么说。万一人家不理自己该怎么办？该怎样去没话找话？

君浩虽然之前已经做了两份销售工作了，有了一定的销售经验了，但是隔行如隔山，不同产品的销售还是有很大不同，卖菜刀和卖包子的方法肯定不一样。况且，君浩其实很不喜欢那种没话找话热脸往冷屁股上贴的感觉，但销售工作绝大多数的时候还必须要求这样。

另外，还有一点，那种对于口吃的恐惧竟又无端地冒了上来，虽然君浩现在平常说话的时候已经很流利了，甚至都可以说口才出众，但这种恐惧感，仿佛隐藏在心底的幽灵，经常会时不时地冒出来，让君浩很是折磨。

但再恐惧再折磨，既然已经做了这份工作，而且还要靠这份工作养活自己，甚至还想通过它发家致富，那就必须克服各种困难迎头而上，退缩是没有用的，因为已无退路。君浩在门口耐心地自己给自己做了半天的思想工作，终于打消顾虑，压着恐惧，勇敢地踏上了眼镜店的台阶。

在进店之前，君浩抬了一下手腕，看了一下表，已经 10 点 20 多了。刚才看到店的时候，才 10 点多，自己竟然犹豫挣扎了 20 多分钟，真让人汗颜。

君浩走进店里，因为身居闹市，店里的生意还是不错，顾客进进出出的基本上不断，但一般都是看的多买的少。君浩一进来，靠近门口柜台的一个长着瓜子脸的女营业员，便堆着职业的笑容问道："先生，您要配什么眼镜？"

君浩脸一红，尴尬地说道："你好，我不是来配眼镜的，我叫赵君浩，是'圣奇'隐形眼镜的业务员，今天过，过来看一下。"

瓜子脸一听不是顾客，心中失望，但毕竟是合作的厂家，也不敢怠慢，脸上职业的笑容依然挂着，但是笑容的分量略微降低了一些："哦，你是'圣奇'厂家的，欢迎啊。"

君浩接着问道："小姐贵姓啊？"

瓜子脸被训练得很有礼貌，忙应道："不敢称贵，我叫赵静。"

君浩一听她也姓赵，心中高兴，赶忙使用销售技巧之一套近乎："啊，你也姓赵啊，咱们五百年前还是一家啊。"

瓜子脸也笑了，不过不是为找到一个本家高兴，而是笑君浩套近乎的方法太老土。眼镜店每天人来人往，瓜子脸早已阅人无数，普通的招数对她们基本无用。

虽然没用，但瓜子脸却也配合："是啊，咱们真有缘分啊。"

君浩看瓜子脸有问有答，心中高兴，继续抛砖引玉："我是河南的，你是哪儿的啊？"

瓜子脸倒也没难为君浩，直接报出祖籍："我是四川的。"

君浩赶快拍马屁："怪不得啊，四川自古出美女啊，我说你怎么长得这么漂亮，原来是川妹子啊！"

瓜子脸明知道这是奉承话，但心中也高兴，这就是人性的弱点，所以瓜子脸一下子乐成了西瓜脸，绽开了一个大大的圆圆的笑："你嘴真甜啊，是不是见到每个女孩都这么说啊？"

君浩心中说着"是"，但嘴上却否认道："不是，那怎么会呢，你确实长得很漂亮，今年应该有20出头吧。"

君浩故意往小了说，因为从瓜子脸眼角微微的皱纹，可以看出她最少30上下了，但女人谁不喜欢年轻呢？这也是人性的弱点。

果然瓜子脸再次变成西瓜脸，一边笑一边假装讽刺："你这是什么眼神啊，我

/ 旅途 /
一个 80 后的未"成功"奋斗史

差一个月就快 30 了。"

君浩故意做惊诧状:"啊?不会吧,你看起来也就二十一二岁。"

瓜子脸用手一指君浩,巧笑盼嫣:"拉倒吧,你嘴太甜了,就会说好听的哄女孩儿开心。"

君浩一笑,心中暗喜。短短的几句话,大有收获,这个女孩的名字、祖籍、年龄都已掌握,那个表很多东西都可以填上了。当然,这些都是其次,下一步就该步入主题了。

于是,君浩话题一转:"赵美女,'圣奇'在咱们店卖得好吗?"

瓜子脸答道:"这个我还真不太清楚,因为我是刚从其他分店调来的。这样吧,你问一下我们店长吧,我给你介绍一下。"

说完,瓜子脸引着君浩走到靠里面的一个柜台,只见一个 40 岁左右穿着黑色套装的女人,正低着头翻看一个账本。

瓜子脸先轻轻叫了一声"店长",然后这个女人便慢慢地抬起头,君浩看到了一张略施粉黛尚余风韵的脸。

瓜子脸指着君浩,对女人说道:"店长,这是'圣奇'厂家的,今天过来了解一些情况。"

女人打量了君浩一眼,君浩赶快走上前去,一边伸出手,一边验明正身地说道:"你好,店长,我叫赵君浩,是'圣奇'的业务员,今天过来拜会一下。"

女人也伸出手来,与君浩握了一下,同时脸上迅速挂出一个笑:"欢迎,欢迎啊。"

君浩依然老套路:"您贵姓啊?"

女人依理作答:"免贵姓蔡。"

君浩赶快先点一下"蔡"。"您好,蔡店长。"点完之后,再寒暄两句,"我看咱们店顾客进进出出的,生意还不错吧。"

蔡店长一笑:"还行吧,毕竟在华强北这块,闹市区,人流量比较大。"

君浩趁势步入正题:"那'圣奇'的销量怎么样呢?"

蔡店长略微地一皱眉："不是特别好，还行吧，因为本身我们铺货也不是很多，也就铺了十几套半年抛和两套虹膜放大片。平均一个月，半年抛能卖两副左右。虹膜放大片方面，能卖出一副虹黑的。"

君浩假装内行地点点头："还可以，还可以。"

蔡店长真正内行地继续说道："是啊，因为你也知道，一般眼镜店主要推的都是博士伦、强生和海昌的，其他牌子的销量都一般。我们也一样，我们这儿普通片方面，博士伦卖得最好，美容片方面，强生美瞳卖得最好。你看……"

蔡店长说着，一指旁边的隐形眼镜区："这儿基本上放的都是这三家的货，而且你再看，这店里基本上也都是这三家的宣传品和宣传画，你们'圣奇'的什么都没有。"

君浩环顾四周，果然如此，"圣奇"确实没有任何的宣传画，只有几个小玻璃瓶，孤零零地侧身于众多的隐形眼镜产品之中，仿佛一个长相平平的小姑娘，实在无法引人注目。

君浩想到公司肯定有宣传海报，于是说道："蔡店长，您说得对，下次来，我会带一两张宣传海报，您帮忙给贴一下，也好宣传一下。"

蔡店长露出一个复杂的笑："好吧，如果到时候我们有空位，就帮你们贴一下。"

君浩觉察出蔡店长笑容的复杂，但当时并未明白，直到以后才渐渐领悟。

君浩想到那个表格上还有一项"是否做过培训"，于是便趁热打铁，继续问道："蔡店长，咱们店以前做过培训吗？"

蔡店长把手放在头顶，做思考状，仿佛在追忆一件极为久远的往事："好像，好像有过。对，想起来了，大概半年前吧，你们公司有一个叫赵什么风的做过一次。对，他还说他以前做过眼科医院的医生，对，就是这个赵医生，他当时过来给我们几个营业员，讲了大概20多分钟。好像，他也好久没来了。对了，关于培训，你看我们店这半年又新来了几个店员，她们对你们'圣奇'都不是很了解，有时候就是想卖都不知道该怎么跟顾客说，我觉得你们最好有机会再过来培训一

/ 旅途 /
一个 80 后的未"成功"奋斗史

下，这样对你们对我们都有好处。"

君浩忙点头："是啊，蔡店长说的是，这个情况我回去向领导反映一下，尽快给你们安排一下，谢谢您给我们提出这么多建议。"

蔡店长一笑："别客气，咱们其实都是一家的。事情做好了，咱们都受益不是？"

君浩再次点头："是啊，确实是这样。您看，您还有什么问题吗？"

蔡店长笑道："暂时就这么多了，以后有了再跟你们说。"

接下来，君浩又跟蔡店长闲聊了几句，作为结束谈话的缓冲，最后君浩说道："蔡店长，您有名片吗，能给我一张吗？"

蔡店长说："有啊。"说着从柜台后面的名片夹里，抽出一张递给君浩，君浩用恭敬的双手来接，仿佛在接一个极为贵重的东西。接过来之后，君浩看了一眼，便小心地放进自己西服靠心脏的内口袋里，故意为了让蔡店长看一看，敬物如敬人，自己已经把她放进自己的心里面了。

君浩一边放，一边说道："不好意思，我刚来，所以还没有印名片，等以后有了，我再给您。好了，蔡店长，那我就不打扰您了，您先忙，以后有时间我再来拜会，告辞了。"

蔡店长也照例地客套："好的，有空就来，随时都欢迎啊。"

君浩笑着道再见，在往外走的时候，又向柜台后面的瓜子脸笑着道再见，瓜子脸也笑着回了一声再见，然后君浩便走出了眼镜店。

来到街上之后，君浩长出了一口气。抬手看了看表，已经 10 点 43 分，自己在里面待了 20 多分钟。仔细想了一下，自己表现得还可以。另外此行不虚，也了解了很多情况。

君浩看到前面不远处路边有个长椅，于是走过去，坐了下来，从包里拿出笔和表格，趁着记忆，赶快在上面填了起来。填得差不多之后，君浩掏出一根烟，静静地抽了一会儿，然后便往下个店走去。

86

赵君浩往前面走了大概不到 10 分钟,便又看到一家眼镜店,不过不是兄弟高登,而是眼镜 88。看来老板也确实"发发",装修也很上档次,而且,要比兄弟高登的店大很多,店员也多很多。当然,基本上都是女的。

眼镜店本身就是女人扎堆的地方,如果有男同胞能聘到里面做店员,其实也是一件很幸福的事。

万事开头难,开了头,下面就好办多了。赵君浩有了上家店的成功经历,信心大增,所以没有在门口犹豫,直接就走了进去。

进来之后,所遇情形也跟上家店差不多,店长和店员也都是照例的客气。不同的是这家店长是个男的,大概 40 多岁,戴了副眼镜,很是斯文。君浩很羡慕他,每天可以"坐拥佳丽三千"。那些男店员顶多是贾宝玉,而他直接就是皇上了,而这个店长居然还真姓黄,君浩跟这个"皇上"聊了一会儿,了解到"圣奇"在这个店的销量其实也一般,比上家店稍好一点,每个月也就是两三副的样子。

至于陈列方面也要稍好一些,居然还有几个"圣奇"隐形眼镜的护理液盒子,搭成了一把小伞的形状,摆在柜台后面。君浩问了才知道,那是当初赵医生的杰作。至于培训方面,也是在大概半年之前,赵医生做过一次。

后来,"皇上"去接电话的时候,君浩又跟两名女店员聊了一会儿。这两个女孩年龄都不大,挺活泼,叽叽喳喳地什么都说。

君浩听得津津有味,都快忘了此行的目的,后来无意中看到墙上的表,已经快 11 点半了,终于惊醒。今天的任务量最少要走 10 家店,现在才跑了两家,不能再在这儿耽搁了,于是住了话头,与"皇上"和那两个健谈的女店员匆匆告辞,出了眼镜店。

/ 旅途 /
一个80后的未"成功"奋斗史

　　君浩坐在路边绿化带的台沿上，拿出笔"唰唰"地填着。填好之后，又点了一根烟，一边抽一边继续往前走。过了振华路，拐到华强路，出现了一家亚洲眼镜店。君浩时间紧迫，所以过其门而不入，但是在过门时，仍然粗略地打量了一番，心中大概有个印象，日后需要再来"临幸"。

　　君浩继续往前面走，过了华强路，来到深南路，看到了对面有一个很大的眼镜店，名字叫东光。君浩一想，这也是"圣奇"的合作店，于是便过马路来到店里。没想到这个店更大，整个一层全是，里面有30多个店员。君浩后来才知道，这是东光的总店，就是所谓的旗舰店，也可以说是面子店，就靠它撑面子的。

　　东光眼镜店店长姓周，也是个中年男人。君浩问他什么，他都一副爱搭不理的神情，就算赏光了，也惜字如金，仿佛他说的每个字真的是金子，多说一句，就会损失惨重。

　　君浩心中冒火，但强压着，脸上仍挂着笑，艰难地和周店长说着话。还好，虽然君浩问得多，他答得少，但君浩还是基本了解了圣奇在这个店的情况。不愧是大店，销售量也比较大，"圣奇"的半年抛一个月大概能卖个六七副，就连年抛也能卖个一两副，虹膜放大片也能卖个一两副。当然，如果和博士伦、强生比的话，这一点都不算多，但是对于"圣奇"这个小品牌来说，已经算不错的了。

　　而且，在陈设方面，也比其他店要好，墙上居然还贴着两张"圣奇"的宣传海报。看来，当年赵医生也没少下功夫。培训方面，也是半年前做过一次。

　　除了和周店长聊天外，君浩还和旁边柜台的一个年轻的女店员聊了一会儿。这个女孩大概刚来不久，对君浩还比较热情。君浩又了解到一些情况，就匆匆与她告辞。当然，首先是和周店长告的辞，他仍然一副官僚派头，只是淡淡地说了句再见，便扭过头和旁边的店员说话，仿佛眼前已无君浩此人。

　　君浩也懒得再理他，兀自走出眼镜店。出来之后，先点了一支烟，平复一下心中不爽的情绪。抽完之后，才拿出笔，把表格填完。填完之后，君浩一看表，已经快十二点了，决定再走一家，然后再找个地方吃饭。

　　深圳的街头永远都是路人如织，路人永远都是行色匆匆，君浩走在这人的海洋中，也不由得行色匆匆。走了大概八九分钟，路边出现一个东方眼镜店，也是圣奇的合作店。

这家眼镜店位于天虹商场的一楼，商场寸土寸金，所以地方极小，只相当于一个摊位而已。店长是个三十多岁的女人，倒挺客气，对君浩有问必答。店里的三个女店员对君浩也很客气，在旁边也热心地作补充。

别看店小，但因为位于商场一楼，人流量很大，所以圣奇半年抛什么的，一个月也能卖个两三副。陈设倒没有，培训也是半年前做过一次。

君浩了解清楚之后，心满意足，高兴地与她们告别，然后便直接坐电梯上了二楼的超市，在熟食区买了四块钱的炒河粉，还有两个馒头，付过钱后，下楼出了商场。

商场门口有几排专门供人休息的简易桌椅，有不少人坐在那儿吃东西或者聊天，君浩也找个空位坐下。桌子上东歪西倒着几个吃空的快餐盒，君浩把它们往旁边挪了一下，然后把炒河粉和馒头放好，又从包里拿出那瓶喝了几口的矿泉水，也放在桌子上。这就是君浩的午餐，虽然在有钱人眼里很是简单寒酸，但君浩却吃得津津有味，仿佛是天下最美味的佳肴。

君浩一边吃着，一边盘算着下午的行程。冬瓜说五点之前要回公司，那么自己大概四点就要往回走，所以实际走店的时间只有不到四个小时，而自己离最低任务量还有六家店，再加上路上还要消耗的时间，所以每家店最好不要超过15分钟，了解之后就要赶快出来。

盘算好之后，君浩不由得加快吃饭的速度，因为早一分钟吃完，就可以多富裕一分钟。其实，君浩平常吃饭的速度是很慢的，但残酷的生活会悄然地改变很多习惯。

君浩很快地吃完，然后把吃剩的快餐盒和塑料袋，扔到旁边的垃圾桶里。其实，这只是举手之劳，但很多人却做不到。素质见于细节，从这点来说，君浩算得上是个很有素质的人。

矿泉水还剩下一点，君浩没扔，仍然放进包里。一切收拾停当之后，君浩便

/ 旅途 /
一个 80 后的未 "成功" 奋斗史

又开始马不停蹄的走店之旅。

87

下午的走店，还比较顺利，终于在四点之前，紧张地走完了六家店。店家基本上还都比较客气，除了有一家女店长，可能刚和别人吵完架，或者自己刚来例假，态度比较嚣张蛮横，其他的还都不错。不过，君浩已经慢慢习惯了。

人分三六九等，木分花梨紫檀，不可能所有的人都对你以礼相待，总要有人对你非礼相待的，想通了这个，心情就会平静许多。

这六家店的销售情况、陈设、培训什么的，也都大同小异。君浩的那张表格，也随着走店数量的增加而水涨船高，最后终于填满十家，君浩长出了一口气，然后沿原路返回赶往公司。

走到格林大厦门口的时候，已经快五点钟了，居然碰到了满头大汗也正往回赶的李大鹏。李大鹏今天也是走了十家店，不过因为在罗湖，他是坐公交车去的，要比君浩辛苦一些。二人相见，分外高兴，一边聊着一边往公司走。

李大鹏说了他今天大概的走店经历，基本与君浩差不多，大部分都比较配合，也有少数不配合的，其中有一个小眼镜店的店长更过分，居然怀疑李大鹏是骗子，百般刁难，气得大鹏差点山东响马本色发作，直接揍他。

二人说笑着回到公司，冬瓜正坐在电脑前貌似很认真地看着什么，听见二人的声音，便抬起头，笑问今天战果如何。君浩和李大鹏纷纷从包里拿出走店表，交给冬瓜。冬瓜大概地看了几眼，然后让两个人再讲一讲。

于是，二人便又口头宣讲一遍，其实，情况都差不多，反映的问题也都差不多。不过，李大鹏那儿多了一条，就是店家希望洪兴多在媒体上打一下广告，好好地宣传一下"圣奇"，这样店员推的时候也容易一点。

两人讲了半天，在谈话的尾声时，君浩装作不经意的，把听到的关于三兄弟的内幕缓缓抖出，然后便看见冬瓜和李大鹏的脸上都现出一种讶异的神色。君浩大为得意，虚荣心得到满足，继续盗版着这个不知是真是假的故事，有些地方忍不住地还添枝加叶一番。

冬瓜和李大鹏一边听，一边在心中暗暗整理加工，准备以后再拿出来向别人炫耀。人其实很多时候，并不关心故事的真假，而只关心这个故事是否能作为谈资。

君浩讲完后，冬瓜开始讲，并以领导的姿态总结陈词，他充分肯定了二人今天的工作成绩和态度，勉励二人以后继续努力，再接再厉。官话大抵就是这一套，但二人就当真的听，所以听得很舒服。

第二天，二人依然继续走店。第三天，第四天，之后的两个星期，都是重复着同样的生活。

在这期间，发生了两件事。

第一件事，就是道姑走了。

道姑和火柴终于交接完了工作，拿到了工资，但那工资果然如她所料的那样，被赵小雨以种种理由扣了几百块。君浩知道后，很为道姑鸣不平，但道姑仿佛真已得道，看开了世事，淡淡地说算了。与其去和赵小雨争得面红耳赤你死我活，还不如放开这纷纷扰扰回家乡过平静无争的生活。

道姑走的时候，赵君浩、李大鹏和火柴一起去送她。当道姑与他们挥手告别，一个人拖着行李箱，孤独地走进车站的那一刻，君浩怅然若失，伤感不已。虽然他们相处的时间并不长，但在人生这条漫长的旅途中，他们毕竟曾相遇过，相遇即缘，缘起缘落，花开花谢，人生的聚散怎不让人感叹？

再见，再也不见。果然，在以后漫长的岁月中，君浩再也没有见过道姑了。

第二件事，就是小乔入住。

洪兴公司的这个宿舍是三室两厅的，赵君浩和李大鹏住一间，道姑走后，火柴住进了道姑原来的房间，也占了一间。另外还有一间卧室特地空着，被公司当

/ 旅途 /
一个 80 后的未"成功"奋斗史

成摇钱树租了出去，而应租的人就是小乔。

那是道姑走后，一个星期天的下午，君浩和李大鹏正坐在客厅里，一边喝水一边聊着天。这时候，突然房门一开，火柴领着一个年轻女孩走了进来。

这个女孩个子不算太高，但与身边瘦小的火柴一比，就显得很高。皮肤不算太白，但与黑黑的火柴一比，就显得很白，而且还微微泛着红色，苹果一般的诱人。一双大眼睛，忽闪忽闪的，仿佛带有某种魔力。长长的秀发散在肩头，散出一种浓浓的风情。

君浩和李大鹏看得眼都呆了，以为是仙女下凡。旁边的火柴妒意翻涌，用手在两人的眼前晃了几晃，然后说道："看傻了吧，我给你们介绍一下，这个美女叫乔雪娜，她租了那间卧室，以后就是咱们的一员了。"

君浩首先惊醒，先下手为强，赶忙伸出手来，笑着说道："欢迎，欢迎啊，我叫赵君浩。"女孩也笑着，然后和君浩握手，在两只手握住的那一刹那，君浩仿佛触摸到了牛奶一般的丝滑。

李大鹏落了后手，心中感叹君浩的爪子真快。待君浩握完，也赶忙伸出手来："欢迎，热烈欢迎啊，我叫李大鹏。"李大鹏亡羊补牢，后发制人，在"欢迎"前面加了"热烈"，以示自己的诚意更为浓烈。

火柴妒意更加翻涌，威胁二人道："雪娜也是湖南的，是我老乡，我告诉你们两个，你们别想打什么坏主意啊。"

君浩马上装出一副很无辜的样子："看你说的，我们两个都是好人哪。"

李大鹏也赶快配合地点头："是啊，是啊，我们是大好人。"

女孩也笑了："你们也不脸红，哪有自己说自己好人的。"一句话，大家都笑了。

从这一天起，乔雪娜就正式住了进来，成了这个宿舍的一员。君浩一直叫她小乔，其实，她比君浩还大，今年已经 27 岁了。但是因为长得漂亮，让人不由得发思古之幽情，联想到三国时期著名的美女小乔，而她也正好姓乔，可谓妥帖之至。

君浩叫了之后，乔雪娜当然欣然而允，女人哪有不喜欢夸自己漂亮的。既然君浩这么叫了，李大鹏当然也紧跟其后，随着这么叫。少数服从多数，火柴寡不敌众，只好也随着叫。

铜雀春深锁二乔，既然有小乔了，那也应该有大乔啊，于是，火柴提议叫自己大乔。况且，她也确实比小乔大，别看她瘦瘦小小的，她今年已经32岁了。但君浩和李大鹏坚决不同意，说你长成这个样子怎么能叫大乔呢？太侮辱这个古代著名的美女了，如果非要叫也行，但必须在前面加个定语，叫毁容的大乔。当然，这是和火柴开玩笑，三人已经住了一段时日了，彼此间已经挺熟了。玩笑归玩笑，火柴依然是火柴。

住的时间长了，君浩知道了小乔更多的事情。小乔是湖南长沙人，前年来的深圳，一直在门口家乐福旁边的必胜客工作。原来是服务员，去年升了领班。待遇还不错，但工作挺辛苦。尤其是晚班的时候，很是熬人。必胜客分早中晚班，小乔随着工作转，所以君浩也并不是天天都能见到小乔。逢小乔连上晚班的时候，也就只能她轮休的时候能见到。

君浩和李大鹏本来都想争做周瑜，但后来才知道，小乔原来在长沙有个男朋友，而且还是个旱涝保收的公务员。君子不做不义之事，于是便断了追求之念。不过，尽管无法做男女朋友，但是能经常看到美女在身边，也是一件幸福的事。

88

赵君浩和李大鹏走了两个星期店后，这一天快下班的时候，冬瓜笑着对两人说道："赵总决定让你们两个，明天上午各自讲一下对'圣奇'现状的看法，以及对如何开发新客户的设想，你们晚上回去都好好想想啊。"

君浩和李大鹏都一挠头，冬瓜看见，便宽慰道："别想得太难，有什么就说什

/ 旅途
一个80后的未"成功"奋斗史

么呗，又不是学校的考试。"

二人都长出一口气，不料冬瓜话锋一转："但是，也不能不当回事，还要充分地重视起来，而且赵总说了，让你们两个来个小小的比赛，看谁说得好，优胜者公司还有奖品，就是这个。"

说着从办公桌下面的抽屉里，隆重地拿出了一个布制的公文包。这个包长得相当"猥琐"，一看就是从小摊上淘来的，最多不会超过25块钱。

赵君浩和李大鹏刚听到有奖品的时候，眼睛都亮了一下，但一看到实物后，马上暗淡下来。冬瓜感觉到了，赶忙说道："当然，这个包并不高档，奖品也就是意思一下，主要是激励你们好好准备，讲出一些有新意的东西。"

二人只好点头，在回去的路上，热烈地讨论明天该怎么说，完全无视公司想让他们化友为敌的伎俩，都很博爱地想把那个"猥琐"的包让给对方。

其实，二人跑店的数量差不多，发现的问题也差不多，所以讨论的话题也都差不多，要想讲出新意来，还真不容易，所以，二人回到宿舍后，吃过晚饭，便坐在桌子旁边，拿着纸笔，开始搜肠刮肚，冥思苦想。当然，这么认真地去想，并不是为了那个包，而是为了能给领导一个好印象，以后可以顺利转正。

关于"圣奇"的现状这个方面，比较好写，因为毕竟走了两个星期的店了，归纳总结一下就可以了，但关于对如何开发新客户的设想，就比较难办了，尤其还要想出新意来，就更难了。

君浩实在灵感不畅，于是拼命抽烟，还好客厅正对着阳台，烟气能迅速飘走，不致引起公愤。李大鹏则不抽烟，但手里也得有点东西，于是拼命抓头发，幸好他头发浓密，否则一宿抓下来，就可以直接去当和尚了。

君浩抽了五六根烟后，灵感突然像一个不期然的屁一样，跑了出来。君浩忽然想起大学时学的那些营销理论，当然，只是想起那些理论，并非想起那些理论的内容。就像印象中想起一个人，但这个人的名字和面目却都模糊不清了。君浩只是记得曾经学过一大堆理论，但那些理论的内容却大多想不起来。

不过，影影绰绰地还会有一点印象，比如有些理论中用了字母，如"4P"之类的，当然这些字母都是英文缩写，并非毫无意义。君浩的英文极烂，绝不敢奢望使用英文，只是突然想到可以借用字母来建立一种模型。当然，这种模型并非是数学模型，因为君浩的数学比英文还烂，所以这种模型只是一种简单的理论模型而已。

君浩首先定了两条线，一条是从价值方面来衡量新客户，价值大的为 A，价值中等的为 B，价值小的为 C；然后另一条从签约难度方面来衡量新客户，容易签约的为 A，不容易也不难签约的为 B，很难签约的为 C。确定好线也确定好点之后，那么开发新客户最理想的目标就是 AA，也就是价值大也容易签约的。最不理想也是最后才去考虑的就是 CC，也就是价值小也很难签约的。在 AA 和 CC 之间，就属于中间状态。

君浩不停地在纸上画着各种组合方式，画得不亦乐乎，灵感像泉水一般喷涌不断，最后画得自己都快头晕的时候，终于决定按照签约的难易为主线，划定顺序为 BA—CA—AB—BB—CB—AC—BC。

终于写完之后，君浩看着自己的杰作，大为满意。心想四年大学真没白上，自己都会创建理论模型了，简直就是个天才。君浩在天才的感觉中陶醉不已。

其实，这个模型初看十分唬人，尤其还夹杂着类似英文的字母，但实际上用一句俗语就能概括，就是先拣软柿子捏。先把容易签约的都签了，然后再去考虑难的。用上学时老师常教的一句话就是，先把简单的题做了，再去做难的题。

这个简单的道理尽人皆知，但君浩还为此大费周章建模立型，其实并无实际的功用，属于纯粹的空头理论。

当局者迷，君浩并未看到自己理论的无用，依然沉浸在天才的幻觉中，后来拿给旁边的李大鹏看，没想到旁观者也不清，被一大堆字母的组合给唬住，连声称好，只恨不能抄袭，只好继续写自己的。

君浩大功告成，安然就寝，李大鹏后来也终于憋完，倒头去睡了。

第二天上午 10 点钟，众人团坐在会议桌旁，由赵小雨主持，冬瓜和瘦猴列席，赵君浩和李大鹏开始发表演讲。

/ 旅途 /
一个 80 后的未"成功"奋斗史

赵小雨点名先让君浩讲，于是君浩便走到会议桌前面，开始高谈阔论。首先是"圣奇"的现状方面，君浩讲了几条，一是广告投入少，知名度低；二是各店铺货量小，销售量也小；三是店员不是很熟悉"圣奇"，需要定期给店员做培训。

讲完这个，下面就开始讲如何开发新客户了。君浩踌躇满志，一边讲，一边拿起旁边的黑色油性笔，在墙上挂的小黑板上，把自己创造的伟大理论模型画了出来。当那些 AA、BB、CC 们出现之后，众人皆惊，全都全神贯注地听着。君浩俨然一副经济学家派头，讲得唾沫星横飞。君浩边讲边看到台下的赵小雨等人不时地点头，心中更为得意，唾沫星飞得更为猛烈。幸好众人离得较远，否则难逃被喷之虞。

君浩喷完之后，赵小雨带头鼓掌，目露欣赏。接下来，就开始李大鹏宣讲。李大鹏以前很少在人多场合演讲，又自觉准备的没有君浩精彩，所以有些紧张，还没开讲，额头已经微微冒汗。

李大鹏强自镇定，开始演讲，首先"圣奇"现状方面，讲的与君浩差不多，了无新意。接下来，在开发新客户方面，大鹏也没有君浩那种花哨炫目的理论模型，只是很平实地说道应该先进行市场调查，还要了解竞争对手的情况，找到差异化所在，然后有针对性地去和客户谈判，等等。

其实，李大鹏讲得很对，但对的道理往往很朴实，难以引起人们的注意，所以，当他讲完，掌声就明显没有刚才君浩的响亮。

两人讲完之后，赵小雨没急着表态，先让冬瓜和瘦猴发表一下意见，觉得谁说得好。

冬瓜先发言，上来先打一通太极："我刚才认真听了，两人讲得都挺好，看来都认真去想了。当然，这个问题仁者见仁，智者见智，并没有什么标准答案，只要有自己的想法就行。"

冬瓜绕了一通后，不表态不行了，只好说道："我觉得小赵讲的略胜一筹，那个理论模型挺新鲜，我还是第一次听到。当然，小李讲的也不错，只是小赵更有新意。"

旁边的瘦猴也搭话道:"我跟尚经理的看法差不多,小赵的那个什么AA、BB什么的,刚开始我有点蒙查查,后来仔细听了之后,确实挺有道理,这种形式也确实很新鲜。"

两人说完,赵小雨微笑不语。这个女人不简单,商场沉浮多年,一下子就听出了君浩理论模型的薄弱之处,但她还是欣赏君浩,觉得理论虽然薄弱,但是有这种创意的形式,也很难得,所以刚才在听的时候才不时地点头。再说,君浩长得又很像她的初恋男友,在感情上她也倾向于君浩。所以,当她最后宣布君浩获胜时,倒也不出人意料。

获胜之后要颁奖,在众人的掌声中,赵小雨把那个长相"猥琐"的包交给君浩,君浩笑奋如花,并非为包,而是为被人肯定的感觉。

掌声,笑脸,恍然间,君浩似乎看见自己的前途一片光明,心中很是得意,但君浩不知道,人生其实是一场长跑,暂时的领先并无多大用处,谁坚持到最后,谁才是真正的胜者。

89

那次演讲之后,赵君浩和李大鹏依然继续走店,没走过的要走,走过的继续回访。

至于得到的那个奖品包,君浩第二天就背上了,倒不是君浩喜欢那个包,也并非君浩得胜显摆,而是事情实在凑巧。在得到那个包的当天,君浩背着原来的公文包,和李大鹏、火柴一起下班回去。在公交车站等车时,没留神站亭广告画外面的塑料板被人打破了,露着很锋利的尖头。君浩的包一不小心正好碰上,"呲"的一声,公文包的表面就被划出了一道长长的口子。待君浩发现,为时已晚。君浩叫苦不迭,只好自认倒霉。

/ 旅途 /
一个80后的未"成功"奋斗史

旧包伤势严重，已无修补的必要，所以新奖励的包虽然丑陋，君浩也只好背了起来。君浩事后想想，这事情实在太过巧合，太巧合的事都值得怀疑，君浩最后只得认定为这是天意。君浩被迫喜新厌旧之后，原来的包只好打入冷宫，挂在墙角，充当杂物袋之用。

君浩背着新包继续每天上着班，其实，走店的生活很是无聊，每天都要跟不同的人没话找话东拉西扯，君浩心底感到厌倦，但仍然逼着自己去认真地做，因为别无选择。

但有的人却有选择，那次演讲的几天后，在公司已经做了一年多的瘦猴突然辞职了。说是突然，只是对于君浩他们而言，瘦猴自己早就想走了。不过，瘦猴本人城府极深，很喜欢让别人蒙查查，所以事先并未给别人说过。

其实，君浩对于瘦猴的离开，隐隐约约地早有些感觉。因为楼梯口抽烟时的那次聊天，因为瘦猴上班时的半死不活的状态，因为君浩走店时发现的很多店铺最早的培训都是在半年以前，种种迹象都表明，瘦猴早有离开之意。君浩和瘦猴并无深交，但看着又一个人从自己眼前消失，兔死狐悲，还是感到了几分凄凉和伤感。

有伤感的事自然也会有高兴的事，这个世界是平衡的。一个月后，赵君浩、李大鹏和火柴三人都顺利转正，成为洪兴的正式员工。尽管因为道姑等人的接连离去，让人对这个公司心生些许凉意，但公司毕竟也有一些可取之处，还值得暂时做下去。既然值得，那么转正了，就是一件幸事。既然是幸事，就值得庆祝一下，于是三人下班后，便又直奔小村里那个湘菜馆吃饭。

湘菜馆的名字叫"老百姓湘菜馆"，确实很老百姓，价钱便宜，菜量也足，所以君浩这三个老百姓很是捧场，几乎每天下班后都去吃。其实，道姑走的时候，因为关系不错，那些厨房用具，包括煤气炉灶什么的，都送给了他们，但他们每天下班之后都自感累得要死，所以也都懒得买菜做饭，于是都到外面去吃。倒是小乔偶尔心血来潮，会做上一两次。不过，大多数的时候，那些厨房用具都是聋人之耳。

/ 旅途 /
一个 80 后的未"成功"奋斗史

刚开始的时候,一般是君浩大鹏结伴去吃,后来火柴住进宿舍,时间久了,三人就像一个锅里的饺子,自然就熟了,于是便结伴而行。小乔因为跟他们作息时间不同,无法组成四人帮,所以只好自己解决。

火柴是湖南人,思乡心切,见到这个湘菜馆,如遇亲人。不过,三人来这吃饭,都是只点快餐,而且仍然沿袭这边的风俗,实行 AA 制。不过,虽然埋单 AA 制,但是菜上来的时候,大家依然聚在一起,并不泾渭分明,体现了劳动人民的智慧,既不破坏风俗,又兼顾了人情。

因为常去,三人便和老板娘和几个女服务员都混熟了。没想到,虽然名曰湘菜馆,但老板娘却是四川人,不过是属于生在四川,长在湖南,"混血"一族。不过,在菜系上,其实川湘一体,都是以辣为主。无辣不成菜,无辣不为席。

那几个女服务员倒是土生土长的湘妹子,其中一个叫小颖,居然跟火柴还是同村的,属于老乡中的老乡。虽然不至于老乡见老乡,两眼泪汪汪,但是比旁人而言,更多了一份亲近。包括小颖在内,这几个湘妹子服务员模样都挺周正,所以君浩常戏言,来此吃饭,不仅身体愉悦,精神也愉悦,秀色可餐也。

今天三人又过来吃饭,火柴的双倍老乡小颖看到之后,笑着过来招呼:"美女帅哥们,过来了,今天吃什么?是不是还是那几样?"

火柴笑着一摆手:"今天不吃快餐了,小颖,拿小炒的那个单子。君浩、大鹏,今天我请你们。"

君浩和大鹏都忙摆手:"丽姐,哪能让你破费啊,咱们还是老规矩 AA 制吧。"

火柴笑意盎然:"今天我心情高兴,就破个例吧。一来咱们都转正了,二来我中午打电话的时候,才知道我儿子考试居然得了第一名。"

别看火柴长得瘦小,今年已经 32 岁了。她有个儿子,今年 7 岁,在老家上小学二年级。火柴遇人不淑,嫁的老公不成器,好吃懒做的,天天在家闲晃。火柴指望不上他,只得自己背井离乡,过来深圳打工,每月寄钱,养活老家的懒鬼丈夫和儿子。她对丈夫已经死心,唯一的念想就是儿子,儿子的每一点进步,都是

/ 旅途 /
一个 80 后的未"成功"奋斗史

她最大的喜悦。君浩刚来公司的时候,并不知道这些,后来跟火柴熟了才知道这些情况,内心对火柴很是同情,也很是敬重。

听说火柴的儿子得了第一名,君浩也替火柴感到欣慰,于是说道:"丽姐,恭喜你啊,你儿子以后一定会很有出息的。"

旁边的李大鹏也顺着说道:"是啊,起码比他爸强……"大鹏还没说完,君浩就在桌子下面,用脚轻轻碰了一下他,同时还丢了一个眼色,意思是别哪壶不开提哪壶。

大鹏会意,忙转移话题,将功补过:"丽姐,今天还是我来请吧。"

火柴再次摆手:"别跟我客气了,我说我请就是我请。我就这么一个儿子,只要他成才,我再苦都值了。今天我确实高兴,你们就别跟我争了,再争就没意思了,以后有机会你们再请不一样的吗?"

君浩和大鹏看火柴态度坚决,再争下去也确实没意思了,于是只好点头答应。这时候,小颖早就将小炒单子拿来,火柴点了两个凉菜,凉拌腐竹和凉拌豆腐丝,又点了四个热菜,水煮鱼、红烧肘子、小炒肉和宫保鸡丁。另外,还叫了一份鱼头豆腐汤。

见火柴点这么多,君浩忙道:"够了够了,丽姐,点太多了,咱们吃不完的。"

火柴调皮地一笑:"放心吧,有你和大鹏这两个壮汉,肯定吃得完,我还怕不够呢。另外,今儿高兴,我也破例喝点酒。小颖啊,来五瓶啤酒。我一瓶,君浩和大鹏你们两个每人两瓶。"

看来火柴今天是真高兴了,平常不喝酒的她,居然要大开酒戒。君浩二人当然不能扫兴,况且二人也高兴,所以也没反对。小颖记好之后,便下去叫菜了。

不愧是老乡,很快酒菜就上来了,桌子上一会儿就盘盘盏盏、满满登登的了。三人都饿了,先吃了一通,然后便开始喝酒。一边喝一边聊,这顿饭吃了将近两个小时。主客尽欢,皆大欢喜。

喝了一瓶啤酒的火柴,脸色绯红,有四分醉意。君浩和大鹏每人喝了两瓶,只有一分醉意。火柴埋完单后,三人结伴而回。

回去之后,小乔上班尚未回来,三人坐在客厅里,烧了开水,又闲聊了约一个小时。然后,火柴和李大鹏分别回房睡觉了,君浩则拿出本子,坐在客厅的桌子旁边,开始写日记。

90

李白斗酒诗百篇,可见,酒自古能助文兴。赵君浩借着那一分酒意,开始在日记本上洋洋洒洒发泄个没完。时间已经不知不觉地指向晚上十一点多。君浩正发泄得不亦乐乎,忽然听到门锁扭动的声音,知道肯定是小乔下班回来了,果然一回头,只见一脸疲惫的小乔开门走了进来。

君浩放下笔,关切地说道:"回来了?小乔,累了吧。"

小乔打了一个哈欠:"是啊,有点累,小君浩,还没睡啊?"

君浩叫她小乔,小乔也投桃报李,在赵君浩的姓名前面加个"小"字。不过,小乔不走寻常路,不在姓氏"赵"前面加,而在名字"君浩"前面加,猛一听,还以为叫幼儿园的小朋友呢。君浩为此抗议多次,可惜抗议无效,小乔依然如故,理由是她本来就比君浩大,君浩在她眼里就像个小朋友或者小弟弟一样。君浩后来还想抗议,李大鹏则充满醋意地偷偷说道:"君浩,得了吧,小乔叫我就直接叫大鹏,多普通,叫你的时候叫小君浩。你琢磨一下,哪天你们上街,你叫她一声小乔儿,她叫你一声小君浩,你听听,纯粹在打情骂俏啊。"君浩听后只乐,观念大变,对这个称呼终于欣然接受,暗美不已。

今晚,君浩又听到小乔叫自己小君浩,心中又美了一下,然后答道:"没啊,正在写日记,还没写完呢。"

小乔大为感叹:"真佩服你,每天都写,让我写我都不知道该写什么。"

/ 旅途 /
一个 80 后的未"成功"奋斗史

君浩趁机为人师表："其实不难的，怎么写都行，心中怎么想的，就怎么写，没什么严格的规定的。"然后拉小乔下水："小乔，你也可以试试啊。"

小乔叹了一口气："得了吧，让我说我可以说上半天，让我写我一个字都写不出来，天生就不是这块儿料。"谴责完基因后，继续说道："好了，你继续写吧，我去冲冲凉。"

说完，小乔进了她的卧室，拿了浴巾等物，进了卫生间，关上了门。一会儿，就听到哗哗流水的声音。君浩听到这种声音，写不下去了，使劲地甩了甩头，对着日记本，想继续往下写，但怎么也静不下心。

也不知过了多久，水流的声音终于消失，然后传来了洗衣服的声音，又过了一会，只听卫生间房门的插销"啪"的一响，小乔头上缠着白浴巾，身上穿着背心短裤，手里端着一个水盆从里面走了出来，水盆里放着刚刚洗完的一件白色的胸罩和内裤。

君浩见小乔走了出来，意识终于清醒，赶快低下头，装出一副认真写日记的架势。

小乔端着水盆，一边往阳台走，一边说道："小君浩，还没写完呢？准备写多少字啊？"

君浩放下笔，往后面伸了伸懒腰，做出一副写了很久的样子，转过头说道："快写完了，还剩下一点。"

这时候，小乔已经走到了阳台，一边用衣服撑子挂文胸，一边说道："真服了你了，你也太能写了，干脆改行当作家吧。"

君浩刚才一转头的时候，看见小乔白白的大腿，欲念越发地翻腾。君浩强自镇定已经开始急促的呼吸，用笑来掩饰已经发红的面庞："作家？我哪够格啊？"

小乔这时候已经挂好了文胸，开始一边挂内裤，一边应道："我觉得你够格啊，以后有机会，你也写本书，不就成作家了吗？"

君浩再次笑道："你以为写书跟去市场买菜一样，那么容易啊？"

小乔也笑了，这时候她已经把内裤挂好了，一只手提着水盆往卫生间走。关于作家这个话题，终于在文胸和内裤的上下翻飞中结束了。

小乔把水盆放到了卫生间，一边往自己卧室走，一边对君浩说道："太累了，我先去睡了，你也早点休息吧，别太晚了，晚安。"

君浩的脸已被欲望催成了一块红布，强自掩饰，赶快应道："好的，我一会儿就去睡了，晚安。"

小乔走进了卧室，然后君浩听到了关门的声音，又听到了上插销的声音，过了一会儿又听到吹风机吹头发的声音，再过了一会儿听到关吹风机的声音，然后便是关灯的声音，最后什么声音都没有了。

君浩坐到桌前，一个字都写不下去，耳朵竖得像兔子，听着小乔房间里传来的一切动静，鼻子里闻着刚才小乔经过自己身边时散发的沐浴露的香味，大脑里翻江倒海着各种画面。

君浩的全身已经绷紧，像火一样发烫，但君浩用力地咬着嘴唇，不停地用理智告诉自己，绝对不能那样做。第一，这个宿舍里还有李大鹏和火柴，自己那样做的话，一定会被发现。第二，即使这个房间里就只有他和小乔，那也不行，从法律上讲，那是犯罪，会让自己身败名裂。第三，小乔有男朋友，从道德上讲，如果那样做了，即使逃脱法律的制裁，良心上也永世难安。

君浩不停地用这几个理由说服自己，最终强行无礼后将会产生的可怕的后果，让君浩发烫的大脑，慢慢地冷静了下来。君浩匆匆地在日记本上结了尾，收拾好本子，关了灯，回到卧室。

91

第二天醒来，一切有如平常。君浩躺在床上，回忆起昨晚发生的一切，仍有几分激动。李大鹏也醒了，翻起身，见君浩在床上一脸淫笑着，于是也有样学

/ 旅途 /
一个80后的未"成功"奋斗史

样,淫笑道:"君浩,昨晚是不是做春梦了,梦见谁了,笑成这样。"

君浩故意耍坏地说道:"嘿嘿,梦到你了。"

大鹏装作受惊的样子:"你少恶心我。行了,赶快起来吧,要上班了。"

君浩胜利地一笑,也翻身起来,去卫生间刷牙洗脸。火柴早就起来了,醉意全消,仿佛昨晚根本没喝酒一样,正坐在床边弯着腰擦脚上的皮鞋。

君浩和大鹏洗漱完毕,收拾好东西,与火柴一起,三个人出门坐车去公司。

在妇儿医院站下了车,三人在路边的小摊上,每人买了一个煎饼,一边吃着一边往格林大厦走。到了公司,已经8点45了。赵小雨还没来,冬瓜倒早来了。三人与冬瓜打了招呼,冬瓜也笑容可掬地回应着。

赵君浩和李大鹏刚坐下来,冬瓜从抽屉里就拿出了两个长方形的小塑料盒,仿佛作为转正之礼,笑着递给二人:"小赵、小李,你们都转正了,这是公司给你们印的名片,你们拿好。"

二人欣喜,都接了过来。君浩更喜,心想自己以后也是有名片的人了。虽说跑业务的时间也不短了,但是时运不济,命运多舛,在点石成金试用期就被炒了,后来在聪聪网,又是在试用期主动监守自炒,所以一直未有自己之名片,现在终于雾散云开在洪兴顺利转正,拥有了属于自己的名片,真是不易啊。

别小看这薄薄的一张硬纸片,有了它,仿佛就有了地位,有了身份,君浩陡然间觉得腰杆也挺直了不少。君浩以前看过某些自认为是大人物的名片,上面的头衔巨多,多得能吓死人。不过,君浩有自知之明,知道自己名片绝无那种壮观。

君浩打开名片盒,拿出一张认真观看,果然不出所料,上面的头衔简单之至,只有一行"业务代表",确实符合实情,君浩这个业务员天天都带表。看来,洪兴还比较实在,君浩听说有些公司,每个业务员的名片上都印着"业务经理",弄得"经理"满天飞。

洪兴的名片底色是绿色的,隐含倡导健康之意。正面是中文,反面是英文,虽然那英文翻译得像小学生写字,呆板生硬,但翻译得再烂,也可以传达出一种国际化的气息，以此抬高身价。

君浩反复看着手中的名片，爱不释手，恨不得现在就找人发去，李大鹏也是如此。

冬瓜看见二人的神态，打趣道："你们现在也都是有名片的人了，以后跑业务的时候就可以明着骗了。"

君浩一阵坏笑："是啊，不过我们只是小骗子，您才是大骗子。"冬瓜生性随和，所以君浩才敢开此玩笑。

果然，冬瓜并未生气，反而语出哲理："现在社会，就是一个骗来骗去的社会，比我还大的骗子多的是啊。"

君浩被冬瓜激发，直接化身哲学家："中国自古以来，就是一个推崇权谋的国家。权谋是什么，其实，就是骗术。商场就是如此。"

李大鹏也不甘寂寞，插话道："是啊，所以咱们做骗子，也是理所当然啊。"

于是就这样，三个骗子就这个话题开始热烈地讨论，直到总经理赵小雨这个公司最大的骗子进屋的时候才停止。三人向赵小雨问了早安之后，冬瓜终于言归正传，向君浩和大鹏说道："我已经约好了周店长，今天上午去东光的总店，给他们的店员做一下培训。你们两个也准备一下，跟我一块去，以后培训的事，基本就由你们自己去做了。"

君浩一听是东光总店，就想到自己原先走店的经历，又想到那个蛮横无理的周店长，头皮就有些发麻，不过好在冬瓜是主角，自己只是陪衬，所以略为心安，同时心中暗自佩服冬瓜，他居然能说服那周店长做培训。其实，真说起来，这也不算太难的事。那周店长再骄横，也会明白培训对他们有益无害，所以他也乐得河水不洗船。这个世界，利益，是永远的通行证。

二人点头。冬瓜在电脑上一通忙活，又打印了几张纸，放到公文包里之后，终于言简意赅地说道："咱们走吧。"

于是，三人一起背好公文包，出了办公室，坐电梯下到一楼。走出大厦之后，冬瓜忽然从包里拿出一副墨镜，潇洒地戴在脸上。

/ 旅途 /
一个 80 后的未"成功"奋斗史

墨镜真是一种神奇的东西，冬瓜戴上之后，马上化身黑帮老大。君浩和大鹏跟在后面，仿佛小弟一般。东光离得不远，他们便步行前往。

到了之后，正好 9 点半钟，这个点儿还比较早，所以眼镜店里没什么顾客。戴着墨镜的冬瓜带着君浩和大鹏，浩浩荡荡地推门而进，门口的店员赶忙通告那个周店长。

周店长处变不惊，从里面徐步而出，冬瓜看到马上摘下墨镜，笑着伸出手："您好，周店长，今天要打扰一下了。"

可能昨晚跟哪个漂亮的女店员春宵一刻了，周店长今天心情很好，居然很热情地一边和冬瓜握手，一边笑着说道："噢，是尚经理，欢迎欢迎啊。"

冬瓜握完手之后，用手指了指身后的君浩和大鹏，给周店长介绍道："周店长，这是我们公司新来的业务员，这个是赵君浩，他以前来走过店，您应该见过，这个是李大鹏。"

君浩和大鹏都赶快主动和周店长握手，周店长还未老年痴呆，居然还认识君浩，只不过叫不出名字，现在听冬瓜一介绍，做恍然大悟状："你就是赵君浩啊，我说怎么看着这么眼熟呢。对，你来过。尚经理，不错啊，你们这两个小伙子看起来都年轻有为啊！"

君浩大愣，没想到今天的周店长和上次判若两人，居然还会夸人了。看来人最为善变，不同的场合，不同的情景，行为做派可能截然不同。不过，江山易改，本性难移。虽然今天周店长很是热情客气，但他骨子里的高傲，还是过肉穿皮似的隐隐散发出来。

冬瓜和周店长又客气地寒暄了几句，然后便转入正题："周店长，您受累，帮忙召集一下店员吧，现在正好没什么顾客，我们就开始培训吧。不需要太长时间，20 分钟就可以了。"

周店长点头："好，我现在就让他们集合。"说完，转过身去，面向店内众人，声音陡地提高八度，仿佛一个肉质的高音喇叭："大家都听着，现在都过来这边站好。"

官大一级压死人，周店长话音刚落，众店员就像听到冲锋号一样，迅速地从各处的柜台后面出来，纷纷走到中间，站成左右两排，听周店长继续训话。

周店长很满意，心中感叹权力真是个好东西，自己一句话抵得上别人一万句话，令行如山。周店长见众人站好之后，继续大声说道："今天洪兴公司的尚经理等人过来，给大家做一下关于'圣奇'的培训，希望大家都要认真听，有不懂的就及时问，听明白了吗？"

众人异口同声地回答："明白了。"

周店长满意地笑笑，然后指了指冬瓜："下面，有请洪兴的尚经理开讲，大家欢迎。"

底下响起一阵稀里哗啦的掌声，虽然不整齐，但是人多，还是有几分气势。

冬瓜春风满面，面对众人，自有一番得意，但一开口却很客气："谢谢周店长，谢谢大家，我们今天过来给大家做个培训，心里感到非常荣幸。东光是个大企业，贵店也是最有实力的店，我相信你们一定会做得越来越好。"

人皆喜听夸赞之语，于是，周店长很受用地带头鼓掌，店员也跟着鼓掌。

冬瓜吹捧一通之后，继续说道："为了不影响大家开门做生意，我就简单地讲一下，大概需要20多分钟吧，好，为了抓紧时间，我现在就开始说。"

冬瓜嘴上说简单地讲一下，但一旦开讲，就如江河之水，收拦不住。冬瓜非常详细地讲解着"圣奇"隐形眼镜的情况，比如产地啊，构造啊，功能啊，尤其是优势和卖点，详详细细。店员们还都挺认真地听着。站在冬瓜身后的君浩，也很用心地听着。一边听，一边学习着冬瓜的讲授之道，以便日后自己培训之用。

冬瓜正讲得高兴时，有一个顾客上门，站在靠门口的一个女店员，迅速抛弃冬瓜，去接待这个顾客。冬瓜心中不爽，恨不得命令君浩和大鹏，将这个半路杀出的程咬金乱棒打出，好在这个程咬金很识时务，一看这个阵势，感觉气氛不对，与女店员询问了几句后，转身就走了。

受此影响，冬瓜终于清醒，意识到这不是在大学课堂，而是在眼镜店，于是后面的内容便精简大半。冬瓜简明扼要地讲完，一看表，正好20分钟，心中佩服自己把握时间的能力真强。

　　冬瓜讲完之后，客气地说谁有什么问题都可以问，没想到还真有好学之徒，有几个店员还真问了几个问题，虽然那些问题都很幼稚。但只要有人问，冬瓜就可以继续为人师表，所以冬瓜都很热情地一一作以解答，过足师瘾。

　　最后，终于无人提问，冬瓜过瘾完毕，见好就收，宣布培训结束。周店长带头鼓掌致谢，然后各店员纷纷作鸟兽散，这时候也正好有两个顾客上门，店员迎上接待，眼镜店又恢复了平常模样。

　　冬瓜感谢了周店长的配合之功，周店长则感谢了冬瓜的培训之用，互谢之后，冬瓜三人告辞而出。

92

　　出了店门，赵君浩和李大鹏纷纷盛赞冬瓜讲得好，冬瓜更是神采奕奕，心中美得不行。

　　三人回到公司后，冬瓜对二人说话，开头先故作谦虚："今天你们也看到了我是怎么培训的，当然，也并非我培训得就一定好，只不过你们可以参考一下。"

　　谦虚完毕，然后分配任务道："以后呢，培训这种事基本就由你们去做了。这样吧，你们现在每个人各约一家店，下午准备一下，明天上午也去做个培训，就当练练兵，也可以及时发现自己有什么不足，以后也好改正和提高。"

　　二人点头。等回到公司，君浩坐在办公桌前，想了一会儿，思考先找哪个店下手。俗话说，宰客先宰熟，君浩决定先从最熟的店开始。君浩最熟的店，就是华新路上的一家兄弟高登的分店。这家店之所以最熟，是因为去得最多。之所以去得最多，倒不是因为这家店最近，最近的是振华路上的那家；也不是因为生意最好，最好的是东门的那家；当然也不是因为女店员最漂亮，最漂亮的是红荔路的那家，其实，真正的原因是这家店离公司不远，也不显眼，而且还比较顺路。君浩每次因为时间紧迫没走够10家店的时候，最后都会跑到这里晃一晃，以回访之名凑个数。

三年不上门，是亲也不亲。同样的，这句话翻过来也成立，三年总上门，不亲也是亲。君浩当然还没上过三年，但是上的次数最多，所以与这家店的店长和店员们都混个溜熟。

这家店其实规模不大，店面也小，人数也少，加上店长也就四个人。店长是个三十五六岁的女人，姓肖，爱笑，人很开朗，经常有事没事的，自己都能笑上半天，也没人知道她在笑什么。君浩刚开始接触的时候，还不了解情况，经常被吓得毛骨悚然，以为她精神有问题。后来去多了，才发现她就这样，自己都能把自己逗嗨了。

店员只有三个，都是年轻的女孩儿，一个是广东的，戴个小眼镜，很可爱。小眼镜继承了爱笑店长的优良传统，也爱说爱笑，但还没有达到店长自说自笑的境界，所以还需要逗才能笑得特开心。另一个是甘肃的，长得很高很瘦，像个小白杨似的。小白杨人如其树，性格很安静，但并不冷漠。最后一个是江西的，介于两者之间，有时候很活泼，有时候很安静，有点小神经质。不过，小神经质在三个人当中，倒是最漂亮的。

君浩说干就干，给爱笑店长打了一个电话，果然如预料的那样，电话那头一阵爽朗的笑声，店长慨然应允。君浩满意地放下电话，开始看有关"圣奇"的所有资料，再好好地温习一下，以免到时候说错了丢人。其实，丢人倒小，误人子弟可就大了。另外，君浩又好好揣摩了一番上午冬瓜所做的培训，觉得哪些地方自己可以借鉴模仿，哪些地方自己还可以再添加一些内容。因为那家店顾客不是很多，自己就算讲时间久一点，也应该没问题。总之，君浩很认真地准备了这次培训。

有话则长，无话则短。第二天上午9点多的时候，君浩便步行往那家眼镜店走去。到了之后，店里果然一个顾客都没有。店长和那三个小姑娘都在，见君浩

/ 旅途 /
一个 80 后的未"成功"奋斗史

进来,小眼镜抢先说道:"哎哟,赵帅哥又来了。"

君浩一笑,也照葫芦画瓢说道:"哎哟,四个美女都在啊。"

店长一番银铃般的笑声:"是啊,小赵啊,你昨天发话了,我今天就把她们都叫来了,今天本来应该小悦轮休的,但她也自愿过来了。"

小悦就是那个小神经质,小神经质听店长一说,马上抗议:"肖姐,我哪里是自愿啊,我是被你逼来的,你说赵帅哥要来培训,大家都必须听,我敢不来吗?"

抗议完店长,又继续向君浩抗议道:"我说帅哥啊,你可真会挑时间啊,早不培训,晚不培训,偏偏我休息的时候你培训,是不是故意的啊。你说,该怎么补偿我啊?"

君浩装作一副豁出去的神情:"怎么补偿都行啊,你说吧?"

小神经质调皮地一笑:"我也不讹你,你给我买个冰激凌就行。"

君浩一拍胸脯:"就这个啊,没问题,培训完就买。"

旁边的小眼镜和小白杨一听,也跟着起哄:"我们也要,我们也要。"

君浩再次一拍胸脯:"没问题,大家都有,不过,要先培训完。"

这时候爱笑店长发话了:"你们几个小丫头别闹了,小赵啊,别听她们的,她们跟你闹着玩的。咱们现在就开始吧。"

君浩笑着说道:"肖姐,我知道她们跟我闹着玩的,不过,我说话算话,培训完之后,就给大家买,也包括您。现在的天气也热,就当吃点冷饮降降温吧。"

店长也乐了:"那就随你的便吧。"然后,又冲着三个小姑娘说道:"你们三个听好啊,别笑了,严肃一点,现在就由小赵给大家开始做培训。说实话,你们都是半年前刚调来的,对'圣奇'你们都不是很熟悉,所以你们要认真听,有不懂的就问,听到了吗?"

"听到了。"三个小姑娘依然嬉皮笑脸,异口不同声,有快有慢,有高有低地应道。

店长无奈地一笑,对着君浩说道:"没办法,她们就这德行。小赵,你开始讲吧。"

君浩点点头,清了清嗓子:"各位美女,那我现在就开始讲了啊。"

小眼镜也学着君浩清了清嗓子:"好啊,那赵老师就开始讲吧。"小白杨和小神经质也跟着在旁边笑。

君浩也不介意,不过,在开始培训之前,君浩居然感到了几分紧张。毕竟这是君浩第一次在众人面前做培训,虽然跟她们都很熟,但是也难免有几分惶恐。

一惶恐,君浩口吃的老毛病又开始发作。其实,君浩现在说话的时候,已经很少口吃了,甚至有时候都称得上伶牙俐齿,但偶尔一紧张,还会口吃那么几下,比如现在,君浩磕磕巴巴地说道:"关于圣……圣奇,它是英国原一原装进口的……"

君浩还没说完,小神经质就插话道:"赵老师,别紧张啊,你看你都结巴了,在我们面前还紧张啊?"

君浩一笑,是啊,在她们面前还用得着紧张吗?君浩这么一想,马上就放松下来了,语言就流畅多了。另外,君浩事先准备得也很充分,这也给君浩很大的信心,所以语言更加流畅。

接下来,君浩就开始流畅自如滔滔不绝地讲起来,好为人师的感觉还真的挺爽,怪不得冬瓜培训的时候那么陶醉。

君浩"叭叭"地讲了有40多分钟,三个小姑娘虽然一直都嬉皮笑脸的,但是看得出来,也都在认真听着。君浩很满意,恨不得再讲40分钟,但君浩毕竟还比较冷静,知道人家这是开门做生意,不能讲得太久,所以讲得差不多之后,便及时收场。

讲完之后,君浩也像冬瓜一样问道:"大家还有什么问题吗?"

小眼镜抢先说道:"赵老师,我有一个问题。"

君浩没想到她这么好学,很惊奇地说道:"好吧,你问吧?"

小眼镜一阵坏笑:"我的问题是,你刚才说培训完给我们买冰激凌,你说话算数吗?"

君浩一阵泄气,没想到是这种问题,但还是笑道:"我刚才不是说了,我说话

/ 旅途 /
一个80后的未"成功"奋斗史

当然算数了。"

小眼镜马上接着道:"那好,那我们没有问题了,你去买吧。"

君浩又不甘心地问了一遍:"你们真的没有问题了?"

三人成虎,小神经质和小白杨也紧跟着声援小眼镜:"是啊,真的没问题了。"

君浩一听,点点头:"那好,你们稍等,我出去一下,马上回来。"

其实,君浩知道她们是在闹着玩,自己完全没必要当真去买,但是觉得有必要和她们进一步处好关系,况且几个冰激凌也不贵,自己虽然没什么钱,但冰激凌还是买得起的。

有了这种思想,所以君浩很爽快地跑到旁边的小商店,买了五个冰激凌。君浩也给自己买了一个,倒不是君浩贪吃,而是自己也跟着吃,会让她们不会觉得不好意思。

当君浩拎着这袋冰激凌回到店里之后,三个小姑娘便笑着上来一人抢了一个。君浩自己拿了一个,另一个主动敬给店长。店长笑着接了过去:"谢谢啊,小赵啊,你看你还当真了,让你破费了。"

君浩赶快说道:"肖姐,别客气,我还要感谢您的配合啊。"

旁边的小眼镜吃人的嘴短,一边往下撕包装纸,一边恭维地插话道:"赵帅哥,你说话真算话,是个干大事的人。"

小神经质也跟着说道:"是啊,肯定前途似锦。"说完,又一阵坏坏的笑:"赵帅哥,你要是天天来培训就好了。"

君浩一咧嘴:"那样我就只能破产了。"

众人大笑,君浩也跟着笑,气氛很融洽,君浩的首次培训圆满结束。

93

君浩兴高采烈地回到公司,给冬瓜做了汇报,其间忍不住地添枝加叶一番,

/ 旅途 /
一个 80 后的未"成功"奋斗史

以显示自己能力超群，但君浩忘了一点，自古功高震主，下属太优秀了，必然会让上司感到威胁，这就是君浩在职场上还略显幼稚之处。

冬瓜感到一阵隐隐的不快，但毕竟心胸还算阔大，况且他也确实很欣赏君浩，所以还是笑着赞扬了君浩，鼓励君浩再接再厉。

过了一会儿，李大鹏也回来了，但脸上却不像君浩那般兴奋，而是很平静。大鹏用像脸色一样平静的语调，向冬瓜做了汇报。大鹏去的店是罗湖红岭路上的一家博士分店，店长也很配合，总的来说，培训效果也不错。但大鹏却很谦虚地说自己还有一些不足之处，以后还要向冬瓜多多学习和请教，冬瓜自然听得心花怒放。所以，在这一点上，大鹏明显要比君浩聪明和成熟许多。

冬瓜也表扬了一番大鹏，然后好为人师地表示，以后有什么不懂的都可以问。最后，冬瓜对君浩和大鹏分派任务，接下来的一段时间，主要工作就是一边走店，一边培训。培训也可以因店而异，有些店可以正儿八经原原本本地讲，有些店则可以因陋就简，抽个五分钟八分钟的简单地讲一下，总之，具体情况具体分析。

二人点头。从这一天开始，赵君浩和李大鹏就开始了一边走店一边培训的生活，二人的培训水平也逐日提高。

大概过了 10 天后，宿舍里突然又搬进来一个人，此人名叫刘朗，但别人都叫他流氓，得此尊称是源于初二的一堂语文课。当时，语文老师让他背诵前几天刚学的一首杜牧的七言诗，名字叫《山行》。全诗的内容是："远上寒山石径斜，白云生处有人家。停车坐爱枫林晚，霜叶红于二月花。"

刘朗前面两句都顺利地背出，但背到"停车坐爱"的时候，下面的一时没想起来，于是便不停地重复"坐爱"两个字，想把后面的诗句诱导出来。因为专注于思考，刘朗并未意识到这两个字的谐音还有别的含义，但他的同学们却都很不纯洁，在下面哄堂大笑。不幸的是，语文老师是个刚分来的女大学生，脸皮还比较娇薄，听到那两个字后，立时羞红了脸，气得当场喝停刘朗的背诵，并且玉手颤抖地指着刘朗怒道："你……你……你简直是个流氓……"

/ 旅途 /
一个80后的未"成功"奋斗史

　　然后，话没说完，便掩面奔出教室。其他同学再次哄堂大笑。在笑声中，后知后觉的刘朗才终于明白是怎么回事，也羞红了脸，后悔不已，但为时已晚。

　　后来，学校还因此给了他一个处分，记了小过，从此流氓之名迅速传开，无人不知，无人不晓。

　　流氓蒙此奇冤，无处申诉，痛苦不已。学校的女学生，见到他，更是如躲瘟疫，远远避开，就连学校的母耗子，见到他，也都一溜烟地逃之夭夭。

　　孤家寡人的流氓，只好与书本为伴，寄情其中。世事祸福相依，流氓的学习成绩也因此直线上升，后来顺利地考上了重点高中。流氓长出了一口气，以为终于可以抬头做人。没想到在中国，好事从不出门，坏事却传千里，流氓的声名又迅速传满全校。

　　舆论很多时候就是这样，传到后面，已没人关心真相，只是一味地人云亦云。流氓只好继续钟情于书本，三年后，卧薪尝胆，大展神威，考上了北京某师范大学。

　　上了大学之后，流氓终于把戴了多年的假流氓的帽子扔掉，开始变成真流氓。原来这么多年女孩子都远离自己，流氓压抑得厉害，现在终于远离家乡到了陌生的大学，以前的一切都成过眼云烟。流氓终于可以尽情地释放对异性的渴望，开始不停地认识女孩子。男人不坏，女人不爱。世易时移，现在的女大学生们一改以往，都越来越喜欢流氓式的男生，所以流氓如鱼得水，女朋友跟走马灯式地换，过足了女人的瘾。

　　情场得意，赌场就失意，流氓曾经赌博似的学习热情荡然无存，逃课成为家常便饭，课本更是新新如也。到了大学快毕业的时候，还有6门课需要补考。流氓终于意识到问题的严重性，暂时远离花前月下，开始通宵苦读，还四处拜会各科老师，使出了浑身的解数，终于在毕业的时候勉强过关，拿到了毕业证和学位证。

　　当时的师范学生国家还包分配，可惜流氓成绩太差，人缘也不佳，最后被扔回原籍，在老家东北佳木斯的一所破烂初中当老师。曾经处的女朋友们也都纷各攀高枝，离他而去。流氓壮志难酬，孑然一身，郁闷无比。

后来流氓把一个有夫之妇肚子搞大之后，便被学校革了职，踢出了神圣的教师队伍。流氓在老家待不下去了，便又跑到北京。公办学校进不去，最后在一家打工小学终于找到工作，但薪水很是微薄，只能勉强度日。

没想到，这个工作做了没多久，这所打工小学就被解散了。学生流离失所，流氓也跟着失业无着。后来，在北京实在混不下去了，打听到深圳有赵小雨这么一个曲里拐弯的亲戚，于是便投奔而来。

94

赵君浩见到流氓的第一眼，很是惊讶。君浩印象中的东北男人，都是那种五大三粗平头横目的，没想到流氓完全颠覆了君浩的这种痼习。

首先流氓长得不高，顶多也就1米68左右。其次流氓长得极瘦，跟女版的火柴差不多。脱了上衣，肋骨都一条一条的。估计是纵欲过度，身体耗损得太严重。上秤一称，超不过一百斤。最后流氓的脸长得极尖，很像一个倒立的等边三角形。三角形的顶上还梳着一个中分，中分还打着油，流里流气的。眼睛也呈倒三角，时不时地放出两道色眯眯的光芒。总之，从头看到脚，再从脚看到头，活脱脱就一流氓，真不愧他流氓的称呼。

不过，流氓和大家初次见面的时候，说话倒挺客气有礼。流氓见到火柴的时候，眼睛只是闪了一下，随即暗淡，但见到小乔时，眼睛便闪个不停，同时嘴里不自觉地吧嗒着。所以，火柴和小乔都不喜欢流氓。小乔更是见到流氓之后，就会把衣服裹紧一些，不敢露丝毫春光。

流氓虽然住在宿舍，但并不在洪兴上班，因为赵小雨也不喜欢他，不想让他来自己公司，而流氓居然也不喜欢去，理由是卖隐形眼镜不挣钱。经过几年社会

/ 旅途 /
一个 80 后的未"成功"奋斗史

底层的困苦生活，流氓悟出了一个人生真理，这世道必须有钱，否则连耍流氓都不能尽兴。

于是他毅然抛弃大学学了四年，或者说混了四年的师范专业，转做业务，因为对于一般家庭的孩子，做业务是挣钱最快的行当。他看中了英语培训这一个行当，跑到一家培训公司做了业务员，而那家培训公司居然也不开眼，录用了他，不过底薪只有 800 块钱，提成给 20 个点。流氓觉得还可以，于是就开始做了起来。

流氓和君浩他们一样，都是早出晚归的，所以只有早晚的时候能看到。流氓不愧是流氓，工作之余，依然色心不减，才来了几天，便发现了一处绝妙的风景。

那是流氓刚搬到宿舍不久的一天晚上，君浩正躺在床上看书，大鹏也正躺在床上闭着眼听 MP3，流氓突然一脸兴奋地站在门口，对着君浩挤眉弄眼，还用手轻轻地摆着，示意君浩出来。

君浩迷惑不已，不知流氓意欲何为，于是便放下书，翻身起来，走到流氓身边。流氓也不说话，轻轻地穿过客厅往阳台走去，君浩也跟着过来。

到了阳台，流氓压低声音对君浩说道："君浩，我发现一个好东西，让你也欣赏一下。"

君浩天性随和，跟任何人都能处得来，所以虽然流氓才来不久，但关系也处得还算不错。

君浩笑了笑："流氓，你能发现什么好东西啊？"君浩平常也开玩笑地叫他流氓，流氓也不介意。

流氓把右手食指放在嘴边，示意君浩不要说话，然后身体转向对面的农民楼，头往下探着。君浩也有样学样，也转身探头，一看，终于恍然大悟，鼻血差点流出来。

原来对面楼的四层，有一个房间正亮着灯，里面住着一个年轻的女孩。因为深圳的天气很热，那个女孩也是一个人住，所以就把外衣全部脱掉，只穿着一个白色的内衣,在房间里走来走去。那个女孩的身材很好。

深圳这边,城中村里楼与楼之间都挨得非常近,亲如一家,所以从君浩这里看过去,那个女孩的一举一动都看得很清楚,跟看现场直播似的。君浩来深圳已经快两年了,还从来没有饱过这种眼福,所以心情格外激动,眼睛不眨地看着。

旁边的流氓也认真地看着,一边看,还一边小声地对君浩炫耀道:"怎么样,我没骗你吧,算是好东西吧!"

君浩得了便宜还卖乖,小声地纠正道:"不能说是好东西,应该说是好风景。"

流氓不以为然,邀功道:"叫什么都无所谓,君浩,怎么样,我够意思吧,我一发现,就马上叫你过来一起欣赏。"

君浩不得不点点头:"是,是,挺够意思。你不愧是流氓,我和大鹏住这么久都没发现,你刚来几天就看到了。"

流氓得意万分,小声地笑道:"这就叫生活中不缺少美,只缺少发现美的眼睛。"

君浩也笑道:"得了吧你。"说完,忽然想到这种好事也不能落下李大鹏,于是轻轻地走回宿舍,把正在闭着眼听歌的大鹏叫起来,低低地说道:"大鹏,流氓发现了个好风景,走,过来一块欣赏吧。"

大鹏平常对流氓印象不是很好,但既然君浩相约,虽然一脸迷惑,却也跟着一块走到阳台。

流氓见大鹏过来,赶快解释道:"刚才怕打扰你听歌,所以没叫你。快看,估计一会儿更精彩。"说完,赶快转过头,聚精会神地看起来。

君浩也赶快趴到阳台上往下看,大鹏也忽然明白了一些,也赶快趴着往下看。一看,鼻血也差点流出,激动不已。其实,这也没什么奇怪。只要是正常男子,年轻的时候,谁不喜欢看这个啊?

三人正在认真勤奋地看着,突然听到身后客厅里传来火柴的声音:"你们在干什么呢?"

/ 旅途 /
一个 80 后的未"成功"奋斗史

三人都吓了一跳，同时站直身体转过头去，只见穿着睡衣睡裤的火柴站在靠近卫生间的客厅边上，一脸迷惑地看着他们。

三人的脸都有些发红，君浩反应快，赶快答道："没，没干什么，天热，我们站，站在这儿凉快凉快。"

大鹏和流氓也赶快应和："是啊，是啊，真热。"

火柴毕竟是过来人，看三人鬼鬼祟祟张口结舌的样子，又看到三人转过身之后下面的三顶小帐篷，心中便明白八九，但也不便戳破，只是淡淡地说道："时候也不早了，你们一会儿也早点睡吧，我刚刚上趟厕所，我先睡了啊。"

三人如蒙大赦，赶快都点头应道："好的，好的。"

火柴说完便又回到卧室，关上了门。三人又赶快回归正业，转过身去继续观看，没想到对面已经漆黑一片，原来那个女孩已经关灯睡觉了。

三人暗叫倒霉，心中都对火柴埋怨不已。但没办法，既然已经剧终，再待着也没意思，好在以后还有续集，仍有盼头，所以三人便也都回到卧室，关上门，上床睡觉。

但谁又能睡得着呢？就像刚欣赏完一部精彩的电影，每个观众都会有诉说的欲望。于是，三人躺在床上开始举行卧谈会。三人兴奋地点评着这个女孩的身材、容貌，然后猜测着她的身份、籍贯、职业、家庭背景，等等。大鹏和流氓也暂时互抛成见，化干戈为玉帛，很热烈地讨论着。

三个人兴奋地聊了大概有两个多小时，终于感觉到累了，才慢慢息了口，然后各自睡去。

打这之后，晚上看那个女孩成为三人的共同爱好。那个女孩也很够意思，从没让她们失望，只要回到房间，从来都不穿衣服。

看得久了，也就约略猜出女孩的一些情况。首先，这个女孩年龄不大，也就20岁左右。其次，从脱下的工装看，女孩应该是附近工厂的女工。再其次，这个女孩没有男朋友，因为从未见有男的过来。最后，这个女孩很老实安静，没有什么夜生活，几乎每天晚上都待在屋里。

君浩看久生情，甚至大脑中都闪过去认识一下这个女孩的念头，但想想自己一无是处，每天还要为生活奔波劳碌，实在没有精力和财力去交女朋友，所以也就作罢，仍然只是每天欣赏。

多年之后，当君浩回忆往事的时候，想到这个曾在那段孤寂的岁月中给自己带来快乐的女孩，心中充满了感恩，虽然这个女孩永远都不会知道。

95

大概转正的半个月后，这天，赵君浩和李大鹏早上上班的时候，两人正准备出去走店，冬瓜叫住了他们："小赵、小李，你们先别出去，一会儿赵总要开会。后天是六月六日，世界爱眼日，咱们准备在高职院做个活动。一会儿公司在高职院的学生代理人阿文也会过来，你们也认识一下。"说完，忽然朝着两人诡异地一笑，又加了一句："阿文可是个美女啊！"

君浩和大鹏眼睛一亮。对于男人而言，美女这两个字具有永久的吸引力，两人大脑中不由得幻想着各自认为的美女的形象，然后充满期待地等着阿文的到来。

想阿文，阿文到。冬瓜的话音刚落不久，只见办公室的玻璃门轻轻一响，一个年轻的女孩推门走了进来。两人定睛一看，只见这个女孩个子不高，小巧玲珑的，下身穿着一件蓝色的紧身牛仔裤，上身套着一件白色的紧身小T恤。胸部不大，但是很挺，像两个圆圆的小馒头。脸小小的，眼睛却是大大的，如同两颗晶莹的葡萄。睫毛很长，忽闪忽闪的。皮肤又白又嫩，仿佛牛奶一般。头发不算太长，扎了一个马尾，翘在脑后。

两人看得有些发呆，女孩却笑着径直走了过来，先跟冬瓜打了招呼："尚经理，早啊！"

/ 旅途 /
一个 80 后的未"成功"奋斗史

冬瓜也忙笑着说道:"阿文,刚才正说到你呢。来,我先给你介绍几个新同事,你一直都在学校那边,还都没见过呢。"

说着,先指了指身边的君浩和大鹏:"这是赵君浩和李大鹏,咱们公司的业务员。"然后又指了指稍远处正坐着打电脑的火柴:"那个是韩丽,咱们公司的文员。"

冬瓜说完,又指着阿文对着三人说道:"这是林雅文,大家叫她阿文就可以了。阿文是咱们在高职院的学生代理人,今年上大二。"

关于学生代理人,这里简单说一下。洪兴公司很聪明,很明白隐形眼镜的市场很大一块儿是学生,尤其是大学生,所以如何吸引大学生来购买自己的产品,就显得很重要。当然,方法很多,除了常规的操作以外,在学校里找学生做兼职代理人,也是一个行之有效的方法。

俗话说,堡垒最容易从内部攻破,找本校的学生去宣传推广公司的产品,优势很多。首先,因为是本校的,自然熟悉学校各方面的情况,而且占有同学校友这个关系网的便利。其次,因为是兼职,费用和成本都很低廉。这些学生代理人基本都没有底薪,完全靠卖出去的产品提成。

因为有这么多好处,洪兴在很多大学都聘有学生代理人,在高职院找的就是阿文。阿文是广东梅州人,今年21岁,上大二,学的是国际贸易。广东这边经商风气很浓,阿文耳闻目染,从小就很有经济头脑,而且心也很大,所以大学选了国际贸易,准备赚外国人的钱,扬我国威。但目前尚在上学,没有国际贸易让她去做,所以就在国内找了洪兴,做了这么一份兼职销售的工作,一方面锻炼一下,另一方面也可以挣点零花钱。阿文在洪兴已经做了有大半年了,业绩还算不错的,每月平均都能卖个一千块钱左右,很受赵小雨和冬瓜的赏识。

几个人互相认识之后,阿文对着冬瓜说道:"尚经理,我去给赵总打个招呼,另外再向她汇报一些事情,我先进去了。"

说完,又朝君浩等人一笑,然后走到总经理室的门前,轻轻地敲了几下,接着便推门走进那间总经理室,并且关上了门。

君浩看着阿文袅袅的身影消失在门里,眼睛恨不得宣布与脸独立,追随而去。

　　幸好阿文天性仁慈,不忍看君浩为色自虐,在里面待了没多久,便随赵小雨一起出来了。

　　赵小雨刚深闺而出,便对着众人简短地吐出两个字"开会",然后自己先走向长长的会议桌,义不容辞地在正中主位坐下。其他人如影随形,也跟着在会议桌的两旁坐下。

　　赵小雨待众人坐好,先没急着说话,而是如元首审阅般地扫射一番,见众人都在,比较满意,清了一下嗓子,开门见山地说道:"今天召集大家开会,主要是因为后天,也就是六月六日,这天是世界爱眼日,咱们借这个机会,准备在高职院搞一个活动。这次活动主要是为了进一步扩大'圣奇'在高职院的影响力和知名度,直接和间接地提高以后'圣奇'的销量。"

　　竖大旗,当然需要拉虎皮,赵小雨接着说道:"当然,我们名义上的口号是为了让广大学生关爱自己的眼睛,重视用眼健康。"

　　虎皮拉好之后,赵小雨又点出虎皮的主要制作人:"这次活动因为在高职院做,所以学校那边主要就由阿文来联络负责。阿文大家刚才应该都认识了吧,我就不再介绍了。阿文已经跟学校那边协商好了,到时候咱们直接去就行了。关于高职院以及活动的一些情况,下面由阿文给大家说一下。"

　　被赵小雨点将之后,阿文先朝众人笑了一下,不紧不慢不卑不亢地说道:"高职院有两个校区,一个老校区,一个新校区。咱们这次活动就选在新校区,因为这边新生多,活动效果会比较好。具体地点就选在新校区宿舍楼入口旁边的空地上,那边人流量比较大。另外,我也打听到了,到时候不止咱们公司做活动,海昌公司也会去。不过,也没什么,不怕竞争,咱们做好自己的就可以了。到时候我会从学校教室借来几张桌子和椅子,另外,我还会请两个同学过来帮忙,公司管顿盒饭就可以了。"

　　阿文说完之后,赵小雨接着说道:"阿文刚才说得很好,虽然海昌也会去,但

/ 旅途 /
一个 80 后的未"成功"奋斗史

是咱们不怕,'圣奇'也并不比他们差,咱们自己要有信心。另外,这次活动我和尚经理也联系了博士眼镜店,他们也会去参展,到时候大家互相帮忙就可以了。"

赵小雨说完之后,开始分兵派将,先对着君浩和大鹏说道:"小赵和小李,你们一会去朗文公司拿一下已经做好的海报和宣传页。"

然后又对着火柴说道:"韩丽,你一会儿准备一下咱们各类产品的样品,以及两箱 50ml 装的护理液,到时候护理液作为买一送一的赠品。"

赵小雨接着又对阿文说道:"阿文,你一会儿回去之后,和学校那边进一步落实一下情况,另外联系一个附近快餐店,到时候中午咱们从他们那儿订饭。"

最后对着冬瓜说道:"尚经理,你和博士那边再落实一下合作事宜。"

分派之后,赵小雨说道:"我家的仓库有活动用的帐篷,另外我会把饮水机和矿泉水也带上。还有,我原来从眼科医院借了几身白大褂,到时候小赵和小李你们俩都穿上,这样给学生宣传讲解的时候也显得专业一些。你们两个是业务员,是这次活动的主力啊!"

接下来,赵小雨又讲了很多细节方面的问题,最后说道:"大致情况就是这样了,大家认真准备就可以了,我相信咱们的活动一定能够做得很成功,大家有信心没?"

众人只好照例地回答有,赵小雨很满意,宣布散会,然后众人按照刚才的分派,各自忙碌起来。

96

两天的日子一晃就过,马上就到了六月六日,一个六六大顺的日子。这边天气也很是赏脸,阳光普照,蓝天白云,很适合做活动。

君浩他们早上 8 点多就过来了,支帐篷,抬桌子,搬椅子,挂海报,摆传单,架饮水机,忙得不亦乐乎。君浩和大鹏还都穿上了白大褂,猛一看还真像两个道貌岸然的眼科医生。

博士眼镜店那边果然也过来参展,他们也弄了自己的帐篷,帐篷边上还印有博士的Logo,不过他们来的人不多,只有一男一女,长得还都能见人。因为是合作关系,君浩也帮他们搬搬桌子椅子啥的。

海昌那边也不甘示弱,君浩他们刚来不久,海昌公司的人也都来了。果然是大公司,一下子来了十几个人,撑了三顶帐篷,还挂了很多海报,气势造得很足。一下子俨然成了他们的主场。

其实,洪兴这边来的人也不少,加上阿文又请来的两个同学,也有8个人了。不过,赵小雨见一切布置好之后,就开着车先跑了,说是去处理一些事情,留下冬瓜坐镇。

因为来得比较早,又加上今天是星期天,大多数学生还都在拥被高眠,所以偌大的学校里只有一些零零星星的学生。君浩暂时无事,便站在摊位不远处四处张望这所学校。

左边远处是巍峨高耸的教学楼,很是气派。教学楼旁边是一座同样气派的实验楼。实验楼的旁边是一个四层的白色建筑,上面三个龙飞凤舞的大字,君浩动用全部的智慧终于认出那是"图书馆"。教学楼的前面则是一片宽阔的操场,操场上还铺着少见的橡胶跑道。

右边是几栋高高的宿舍楼,每个楼的阳台上都悬挂着各种各样的衣服。君浩有特异功能,能迅速地分辨出哪个是男生宿舍,哪个是女生宿舍。其实,很简单,如果阳台上挂有文胸和内裤,那一定是女生宿舍,反之,则是男生宿舍,当然,变态男除外。

宿舍楼下面是一个停车场,满满登登地停着各类汽车,居然也不乏奔驰宝马之类。早听说深圳的学生有钱,果然不虚。君浩自惭不已,想当年上大学时,自己的坐骑只是一辆二手的自行车,毕业时还当成废铁卖了。

学校的绿化不错,到处种有青草绿树。君浩看着这所大学,触景生情,想起

/ 旅途 /
一个 80 后的未"成功"奋斗史

了自己早已远去的大学时光。那个时候，每天逃课，上网，打游戏，谈恋爱，虽然也会有一些青春的烦恼，但是因为没有生存的压力，所以那些烦恼现在看来完全不值一提。如今，恍然一梦间，已经毕业两年多了。两年虽然并不太久，但是每天都要为生存奔波，为稻粱谋，学生的心态早已荡然无存，有的全都是升官发财的上班族之梦。时间，已经悄然改变了一切。

君浩站在原地，心中慨叹不已，猛然间想到今天是来做活动的，不是来怀旧的，于是赶快跳出小资的情绪，回到摊位前，忠于职守。

天下没有不开张的买卖，洪兴的摊位前终于迎来了第一拨顾客，两个早起的女孩梦游过来，君浩赶快热情相邀："同学，过来看看啊，'圣奇'隐形眼镜做活动了，买眼镜送护理液。"大鹏和阿文他们也赶快帮腔："是啊，绝对超值啊！"

两个女孩听说有便宜占，聚拢过来。阿文请来的两个同学很有眼色，赶快搬来两把椅子，让两个女孩坐下。君浩见这两个女孩一个穿着白衣服，一个穿着红衣服，但鼻梁上都架着一副眼镜，便继续忽悠道："你们俩真漂亮，但如果摘下眼镜，戴上隐形的，会更漂亮。"

白衣服听出了君浩言语中的恭维，不为所动，直奔要害："半年抛多少钱啊。"

大鹏在旁边插话："98 块。"

红衣服一听，首先表示愤慨："太贵了。"然后转过头对白衣服说道："博士伦才卖 80 多，海昌也卖 80 多。"

白衣服表示赞同，于是用同样的语气质问君浩，而且再加一击："是啊，你们卖得太贵了，另外，'圣奇'我们也根本没听说过。"

君浩赶快应对："'圣奇'是一个新品牌，它是英国原装进口的，佩戴更舒适，而且还能防辐射，所以要比一般的隐形眼镜贵一些。一分价钱一分货，质量绝对没问题。深圳的几大眼镜店都卖有圣奇，比如博士啊，兄弟高登啊，眼镜 88 啊。你们不信的话，喏，旁边就是博士的摊位，你们可以问问。另外，我们今天做活动，你买一副圣奇，还送一盒 50ml 包装的护理液，这盒护理液最少也值个二三十块钱吧，所以这么一算，其实比博士伦、海昌的还要便宜呢。"

君浩滔滔地讲完，有理有据，步步推进，自己在心中忍不住给自己喝了一声好，而且君浩看到两个女孩似乎也有被微微说动之意，其中，白衣服接着问道："你说得这么好，我们能试试吗？要不我们怎么知道更舒适呢？"

大鹏赶快插话，以证明自己的存在："同学，这个是不能试的，因为一试，就不能再用了，如果你买了，就可以试的。"

红衣服不等白衣服说话，再次表示愤慨："哪有买东西不能试的道理？"然后又扭头对白衣服说道："没听说过的牌子哪能放心啊？他们又不让试，走，咱们去海昌那边看看。"

说完，不等白衣服以及君浩他们说话，红衣服已经强拉着白衣服站起来往那边走了。君浩叫苦不迭，白费了这么多唾沫星儿了，同时对红衣服愤恨不已，恨不得上去踹上两脚。因为君浩凭感觉判断，继续说下去，起码那个白衣服很有可能会买的。

大鹏也在一旁懊丧，不过懊丧的内容不同："唉，'圣奇'如果能让试戴就好了，那样，他们就不会走了。"

冬瓜这时候终于发声，让众人知道他还活着："咱们是小公司，试戴不起的。试了，如果买还好，如果不买，就得扔掉，绝不能再用的，这样成本太高了。"

大鹏其实也知道，只不过是为失去一宗买卖发发牢骚而已，冬瓜解释之后，大鹏也不再言语了。

不过，令君浩他们感到平衡的是，那两个女孩到了海昌的摊位前，虽然也聊了半天，但是到最后也没买海昌的，原来这两人今天是纯粹来打酱油的。

97

世界上的事大抵如此，有了第一拨顾客，自然就会有第二拨顾客。那两个打

/ 旅途 /
一个 80 后的未"成功"奋斗史

酱油的女孩走了没多久，又过来了一个顾客。这个人远远走过来的时候，君浩以为是个女的，待走近了，才惊觉是个男的。

只见这个男的身高不到 1 米 60，瘦瘦的仿佛干尸。皮肤倒很白，就像刚从白面缸里捞出来。穿着却相当时尚，一条红色的紧身瘦腿裤，一件白色的紧身 T 恤。头发很长，包着一个绿色的头巾。远处看，还以为是一顶紧口的绿帽子。身上还喷了香水，也不知道是什么牌子，闻起来有股烂洋葱的味道。这种味道静止的时候挺淡，但只要他身体一动，味道就会浓烈地散发出来。

这个男的一说话，声音居然比林志玲还嗲，让君浩浑身起鸡皮疙瘩，同时心中大为感叹，高职院真是藏龙卧虎啊，什么人都有，连这种极品都有，绝对跟聪聪网的木乃伊有得一拼。

没想到极品男挺主动，过来之后，首先问道："你们是'圣奇'的吧？"

君浩实在不喜欢这种类型的男的，看见就有作呕的冲动，大鹏也是。阿文心思细密，窥见端倪，赶忙答道："是啊，同学，你是不是想配一副啊？"

没想到这个假女人不喜欢真女人，极品男嘴里虽然回答着阿文的问题，眼睛却盯着君浩："有这个想法，我原来在网上看到你们卖有虹膜放大片，现在有蓝色的吗？"

君浩一听，更加想吐，真没想到这个极品男果然极品，居然想买虹膜放大片，这可一般都是女孩买的。

君浩还未回答，旁边的大鹏首先没抑制住惊奇："你想买虹膜放大片？"

极品男一副不以为然的神情，立马抬出了另一个极品作为榜样："是啊，这有什么奇怪的，郭敬明？你们知道吧？他还戴强生美瞳呢。其实跟你们的虹膜放大片一样的，只不过他们是日抛的，太麻烦了。你们的是半年抛的，我觉得挺合适。"

君浩心服口服，上门的买卖决不能放过，于是强抑着恶心，违心地说道："是啊，我们的跟强生美瞳是一样的。同学，你戴上去一定很好看，绝对迷倒众人。"

极品男嫣然一笑，俨然已把君浩的赞美当真的听，仿佛他的魅力是众所公认毋庸置疑的。

极品男继续问道："我刚才问了，你们今天带了蓝色的吗？"

一直未说话的火柴诈尸般地插话道："带了，我们所有的种类都带了，各种颜色都有。"

极品男表示满意，开始问到实质问题："多少钱一副啊？我原来在网上看过，现在忘了。"

君浩见鱼儿即将咬食，赶快应道："320块。"怕他嫌贵，又补充了几句："你也知道，我们是半年抛，强生美瞳是日抛，他们五片装就要卖35块，你算算如果戴半年，将近要一两千块钱，所以综合下来，我们的性价比更高。"

极品男略微思索一下，大脑迅速化成超级计算机，飞快地计算了一番，最后点了点头："这样算下来，确实不贵。我看了你们的海报，是不是还要送护理液啊？"

大鹏在旁边应道："是啊，今天我们做活动，只要买隐形眼镜，就送一盒50ml装的护理液。"

阿文也帮腔道："是啊，就今天送，平常如果去眼镜店买的话，是没有的。"

君浩最后又加了一把火："帅哥，别犹豫了，错过这个村儿，就没这个店儿了。"

三人成虎，极品男迅速败下阵来，点头道："好吧，给我拿一副吧，蓝色的啊。"

说完，从口袋里掏出一个粉红色的长形钱包，点出了350元交给君浩，君浩又转交给身边的火柴，因为火柴管钱物这方面。火柴从口袋里掏出了30元的零钱，交给了极品男。

极品男虽然人比较"娘"，但心思却放得远，马上说道："给我开张收据吧。"

火柴无法拒绝，于是"唰唰"地开了一张收据，递给极品男。极品男仔细地看了一下，然后塞进钱夹，转过身去，一摇一摆花枝乱颤地走了。

君浩看着他窈窕多姿的背影，忍不住又起了一身鸡皮疙瘩，但是心中还是很

/ 旅途 /
一个 80 后的未"成功"奋斗史

高兴,毕竟今天终于开张了,这可是个好兆头啊。因为对于卖东西而言,卖出去和没卖出去是一个性质,卖得多和卖得少又是一个性质,前者是质变的关系,后者只是量变的关系。有了质变,量变才有意义。

卖出第一副后,大家都很受鼓舞。慢慢地,随着学生起床的越来越多,摊位前的人也越来越多,到了快 11 点半的时候,人数达到了最高峰。当然,大河有水小河满,海昌那边自然也围了不少人。

君浩他们所有的人都动了起来,君浩、大鹏、冬瓜、阿文和火柴都充当了讲解员和业务员,阿文请来的两个同学则负责发传单,不仅发"圣奇"的,也发博士那边的。当然,博士那边的两个人也是如此。一时间,场面相当热火朝天。君浩更是说得口干舌燥,连口水都顾不上喝。

一分耕耘一分收获。行得春风,才有夏雨,一上午忙下来,众人齐心协力卖出去 8 副半年抛,两副虹膜放大片,一副黑色,一副蓝色。当然,更多的人只是光看不买,但只要他们看了,那么便也起到宣传的作用,所以也并非毫无意义。这次活动的目的,并非只是多卖货品,宣传和推广也是"圣奇"一个很重要的方面,所以,从这个层面上讲,上午的活动还是挺成功的。

忙到快下午一点的时候,人数渐少,冬瓜让阿文打电话叫了快餐,很快一个瘦巴巴的男孩提着一个大塑料筐过来了,筐子里摆了 9 份盒饭,还送了两份米饭。盒饭是那种大包装的,里面有三荤一素。三荤是一个鸡腿,一个肉丸子,还有一个辣子鸡丁,一素是白菜。伙食相当不错,看来洪兴是下血本了。当然分量都不多,否则快餐店的老板就要赔血本了。每份是 15 块钱,总共是 135 块。火柴付了钱,男孩把事先开好的收据交给火柴,然后拎着塑料筐,仿佛狼狈的一般,一溜烟地跑了。

众人,也包括博士的那两个人,都围拢过来,各自拿了一份,或坐或站地吃着。君浩和阿文坐得比较近,阿文没吃之前,对君浩说道:"君浩,我的饭量小,米饭吃不完,给你分点吧。"

君浩一愣,赶忙说道:"别,我也吃不了多少的。再说,你也忙了一上午了,多吃点啊。"

阿文故作可惜地说道:"我真的吃不完,如果你不要,那最后剩下来就只能扔了。"

君浩天生爱惜粮食,见阿文这么说,只好怜粮惜食地说道:"扔了多可惜啊,那你就给我分点吧。"

阿文见君浩同意,挺高兴,拿着筷子把自己饭盒里的米饭使劲地往君浩的饭盒里分,看那架势,大有全军转移的模样,君浩赶忙阻止,但为时已晚,阿文已经分了大半过去。

君浩大窘:"阿文,你给的太多了,你就剩那么一点儿,能吃饱吗?"

阿文莞尔一笑:"我本来饭量就小,再说,我现在正在减肥呢。"

君浩顿时无语,女人一旦遇上减肥,就毫无理智可言,绝非言语所能动之,但还是忍不住地说道:"你这么瘦了,还需要减肥吗?"

阿文举起右手,做了一个握拳的动作:"是啊,生命不息,减肥不止。"然后催促君浩道:"赶快吃吧,别客气了。"

旁边的李大鹏早看得酸水直冒,一边啃着手里的鸡腿,一边不无揶揄地说道:"是啊,君浩,你就别装了,赶快吃吧。"

君浩一笑,也就不再客气,便撩起筷子吃起来。刚吃了两口,忽然大脑里的某根神经颤动了一下。君浩忽然回忆起某个类似的情景,原来在点石成金的时候,也曾有一个女孩把她盒饭里的米饭分了给自己。没错,她就是李艳梅。自从一年前分别之后,两人便再无联系。虽然君浩偶尔地还会想起她,想起那滴晶莹的泪水,但总觉得她离自己已经很远很远,远得仿佛前世的故人。如今,相似的情景再现,又触发了记忆的节点,君浩不由得又想起她,不知道她是否还在深圳?现在在做什么?是否还会偶尔地想起自己?

君浩突然很有些伤感,心中慨叹着人生的聚散离合,但肚子却明显提出了抗议,抗议主人只顾着让心去瞎想,全然不顾它早已饿得"咕咕"直叫。也确实,君浩忙了一上午,早就又累又饿了。君浩甩了一下头,忽然觉得好笑,自己什么时候变得这么多愁善感了,弄得跟林黛玉似的。现在是工作,认真做事才是正途,想其他都没用,于是命令自己低下头赶快吃饭。

很快就吃完了,还剩下两份米饭。因为君浩有被美女赠饭之宠,引发了所有男同胞的众怒,被剥夺了再吃的权利,而冬瓜为了维持自己的大将风度,也不再吃之,所以最后这两份米饭,一份给了李大鹏,一份给了博士的那个男的。两人假意推辞一番,然后就迅速解决掉了。

吃完之后,收拾完毕。众人又继续开始下午的工作,到四点多钟的时候,又迎来了一拨人流高峰,众人自然又是一番忙碌。当然,忙一般都不会白忙,到6点钟快收工的时候,又卖出了7副半年抛,一副年抛,一份黑色的虹膜放大片。带来的宣传页也基本上都散发完了,战果还算不错。总之,今天的活动还是比较成功的。

天色渐晚,赵小雨如同候鸟般地开车回来了,询问了一下情况,表示满意,然后见好就收,宣布撤离,于是众人又把借来的桌子椅子还回去,再把帐篷收起来,连同饮水机矿泉水等东西,一起放进同来的小厢货车里。人多力量大,一会儿就收拾完毕。众人互相告别,然后作鸟兽散。

君浩、大鹏和火柴回到宿舍,已经7点多了。小乔还没有下班,流氓也不知去哪鬼混了。三人又去"老百姓湘菜馆"吃了饭,吃完之后,回来冲了凉。三人都感到了疲乏,然后便早早休息了。

98

三天之后,这天上班,冬瓜安排赵君浩和李大鹏今天不用出去,待在公司写一下前段时间的工作总结。君浩正坐在那儿思考,冬瓜忽然拉君浩去楼道口抽烟。

/ 旅途 /
一个 80 后的未"成功"奋斗史

君浩有些诧异，因为之前冬瓜从未主动这么做过。事有古怪必有其因，君浩预感到冬瓜肯定有事想对他说，而这个事又不能当着别人讲，所以才会找个背人的地方。

按照惯例，背人之事一般都不会是什么好事，君浩的心忽然有点惴惴不安。两人到了楼道口，僻静无人。君浩主动抽出一支红双喜，敬给冬瓜，冬瓜接了过去，君浩又赶快点上火，然后自己才点上一支烟，在这方面，君浩很有眼色。

冬瓜没急着说话，先深深地吸了一口烟，缓缓吐出，然后盯着君浩，神情庄重地说道："小赵，把你叫出来，是想和你商量一件事。"

君浩一听，以为冬瓜要借钱，差点脱口而出"我比你还穷啊"，幸好大脑及时管住了嘴，这句话没蹦出来。

冬瓜看君浩一副忧心忡忡的样子，一笑："别担心，是好事。"

君浩更蒙，心想："好事？莫非是冬瓜想借钱给自己？"

冬瓜再次一笑："事情是这样的。现在公司领导决定开发广州市场，因为广州离深圳很近，而且经济也很发达，所以想派一个人过去。同时呢，深圳市场也不能丢弃，而且还很重要，所以也需要留一个人进行维护管理。公司目前只有你和李大鹏两个业务员，赵总和我商量了一下，决定安排你留守深圳，派李大鹏去广州。"

君浩实在没想到是这种事，一时没反应过来，错愕不已。

冬瓜看出了君浩的意外，继续说道："之所以这么安排，我们是这样考虑的。你为人亲和，心也比较细，更适合去维护一个市场，而李大鹏呢，胆子比较大，心也比较野，更适合去开拓一个市场。当然呢，这样安排还有一个原因，我也不怕给你讲，其实是赵总偏爱你，是在照顾你。因为现在深圳这边已经上了轨道，处于上升期，维护起来相对难度不大，比较轻松，而广州那边情况复杂，开发难度很大，业务员会非常地累，而且也不一定做出什么成绩，可以说是个出力不讨好的活。"

君浩已经从错愕的情绪中走了出来，听完冬瓜的话后，善良的本性发作，反

/ 旅途 /
一个 80 后的未"成功"奋斗史

问道:"那这样的话,不是对大鹏太不公平了吗?"

冬瓜又吸了一口烟:"你别管公平不公平,我只问你同意不同意,如果你同意的话,那这个事儿就这么定了。李大鹏那边我会说服他的,你就不用操心了。其实,说服他也没那么难,因为开发一个市场虽然不容易,但是你应该知道,开发市场的提成要比维护市场的提成高一些,他如果做好的话,挣钱也要比你多一些,所以你不需要有什么愧疚,明白吗?"

君浩点点头:"我明白,但是如果做不好,那就很惨。反正我的想法是,如果大鹏同意,我就没意见。当然,如果公司就这么决定了,我也没话说。"

冬瓜又笑了笑:"好,你放心吧,李大鹏会同意的。另外,还有一点我给你说一下。深圳这边,新客户开发方面,前期暂时由我来负责,你现在主要就是负责老客户的维护,尤其是那几个重点客户,比如博士、兄弟高登之类的。其实,他们现在的销量并不太高,你要尽量想办法把销量再往上提升一下,这样,你的提成也可以多拿一些,明白吗?"

君浩再次点点头:"明白。"

冬瓜很满意,最后拍了拍君浩的肩膀:"明白就好,那这个事大概就这么定了,明天上午开会赵总会宣布。好,那就先这样,咱们进去吧。"

君浩有些木然地跟在冬瓜后面,回到办公室。冬瓜进去之后,很快又把李大鹏叫了出来。两人出去之后,君浩静静地坐在椅子上,暂时没心情写总结,开始反刍这件事,一时说不清是喜是忧。

君浩当然清楚赵小雨这么安排,是对自己的关爱和照顾,对此,君浩很是感谢,但君浩从小就是一个很独立的人,这种被人照顾的感觉,君浩很不习惯,尤其是这种照顾可能还会间接地让大鹏受到影响,这更让君浩觉得不太光彩。不过,君浩也确实想留在深圳,一方面他喜欢这个城市,不愿意到其他地方,另一方面则是更深层的原因,君浩其实并不喜欢销售工作,做这份工作更多的是生存所迫,以及想挣大钱的欲望,但生存也罢,欲望也罢,都让君浩内心深处疲惫不堪,而如果去广州开拓新的市场,会让君浩感到更加的疲惫不堪。相形之下,留

/ 旅途 /
一个80后的未"成功"奋斗史

在深圳去维护一个市场则会轻松许多。

另外，君浩也看得出来，大鹏是一个从内心深处喜欢销售工作的人，他敢想敢闯，确实是个更适合去开拓市场的人。当然，前期会很艰难，但只要能挺过去，应该会做得不错。所以，从这一点上说，公司这样安排，对大鹏来说也是一个机会，自己也没有必要感到愧疚。

君浩坐在椅子上，努力地说服着自己。这时候，冬瓜和大鹏回来了。大鹏的脸色很平静，看不出高兴，也看不出难过。君浩很想和大鹏说些什么，但话到嘴边，不知道该如何开口。况且这个事情公司还未公布，所以也不适宜在办公室里讨论，所以两人谁也没说话，都坐在椅子上静静地想事情，后来又都开始写工作总结。

到下班的时候，君浩、大鹏和火柴一起往公交站走的时候，君浩才小心翼翼地开了口："大鹏，公司想把你派到广州去，尚经理给你说了吧？"

大鹏还未开口，火柴倒猛地一惊："什么，公司要把大鹏派到广州去？"

大鹏倒很镇定，微微一笑："是啊，尚经理给我讲了，我挺高兴的，我就喜欢四处跑跑，老待在一个地方也没啥意思。"

君浩有些不太相信地看着大鹏的眼睛："真的？"

大鹏的眼睛往旁边躲了一下，"当然是真的，我骗你干吗？另外，去广州如果做好了，还能多挣点钱啊，这也是好事啊，你说是不？"

君浩有些如释重负："是啊，不过，去一个新地方刚开始会很难。"

火柴也在旁边插话："是啊，确实很难的。"

大鹏再次一笑："沧海横流，方显英雄本色嘛，正因为难才有挑战性啊，我相信，只要功夫深，铁杵磨成针。"

君浩拍了拍大鹏的肩膀："好，有信心就好。"

大鹏也还礼似的拍了拍君浩的肩膀："君浩，其实，深圳这边的担子也不轻，你也要努力啊。希望咱们都能越做越好。"

君浩用东北话答道："必须的。"

/ 旅途 /
一个80后的未"成功"奋斗史

三人都笑,一同回去。

一夜无话,第二天上午,赵小雨召开会议,正式宣布了这一消息。接着,赵小雨鼓励李大鹏一番,希望他在广州能够大展拳脚,同时又勉励赵君浩一番,希望他把深圳的工作再提升一个台阶。

送完两筐表面上不偏不倚的废话之后,赵小雨对李大鹏说道:"公司对于开发一个新市场是很谨慎的,你也不用操之过急,先在深圳待两天,查找一些相关的资料,然后再去广州,先在那儿出三天差,大概摸一下情况,回来后,咱们一起研究一下。如果可以,以后你就常驻那边,但每个月都要回来一次,当面汇报一下情况。这边宿舍呢,依然会给你保留一个床位,明白吗?"

大鹏点头,赵小雨又讲了几句例行的废话,然后散会。

两天之后,也就是大鹏准备去广州出差前的晚上,君浩、大鹏和火柴去"老百姓湘菜馆"吃饭,给大鹏践行。小乔因为上班,无法到场,但是之前已经对大鹏表示了亲切问候。流氓则因为刚勾搭上一个女孩,重色轻友,有故缺席。

酒过三巡,菜过五味,大鹏渐渐地就喝得有点高了,开始口吐真言:"君浩,说句心里话,其实,我也很想留在深圳。"

君浩大惊:"你不是说喜欢四处跑跑吗?"

大鹏略带苦涩地一笑,现出一副洞悉一切的神情:"君浩,我看得出来,在这个公司,赵总挺喜欢你。把你留在深圳,也是她的主意。她这儿明显是偏爱你。尚经理找我谈话的时候,我一听就明白了。当然,如果我执意不去广州,他们也要头疼一下。"大鹏略顿了一下,盯着君浩继续说道:"但是,君浩,你是我的好哥们儿,我如果那样做,其实也是在为难你。我不能做对不起朋友的事,所以尚经理找我一说,我就马上同意了。"

君浩心中涌上一阵暖流,同时潜伏的愧疚再次汹涌而来。

大鹏看出来了,赶快说道:"其实,君浩,你也不用感到愧疚。我刚才话还没说完,我原来不是说喜欢四处跑跑吗?那也是真话,我就是那种待不住的人,要不我也不会从山东老家跑出来了。只不过,在深圳待了一段时间了,我觉得挺好。不过,广州那边,其实经济发展得也不比深圳差,好好做绝对大有可为的。我也想去好好锻炼一下,扑腾一下,所以,于公于私,于你于我,我都愿意去。所以,你完全不需要有什么内疚的感觉,真的。"

话虽这么说,但君浩还是从大鹏的眼神中捕捉到一丝不舍的情绪。君浩举起一杯啤酒,很诚恳地对大鹏说道:"大鹏,我啥也不说了,千言万语全在酒里。来,我敬你一杯,干。"

大鹏也赶忙端起杯子:"好,干。"

两人一仰而尽,火柴在旁边看着,心中也是感动不已。混世多年,火柴见过了太多的尔虞我诈,钩心斗角,但像大鹏这样能够舍己为人、诚心待友的实在不多。人这一辈子,如果能交上一个或几个这样的朋友,那才叫不枉此生。

于是,火柴又敬了大鹏一杯,然后三个人又互相喝了几杯,最后尽兴而回,一夜酣眠。

99

第二天,大鹏便坐车去了广州。君浩上班的时候,感到颇不习惯,总觉得少点什么。

君浩正在努力调整不适的感觉,冬瓜便分派给他一个活儿,今天去"明见"公司送六月份对账单,另外收一下四月份和五月份的货款。"明见"也是一个深圳比较大的眼镜店,当然,不能和四大眼镜店比,但是也有十几家分店,也属于一个比较重要的客户。

老板是湖北人,名叫贾明建,大家都叫他贾总,很悲哀,一辈子成不了真的。虽然姓氏不好,但是贾总很珍爱自己的名字,于是便一名两用,同时做了自己店铺的名字。不过,做的时候,贾总把"建"字改成了"见"字,点石成金,一

/ 旅途 /
一个 80 后的未"成功"奋斗史

下子便契合了眼镜店的含义。另外,"明见"的谐音还有"明鉴",寓意自己英明无比,鉴察万物。

不过,君浩第一次听到"明见"的时候,大脑中首先出现的却是"明着犯贱"的简称,这说明君浩很不厚道,也说明贾总非常厚道,起名的时候没想到这一点。

"明见"也是典型的家族企业,老板是贾总,财务是贾总的夫人,他夫人的姓氏很有意思,真就那么巧,巧得不可思议,居然姓"甄"。一"甄"一"贾",居然走到了一块,实在让人真假难辨,正应了曹雪芹在《红楼梦》里的感叹:"真作假时假亦真,假作真时真亦假。"如果日后生子,名字就更好办,男孩就叫"甄加",女孩也叫"甄佳",即显父母恩爱,又彰子女之别,实在一举多得。

"甄女士"成为"贾太太"之后,一人得道,鸡犬升天,她的弟弟,也就是贾总的小舅子,就成了公司的业务经理。她的妹妹,也就是贾总的小姨子,就成了公司的采购主管。不过,外面传闻,贾总和这个小姨子,有一些让人遐想连天的事情。

不过,君浩才不关心这些乱七八糟的东西,他今天的任务就是先找贾总的小姨子,让她这个采购主管在对账单上签字,然后再找贾太太,让她这个财神爷付清四月和五月的货款。也就是说,君浩今天要去找这姐妹俩,去做一些不得不做的事。

君浩拿好对账单,坐了半天车,气喘吁吁地赶到"明见"公司。一看表,已经 9 点 40 了,没想到出师不利,被前台的那个女孩告知这姐妹俩刚刚出去,要到下午一两点才能回来。

君浩懊丧不已,只恨出门未看皇历,但事已如此,只好等吧。因为临行时冬瓜交代,务必要见到她们,并且尽量把货款收回。任重而道远,确实,道也远,来回一趟个把小时,岂可无功而返。

君浩便坐在靠近大门的沙发上等着,为了维护公司的形象,还不敢四仰八叉地坐得太舒服,而是规规矩矩如同淑女。不时有人在面前经过,但基本都把君浩当成空气，偶尔有人赏脸一瞥，也是冷漠淡然。

等人时，最为百无聊赖，君浩心中烦躁，但脸上却装得很是平静。沙发靠近前台，君浩本来想和前台的那个女孩聊聊天，以解烦闷，但那个女孩对君浩视若无睹，只顾低头在电脑上打字。君浩有神通，听她打字的速度和节奏，就能断定她一定在聊QQ。

君浩不想自讨无趣，但干坐着又实在无聊，幸好沙发前面的茶几上放着一份今天的《南方都市报》。君浩便信手拿起，开始翻阅。这份报纸厚得像砖头，有一半都是广告。君浩表示理解，因为现在的报纸，如果只靠卖报收入，都得破产，全都是靠广告在撑着。不过，报社虽然被迫需要登广告，但是读者却可以不用被迫看广告，在这点，报纸就比电视要好。

君浩跳过所有的广告，看另一半的内容。《南方都市报》总的来说，办得还是很有深度，有自己的思想和观点，但也不能免俗地刊登很多明星的八卦故事。君浩亦是俗人，看得津津有味，对着有些图片还会意淫一番。同时，君浩也是雅士，看完这些，还会看时事评论。结果，所有的东西都看完，一看表才11点半。

君浩闲得难受，开始自虐，把另一半的广告也都看了看。结果看到12点多的时候，"明见"公司的员工开始吃他们的午餐，也没人过来关心一下君浩吃了没有。君浩肚子饿得"咕咕"叫，但是又不敢出去吃，因为怕那姐妹俩万一提前中午回来，然后再心血来潮地出去，那自己一上午的等待就白等了。所以，最好的办法还是待在门口这里，守株待兔。

于是，君浩便忍着如潮的饥饿，继续坚忍地等待。其实，君浩可以找前台要一个送快餐的电话，让他们送一份外卖，但是君浩不好意思张口，另外也觉得在人家公司门口吃饭不太雅观，所以最后还是决定忍着。

君浩一夜回到解放前，开始忍饥挨饿地熬时间，终于熬到快壮烈的时候，大概下午两点时分，那姐妹俩终于在外面发骚完毕，姗姗来迟。

君浩其实并未见过她们，但是她们一进门，从穿着打扮和面相的相似程度上，就基本可以断定是她们，再加上前台女孩放弃网聊，恭敬地喊她们"甄总，甄

/ 旅途 /
一个 80 后的未 "成功" 奋斗史

经理"，更确定无疑。说明一点，甄总指的是贾太太，甄经理指的是她妹妹。

君浩终于盼到她们，激动万分，不等前台女孩介绍，赶快从沙发上一跃而起，走到她们面前，自报家门："甄总，甄经理，你们好，我是洪兴公司的，我叫赵君浩，今天过来给你们送一下六月份的对账单。"

旁边的前台女孩也人性未泯，帮着说话道："是啊，他已经等了一上午了。"

两个女人看了君浩一眼。说实话，两人长得还都有几分姿色，只不过一个老点，大概40多岁，另一个年轻点，大概30多岁。不过，两个人的脸都太尖，面带狐色，让人难生好感。

贾太太首先开口，皮笑肉不笑："你好，让你久等了。对账单啊，你一会儿给我妹妹就行了。"

说完就准备转身离去，君浩赶快拦住："等等，甄总，找您还有点事，就是公司让我来收一下……"君浩停顿了一下，似乎觉得找人要钱有点不好意思，但还是接着说道："四、五月份的货款。"

一听说要钱，贾太太的皮笑肉不笑，就马上变成了皮肉都不笑："货款？你们这么急吗？这样吧，你先和我妹妹弄一下对账单，弄完之后来我办公室一趟，咱们再谈，好吗？"

君浩只好答道："好的，您先忙。"

贾太太一转身，屁股一扭一扭地走向她的财务办公室。她妹妹如法炮制，屁股也一扭一扭地走向采购办公室。君浩赶快跟在她后面，不过，没有保持队形，屁股没一扭一扭的。

进去之后，贾太太的妹妹，简称贾太妹，倒挺客气，指着沙发说道："请坐吧。"

君浩说了声谢谢，便坐了下来。

贾太妹也面对着君浩坐下。不愧是一奶同胞，在打量君浩两眼之后，同样皮笑肉不笑地说道："以前怎么没有见过你啊？"

君浩据实相告："甄经理，我刚来没多久。不过，以后深圳这一块就由我负责了，这是我的名片，以后还请多多关照。"

说完，君浩掏出名片，双手递给她，贾太妹则一只手接过来，扫了一眼，便随意地放在沙发前面的桌子上。

君浩心中很不爽，但强压着，还赔着笑道："甄经理，您有名片吗？能否给我一张。"

贾太妹笑了一下，然后起身走到办公桌前，从桌子上的名片盒里抽出一张，转身回来，一只手递给君浩，君浩则双手接过来，小心地放进口袋。"明见"也算大客户，得罪不起啊。

君浩接着从包里拿出那两份内容一样的对账单，交给贾太妹："甄经理，这是六月份的对账单，这两份我们赵总都已经签字了，您看一下，如果没问题，您也签一下，一份给您，另一份我带走。"

贾太妹接过对账单，然后摊在桌子上，两只眼睛迅速变成数码的，四倍放大地仔细看着每一项，恨不得马上找出错误的地方，那样就可以名正言顺地不签字，尽量地往后拖货款。

君浩早就看出了她的伎俩，心中冷笑不已。

贾太妹像考古般地看了有20多分钟，大失所望，没有找到破绽，最后只好心不甘情不愿地签了字，然后把其中一份递给了君浩。

君浩收好之后，心中略感安慰，终于完成了一件事，于是和贾太妹又寒暄了几句，然后告辞，去会见贾太太，迎接真困难。

100

赵君浩来到财务室的门口，很有礼貌地敲了两下，里面传来一个女人的声音："请进。"

/ 旅途 /
一个 80 后的未"成功"奋斗史

君浩推门而进,却发现里面有两个女人,一个是贾太太,另一个则年龄颇大,大概快 50 了,脸上是那种老处女才有的愤世的表情,应该是出纳。

君浩脸上堆着笑,对着两人都灿烂一下,然后对着贾太太说道:"甄总,您好,对账单我已经弄好了。"

贾太太坐在那也没起身,淡淡地说道:"噢,弄完了。对了,你叫什么来着?"

君浩赶快掏出名片,双手递过去:"甄总,我叫赵君浩,这是我的名片。"

果然是姐妹俩,贾太太也是一只手拿过来,扫了一眼:"噢,赵君浩",然后随意地往桌子上一放,接着说道:"你应该刚去洪兴吧?"

君浩应道:"是啊,我刚来不久。"

贾太太做出一副恍然的样子:"噢,也难怪,你刚进这行,可能还不懂这里面的一些规矩。我们'明见'结厂商的款周期都是两个月的,也就是说六月底结四月份,七月底结五月份。现在才刚刚七月初,你应该来收四月份的,怎么连五月份一起收呢?"

君浩有点发蒙,出门时冬瓜明明告诉自己,"明见"的结款周期是一个月啊,四月份的已经拖了一个多月了。君浩有些狐疑地说道:"甄总,我们尚经理说你们的结款周期是一个月啊,什么时候变成两个月了。"

贾太太努力做出语气坚定的样子:"一直都是两个月啊,你们尚经理应该记错了。"

对面坐着的那个老处女也帮腔道:"是啊,我们一直都是两个月的。"

君浩知道这样纠缠下去,也不是办法,况且一对二也寡不敌众,于是以退为进道:"好,就算是两个月吧,那您把四月份的货款先结给我吧。"

贾太太假装叹了一口气,然后说道:"按道理讲,我们现在确实应该给你。但是,小赵啊,你不知道,家家有本难念的经啊。现在其他厂子还欠了我们好多款子,有的都快欠半年了。我们也想早一点结清你们的,但是确实比较困难啊。"

君浩的心往下一沉,知道今天的要钱任务可能要泡汤了。君浩当然知道现在企业之间"三角债"的情况比较严重,但是绝对不相信他们连三千多块钱都拿不出,贾太太只不过拿来做借口而已。

君浩不甘心地说道:"甄总,您说的情况我非常理解,但是四月份的货款总共也就三千多块钱,您高高手,凑一下,应该拿得出来吧?"

贾太太再次叹了一口气:"按理说,三千多块钱真不多,我们这么大公司不会差这点钱,但是这一段儿确实很困难。小赵啊,不瞒你说,我们公司的员工上个月的工资到现在还没发呢。"

旁边的老处女赶快顺风接屁:"是啊,我的就还没发呢。"

贾太太很满意下属的机灵配合,隐秘地给老处女丢去一个赞赏的目光,然后又对君浩说道:"小赵,你听,我没骗你吧。"

君浩知道遇到老油条了,贾太太混世多年,早已修炼得刀枪不入,油盐不进了,自己绝非是她的对手,但今天既然来了,就得尽力完成任务,否则会让领导认为自己办事不力,属无能之辈。

君浩只好继续努力地恳求道:"甄总,这些我都理解,但是希望您也能理解理解我。今天领导派我来收款,如果收不回去,我也没办法回去交差啊。您就帮帮忙,凑一凑,别让我们这些做小的为难了。"

贾太太摆出一副同情的样子:"小赵,我也很理解你啊,但是现在确实拿不出啊。这样吧,等我们缓缓手,你先回去,下个月再过来,我们肯定给你,你说好不好?"

君浩心中大声地叫着"不好",这明显是缓兵之计,但是嘴上不能说:"好是好,但是我回去还是不好交差啊!"

贾太太突然柳眉一竖,软的用完,开始来硬的:"怎么不好交差?我都给你说到这份儿上了,你还让我怎么说?你也不能欺人太甚了吧?"

君浩气得发晕,这到底是谁欺负谁啊。世界太荒唐了,黄世仁居然埋怨杨白劳欺负他了,但君浩还是不能发作,强忍着怒气说道:"甄总,您别生气,我怎么敢欺负您呢?我确实回去没办法交差啊。"

/ 旅途 /
一个 80 后的未"成功"奋斗史

贾太太一看君浩也磨上自己了，知道一时半会儿也抖落不下去，于是语气也稍稍和缓了一些："好，你说你没法交差，这样吧，我也不难为你，我给你们尚经理打电话，好不好？"

君浩一听，赶忙说好，因为无论贾太太跟冬瓜说成说不成，自己都有利。说成了，自己可以脱身，说不成了，也证明自己一直在努力，回去也好说话。

贾太太从办公桌上拿起一个最新款的苹果手机，用手在上面"啪啪"地点着，终于找到冬瓜的号码便拨了过去。拨通之后，就开始诉苦，讲得跟刚才的差不多，只不过更为详细罢了。君浩竖着耳朵在旁边静静地听着，眼睛却似乎已穿越千里之外看见冬瓜正一脸郁闷地听着电话。

过了好一会儿，贾太太忽然把手机递给君浩："尚经理要给你说话。"

君浩接过手机，往耳边一放，就听到冬瓜郁闷的声音传来："小赵啊，你先回来吧。"

君浩赶忙说道："好的，尚经理。"

那边挂断了电话，君浩把手机还给贾太太。贾太太胜利般地晃了晃手机，得意地对君浩说道："怎么样？尚经理同意了吧，你也不用为难了，先回去吧。"

君浩厌恶地看了看眼前这个得意的女人，脸上却还装出一副感谢她打电话为自己解围的神情："好的，那我就不打扰您了，我先回去了，再见啊。"

贾太太大获全胜，终于高兴地站了起来，以胜利者的姿态告别失败者："好的，你放心，下个月肯定给你们。那我就不送你了，再见啊。"

君浩灰溜溜地走出"明见"公司，路过前台的时候，还不忘给那个正在认真聊天的女孩打了声招呼。女孩猛地一愣，也迅速挤出一个笑容，回应了一声再见。

君浩走出大厦，往车站走。一边走，一边大脑像放电影似的回忆着刚才的事情，心情很复杂。一方面，终于暂时解脱，可以回去了，感到一些轻松，另一方面，毕竟没有完成任务，虽然是冬瓜同意自己回来，但也说明了自己的无能。因为如果自己能力超强的话，还用得着让贾太太给冬瓜打电话吗？

一时间,君浩心中又充满了对贾太太的愤怒。君浩实在想不通,她明明有钱,为什么就非拖着不给呢?难道她就喜欢这样被人三番五次地去催讨吗?难道真的林子大了什么鸟都有吗?

君浩愤怒之余,又感到深深的无奈。你不是奥巴马,也不是比尔·盖茨,也不是李嘉诚,你只是一个可怜而又卑微的小人物,每天为了生存,忍着怒气,赔着笑脸,辛辛苦苦地活着。有谁会在乎你的尊严,有谁会在乎你的疲惫?

101

赵君浩回到公司,见到了也是一脸郁闷的冬瓜,又原原本本地把事情的经过讲了一遍,冬瓜也是无奈地轻叹一声:"这个贾太太很不好对付,也难为你了,我对她也很头疼。咱们就先缓一缓,放心,总会想出办法来治她的。"

君浩点点头。

三天之后,李大鹏从广州出差回来,一脸的疲惫,但是也带着几分兴奋。在这三天,大鹏不辞辛苦走访了广州市区主要的眼镜店,其中有一家店当场表示可以合作,另外还有三四家店表示可以考虑一下,其他的虽然没有明确表示,但是大鹏相信只要不停地跟下去,总有一天能够合作的。

大鹏把这些情况详细地向赵小雨和冬瓜做了介绍,两人都挺高兴,没想到开局会这么顺利。赵小雨更是热情地赞扬了大鹏一番,鼓励他再接再厉。鉴于这种情况,赵小雨当机立断,决定正式进军广州市场,准备在广州设一个办事处。当然,这个办事处从上到下、从里到外只有大鹏一个人。但是赵小雨发挥领导都具备的展望未来的本领,给大鹏画了一个美丽的大饼,告诉他以后如果做得好的话,就升他为广州区域经理,并且给他配一两个业务员。

画饼果然能充饥,大鹏一下子也忘了自己早上没吃饭,只觉得浑身有力,激

/ 旅途 /
一个 80 后的未"成功"奋斗史

动不已,似乎已看到美丽的前景在等着自己。

赵小雨接着告诉大鹏,先在深圳休整两天,把该办的事办一下,然后再去广州。在那边租个房子,房租自己先垫上,然后再报销,房子找好之后,就可以马上开展业务了。

大鹏一听到要垫房租,马上就从梦想回到现实,嗫嚅地说自己身上的钱不多了,广州那边租房又大多是租一押三,担心自己钱不够。

赵小雨一听,笑了一下,然后少有地大方地批了四千块钱的借用金,交给大鹏。大鹏喜出望外,有钱好办事,这就顺利多了。

不过,赵小雨未雨绸缪,化身为纪委书记,严告大鹏这四千块钱是公用,每花一分钱都要有出处,能发开票就开发票,实在开不了,也必须有收据,坚决杜绝腐败现象。

大鹏连连称是。

两天后,也就是大鹏准备正式"移民"广州前的晚上,由他做东,在老地方"老百姓湘菜馆"请君浩几人吃饭。小乔这次专门请了半天假,也莅临参加。流氓居然也放弃在外面鬼混,出人意料地过来了。其实,也不算太出人意料。流氓原来勾搭的那个女孩,没想到是有夫之妇,或者准确地说,是有男友之妇。她男友也是东北人,不过是那种真正的东北人,五大三粗脾气火暴。有天晚上,流氓正在和这个劈腿女云雨,没想到正被她男友撞到。结果可想而知,流氓这个不像东北人的东北人,被那个真正的东北人揍得满地找牙。那男的还放出话来,流氓敢再过来,就阉了他。流氓虽然爱女人,但更爱自己的弟弟,吓得从此不敢与那劈腿女联系。另外经此一吓,暂时息了心,晚上也不出去晃荡了。恰好今天大鹏请客,所以也就过来了。

菜上得很丰盛,啤酒也都喝了不少。离别在即,大鹏有些伤感。其实,君浩也有些伤感。这伤感包含两个方面,一方面是为大鹏的离开伤感,很是不舍,另一方面则是为自己伤感,想想大鹏已经在向上坡路走了,自己却还一直原地踏步,甚至连个货款都收不回来,实在无能得很。

当然,第二层意思君浩不能说,只好借酒销愁,喝了很多。流氓被人胖揍一顿,憋气窝火,又不敢找人报仇,所以也借酒销愁,喝了不少。大鹏与二人不同,不过,愁会多饮,乐也会多饮。大鹏正意气风发,所以也喝了不少。至于火柴和小乔,也巾帼不让须眉,喝了许多。

最后,五个人全都醉意蒙眬地回到住处。君浩事后回忆起来,大脑中居然有一段是空白,恍如梦一般。

梦醒之后是现实,第二天,每个人都恢复了常态,沿着各自的生活轨迹向前运行。大鹏去了广州,君浩他们正常上班。

这天,赵小雨和冬瓜又派给君浩一个任务,陪一个女顾客去医院检查眼睛。事情是这样的,一个深圳大学大一的女孩,在科技园博士分店配了一副"圣奇"的半年抛,没想到戴了不久,眼睛就经常不时地胀痛。她马上就向博士店投诉,博士的店长像多米诺骨牌一样马上向赵小雨投诉。赵小雨临危不乱,打电话给那女孩,信誓旦旦地告诉女孩她马上派人陪她去医院检查,如果确实是"圣奇"眼镜的问题,洪兴公司将全程负责。当然,如果不是,那就只能自己负责。

所以这天,赵小雨和冬瓜商量之后,便派君浩陪女孩去医院检查。君浩一听是这种事,心中大为恐慌,这远比去要账棘手得多,怕自己应付不来。

没想到赵小雨胸有成竹地微微一笑:"小赵,去吧,没事的,我都安排好了。你领她去深圳东华眼科医院,然后找钱医生检查。钱医生是我的老熟人,我已经交代过他了。如果那女孩眼没事也就算了,如果有事,他也绝不会说是戴咱们隐形眼镜出的问题。到时候,他自会大病说小,小病说无,很容易就对付过去的。"

君浩一听,大为惊骇,没想到这事情幕后还可以这样操作,怪不得现在都说医生黑心无德,那个钱医生居然能够同意这种事,这不是为虎作伥吗?怪不得赵小雨敢对那个女孩说如果是隐形眼镜的问题洪兴全权负责的话?

君浩心中纠结不已,但既然身在洪兴,吃公司的,住公司的,就得站在公司的角度去处理事情,就算良心难安,也得低头去做。

冬瓜看出了君浩的迟疑,表情也不太自然地说道:"小赵,赵总这样安排了,

/ 旅途 /
一个 80 后的未"成功"奋斗史

你照做就行了。"

君浩只好点点头:"好的,我马上就去。"

赵小雨早已历练得麻木不仁,她又从桌子上拿起一张纸片,递给君浩,然后面授机宜:"这是那个女孩的电话,她叫林雪纯,我已经告诉她了,今天下午三点半在眼科医院门口和你见面。这上面还有钱医生的电话,你要提前半个多小时到,给钱医生打电话,然后见见面,商量一下具体的细节。谈好之后,再领那个女孩过去。如果突发什么事情,你处理不了,就给我打电话,明白吗?"

君浩点头道:"明白了。"

下午两点钟的时候,君浩就从公司出发去深圳东华眼科医院了。其实,并不算远,坐车大概 15 分钟就到了。不过,这里的坐车指的是坐在不堵车的车上。一旦拥堵,那就远不是 15 分钟了。君浩晴天带伞,以防万一,所以提前一个多小时就出发了。

事实证明,你越带伞,反而越不会下雨。这一路居然顺畅得很,很快就到了医院。近年来,世风日下,人心不古,发财梦笼罩着整个社会。没钱的眼红有钱的,有钱的眼红更有钱的,一时间,红眼病的发病率与日俱增。另外,人们为了发财,常会黑下心来,黑心则眼暗,眼暗则疾生,所以除了红眼病外,其他各种眼病也层出不穷,所以眼科医院也跟着大发其财。

君浩从小就不喜欢医院,但命运却安排他不得不经常和医院打交道,今天也是如此。君浩到了之后,一看表才两点半,于是先绕着医院转了一会儿。医院并不算太大,楼却不少,来就诊的人更是进进出出。

转了一会,君浩便照着纸条上的电话,给那个钱医生打了电话。接电话的是一个声音浑厚的中年男子,君浩自报家门,说自己是洪兴的,对方就连说明白,然后让君浩到医院主楼 404 室找他。

君浩放下电话,找到医院主楼,坐电梯来到四楼,很快便找到 404 室,上面还挂了一个门牌"眼科办公室(四)",看来这个钱医生真是口味独特,都快四到家了。

君浩敲门而入，只见一个穿着白大褂方头正脸的中年男子端坐在办公桌后面。君浩赶快挂上笑脸，伸出手去："您好，您是钱医生吧，我是洪兴的赵君浩。"

钱医生也站了起来，一边与君浩握手，一边笑道："我是，你来得还挺快啊，请坐吧。"

君浩便顺势坐在办公桌对面的椅子上，说道："您发话了，我当然得快点来啊，咱也不能给深圳速度丢脸啊。"

钱医生一笑："你还挺幽默。"

君浩也一笑，又寒暄了几句，君浩便把今天来的目的又说了一下，钱医生胸有成竹地轻轻一拍君浩肩膀："小赵啊，赵总已经都给我讲了。放心吧，包在我身上了。"

信心满满地表态后，钱医生接着说道："咱们这样吧，我是三点半坐诊，到时候你接上那女孩后，就过来挂我的号。到了门诊，咱们要装作不认识，剩下的就由我来操作了，明白吗？"

君浩赶快点头："明白，明白，您就多费心了。"

钱医生成熟世故地一笑："没什么。其实，这个世界，很多复杂的事，其实都很简单。"

君浩赶忙配合地做出佩服尊崇的神情，心中却大为厌恶。钱医生如此出力，不用问，背后肯定收了赵小雨的好处。钱医生虽然也姓钱，但境界远不如他的本家钱钟书，钱钟书曾笑谓众人："姓了一辈子钱了，还会迷信那玩意吗？"可惜同为钱氏宗人，钱医生就迷信，而且不择手段地去获取。

钱医生安排完毕，又与君浩聊了几句闲话，这时正好一个年轻的医生过来汇报事情，君浩便知趣告辞。

出了大楼，君浩一看表三点十分了，于是便往医院大门口走去。到了之后，便坐在门口绿化带的边沿上。离约定的时间还有 20 分钟，君浩便点了根烟，一边抽一边心情复杂地等着。

/ 旅途 /
一个 80 后的未"成功"奋斗史

102

　　大概抽了四五根烟后,赵君浩看到远远地走来一个女孩,长得小巧玲珑的,戴个小眼镜,背个小包。虽说长得并不算太漂亮,但气质很是清纯。

　　君浩直觉她应该是,便站起来,迎上去:"你好,你是林雪纯吧?"

　　女孩稍愣了一下,以为碰上流氓了,后来一看君浩彬彬有礼,猛然顿悟,略带拘谨地说道:"我是,你就是赵君浩吧?"

　　君浩点点头,为了缓解一下气氛,便接着说道:"林同学,真难得,现在像你这样名副其实的女孩太少了。"

　　女孩眼睛一下子张圆了:"名副其实?"

　　君浩一笑:"是啊,你看你叫雪纯,今天一见,你果然像白雪一样清纯啊!"

　　女孩也笑了,脸上现出两个小酒窝:"谢谢夸奖,没想到你还挺会说话的。"

　　君浩看着女孩天真的笑容,忽然有种心疼的感觉,想想自己将要扮演的不光彩角色,心中愧然。

　　君浩步入正题:"眼睛还疼吗?"

　　女孩的笑容稍减,指了指自己的眼睛:"有的时候不疼,有的时候就疼得厉害,点眼药水也不管用。"

　　君浩先真心地说道:"别担心,应该没大问题。"然后又违心地说道:"你放心,如果是'圣奇'的问题,我们一定负责到底。"

　　女孩毕竟涉世未深,当真的在听,还说了声谢谢。

　　君浩接着说道:"咱们别在这儿说话了,走,我陪你进去,咱们先去挂个号。"

　　女孩点头,于是君浩领着她走进候诊大厅,按照事先约定的,掏了五块钱挂了钱医生的号，领了病历本，然后又带着女孩上到二楼眼科六门诊，那个爱钱的钱医生正在里面一本正经地坐诊。

因为是下午三四点钟，来看病的人不算太多，钱医生的门口只排了一个肥头大耳的中年男子，只见他一手拿着病历本，一手捂着右眼，表情痛苦地坐在椅子上。

君浩和女孩也坐在旁边的椅子上等着。很快，有个女的从里面病恹恹地出来，接着，这个肥头痛苦男便病恹恹地走了进去。

二楼的走廊很长，也很安静，弥漫着一种冰冷的感觉。有一瞬间，坐在椅子上的君浩，忽然涌上一个疑问：自己到底在做什么？看着身边这个不谙世事的女孩，君浩第一次强烈地感受到自己的可耻，还有可怜。

正当君浩纠结不已的时候，那个肥头痛苦男已经从里面走了出来，君浩只好甩了甩头，让自己回到现实，领着女孩走了进去。

在进去的时候，君浩和钱医生四目相对了一下，彼此心照不宣。君浩把挂号单和病历本交给钱医生，然后让女孩给钱医生诉说自己的症状。

钱医生像个真正的医生一样，静静地听着，还不时地问上几句，后来又把身体探过去，用手轻轻扒开女孩的眼皮，仔细地看着。两张脸贴得如此之近，从拍电影的角度来看，几乎就像在借位亲吻。

钱医生趁机意淫一把之后，又让女孩坐在一个机器后面，他从那机器的窥视镜后面又仔细地看了一下，最后斩钉截铁地说道："同学，你的眼睛没事，只是有些发炎了。"

女孩有些疑虑："真的只是发炎吗？"

钱医生现出有点愠怒的神情："是啊，就是发炎，我作为医生，还会骗你吗？"

女孩再次问道："怎么会发炎呢？是不是戴隐形眼镜的原因呢？"

钱医生瞥了君浩一眼，又迅速地把目光收回，再次用肯定的语气说道："发炎的原因很多，其中有一种确实是佩戴隐形眼镜引起的。不过，这一般跟隐形眼镜

/ 旅途 /
一个 80 后的未"成功"奋斗史

本身是没有关系的,通常都是因为在取戴的时候没有注意卫生才感染发炎的。具体到你的情况,刚才我也详细询问了,你应该是这两种情况,第一,你在戴之前,手没有完全地洗干净;第二,你的镜片没有用护理液完全地洗干净。以后,你要特别注意这两个方面。"

女孩如梦方醒道:"噢,原来是这样啊。"

钱医生点了一下头:"确实是这样。你别担心,不是什么大病,滴点眼药水就可以了。"

女孩再次疑惑:"我滴过啊,可是不管用啊。"

钱医生微微一笑:"你滴的只是普通保健用的,当然不管用了,必须要滴杀菌消炎的才行。"

女孩再次如梦方醒道:"噢,是这样啊,我说怎么不管用呢。谢谢医生啊,你这么一说,我就放心多了。"

钱医生提起笔,在纸上"唰唰"写了几行字,递给女孩:"你就放心吧,我给你开了一盒专业的眼药水,回去滴上一段时间就会好了。另外,这段时间先不要戴隐形眼镜了,就戴着你现在的这种框架眼镜,等炎症好了之后,就可以戴了,不过要注意眼部卫生,明白吗?"

女孩点头,再次表示感谢,然后起身和钱医生告别,君浩也跟着她往外走。在出门的一刹那,君浩回头看了看钱医生,钱医生则向他露出一个胜利的笑容。

君浩的心情很复杂,他发自内心地希望刚才钱医生说的都是真的,这个女孩真的只是发炎而已,但现在还不能问,必须要等送走这个女孩才行。

两人下到一楼取药窗口,君浩主动地付了那瓶眼药水的钱,也不贵,才 12 块钱,女孩对君浩感谢不已。

君浩把女孩送出医院,在大门口,分别之际,君浩发自真心地说道:"希望你能早日康复。"

女孩灿烂地一笑:"谢谢,真的要谢谢你,浪费你一下午的时间,真不好意思。你是个好人,以后有空可以找我玩啊。"

/ 旅途 /
一个 80 后的未"成功"奋斗史

君浩的心再次疼了一下,脸上却依然笑着道:"好的。那我就不送你了,你早点回去吧,我还要去办点其他事情。再见啊!"

女孩朝君浩挥了挥手:"好的,你忙吧,再见。"说完,转身过去,步履轻松地往前走了,脑后的小辫子也随着走路的节奏一跳一跳的。

君浩望着女孩的背影,渐渐地消失在路口,兀自待了一会儿,然后找了个僻静的地方,拨通了钱医生的电话,询问女孩到底是不是发炎。钱医生在电话里也如释重负地肯定是发炎,自己这次用不着说谎。钱医生还让君浩不要担心,他可以用人格担保。

君浩心里暗笑了一下,钱医生这种人居然还有人格。不过,君浩也能感觉到他应该没说谎,心中的石头终于放了下去,感觉轻松了许多。

放下电话,君浩又给赵小雨拨了一个电话,简单汇报了一下事情的经过和结果。赵小雨像所有领导一样,只关心结果。这次她对结果表示满意,表扬了君浩一番,最后还很体贴地说道,已经快五点半了,让君浩就不用再回公司了,今天可以早点下班回去了。

君浩漠然地放下电话,却感到异常的疲惫,下意识地走到路边的一个石凳旁,缓缓地坐下。点上烟,弓着身,呆呆地看着远处。

这时,天已经有点擦黑,太阳在做着最后的挣扎,不想落入那无边的天际,但终抗不过自然的法则,慢慢地沉了下去。面前的大路上,各式汽车川流不息,全都逃命般地向前风驰电掣着。不时有行人经过君浩的身边,但全都行色匆匆,似乎前面永远有一个东西,在吸引着他们的脚步。远处的高楼大厦,则像一个个沉默不语的哲人,注视着这个繁华而又寂寞的城市。

君浩一边抽着烟,一边想着刚才发生的一切。是的,这次很幸运,那个女孩真的只是发炎,但下一次呢?下一个女孩呢?难道人们为了钱,为了所谓的成功,真的可以昧着自己的良心,而不管别人的死活。

君浩想起巴尔扎克在《高老头》里借伏脱冷之口所说的一段话:"要想成功,诚实和良心毫无用处。社会就是这样,跟厨房一样腥臭,要想捞油水就别怕弄脏

/ 旅途 /
一个 80 后的未"成功"奋斗史

手,只要事后洗干净就行,我们这个时代的全部道德仅此而已。"

巴尔扎克的时代是这样,那么我们现在这个时代呢?

人生是一条漫长的旅途,这条路到底通向何方呢?

(第一部完)

/旅途/
后 记

后 记

  在北京即将进入寒冬的时候,我在一个只有七八平方米的平房里,终于完成了《旅途》第一部的初稿。想想从 2010 年 11 月底开始起笔,到 2011 年 11 月初结束,近一年的时光已经悄然逝去。回首望去,满心怅然。
  其实,这并不是我的第一部作品。我曾经在 2007 年到 2008 年年中,用了一年半的时光写了我人生的第一部长篇,可惜因为种种原因,至今不得发表。后来又写了一部关于涉案反毒的小说,写了三万字后,因为那种生活离自己实在太远,全无灵感,终于难以为继,停了下来,至今还停留在三万字的数目上。
  之所以要讲这些,我是想说,在写作这条道路上,其实,我已备尝失败。其实,在人生这条道路上,我也颇为失败。已年近 30,尚未成家,也未立业。终年漂泊在外,孑然一身,一无所有。
  正是在这样郁闷的背景下,我开始了《旅途》的创作。其实,刚开始的目的,只是想写些幽默的文字,自己逗自己开心,没想到后来把开篇的文字传给一些朋

/ 旅途 /
一个 80 后的未"成功"奋斗史

友看后，他们也很开心。我这才意识到，这部作品不仅可以"独乐乐"，还可以"众乐乐"，于是野心大起，开始认真写作。

但是，写着写着，人生悲凉的东西开始不自觉地浸入其中。其实，也是我有意为之，因为我不想让它只供人发笑，我还想让它能引人思考。我追求的是那种既能让人捧腹大笑，又能在笑之后心酸不已的境界。简单地说，我想让自己的文字既幽默，又忧伤。

所以，从这个角度来讲，这部小说并不是喜剧，它更接近悲剧，或者说是有悲有喜的正剧，因为人生本身就是一个悲喜交加的过程。这部小说命名为《旅途》，并不是写旅行，而是写人生，因为人生是一条漫长的旅途。

毫不讳言，这部小说的主人公"赵君浩"身上，有着我很多的影子，我在生活中所感受到的酸甜苦辣，都得以在他的身上部分地显现。艺术，其实都是艺术创作者自己的艺术，但是因为可以得到部分人的共鸣，所以才成为公众的艺术。这部作品也一样，当然，作为小说而言，离不开虚构。在《旅途》里，我把很多现实中的人物和事件，都做了极度的夸张和变形。这样做，只是为了加强幽默的效果和讽刺的深度，所以完全没有必要对号入座。小说毕竟是小说，无须太过较真。

写《旅途》之初，我还在一家公司上班，做医疗方面的广告文案，每天要写很多无聊而又痛苦的医学方面的文章。我对医学毫无兴趣，所以这种痛苦又成倍地增加。

只有到了晚上，在一盏孤灯下，打开电脑写《旅途》的时候，我才觉得自由和快乐。但这种快乐，其实也是另一种意义上的痛苦。因为为了尽早完成这部作品，我常常会写到凌晨三点，然后睡三个小时，六点钟再爬起来上班。日复一日，整个人越来越憔悴不堪，甚至上几步楼梯都要喘上半天。

最后，经过痛苦的思考，我终于决定辞职。我并不喜欢这个工作，继续做下去，无非是在浪费生命。生命只有一次，我不想这么无聊地度过，我要做自己喜欢的事情，而写作正是我喜欢的，而现阶段写完《旅途》也正是我最愿意做的事。

/ 旅途 /
后 记

  拎着一大包东西,走出公司大厦的那一刻,我知道我即将踏入一条充满艰辛的道路。但既然选择了,就要坚定地走下去,无论前路是怎样的坎坷。

  不过,辞职的事一直都没有和家人讲。中国的父母,其实都并不太奢望自己的孩子如何的大富大贵,如何的轰轰烈烈,他们更多的只是希望孩子能有一个安安稳稳的工作,组建一个安安稳稳的家庭,过上一种安安稳稳的生活,而我却做不到这些。我无法让他们理解,也不想让他们操心,所以只能暂时隐瞒。

  我终于过上了每天读书写作的生活,虽然其中蕴含着巨大的危机。因为京城米贵,白居不易。我那可怜的积蓄,终于在又一轮的通货膨胀中,被榨干殆尽。当然,即使不通胀,在如此高消费的北京,也维持不了多久。只不过,通胀的出现大大加速了这个消耗的进度。最后,终于,我一文不名。

  但我并不太恐慌,因为我曾经历过比这更艰难的境遇。生活的历练,会让一个人变得坚强。作为一个男人,我极端地追求自立。就算再没钱,我都不会问家里要。从毕业到现在,我从来没有主动问家里要过一分钱。不过,在刚到深圳没有工作、住在哥哥家里的时候,哥哥总是主动给我钱,我不要都不行。骨肉情深,这份亲情我无法拒绝。不过,后来我找到工作从哥哥那搬出之后,虽然哥哥还要给我钱,但是我坚决地拒绝了。因为我也是男人,我必须自立,绝对不能有依靠的心理。当然,我非常感激哥哥。他无怨无悔地为我付出了很多,但是我却从来都没有回报过,这让我的内心充满了愧疚。

  我当然不会问父母要,更不会问哥哥要。同样,我也不愿意向朋友们借。我有几个真正的好朋友,其实,只要我开口,他们肯定会借给我,但是他们的生活也并不宽裕,我不想给他们增加任何的负担。

  这样的困境,我辞职之前都已想过,所以未雨绸缪地办了好几个银行的信用卡。在这里,我要感谢这几家银行,虽然他们的主观愿望都是为了从我的口袋里榨取更多的钱,但是生活的吊诡在于,主观愿望的利己,往往可以造成客观结果的利他,我靠着这几张信用卡暂时维持了生活,虽然这可能是饮鸩止渴。

  但不管怎么说,我终于可以全力地创作《旅途》了。为了省钱,我在远离市

/ 旅途 /
一个 80 后的末"成功"奋斗史

区的北京五环的一个名叫肖家河的平房聚居区，租了一个只有七八平方米的单间。没有厕所，没有厨房，只有一个像火柴盒一样大小的房间。这种房间的特点是冬冷夏热。冬天冷得像冰窖，虽然装有暖气，但房东们都爱惜自己的煤炭，往往只烧上三四个小时就关掉。夏天就完全像蒸笼了，再加上我写作的时候，为了避免干扰，门窗都会紧闭，所以小屋马上就变成了桑拿室。写上一会儿，浑身的汗就已经像瀑布一样地往下淌了。

其实，这些外在的困难都不算什么，更大的困难却是来自写作本身。我真的没想到《旅途》会写得如此艰难，原来以为辞职后专心写上一个月就可以完成，没想到写了四个月了还远远没有写完。因为写作不是打字，并不是说坐在电脑前就可以"噼噼啪啪"地往下写。它需要一种感觉一种氛围，没有这种感觉和氛围，即使枯坐在电脑前几个小时，可能也写不了几百字，甚至完全一个字都写不出。

另外，我又对自己要求极高，我想让《旅途》里的每句话都尽可能地出彩。我必须要保证这部小说的质量，这既是对自己负责，也是对未来的读者负责，但这样无形之中，却又加大了写作的压力。压力可能是动力，但更多的却是阻力。

在这样的情况下，我的抽烟量迅速地从原来的一天一包，跃升到一天三包，左右手的食指都早已被熏得焦黄。另外，因为门窗紧闭，无处散烟，所以往往写上一会，屋里就像天宫一样，到处烟雾缥缈，让人怀疑自己快要成仙。但毕竟成不了仙，身处其中，自己也会被呛得受不了，所以每隔一会儿，我都要打开房门，让烟雾散一散。夏天的时候，屋内温度高于外面，所以常会出现一个奇观。门一打开，一道烟雾便像长龙一般地涌到外面的走廊。幸好周围的邻居都还和善，没有人说我，但我却很感愧疚。

除了抽烟之外，写得郁闷的时候，我便会喝酒，一般都是喝白酒。因为郁闷的时候多，我的酒量急剧攀升。我一顿都要喝半瓶，有时候几乎喝一瓶。

如此的抽烟喝酒，我的身体急剧地衰败下来，但终于没垮的原因，是我有晚上跑步的习惯。从2008年开始，我便开始晚上练习跑步，刚开始的原因是为了减

/ 旅途 /
后　记

肥。后来发现，跑步不仅能减肥，能健身，还可以发泄心中的郁闷。往往跑步之前，感觉人生一片灰暗，跑完之后，就感觉前途一片光明。运动会给人能量，确实是这样。

今年，除了晚上跑步之外，我又增加了洗冷水澡。一楼的厨房旁边有一个小淋浴间，里面只有一个浴头，当然只有冷水，但也算房东给住客的福利。我一般跑完步回来，就去下面冲一会儿。从夏天开始，一直到现在快入冬。周围的人都以为我是神经病，这么冷的天还冲冷水澡。我也不想解释，人与人之间是永远难以理解的。他们不会明白，当冰凉的水掠过身体时，那种身体的震颤会让人多么的清醒，而我需要清醒。

其实，写作的困难除了写不下去的时候，还有孤独的痛苦。写作，永远都是一个人的战斗。因为写作的性质，就注定了作者本人的离群索居，封闭隔绝。其实，我天性安静，喜欢孤独，但人毕竟也有他的社会属性，孤独得久了，也会觉得寂寞难耐。我经常好几天都跟别人说不了几句话，更多的时候，是自己跟自己说话。当然，我在北京也有朋友，但是除非朋友主动约我，一般我很少主动去约他们，因为我总怕打扰他们的生活。

为了排遣这种孤独，我选择了读书和旅行。

虽然我没有什么钱，但还是买了大量的书籍。对于书的热爱，自己都无法解释，我无法想象没有书本相伴的生活。在多少个孤独的夜晚，我都会让自己沉浸在书本的世界，只有在那个世界里，我才不会感到那么的寂寞。

旅行方面，因为时间和财力的原因，我无法远行，只能在附近转悠。肖家河离百望山很近，我常会一个人戴上帽子背上背包去爬山。走在寂静的山林里，我感到心情无比的熨帖。写作的艰难和孤独的痛苦，都会暂时地被抛掉。尤其是爬到山顶，俯瞰脚下辽阔的北京城的时候，心胸更会感到无比的开阔。不过，晚上下山的时候，看着远处的万家灯火，我常会莫名地伤感，什么时候也会有属于我的一盏呢？

虽然常常要经受写不下去的窘境和别人难以理解的孤独，但《旅途》我还是

/ 旅途 /
一个 80 后的未"成功"奋斗史

坚持不懈地往下写，因为我有太多的话想诉说。我曾经刷过盘子，送过外卖，摆过地摊，卖过软件，卖过眼镜，做过站亭维护员，做过电工，做过群众演员，做过文员，做过文案，这些丰富的生活阅历，让我的写作充满了素材。也因为这些艰辛的底层经历，让我对人生有了更深的感悟。我想把这些感悟，借助《旅途》表达出来。

《旅途》计划写三部，这是第一部。其实，创作之初，我没想过要写三部，只是写着写着，发现自己想要诉说的东西太多，一部根本写不完。当然，我可以删掉很多的故事和人物，缩成一册，但我却无论如何下不了手。曾经经历的一切，都郁积在我的心中，仿佛有了独立的生命，逼得我去完整地把它们表达出来。我不想违抗它们的意愿，所以，终于决定分成三部详细地写出来。

关于第一部的结尾，我的初衷并不想这么悲凉。我虽然是个悲观的人，但是骨子里我却始终相信生命的美好，只是第一部行文至结尾，文字已不受我控制，悲凉和无奈已经应声而来。好在还有第二部和第三部，故事将会完全地展开，虽然我不敢保证结局一定深含暖意，但是应该不会如此悲情。

细心的读者会发现，这部小说里引用了很多《围城》里的故事。是的，这确实是一部向《围城》致敬的小说。《围城》面世已经 60 多年了，依然畅销不衰，可见它长久的生命力。我希望我的《旅途》也能像《围城》一样，几十年后，依然会有读者喜欢。

《围城》里的语言很是幽默，同时又深含讽刺，描人状物入木三分，让人拍案叫绝。我佩服之至，所以以相似的风格写了《旅途》。当然，才力有限，绝不敢与《围城》相提并论，只是向钱钟书先生表达敬意。

说到《围城》，我想再提一下《三重门》，因为它是最具《围城》衣钵之相的小说。当然，这里指的是它的语言。情节方面因为韩寒当年写的时候只有十几岁，缺乏丰富的生活阅历，所以无法与《围城》相比。不过，《三重门》里的语言确实深得《围城》之三昧，达到了一个高峰，我也极为佩服。我与韩寒同龄，当他早已少年成名时，我却依然默默无闻。当然，我无意与他相比，因为对于韩寒，我也充满尊敬。

在写这本《旅途》时，我常会慨叹命运的诡谲。原来我曾经所遭遇的一切，都是在为《旅途》做着各方面的准备，似乎命中注定我要写它。我接受这样的安排，我接受命运所带给我的一切。

如今，终于在长久的艰难跋涉之后，我写完了第一部。在写作的过程中，我常常会不由自主地想念我的父母。对于他们，我同样充满了愧疚。父母一天天地走向衰老，他们都已年近六旬，而我自从毕业之后，便常年漂泊在外，从未照顾过他们，照顾他们的一直是我那可爱而又善良的身居家乡的小妹妹。所以，我对妹妹也满含愧疚。其实，仔细想想，我对所有的亲人们都不曾照顾过，对此，我内疚不已。借此，我想把这本书献给我所有的亲人们，因为你们永远是我内心深处最柔软的部分。

这篇后记，写得很长，因为我实在有太多的话想说。关于《旅途》本身，我丝毫不怀疑它会受到读者的欢迎。这个信心，既来自对自己的相信，也来自对读者的相信。当然，肯定也会有人不喜欢，这也没有办法，一人难衬百人心，但是只要有人喜欢，我就颇感欣慰了。

这本书是在肖家河写的，肖家河是一个老旧的平房聚居区，这里居住着大量的如我一般的在京城寻梦的蚁族们。虽然环境破旧，条件简陋，但是我对这里却充满了感情。它见证了我的奋斗和挣扎，失望和希望。可惜，在不久的将来，这里将被夷为平地，随后将会矗立起一座座崭新的高楼大厦。城市化的进程，谁都无法阻挡，但是我曾经的印记，将会随之永远地消失。想到这里，我伤感不已。也许，这真的是一个不配怀旧的时代。

在这本书进行到尾声的时候，我去参观了冯小刚在"今日美术馆"举办的新片《温故一九四二》的图片展。出来之后，走到美术馆后面的街道上，我看到了正在旁边咖啡馆里聊天的冯小刚、王朔、贾樟柯、刘震云等人。天已黄昏，我站在外面一个僻静的角落，静静地看着他们坐在高档咖啡馆舒适的沙发上，悠闲地聊着天。那一刻，我告诉自己，总有一天，我也要成为他们。

/ 旅途 /
一个 80 后的未"成功"奋斗史

  但是,我也知道,正如中国那句古话,人要成功,三分努力,六分运气,还有一分贵人扶持。那三分我能把握,那七分却只能交由天意。所以,尽人事,听天命,顺其自然吧。

  最后,顺便提一点,我有两个名字,一个叫张雷雷,另一个叫张本浩。我偏爱后者,所以这本小说将以后面的名字发表,特此说明。

  人生是一条长长的旅途,现在暂时可以歇一下,喘几口气了,然后,继续赶路。

/旅途/
补 记

补 记

多年后,我又重返北京,故地重游,感慨万千。肖家河果然旧貌不再,取而代之的,是一栋栋高大漂亮的楼房。天高云淡,阳光浓烈,我曾经熟悉的一切都已不再,唯有那段奋斗的记忆,还镌刻在脑海深处,久久难以遗忘。

旅途依然漫长,虽然坎坷崎岖,但光明始终指引着未来的方向。我坚信,一切都会越来越好。与读者诸君共勉。

2011 年 11 月初稿于北京肖家河

2018 年 9 月定稿于焦作山阳故里

/ 旅途 /
一个80后的未"成功"奋斗史

出版后记

　　这是一个平淡开始又没有平淡结束的故事。这其实不像一部小说，更像一本小说体的日记。赵君浩虽然叫赵君浩，但是在这个名字下，是千千万万在努力打拼，顽强活着的我们。这部小说中有你我他的身影，有你我他的故事。故事里的这些人和事并不鲜见，每天都发生在我们的身边。故事让我们感同身受，因为我们看到的不仅仅是赵君浩的坎途，更是我们自己的身影，是自己的昨天和现在。

　　时隔多年，当作者和我再次准备将这部书稿出版的时候，我们都已长大、成熟许多。心态也随之淡定，面对生活也更坦然。我们回首再看这些文字的时候，更多的是感慨和淡然。这些曾经的坎坷经历，是人生的一种财富和收获。当你积累了足够多的坎坷经历时，也就会走向成熟。成熟也许并不能帮你出人头地、创造财富，但成熟可以让你明白人生更多的意义和价值。我们年轻时候的不安分并不是错的，我们年轻时拥有的远大理想也并不是错的。不安分的心是年轻时的专利，是大部分人的人生必经之路。只有走过那些旅途，我们才能成熟，才能长大，才能找到人生真正的意义和最适合自己的生存方式。

赵君浩在故事的结尾既没有成功，也没有发财，更没有皆大欢喜的结局，其实这也正是我们大部分人的真实人生。轰轰烈烈的爱情、蒸蒸日上的事业是我们每个人的期望与追求。但平平淡淡、真实的生活则是我们大部分人最终的归宿。当我们走过了坎坷的旅途，放弃了不切实际的憧憬，这个时候我们便开始学会生活了。生活有许多种美好，平淡真切的生活也是美好的生活之一，也是我们大部分人最终可以享受的现实人生。理想很丰满，生活很真实。当你走遍坎途，最终能真正享受平淡的时候，这种幸福，是我们年轻时候很难理解的。只有走过太多的坎途，才能明白平淡的珍贵。

赵君浩的经历，每天都真实发生在你我身边。你曾经强烈喜欢、厌恶的人和事，多少年后回首再看，会觉得似水无痕，仿佛那是别人的故事，你只是个旁观的看客。在人生的旅途中，你会不断认识新的人，经历新的事。曾经让你心潮澎湃，让你死去活来的人和事，都将被新的人、新的事所取代。当你学会忘记时，就证明你走向了成熟。放下曾经，珍惜当下。我们只需要记住美好的事物，在你不经意想起时，能让你会心一笑。

人生就是一个圈，你在努力追寻幸福，最后你会发现，幸福早已在你的原点等待。但是不走一次这个圈，不走过那些坎途，我们很难发现原点处已然存在的幸福。所有的旅途不是为了让我们走得更远，而是要让我们学会如何寻找真实的幸福。

杜　辉